RAZÃO E SENSIBILIDADE

Copyright da tradução e desta edição © 2020 by Edipro Edições Profissionais Ltda.

Título original: *Sense and Sensibility*. Publicado pela primeira vez em Londres, Inglaterra, em 1811, pela T. Egerton, Whitehall. Traduzido com base na 1ª edição.

Todos os direitos reservados. Nenhuma parte deste livro poderá ser reproduzida ou transmitida de qualquer forma ou por quaisquer meios, eletrônicos ou mecânicos, incluindo fotocópia, gravação ou qualquer sistema de armazenamento e recuperação de informações, sem permissão por escrito do editor.

Grafia conforme o novo Acordo Ortográfico da Língua Portuguesa.

1ª edição, 2020.

Editores: Jair Lot Vieira e Maíra Lot Vieira Micales
Coordenação editorial: Fernanda Godoy Tarcinalli
Produção editorial: Carla Bitelli
Edição de textos: Marta Almeida de Sá
Assistente editorial: Thiago Santos
Preparação de texto: Lygia Roncel
Revisão: Viviane Rowe
Diagramação: Estúdio Design do Livro
Capa: Marcela Badolatto

Dados Internacionais de Catalogação na Publicação (CIP)
(Câmara Brasileira do Livro, SP, Brasil)

Austen, Jane, 1775-1817.
　　Razão e sensibilidade / Jane Austen ; tradução de Danielle Sales. — São Paulo : Via Leitura, 2020.

　　Título original: Sense and Sensibility

　　ISBN 978-65-87034-08-9 (impresso)
　　ISBN 978-65-87034-09-6 (e-pub)

　　1. Ficção inglesa I. Título.

20-36406　　　　　　　　　　　　　　　　CDD-823

Índice para catálogo sistemático:
1. Ficção : Literatura inglesa 823

Cibele Maria Dias - Bibliotecária - CRB-8/9427

Via Leitura

São Paulo: (11) 3107-7050 • Bauru: (14) 3234-4121
www.vialeitura.com.br • edipro@edipro.com.br
@editoraedipro　　@editoraedipro

O livro é a porta que se abre para a realização do homem.

Jair Lot Vieira

JANE AUSTEN

Razão e sensibilidade

Tradução
Danielle Sales

VIA LEITURA

Capítulo I

Já havia um bom tempo que a família Dashwood tinha se estabelecido em Sussex. Suas terras eram extensas, e a residência se localizava em Norland Park, no centro de sua propriedade, onde, por muitas gerações, eles viveram de maneira tão respeitável que conquistaram uma boa opinião de seus conhecidos vizinhos. O falecido proprietário daquelas terras era um homem solteiro que viveu até uma idade bastante avançada e que, durante muitos anos de sua vida, encontrou na irmã uma fiel companheira e governanta. No entanto, a morte dela, ocorrida dez anos antes da dele, produziu uma grande transformação na casa; para suprir a perda da irmã, ele convidou e recebeu em seu lar a família de seu sobrinho, o senhor Henry Dashwood, herdeiro legal de Norland para quem ele pretendia deixar a propriedade. Os dias do velho cavalheiro transcorriam confortavelmente na companhia do sobrinho, da esposa dele e dos filhos do casal. O afeto que tinha por eles aumentou. A atenção constante do senhor e da senhora Henry Dashwood para com seus desejos, algo que não faziam por mero interesse, mas por bondade do coração, lhe proporcionava o nível de bem-estar efetivo que sua idade requeria, e a alegria das crianças era um acréscimo de divertimento à sua existência.

O senhor Henry Dashwood tivera um filho do casamento anterior e, com a atual esposa, três filhas. O filho, um jovem estável e digno de respeito, foi amplamente provido pela grande fortuna da mãe, metade da qual ele recebeu assim que completou a maioridade. Do mesmo modo, por intermédio do próprio casamento, que acontecera pouco depois, ele aumentou ainda mais sua fortuna. Para ele, portanto, a sucessão sobre a propriedade de Norland não era tão importante quanto era para suas irmãs, pois a riqueza delas, independentemente do que lhes pudesse resultar da herança do pai por meio dessa propriedade, certamente seria pequena. A mãe delas nada tinha, e o pai, apenas sete mil libras à sua disposição, estando a parte restante da fortuna de sua primeira esposa também assegurada ao filho, já que o senhor Dashwood só tinha seu usufruto em vida.

O velho cavalheiro morreu; seu testamento foi lido e, como quase sempre acontece, trouxe consigo tanto desapontamento quanto prazer. Ele não havia sido nem tão injusto nem tão ingrato, uma vez que deixou a propriedade para o sobrinho, mas a deixou em termos que destruíram metade do valor do legado. O senhor Dashwood quisera-a mais por causa da esposa e das filhas do que por si próprio ou pelo filho, entretanto a herança vinculava-se a esse filho, bem como ao filho desse filho, uma criança de quatro anos, e a eles foi garantida de tal maneira que não havia meios de prover aquelas que lhe eram mais queridas e que mais necessitavam ser providas, fosse por qualquer rendimento sobre a propriedade, fosse pela venda de seus valiosos bosques. Tudo estava acertado para o benefício dessa criança, que, em visitas ocasionais com o pai e a mãe a Norland, havia conquistado o afeto do tio, por atrações que não são de modo algum incomuns em crianças de dois ou três anos de idade; uma articulação imperfeita, um desejo sincero de fazer tudo a sua maneira, muitos truques astutos e um tanto de confusão superaram, de certa forma, o valor de toda a atenção que, durante anos, ele recebera da sobrinha e de suas filhas. Ele não pretendia ser desagradável, no entanto, e, como sinal de sua afeição pelas três garotas, deixou mil libras para cada uma.

A princípio, a decepção do senhor Henry Dashwood foi imensa, porém seu temperamento o tornava animado e otimista, e ele poderia, com certa razão, esperar viver durante muitos anos ainda e, fazendo algumas economias, talvez conseguisse poupar uma soma considerável resultante dos rendimentos de uma propriedade tão grande e passível de melhorias quase imediatas. No entanto a fortuna, que demorara tanto a chegar, foi sua por apenas doze meses. Ele não sobreviveu ao tio; e apenas dez mil libras, incluindo as últimas heranças, era tudo o que restava para sua viúva e as filhas.

Seu filho foi chamado logo que se percebeu que sua vida estava no fim, e foi a ele que o senhor Dashwood solicitou, com toda a força e a urgência que a doença pudesse inspirar, que cuidasse dos interesses de sua madrasta e das irmãs.

O senhor John Dashwood não nutria sentimentos intensos pelo restante da família, mas, comovido por uma recomendação dessa natureza naquele momento, prometeu fazer tudo que estivesse a seu alcance para que elas pudessem ter uma vida confortável. Seu pai tranquilizou-se com essa garantia, e o senhor John Dashwood teve tempo o bastante para considerar o quanto poderia fazer por elas de modo prudente.

Ele não era um jovem maldisposto, a menos que um coração frio e egoísta possa ser assim considerado, contudo, era geralmente bem respeitado, pois se comportava com propriedade no cumprimento de seus deveres comuns. Se tivesse se casado com uma mulher mais agradável, poderia ter se tornado ainda mais respeitável; poderia até ter se tornado amável, considerando que era muito jovem quando se casou e que gostava muito de sua esposa. A senhora John Dashwood, todavia, era uma pronunciada caricatura do esposo; no entanto, mais tacanha e egoísta.

Quando fez sua promessa ao pai, ele ponderava consigo mesmo aumentar a fortuna de suas irmãs dando-lhes de presente mil libras a cada uma. E, dadas as circunstâncias, ele realmente considerou que seria justo. A perspectiva de quatro mil libras por ano, somadas a sua renda atual, além da metade da fortuna restante de sua mãe, aqueceu seu coração e o fez sentir-se capaz de ter alguma generosidade. "Sim, eu lhes daria três mil libras; seria algo generoso e bonito! Seria o suficiente para que pudessem viver. Três mil libras! Desse modo, poderia disponibilizar uma quantia considerável com poucos inconvenientes." Pensou nisso o dia inteiro e durante muitos dias depois, e não se arrependeu.

Assim que o funeral terminou, a senhora John Dashwood, sem avisar de sua intenção à sogra, chegou com o filho e seus criados. Ninguém poderia contestar seu direito de ir até a casa, que passou a pertencer a seu marido desde que o pai dele falecera, mas essa atitude só reiterava sua indelicadeza, e, para uma mulher na situação da senhora Dashwood, que estava tão sensibilizada, aquilo deve ter sido muito desagradável; e na mente dela havia um senso de honra tão aguçado, uma generosidade tão compassiva, que qualquer ofensa desse tipo, de quem quer que fosse, era para ela uma fonte permanente de desgosto. A senhora John Dashwood nunca fora a favorita de nenhum membro da família do marido, mas, até aquele momento, não tivera a oportunidade de demonstrar com quão pouca consideração ao conforto alheio poderia agir quando a ocasião exigisse.

A senhora Dashwood sentiu tão intensamente esse comportamento desagradável, e com tanta sinceridade desprezou a nora por isso, que, no momento da chegada desta, ela teria deixado a casa para sempre, não tivesse sua filha mais velha lhe pedido para refletir sobre como seria conveniente para a nora essa partida; então, seu afetuoso amor pelas três filhas a fez decidir ficar, o que também evitaria briga com o enteado.

Elinor, a filha mais velha, cujo conselho foi muito eficaz, tinha um poder de compreensão e uma frieza de julgamento que a qualificavam, apesar de seus dezenove anos, para ser a conselheira de sua mãe, e lhe permitiam frequentemente contrariar, para o benefício de todos, a ânsia de espírito da senhora Dashwood, que geralmente a levava a imprudências. Tinha um coração bondoso — era carinhosa e seus sentimentos eram intensos, mas ela sabia como controlá-los; era uma sabedoria que sua mãe ainda precisava adquirir, e que uma de suas irmãs havia decidido a nunca aprender.

As habilidades de Marianne eram, em muitos aspectos, bastante semelhantes às de Elinor. Ela era sensata e inteligente, mas muito impulsiva; não havia moderação em suas tristezas e alegrias. Era generosa, amável, interessante; era tudo, menos prudente. A semelhança entre ela e a mãe era espantosamente grande.

Elinor via com preocupação o excesso de sensibilidade da irmã, o que era valorizado e estimado pela senhora Dashwood. Agora, as duas se encorajavam em meio à fúria de suas aflições. A agonia do luto, que as dominara a princípio, foi naturalmente renovada, buscada, transformada de novo e de novo. Elas se entregavam totalmente à tristeza, procurando intensificar sua miséria em todas as reflexões que pudessem suportar, e decidiram não aceitar consolo no futuro. Elinor também estava profundamente abalada, mas ainda assim conseguia lutar e encontrar forças. Ela poderia consultar o irmão, receber a cunhada quando de sua chegada e tratá-la com a devida atenção, e conseguia empenhar-se para despertar na mãe uma força similar e incentivá-la a ter uma semelhante tolerância.

Margaret, a outra irmã, era uma garota bem-humorada e bem-disposta; no entanto, como ela já havia absorvido boa parte do romantismo de Marianne, embora não tivesse um tanto de sua sensatez, aos treze anos, não prometia igualar-se às irmãs num período mais avançado da vida.

Capítulo II

A senhora John Dashwood era agora proprietária de Norland, e tanto a sogra quanto as cunhadas foram rebaixadas a visitantes. Como tal, porém, eram tratadas por ela com uma civilidade ponderada, e pelo marido, com tanta bondade quanto ele podia sentir por alguém além de si mesmo, sua esposa e o filho. Ele realmente as pressionou, com alguma seriedade, a considerar Norland como a própria casa, e, como nenhum plano parecia tão elegível para a senhora Dashwood quanto permanecer ali até que ela pudesse se acomodar em uma casa na vizinhança, seu convite foi aceito.

Continuar em um lugar onde tudo a lembrava de sua antiga felicidade era exatamente o que lhe satisfazia o espírito. Em épocas de alegria, nenhum temperamento poderia ser mais alegre que o dela, ou conter, em maior grau, uma calorosa expectativa da felicidade que já é a própria felicidade em si. Entretanto, na tristeza, ela se deixava igualmente ser arrebatada pela fantasia, e até para além do consolo e do prazer, por estarem além do seu alcance.

A senhora John Dashwood não aprovou o que o marido pretendia fazer por suas irmãs. Tirar três mil libras da fortuna de seu querido menino o empobreceria ao mais terrível nível. Ela implorou para que ele pensasse novamente sobre o assunto. Como ele poderia prestar contas a si mesmo por tirar de seu único filho uma quantia tão grande? E que possível reivindicação poderiam ter as senhoritas Dashwoods, que eram apenas suas meias irmãs, o que ela considerava não ser parentesco algum, em relação à generosidade dele com uma quantia tão grande? Era sabido que nunca deveria haver afeto entre os filhos dos diferentes casamentos de um homem, então por que ele deveria arruinar a si mesmo, e a seu pobre e pequeno Harry, dando todo o seu dinheiro a elas?

— Foi o último pedido feito por meu pai a mim — respondeu o marido. — Que eu ajudasse a viúva e as filhas.

— Ele não sabia o que estava falando, ouso dizer. Havia dez possibilidades contra uma de que ele estivesse caducando na época. Se tivesse bom senso, jamais pensaria em implorar que você tirasse metade da fortuna do seu próprio filho.

— Ele não estipulou uma quantia em particular, minha querida Fanny. Ele apenas me pediu, em termos gerais, para ajudá-las e tornar a situação delas mais confortável do que estava ao seu alcance fazer.

Talvez tivesse sido melhor deixar que eu decidisse. Ele dificilmente iria imaginar que eu as negligenciasse. Contudo, como ele me exigiu a promessa, eu não podia fazer nada menos do que a cumprir, ou ao menos eu pensava assim na época. Eu prometi e agora devo cumprir o que prometi. Algo deve ser feito por elas quando deixarem Norland e se instalarem em um novo lar.

— Bem, então, que *algo* seja feito por elas, mas que esse *algo* não precise ser três mil libras. Considere — ela acrescentou — que, quando o dinheiro for dividido, ele nunca mais voltará para nós. Suas irmãs se casarão, e o dinheiro desaparecerá para sempre. Se, de fato, pudesse ser restituído ao nosso pobre menino…

— Com toda a certeza — disse o marido, muito sério —, isso faria uma grande diferença. Pode ser que em algum momento Harry lamente o fato de uma quantia tão grande ter sido dividida. Se ele vier a ter uma família numerosa, por exemplo, pode ser um acréscimo muito conveniente.

— Estou certa disso.

— Talvez, então, fosse melhor para todas as partes se a soma fosse diminuída pela metade. Quinhentas libras seriam um aumento prodigioso para suas fortunas!

— Ah, é mais do que bom! Que irmão no mundo faria tanto por suas irmãs, mesmo que fossem *realmente* suas irmãs? Estas são somente meias-irmãs! Mas você tem um espírito tão generoso!

— Eu não gostaria de ser mesquinho com elas — ele respondeu. — Em tais ocasiões, é melhor fazer demais do que muito pouco. Ninguém, pelo menos, pode pensar que eu não fiz o suficiente por elas: até elas mesmas dificilmente poderiam esperar mais.

— Não há como saber o que *elas* poderiam esperar — disse a senhora —, mas não devemos pensar nas expectativas delas. A questão é: o que você pode fazer por elas.

— Certamente. E acho que posso dar quinhentas libras para cada uma delas. Assim como está, sem nenhuma adição de minha parte, cada uma já terá cerca de três mil libras na ocasião da morte de sua mãe — uma fortuna muito confortável para qualquer jovem.

— Sem dúvida alguma. De fato, me parece que elas não podem desejar nada mais. Elas terão dez mil libras divididas entre si. Se elas se casarem, com certeza passarão bem e, se não o fizerem, poderão viver muito confortavelmente juntas, com os juros das dez mil libras.

— Isso é uma grande verdade e, portanto, não sei se, diante disso, não seria mais aconselhável fazer algo pela mãe enquanto estiver viva, e não por elas — algo como uma pensão anual, quero dizer. — Minhas irmãs sentiriam os bons efeitos disso tanto quanto ela mesma. Cem libras por ano as deixariam perfeitamente confortáveis.

No entanto, sua esposa hesitou um pouco em dar consentimento a esse plano.

— Seguramente — disse ela — é melhor do que desembolsar mil e quinhentas libras de uma só vez. Contudo, caso a senhora Dashwood viva por mais quinze anos, seremos completamente prejudicados.

— Quinze anos! Minha querida Fanny, a vida dela não deve durar nem metade disso.

— Certamente que não, mas, se você observar, as pessoas sempre vivem uma eternidade quando há uma pensão anual a receber, e ela é muito robusta e saudável, tem pouco mais de quarenta anos de idade. Uma pensão é algo muito sério, a cada ano é preciso pagá-la, e não há como se livrar disso. Você não tem consciência do que está fazendo. Conheço bastante essas questões com pensões anuais, pois minha mãe era obrigada a pagar três anuidades desse tipo a velhas criadas aposentadas, pelo que constava no testamento de meu pai, e isso era bastante desagradável. E precisava pagar essas pensões duas vezes por ano; e havia também o problema de entregá-las a elas; então, foi dito que uma delas havia morrido e, depois, descobrimos que era mentira. Minha mãe estava muito cansada disso. Sua renda não lhe pertencia, ela dizia, tendo aquelas reivindicações perpétuas das pensões, e tudo isso foi muito injusto por parte de meu pai, porque, caso contrário, o dinheiro teria sido deixado inteiramente à disposição de minha mãe, sem qualquer restrição. Toda essa história me causou um asco tão grande em relação a pensões que tenho certeza de que nada no mundo faria com que eu me comprometesse ao pagamento de outra dessas.

— De fato, é realmente uma coisa desagradável — respondeu o senhor Dashwood — ter esse tipo de desfalque anual na renda de uma pessoa. A fortuna de alguém, como sua mãe observou justamente, acaba *não* sendo de sua propriedade. Estar atrelado ao pagamento regular de tal soma, em datas fixadas, não é de modo algum desejável: tira a independência da pessoa.

— Sem dúvida. E, afinal, você não receberá nenhum agradecimento por isso. Elas já se consideram amparadas, você não fará mais do que o esperado, e isso não produzirá gratidão alguma. Se eu fosse você, faria tudo o que deve ser feito segundo meus próprios critérios. Eu não me comprometeria a dar-lhes qualquer quantia anualmente. Pode haver anos em que nos seja muito inconveniente abrir mão de cem ou mesmo cinquenta libras de nossas despesas.

— Eu acredito que você está com a razão, meu amor. É melhor que não haja anuidade neste caso. Tudo o que eu lhes der ocasionalmente será de muito mais assistência do que um subsídio anual, porque uma quantia garantida apenas tornará seu padrão de vida mais dispendioso se elas tiverem a promessa de uma renda maior, e não estariam seis tostões mais ricas no final do ano. Certamente este será o melhor caminho. Um presente de cinquenta libras aqui e outro ali impedirá que se aflijam com questões financeiras, e acho que isso cumprirá amplamente minha promessa a meu pai.

— Seguramente. De fato, para dizer a verdade, estou convencida de que seu pai não tinha a intenção de que você lhes desse dinheiro. A assistência que ele tinha em mente, ouso dizer, era apenas a que poderia ser razoavelmente esperada de você, por exemplo, como procurar uma casa pequena e confortável para elas, ajudá-las na mudança e enviar prendas como peixe e caça, coisas assim, o que for da estação. Por minha vida, creio que ele não quis dizer nada além disso. Na verdade, seria muito estranho e irracional se ele o fizesse, mas considere, meu caro senhor Dashwood, quão excessivamente confortável sua madrasta e suas irmãs podem viver com os juros de sete mil libras, além das mil libras pertencentes a cada menina, o que proporciona uma renda de cinquenta libras por ano para cada uma e, é claro, permitirá pagarem à mãe pelas próprias despesas da casa. No total, juntas terão quinhentas libras por ano, e o que quatro mulheres podem querer além disso? Seu custo de vida será tão baixo! Suas tarefas domésticas não serão nada. Elas não terão carruagem, cavalos e quase nenhum criado; não receberão visitas, então não terão nenhum tipo de despesa! Apenas imagine como estarão confortáveis! Quinhentas libras por ano! Tenho certeza de que não consigo imaginar como gastarão metade disso. E quanto a você lhes dar ainda mais, é um absurdo pensar em uma coisa dessas. Elas é que serão muito mais capazes de *lhe* dar algo.

— Palavra de honra — disse Dashwood. — Acredito que você esteja perfeitamente correta. Meu pai certamente não poderia desejar nada além do que você diz. Agora eu entendo isso claramente, e cumprirei de modo absoluto meu compromisso com os atos de assistência e bondade para com elas, como você descreveu. Quando minha madrasta se mudar para outra casa, vou fazer de tudo para acomodá-la o melhor possível. Uma pequena casa com a mobília também seria aceitável.

— Certamente — retrucou a senhora John Dashwood. — No entanto, *uma* coisa deve ser considerada. Quando seu pai e sua mãe se mudaram para Norland, embora os móveis de Stanhill tenham sido vendidos, toda a porcelana, a prataria e a roupa de cama ficaram guardadas, e agora podem ficar com sua madrasta. Portanto, a casa dela estará quase completamente mobiliada assim que ela chegar.

— Essa é uma consideração relevante, sem dúvida. Um legado valioso, de fato! E parte da prataria bem que teria sido uma adição muito agradável ao que já temos em casa.

— Sim; e o conjunto de porcelana para o café da manhã é duas vezes mais bonito do que o nosso. Muito bonito, na minha opinião, para qualquer lugar em que *elas* possam se dar ao luxo de viver. Entretanto, assim são as coisas. Seu pai pensou apenas *nelas*. E quero dizer o seguinte: que você não deve nenhuma gratidão especial a ele, nem mesmo essa atenção aos seus desejos, pois sabemos muito bem que, se ele pudesse, teria deixado quase tudo no mundo para *elas*.

Este argumento foi irrefutável. Deu às intenções do marido o que quer que faltava para decidir até então. E ele finalmente resolveu que seria absolutamente desnecessário, se não altamente indecoroso, fazer mais pela viúva e pelas filhas de seu pai do que alguns daqueles gestos de boa vizinhança que sua própria esposa havia sugerido.

Capítulo III

A senhora Dashwood permaneceu em Norland por alguns meses, mas não por falta de interesse em se mudar quando a visão de todos os lugares conhecidos deixou de suscitar a arrebatadora emoção que por um tempo suscitara; pois, na verdade, quando voltou a recobrar o espírito e a mente, se tornou capaz de executar outro esforço que não o de aumentar sua aflição por lembranças melancólicas, ela começou a ficar impaciente para ir embora e tornou-se insaciável em suas buscas por uma moradia adequada na região de Norland, uma vez que se afastar daquele lugar amado lhe era impossível. Porém ela não conseguia encontrar um local que correspondesse concomitantemente a suas necessidades de conforto e sossego e se adequasse à prudência de sua filha mais velha, cuja ferrenha sensatez rejeitava diversas casas grandes demais para sua renda, mas que sua mãe teria aprovado.

A senhora Dashwood fora informada pelo marido da solene promessa da parte de seu filho em favor delas, o que trouxe conforto às últimas reflexões terrenas do falecido. Ela confiava na honestidade dessa garantia, assim como ele próprio confiara, e pensava nisso satisfeita pelas filhas, embora, por si mesma, estivesse convencida de que uma provisão muito menor do que sete mil libras seria o suficiente para mantê-las na fartura. Também pelo seu enteado, que mostrou ter bom coração, ela se alegrou; e repreendeu a si mesma por ter sido injusta anteriormente, acreditando que ele fosse incapaz de alguma generosidade. O comportamento atencioso dele para com ela e as filhas a convenceu de que o bem-estar delas lhe era caro, então, por um longo tempo, ela confiou firmemente na sinceridade de suas intenções.

O desprezo que ela sempre sentira, desde muito cedo, pela esposa de seu enteado aumentava bastante à medida que ela conhecia mais profundamente o caráter da nora, agora que ela havia morado com a família durante uma boa parte do ano; e talvez, apesar de toda a obrigação de cortesia ou afeição materna por parte da viúva, as duas senhoras tivessem achado impossível viver juntas por tanto tempo se não fosse uma circunstância específica, ocorrida para dar ainda mais plausibilidade, de acordo com as opiniões da senhora Dashwood, à permanência de suas filhas em Norland.

Essa circunstância era um vínculo crescente entre sua filha mais velha e o irmão da senhora John Dashwood, um rapaz agradável e cortês que lhes fora apresentado logo após o estabelecimento da irmã em Norland e que desde então passava a maior parte do tempo por lá.

Algumas mães teriam incentivado a intimidade por interesse, pois Edward Ferrars era o filho mais velho de um homem que morrera muito rico; e algumas poderiam tê-la reprimido por prudência, pois, exceto por uma quantia insignificante, toda a sua fortuna dependia da vontade de sua mãe. No entanto a senhora Dashwood não se deixou influenciar por nenhuma dessas considerações. Seria suficiente, para ela, que ele parecesse simpático, que amasse sua filha e que o amor de Elinor fosse recíproco. Era contrário a toda a sua ideologia que a diferença entre fortunas afastasse um casal atraído por disposições semelhantes; e era impossível, em sua compreensão, que o mérito de Elinor não fosse reconhecido por todos que a conheciam.

Edward Ferrars não englobava quaisquer graças peculiares em sua pessoa ou em seu trato que o direcionassem a uma boa opinião. Ele não era bonito, e suas maneiras exigiam intimidade para torná-las agradáveis. Ele era muito inseguro para fazer justiça a si mesmo; mas, quando sua timidez natural era superada, seu comportamento dava todas as indicações de um coração aberto e afetuoso. Tinha bom discernimento, e sua educação lhe agregou uma sólida melhoria. Contudo, ele não era equipado com talentos nem com disposição para atender aos desejos de sua mãe e da irmã, que ansiavam vê-lo notabilizado por algo que nem mesmo elas sabiam o que era. Elas queriam que ele fizesse uma bela figura no mundo de uma maneira ou de outra. Sua mãe queria vê-lo envolvido com questões políticas, no parlamento, ou vê-lo ligado a alguns dos grandes homens da época. A senhora John Dashwood desejava o mesmo; mas, nesse ínterim, até que alguma dessas bênçãos superiores pudesse ser alcançada, teria apaziguado sua ambição vê-lo dirigindo uma carruagem. No entanto Edward não tinha interesse pelos grandes homens ou por carruagens. Todos os seus desejos estavam centrados no conforto doméstico e na tranquilidade da vida privada. Felizmente, ele tinha um irmão mais moço que parecia mais promissor.

Edward estava hospedado na casa havia várias semanas antes de atrair a atenção da senhora Dashwood; pois ela estava, até aquele momento, tão aflita que negligenciara tudo à sua volta. Ela apenas reparou que ele era calado e discreto, e gostava dele por isso. Ele não perturbou seu momento de tristeza com conversas inoportunas. A primeira vez que começou a observá-lo de fato, para então aprová-lo, foi por conta de uma reflexão de Elinor, que certo dia comentou a diferença entre ele e sua irmã. Foi esse contraste que a fez considerá-lo com maior ênfase.

— Isso é o suficiente — disse ela. — Dizer que ele é diferente de Fanny é suficiente. Implica dizer que ele é agradável. Eu já o adoro apenas por isso.

— Acho que você vai apreciá-lo mais — disse Elinor — quando souber mais a respeito dele.

— Apreciá-lo! — respondeu a mãe com um sorriso. — Não tenho nenhum sentimento de aprovação inferior ao amor.

— Você pode estimá-lo.

— Eu nunca soube o que é separar estima e amor.

A senhora Dashwood agora se esforçava para se familiarizar com ele. Suas maneiras eram atraentes, e ele logo teve suas reservas vencidas. Com rapidez, ela compreendeu todos os seus méritos. A convicção da estima que o moço nutria por Elinor talvez tenha contribuído, mas ela realmente se sentia segura a respeito do valor dele: e até mesmo aquela aquietação, que militava contra todas as suas ideias estabelecidas sobre as competências que um jovem deveria ter, deixou de ser desinteressante quando ela percebeu que seu coração era cálido e seu temperamento, afetuoso.

Assim que notou algum sinal de amor no comportamento do rapaz em relação a Elinor, ela considerou como certo um compromisso sério entre eles e passou a esperar com ansiedade um casamento em breve.

— Em alguns meses, minha querida Marianne — disse ela —, Elinor, com grande probabilidade, se estabelecerá por toda a vida. Sentiremos falta dela, mas *ela* será feliz.

— Ah, mamãe, como ficaremos sem ela?

— Meu amor, dificilmente haverá uma separação. Viveremos a alguns quilômetros uma da outra e nos encontraremos todos os dias de nossas vidas. Você ganhará um irmão real e afetuoso. Tenho a opinião em mais alta conta no mundo sobre o coração de Edward. Mas você parece preocupada, Marianne. Desaprova a escolha de sua irmã?

— Talvez — disse Marianne — eu possa considerá-la com alguma surpresa. Edward é muito amável, e eu sinto por ele grande ternura. No entanto... ele não parece um tipo jovem... há alguma coisa faltando ali... sua figura não é impressionante: ele não tem nada daquela graça que eu deveria esperar do homem que poderia atrair seriamente minha irmã. Em seus olhos falta todo aquele espírito, aquele fogo, que ao mesmo tempo anuncia virtude e inteligência. Além disso tudo, mamãe, receio que ele não tenha bom gosto. A música mal o atrai e, embora admire muito os desenhos de Elinor, não é a admiração de uma pessoa que pode compreender seu valor. É evidente, a despeito de sua frequente atenção para com ela enquanto desenha, que na verdade ele não sabe nada do assunto. Ele a admira como um amante, não como um *connoisseur*.[1] Para me convencer, essas qualidades deveriam estar unidas. Eu não poderia ser feliz com um homem cujo gosto nem sempre coincide com o meu. Ele precisa compartilhar de todos os meus sentimentos; os mesmos livros e a mesma música devem encantar a nós dois. Ah, mamãe, como Edward nos leu sem espírito e com suavidade ontem à noite! Eu senti muito por minha irmã. No entanto, ela o suportou com tanta compostura que parecia não perceber. Eu mal conseguia ficar em meu lugar. Ouvir aquelas belas frases, que quase sempre me deixam transtornada de emoção, pronunciadas com uma brandura impenetrável, uma indiferença tão imensa!

— Ele certamente teria feito mais justiça à prosa simples e elegante. Foi isso o que pensei enquanto ele lia. Vocês *deviam* ter lhe dado Cowper[2] para a leitura.

— Não, mamãe, nem Cowper consegue animá-lo! Mas devemos respeitar a diferença entre os gostos. Elinor não tem sentimentos semelhantes aos meus, portanto, ela pode ignorar tudo isso e ser feliz com ele. Contudo, *meu* coração ficaria partido se eu o amasse e tivesse de ouvi-lo ler com tão pouca sensibilidade. Mamãe, quanto mais eu conheço o mundo, mais estou convencida de que nunca haverá um homem a quem realmente possa amar. Eu sou tão exigente! Ele deve ter todas as virtudes de Edward, porém sua personalidade e as maneiras devem ornamentar sua bondade com todo o charme possível.

— Lembre-se, meu amor, que você não tem nem dezessete anos sequer. Ainda é muito cedo para se desesperar por tal felicidade. Por que você teria menos sorte do que sua mãe? Que em pelo menos uma circunstância, minha querida Marianne, seu destino seja diferente do meu!

---

1. Do francês, *connoisseur* é uma pessoa que aprecia as artes e tem profundo conhecimento sobre obras de arte; um conhecedor, um perito. (N. E.)
2. William Cowper (1731-1800), poeta inglês conhecido por retratar cenas da vida bucólica inglesa. Foi um dos precursores da poesia romântica na Inglaterra. Também escreveu uma série de poemas que combatiam a escravidão. (N. E.)

Capítulo IV

— Que pena, Elinor — disse Marianne —, que Edward não goste de desenhos.

— Não goste de desenhos? — Elinor respondeu. — Por que você pensa assim? Ele não desenha, é verdade, mas tem um grande prazer em ver outras pessoas desenhando, e garanto que ele não é de modo algum desprovido de um bom gosto natural, embora não tenha tido a oportunidade de melhorar isso. Se ele tivesse a oportunidade de aprender, acho que teria se saído muito bem. Ele confia tão pouco no próprio julgamento para tais assuntos que nem sempre está disposto a dar opinião sobre qualquer imagem, mas tem, de berço, um bom gosto muito apropriado e simples, que em geral o orienta perfeitamente bem.

Marianne temia ofendê-la e não falou mais nada sobre o assunto; mas o tipo de aprovação dele que Elinor descrevia ao ver os desenhos de outras pessoas estava muito longe do deleite arrebatador, que, na opinião de Marianne, era a única coisa que se podia chamar de bom gosto. No entanto, sorrindo consigo mesma por causa do equívoco da irmã, ela a respeitou pela parcialidade cega em relação a Edward que propiciara aquilo.

— Espero, Marianne — continuou Elinor —, que você não acredite que ele não tem bom gosto. Na verdade, creio que você de fato não pense assim, pois seu comportamento com ele é perfeitamente cordial e, se *essa* fosse sua opinião, eu tenho certeza de que você jamais conseguiria ser civilizada com ele.

Marianne mal sabia o que dizer. Ela não queria ferir os sentimentos da irmã por motivo algum, no entanto lhe era impossível afirmar algo em que não acreditava. Por fim, ela respondeu:

— Não se ofenda, Elinor, se minha estima por ele não é igual à sua em relação aos méritos dele. Não tive tantas oportunidades de avaliar as mínimas propensões de sua mente, suas inclinações e seus gostos, como você teve, mas tenho a mais alta consideração do mundo a respeito de sua bondade e seu bom senso. Creio que ele seja digno e amável.

— Tenho certeza — respondeu Elinor com um sorriso — que os mais queridos amigos de Edward ficariam satisfeitos com um elogio como esse. Não vejo como você poderia ter sido mais afetuosa.

Marianne se alegrou por deixar sua irmã contente com tanta facilidade.

— De seu bom senso e de sua bondade — continuou Elinor —, acho que ninguém que o tenha conhecido o bastante para engajá-lo em uma conversa sem reservas pode duvidar. A excelência de seu entendimento e de seus princípios apenas está oculta atrás daquela timidez que muitas vezes o mantém calado. Você o conhece o suficiente para fazer justiça ao seu sólido valor. Mas de suas mínimas propensões, como as chama, você sabe menos do que eu. Ele e eu passamos bons momentos juntos enquanto você esteve totalmente absorvida pelo afeto de nossa mãe. Eu vi muitas coisas nele, estudei seus sentimentos e ouvi sua opinião sobre assuntos de literatura e arte; e, acima de tudo, atrevo-me a declarar que sua mente é bem informada, seu prazer pelos livros é imenso, sua imaginação é vivaz, sua observação é justa e correta, e seu gosto é delicado e puro, assim como suas maneiras e sua personalidade. À primeira vista, suas habilidades certamente não são impressionantes, e sua pessoa dificilmente pode ser considerada elegante, embora a expressão de seus olhos, que é incomumente boa, e a doçura geral de seu semblante possam ser percebidas. Atualmente, eu o conheço tão bem que o acho realmente bonito, ou pelo menos quase. O que me diz, Marianne?

— Logo vou achá-lo bonito, Elinor, se já não o acho agora. Quando você me pede para amá-lo como irmão, não posso ver mais imperfeições em seu rosto, assim como não as vejo em seu coração.

Elinor sobressaltou-se com essa declaração e lamentou o ardor com que fora traída ao falar dele. Ela sentiu que Edward ocupava um lugar em alta conta em seu conceito. Ela acreditava que essa consideração era mútua; mas precisava de mais certeza sobre isso para que a convicção de Marianne a respeito da relação deles não lhe fosse incômoda. Ela sabia que, para Marianne e sua mãe, o que conjecturavam em determinado momento tornava-se certeza no momento seguinte — que, com elas, desejar era ter esperança, e ter esperança significava ter expectativa. Ela tentou explicar o estado real do caso para sua irmã.

— Eu não pretendo negar — disse ela — que eu o tenho em alta consideração, que eu o estimo muito, que gosto dele.

Marianne então explodiu de indignação.

— Estima-o? Gosta dele? Elinor, que coração mais frio! Ah, é pior que ter coração frio! Você tem vergonha de admitir. Use essas palavras novamente, e vou sair da sala no mesmo instante.

Elinor não pôde deixar de rir.

— Desculpe-me — ela disse —, e tenha certeza de que não pretendi ofendê-la falando de maneira tão amena sobre meus próprios sentimentos. Acredite que eles são mais fortes do que eu declarei. Acredite que, em suma, estão à altura dos méritos dele, e a suposição, a esperança de sua afeição por mim, é justificável, sem imprudência ou insensatez. Mas você não deve acreditar em nada além disso. Não tenho a mínima certeza do interesse dele por mim. Há momentos em que a extensão desse interesse me parece duvidosa e, até que seus sentimentos sejam plenamente conhecidos, não se surpreenda com o meu desejo de evitar qualquer encorajamento, acreditando ou chamando-o por mais do que é. Em meu coração, sinto pouca... ou quase nenhuma dúvida do que ele sente por mim. Contudo, há outros pontos a considerar além de sua inclinação. Ele está muito longe de ser independente. Não sabemos como sua mãe realmente é; mas, pela menção ocasional de Fanny a respeito de sua conduta e de suas opiniões, não temos motivos para considerá-la amável; e, ou estou muito enganada, ou Edward não está ciente de que haveria muitas dificuldades em seu caminho se ele desejasse se casar com uma mulher que não tivesse uma grande fortuna ou uma alta posição na sociedade.

Marianne ficou perplexa ao descobrir o quanto a imaginação de sua mãe e a dela própria havia se afastado da verdade.

— Então, você realmente não está comprometida com ele! — disse ela. — No entanto, certamente isso acontecerá em breve. Mas duas vantagens advirão dessa demora. Eu não vou perdê-la tão cedo, e Edward terá uma oportunidade maior de aprimorar aquele bom gosto natural, que é seu maior interesse e que deve ser tão indispensável para sua felicidade futura. Ah, se ele fosse estimulado por sua genialidade para aprender a desenhar, como seria prazeroso!

Elinor dera sua opinião verdadeira à irmã. Ela não podia considerar seu compromisso com Edward em um estado tão auspicioso quanto Marianne acreditava. Havia, às vezes, uma falta de ânimo nele que, se não denotava indiferença, demonstrava algo igualmente pouco promissor. Uma dúvida em relação ao que ela sentia, supondo que ele tivesse alguma, não deveria provocar nele nada além do que uma mera inquietação. Não seria provável que produzisse aquele desânimo da mente que com frequência o acompanhava. Uma causa mais razoável talvez fosse encontrada na situação de dependência que o proibia de indulgência para com suas próprias afeições. Ela sabia que a mãe dele, naquele momento, não se esforçava para facilitar a vida do filho nem para lhe dar alguma garantia de que ele poderia formar um lar para si mesmo sem prestar atenção estrita nos pontos de vista dela para que pudesse ocorrer seu desenvolvimento. Sabendo disso, era impossível para Elinor se sentir à vontade com esse assunto. Ela estava longe de contar com a preferência dele por ela, que sua mãe e irmã consideravam certa. Não, quanto mais eles ficavam juntos, mais duvidosa parecia a natureza do sentimento dele; e, às vezes, por dolorosos minutos, ela acreditava que tudo não passava mesmo de amizade.

Contudo, quaisquer que fossem as limitações, foram suficientes para, quando percebidas pela irmã dele, deixarem-na desconfortável e, ao mesmo tempo (o que ainda era mais comum), tornarem-na rude. Ela aproveitou a primeira ocasião que teve para afrontar a sogra, falando com ela tão expressivamente das grandes aspirações do irmão, da resolução da senhora Ferrars de que ambos os filhos deveriam se casar bem e do perigo de atender qualquer jovem que tentasse *fisgá-lo*, que a senhora Dashwood não conseguiu fingir que não entendera nem se esforçar para ficar calma. Ela deu-lhe uma resposta que demonstrou seu desprezo e imediatamente saiu da sala decidindo que, qualquer que fosse o inconveniente ou a despesa de uma mudança tão repentina, sua amada Elinor não ficaria exposta por mais uma semana a tais insinuações.

Encontrava-se nesse estado de espírito quando uma carta lhe foi entregue pelo mensageiro contendo uma proposta particularmente oportuna. Era a oferta de uma casa pequena, com boas condições de pagamento, que pertencia a um parente, um cavalheiro de posses em Devonshire. A carta fora escrita pelo próprio cavalheiro e com um verdadeiro espírito de acordo amigável. Ele entendia que ela precisava de um lugar para morar e, embora a casa que agora lhe oferecia fosse apenas um chalé, garantiu que faria tudo o que ela achasse necessário se a oferta lhe agradasse. Ele insistiu com sinceridade, depois de dar mais alguns detalhes sobre a casa e o jardim, para que ela e suas filhas fossem a Barton Park, o local de sua própria residência, de onde ela mesma julgaria, uma vez que as casas ficavam na mesma vizinhança, se o chalé de Barton, com as devidas modificações, poderia se tornar confortável para ela. Ele parecia realmente ansioso por acomodá-las, e toda a sua carta fora escrita em um estilo tão cordial que não deixaria de agradar sua prima, especialmente nesse momento em que ela sofria com o comportamento frio e insensível de seus parentes mais próximos. Ela não precisou de muito tempo para deliberação ou inquéritos. Sua resolução foi sendo formada à medida que lia a carta. A localização de Barton, em um condado tão distante de Sussex quanto Devonshire, o que, poucas horas antes, teria sido uma objeção suficiente para contestar todas as possíveis vantagens pertencentes ao local, era agora sua melhor recomendação. Sair de Norland não era mais um sacrifício, mas, ao contrário, um objeto de desejo; era uma bênção, em comparação com a desgraça de continuar sendo hóspede da nora; e afastar-se para sempre daquele lugar amado seria menos doloroso do que habitá-lo ou visitá-lo enquanto essa mulher fosse sua proprietária. Ela escreveu imediatamente para Sir John Middleton agradecendo a sua bondade e aceitando sua proposta, e então se apressou a mostrar as duas cartas para as filhas, para ter certeza da aprovação delas antes que sua resposta fosse enviada.

Elinor sempre achou que seria mais prudente se estabelecerem a alguma distância de Norland do que ficar muito perto de seus conhecidos. *Nesse* sentido, portanto, não se oporia à intenção de sua mãe de se mudar para Devonshire. A casa, também, como descrita por Sir John, parecia ser modesta, e o aluguel era incomumente acessível, o que não lhe daria nenhum motivo de objeção; assim, embora não fosse um plano que lhe aspirasse algum encanto, e significasse um afastamento da vizinhança de Norland para além de seus desejos, ela não fez nenhuma tentativa de dissuadir a mãe de enviar uma carta de aquiescência.

Capítulo V

Tão logo a resposta foi enviada, a senhora Dashwood se entregou ao prazer de anunciar a seu enteado e à esposa dele que havia providenciado uma casa e que só os incomodaria até que tudo estivesse pronto. Eles a ouviram surpresos. A senhora John Dashwood não disse nada; já o marido, polidamente, disse que esperava que a madrasta não se estabelecesse muito longe de Norland. Ela respondeu com grande satisfação que estava indo para Devonshire. Edward, que também estava presente no recinto, virou-se abruptamente para ela ao ouvir isso e, com uma voz de espanto e preocupação, que não exigia justificativa, repetiu:

— Devonshire! Está indo de fato para lá? Tão longe daqui! Para qual parte de Devonshire?

Ela indicou a localização. Ficava a seis quilômetros ao norte de Exeter.

— É apenas um chalé — continuou ela —, mas espero receber nele muitos de meus amigos. Um ou dois quartos podem ser facilmente adicionados e, se meus amigos não encontrarem dificuldade em viajar para tão longe a fim de me ver, certamente não farei objeção a acomodá-los.

Ela concluiu a conversa fazendo um convite muito gentil ao senhor e à senhora John Dashwood para que a visitassem em Barton; e, para Edward, o convite foi feito com maior afeição. Embora sua última conversa com a nora a tivesse feito chegar à decisão de permanecer em Norland não mais do que o necessário, isso não ocorreu para satisfazer aos desejos dela. Separar Edward e Elinor estava tão longe de ser seu objetivo como sempre estivera, e, com este convite ao irmão, ela quis demonstrar à senhora John Dashwood o quão pouco se importava com a sua desaprovação ao relacionamento dos dois.

O senhor John Dashwood reiterou à madrasta o pesar que sentia pelo fato de ela ter alugado uma casa tão longe de Norland, o que o impedia de oferecer seus préstimos com a mudança. Ele ficou realmente aborrecido com a situação, pois o único esforço ao qual ele havia limitado o cumprimento da promessa feita ao pai tornou-se impraticável por conta desse novo arranjo. Os pertences foram todos enviados por barco. Consistiam principalmente em roupas de cama, pratos, louças e livros, e o belo piano de Marianne. A senhora John Dashwood viu a mudança partir com alívio: ela não pôde deixar de pensar em como a senhora Dashwood, mesmo com uma renda tão insignificante em comparação com a sua, conseguia ter um mobiliário tão bonito.

A senhora Dashwood acertou o aluguel da casa por doze meses. Já estava mobiliada, e ela poderia ocupá-la imediatamente. Nenhuma dificuldade surgiu em ambos os lados do acordo, e ela apenas precisou aguardar a partida da mudança de Norland e a escolha de sua futura criadagem antes de seguir para o oeste; e, como ela era extremamente célere na execução de tudo o que lhe interessava, rapidamente tudo estava pronto. Os cavalos que o marido havia deixado foram vendidos logo após a morte dele, e agora que surgira uma oportunidade de se desfazer da carruagem, ela concordou em vendê-la, seguindo o conselho sensato de sua filha mais velha. Para comodidade das filhas, se tivesse consultado apenas os próprios desejos, ela a teria mantido, mas o bom juízo de Elinor prevaleceu. A sabedoria *dela* também limitou o número da criadagem a três: duas criadas e um criado, que foram prontamente escolhidos entre os que as serviam em Norland.

O criado e uma das criadas foram imediatamente enviados para Devonshire, a fim de preparar a casa para a chegada da patroa; pois, como Lady Middleton era totalmente desconhecida para a senhora Dashwood, ela preferia ir diretamente ao chalé a ser hóspede em Barton Park; e ela confiou tão indubitavelmente na descrição da casa feita por Sir John que não sentiu curiosidade em examiná-la antes de se instalar nela. Sua ânsia de partir de Norland não diminuiu em virtude da evidente satisfação de sua nora em relação à perspectiva de sua mudança. Uma satisfação apenas dissimulada por um frio convite para que adiasse sua partida. Agora era o momento em que, com particular exatidão, a promessa feita pelo senhor John Dashwood ao pai poderia ser cumprida. Como ele descuidou de fazê-lo ao chegar à propriedade pela primeira vez, a saída delas de sua casa poderia ser considerada o período mais adequado para sua realização. No entanto a senhora Dashwood logo desistiu de todas as esperanças desse tipo e começou a convencer-se, pela tendência geral do discurso dele, de que sua assistência não se estenderia além de tê-las abrigado por seis meses em Norland. Ele falava tanto das crescentes despesas domésticas e das exigências perpétuas que aquilo causava a seu bolso, às quais qualquer cavalheiro respeitável estava exposta, que parecia que ele próprio estava mais necessitado de dinheiro do que disposto a doá-lo.

Poucas semanas após o dia que trouxe a primeira carta de Sir John Middleton para Norland, tudo estava resolvido em sua futura morada, a ponto de permitir que a senhora Dashwood e as filhas iniciassem sua viagem.

Muitas foram as lágrimas derramadas por elas em seu último adeus a um lugar tão amado.

— Querida, querida Norland! — disse Marianne enquanto vagueava sozinha na frente da casa, na última noite de estada ali. — Quando deixarei de ter saudades? Quando aprenderei a sentir outro lugar como lar! Ah, casa feliz, se você soubesse como eu sofro ao vê-la deste lugar, de onde talvez eu não possa mais vê-la! E vocês, árvores tão familiares... Vocês continuarão as mesmas! Nenhuma folha irá cair porque estamos de partida, e nenhum galho ficará imóvel, embora não possamos mais observá-los! Não. Continuarão as mesmas, inconscientes do prazer ou do sofrimento que ocasionam, e insensíveis a qualquer mudança naqueles que andam sob sua sombra! E, agora, quem permanecerá aqui para desfrutar de vocês?

Capítulo VI

A primeira parte da jornada foi realizada com uma disposição por demais melancólica, o que a tornou bastante tediosa e desagradável. Contudo, ao se aproximarem do fim da viagem, o interesse delas pela aparência do local em que deveriam habitar superou o desânimo, e a vista do vale de Barton, assim que entraram nele, proporcionou-lhes muita alegria. Era um lugar fértil e aprazível, bem arborizado e repleto de pastagens. Depois de percorrê-lo por mais de um quilômetro e meio, chegaram à própria casa. Havia um pequeno jardim na frente, e elas adentraram por um elegante portãozinho.

Como residência, embora pequeno, o chalé de Barton era confortável e compacto. No entanto, como chalé, deixava a desejar, pois a construção era regular, o telhado era feito de ladrilhos, as persianas das janelas não estavam pintadas de verde, nem as paredes, cobertas de madressilvas. Uma passagem estreita levava diretamente para o jardim dos fundos da casa. Em cada lado da entrada havia uma sala de estar, com cerca de cinco metros quadrados, e além delas ficavam as dependências de serviço e as escadas. Quatro quartos e dois sótãos compunham o restante da morada. Não havia muito tempo que fora construída, portanto estava em bom estado de conservação. Em comparação com Norland, era realmente humilde e pequena, porém as lágrimas que a lembrança provocou secaram tão logo entraram na casa. Ficaram animadas com a alegria com que foram recebidas pelos criados ao chegarem, e cada uma resolveu parecer feliz em atenção às outras. Era começo de setembro. O clima estava agradável, e, por ser a primeira vez, ao observarem o local com o benefício do bom tempo, tiveram uma boa impressão sobre ele, e foi de grande valia favorecê-lo para sua aprovação definitiva.

A localização da residência era ótima. Colinas elevadas erguiam-se atrás dela a uma pequena distância de ambos os lados; algumas tinham uma área aberta formando um vale, outras eram cultivadas e arborizadas. O vilarejo de Barton ficava predominantemente em uma dessas colinas e desenhava uma vista atraente nas janelas do chalé. Já na frente da casa, a visão era mais ampla e alcançava todo o vale, inclusive os campos além dele. As colinas que cercavam o chalé delimitavam o vale naquela direção; com outro nome, e em outro curso, ramificavam-se novamente entre dois montes mais escarpados.

A senhora Dashwood estava satisfeita com o tamanho e os móveis da casa, embora seu antigo estilo de vida exigisse algumas melhorias indispensáveis, além do fato de que ampliar e reformar era sempre um deleite para ela. Naquele momento, tinha dinheiro suficiente para adquirir tudo o que proporcionasse mais elegância aos aposentos.

— Quanto à casa em si, com certeza — disse ela —, é bastante pequena para nossa família, mas nos sentiremos razoavelmente confortáveis agora, pois é tarde demais para reformas. Talvez na primavera, se eu tiver dinheiro suficiente, como penso que terei, possamos considerar construir. Esses salões são muito pequenos para as festas com nossos amigos, os quais espero ver frequentemente reunidos aqui; pretendo abrir uma passagem em um deles, talvez ampliando um cômodo como parte do outro e deixando o restante deste para um vestíbulo. Isso e uma nova sala de visitas, que pode ser facilmente agregada, e mais um quarto e um sótão acima farão com que o chalé fique bem aconchegante. Preferiria que as escadas fossem bonitas, mas não se deve querer tudo, embora eu suponha que não seria difícil ampliá-las. Vejamos como estarei na primavera e planejaremos as reformas de acordo com a nossa condição.

Nesse meio-tempo, até que todas essas alterações pudessem ser feitas com a economia de quinhentas libras por ano de uma mulher que nunca poupou em sua vida, elas foram sábias o suficiente para se contentar com a casa da forma como estava. E cada uma delas esteve muito ocupada organizando questões particulares, esforçando-se em arrumar livros e outros pertences para criar um verdadeiro lar. O piano de Marianne foi desembalado e instalado adequadamente, e os desenhos de Elinor foram afixados nas paredes da sala de estar.

No dia seguinte, logo após o café da manhã, enquanto ocorriam tais arrumações, elas foram interrompidas pela chegada de seu senhorio, que viera para dar-lhes boas-vindas a Barton e para oferecer-lhes as acomodações em sua própria casa e em seu jardim, caso lhes faltasse algo no momento. Sir John Middleton era um homem bonito, com cerca de quarenta anos. Ele já havia visitado Stanhill muito tempo atrás, mas suas jovens primas não conseguiam lembrar-se dele. Sua expressão era bem-humorada, e os modos eram tão amistosos quanto havia demonstrado na carta. A chegada delas pareceu lhe proporcionar verdadeira satisfação, e o conforto das senhoritas era seu principal objetivo. Ele expressou um desejo sincero de que as famílias pudessem viver da maneira mais sociável possível e insistiu cordialmente para que elas jantassem todos os dias em Barton Park até que se estabelecessem melhor na casa; embora sua insistência parecesse quase ultrapassar os limites da cortesia, elas não poderiam ofendê-lo recusando aquele pedido. Sua bondade não se restringia às palavras, pois, assim que as deixou, chegou um grande cesto cheio de hortaliças e frutas vindas de Barton Park, e, antes do fim do dia, um outro com carne de caça. Além disso, ele insistia em trazer e levar as cartas delas até o correio, e não negava a satisfação de enviar-lhes o jornal todos os dias.

Lady Middleton enviou por intermédio dele uma mensagem muito cortês, denotando sua intenção de receber a senhora Dashwood assim que esta pudesse visitá-la sem inconvenientes. Como a mensagem foi respondida com um convite igualmente educado, sua senhoria foi-lhes apresentada no dia seguinte.

É claro que elas estavam muito ansiosas para conhecer a pessoa da qual grande parte de seu conforto em Barton iria depender, e a elegância de sua aparência mostrou-se favorável às suas expectativas. Lady Middleton não tinha mais de vinte e seis ou vinte e sete anos; seu rosto era bonito, ela era alta e imponente, e seus modos eram muito graciosos. Suas maneiras tinham toda a elegância que faltava ao marido. No entanto elas teriam sido aprimoradas se ela compartilhasse um pouco da franqueza e da hospitalidade do esposo; sua visita foi longa o suficiente para que a admiração inicial que tiveram por ela fosse diminuída, pois ela demonstrou que, embora fosse perfeitamente educada, era reservada, fria e não tinha nada a transmitir além de fazer perguntas ou observações bastante comuns.

No entanto, não faltou conversa, pois Sir John estava muito tagarela e Lady Middleton tomara a sábia precaução de levar com ela o filho mais velho, um garotinho de seis anos de idade, o que significava sempre haver um assunto ao qual as senhoras poderiam recorrer em caso de extrema dificuldade, pois elas tinham de perguntar seu nome e sua idade, admirar sua beleza e fazer-lhe indagações que a mãe respondia por ele, enquanto ele se agarrava a ela e ficava de cabeça baixa, para grande surpresa de Lady Middleton, que se perguntava por que era tão tímido diante das pessoas, já que fazia tanto barulho em casa. Em toda visita formal deveria haver uma criança, levada como uma forma de prover discursos. Nesse caso, foram necessários dez minutos para determinar se o menino era mais parecido com o pai ou com a mãe e, em particular, como ele se parecia com cada um deles, pois era claro que cada um tinha uma opinião diferente, e ficaram surpresos com as opiniões uns dos outros.

Logo foi dada uma oportunidade às Dashwoods de deliberarem sobre o restante das crianças, pois Sir John não partiu da casa antes de ter a garantia delas de que jantariam em Barton no dia seguinte.

Capítulo VII

Barton Park ficava a cerca de oitocentos metros do chalé. As senhoras haviam passado perto dele durante o caminho, ao longo do vale, mas não conseguiam vê-lo de sua casa, pois havia uma colina entre as duas residências. A casa era grande e bonita, e os Middletons tinham um estilo de vida que equilibrava hospitalidade e elegância. A primeira era para a satisfação de Sir John, e a segunda, para a de sua esposa. Quase sempre tinham amigos em casa e recebiam mais visitas, dos mais variados tipos, do que qualquer outra família da vizinhança. Isso era necessário para a felicidade de ambos. Por mais diferentes que fossem em termos de temperamento e comportamento, eles eram extremamente parecidos na absoluta falta de talento e gosto, o que limitava suas ocupações e os mantinha desconectados de tudo o que a sociedade produzia, dentro de um círculo muito reduzido. Sir John era esportista, Lady Middleton, mãe. Ele caçava e praticava tiro, e ela mimava os filhos. Esses eram seus únicos passatempos. Lady Middleton tinha a vantagem de poder mimar os filhos o ano todo, enquanto as atividades livres de Sir John consumiam apenas metade do tempo. Os constantes compromissos em casa e fora dela, no entanto, supriam todas as necessidades relativas à sua natureza e instrução: conservavam o bom ânimo de Sir John e colocavam em prática a boa educação de sua esposa.

Lady Middleton se empenhava na elegância de sua mesa e de todos os seus arranjos domésticos, e esse tipo de vaidade era seu maior prazer em todas as festas. Contudo, a satisfação de Sir John no contato com a sociedade era muito mais real. Ele se deleitava em reunir mais pessoas jovens em sua casa do que ela poderia comportar e, quanto mais barulhentas elas eram, mais ele ficava satisfeito. Ele era uma bênção para toda a juventude do bairro, pois no verão fazia festas em que comiam presunto e frango ao ar livre, e no inverno, seus bailes particulares eram fartos o suficiente para qualquer jovem senhorita que não estivesse sofrendo o apetite insaciável dos quinze anos.

A chegada de uma nova família à região sempre era motivo de alegria para ele, e, sob todos os pontos de vista, ele estava encantado com os habitantes que havia atraído para seu chalé em Barton. As senhoritas Dashwoods eram jovens, bonitas e nem um pouco afetadas. Era o suficiente para garantir sua boa opinião, já que não ser afetada era tudo o que uma garota bonita precisava fazer para que sua personalidade fosse tão atraente quanto sua aparência. Graças ao seu caráter amistoso, ele ficava feliz em acomodar pessoas cuja situação poderia ser considerada infeliz em comparação com o passado. Ao mostrar bondade a suas primas, portanto, ele teve a verdadeira satisfação de um homem de bom coração e, ao estabelecer uma família composta apenas de mulheres em seu chalé, experimentou uma compensação por sua condição de esportista: um esportista, afinal, estima somente pessoas do mesmo sexo que são esportistas como ele e nem sempre confia em acolhê-las em uma residência dentro de suas propriedades.

A senhora Dashwood e suas filhas foram recebidas na porta da casa por Sir John, que lhes deu as boas-vindas em Barton Park com genuína sinceridade; enquanto as acompanhava até a sala de visitas, ele insistia em falar às moças sobre uma preocupação que o incomodava desde o dia anterior: não havia conseguido encontrar nenhum rapaz inteligente para lhes apresentar. Elas veriam, disse ele, apenas um cavalheiro além de si: um amigo em particular que estava hospedado em Barton Park, mas que não era muito jovem nem muito divertido. Ele esperava que todas o desculpassem pela pequenez da recepção e lhes garantiu que aquilo nunca mais aconteceria. Ele visitara diversas famílias naquela manhã na esperança de conseguir aumentar o número de convidados, mas era noite de lua cheia[1] e todos estavam repletos de compromissos. Felizmente, a mãe de Lady Middleton chegou a Barton na última hora e, como era uma mulher muito animada e agradável, ele esperava que as jovens não achassem aquilo tão monótono quanto poderiam imaginar. As jovens, assim como a mãe, estavam perfeitamente satisfeitas por haver somente dois completos estranhos na festa e desejavam que não houvesse ninguém mais.

A senhora Jennings, mãe de Lady Middleton, era uma mulher bem-humorada, divertida, gorducha e idosa, que falava bastante, parecia muito feliz e bastante vulgar. Ela contava muitas piadas e ria muito e, antes de o jantar terminar, havia dito muitas coisas espirituosas sobre amantes e maridos. Esperava que elas não tivessem deixado seus corações em Sussex, e fingiu que as tinha visto corar, tivessem ou não feito isso. Marianne ficou irritada com aquilo por causa de sua irmã, e voltou os olhos para Elinor para ver como ela reagia, com uma

---

1. Naquela época, as noites de lua cheia eram as preferidas pelas pessoas para realizar eventos por causa da claridade proporcionada pelo luar. (N. E.)

seriedade que perturbou Elinor muito mais do que as brincadeiras triviais da senhora Jennings.

O coronel Brandon, amigo de Sir John, parecia, por seu distinto temperamento, tão pouco adequado para ser seu amigo quanto Lady Middleton para ser sua esposa, ou a senhora Jennings para ser mãe de Lady Middleton. Ele ficou calado e sério. Sua aparência, no entanto, não era antipática, apesar de ele ser, na opinião de Marianne e Margaret, um velho solteirão, pois já tinha seus trinta e cinco anos. Embora seu rosto não fosse bonito, ele tinha um ar sensato, e seus modos eram particularmente cavalheirescos.

Não havia nada nas pessoas daquela festa que pudesse recomendá-las como companhia para as Dashwoods, mas a fria insipidez de Lady Middleton era tão particularmente repulsiva que, comparadas a ela, a circunspecção do coronel Brandon e até a alegria ruidosa de Sir John e de sua sogra se tornavam interessantes. Lady Middleton pareceu ter sido despertada para a alegria apenas após o jantar, com a entrada barulhenta de seus quatro filhos, que a puxavam para todo lado, agarravam-se a suas roupas e acabaram com todo tipo de conversa, exceto aquelas relacionadas a eles.

Ao anoitecer, descobriu-se que Marianne tinha talentos musicais, motivo pelo qual foi convidada a tocar. O piano foi destrancado, e todos prepararam-se para ser encantados; Marianne, que cantava muito bem, cantou, a pedido deles, a melhor das canções que Lady Middleton havia tocado para a família em seu casamento, e cuja partitura talvez estivesse desde então na mesma posição sobre o piano, pois, logo após a cerimônia, sua senhoria desistira da música, embora, segundo o relato de sua mãe, tivesse tocado extremamente bem e, segundo ela mesma, gostasse muito de fazê-lo.

O desempenho de Marianne foi muito aplaudido. Sir John falava alto ao expressar sua admiração no final de cada música, e continuava falando alto em suas conversas com os demais durante a execução das canções. Lady Middleton chamou sua atenção várias vezes, perguntando-se como era possível que a atenção de alguém se desviasse da música por um momento que fosse, e pediu a Marianne que cantasse uma música específica que ela acabara de cantar. De todos os que estavam na festa, somente o coronel Brandon a ouviu sem entrar em êxtase. Ele apenas prestou atenção, e, na ocasião, ela sentiu respeito por ele, algo que os outros haviam razoavelmente perdido por sua vergonhosa falta de bom gosto. Seu prazer pela música, embora não pudesse se equiparar ao enlevado deleite que apenas ela sentia, era significativo quando comparado com a tremenda insensibilidade dos outros; e ela era sensata o suficiente para admitir que um homem de trinta e cinco anos pudesse ter agudeza de sentimentos e extraordinária capacidade de apreciação. Ela estava perfeitamente disposta a fazer todo tipo de concessão à idade avançada do coronel que seu senso de humanidade exigia.

Capítulo VIII

A senhora Jennings era uma viúva com posses. Ela tinha apenas duas filhas e viveu para ver ambas respeitavelmente casadas, e agora não tinha mais nada a fazer senão casar o resto do mundo. Na promoção desse objetivo, ela era zelosamente ativa, tanto quanto suas habilidades permitiam, e não perdeu a oportunidade de planejar casamentos entre todos os jovens que conhecia. Ela era notavelmente rápida na descoberta de afinidades e desfrutara da vantagem de provocar os rubores e a vaidade de muitas jovens com insinuações de seu poder sobre determinados rapazes. E esse tipo de discernimento permitiu-lhe, logo após sua chegada a Barton, afirmar com toda a certeza que o coronel Brandon estava muito apaixonado por Marianne Dashwood. Ela suspeitava disso desde a primeira noite em que estiveram juntos, pois ele a escutara com muita atenção enquanto ela cantava, e, quando a visita foi retribuída pelos Middletons com um jantar no chalé, o fato foi confirmado quando ele a ouviu novamente. Só podia ser isso. Ela estava completamente convencida. Seria uma combinação perfeita, pois *ele* era rico e *ela* era linda. A senhora Jennings estava ansiosa para ver o coronel Brandon bem casado desde que sua conexão com Sir John o trouxera a seu conhecimento, e ela se mantinha em seu objetivo de conseguir um bom marido para todas as moças bonitas.

A vantagem imediata que ela mesma obteve não foi de forma alguma insignificante, já que lhe proporcionava inúmeras piadas à custa de ambos. Em Barton Park, ela ria do coronel, e no chalé, ria de Marianne. Para o primeiro, sua zombaria provavelmente era, até onde se considerava, perfeitamente indiferente, mas, para a última, era inicialmente incompreensível e, quando seu objeto foi entendido, ela mal sabia se ria do absurdo ou se censurava sua impertinência, pois considerava isso uma reflexão insensível, levando em conta a idade avançada do coronel e sua condição de velho solteirão.

A senhora Dashwood, que não conseguia imaginar um homem cinco anos mais jovem que ela tão exageradamente velho quanto parecia à fantasia juvenil de sua filha, aventurou-se a defender a senhora Jennings da possibilidade de ela estar ridicularizando a idade dele.

— Mas, pelo menos, mamãe, a senhora não pode negar o absurdo da acusação, embora não a considere intencionalmente maliciosa. O coronel Brandon é certamente mais jovem que a senhora Jennings, mas ele tem idade suficiente para ser *meu* pai e, se ele alguma vez teve disposição suficiente para se apaixonar, deve ter sobrevivido a todas as sensações desse tipo. É ridículo demais! Quando é que um homem está a salvo dessas brincadeiras, se nem a idade nem a enfermidade o protegem?

— Enfermidade! — disse Elinor. — Você está dizendo que o coronel Brandon é um enfermo? Posso facilmente supor que a idade dele pareça muito mais elevada para você do que para minha mãe, mas você dificilmente deve se enganar quanto ao fato de ele fazer pleno uso de seus braços e de suas pernas!

— Você não o ouviu reclamar do reumatismo? E essa não é a doença mais comum quando a vida começa a entrar em declínio?

— Minha filha querida — disse a mãe, rindo —, seguindo esse raciocínio, você deve estar continuamente aterrorizada com a *minha* decadência, e deve lhe parecer um milagre que minha vida tenha sido estendida até estes avançados quarenta anos.

— Mamãe, você não está me fazendo justiça. Sei muito bem que o coronel Brandon ainda não tem idade suficiente para deixar seus amigos apreensivos por perdê-lo no curso natural da vida. Ele pode viver mais vinte anos. Mas trinta e cinco não tem nada a ver com o matrimônio.

— Talvez — disse Elinor — trinta e cinco e dezessete anos não combinem para um matrimônio entre si. Mas, se por acaso surgir uma mulher solteira de vinte e sete anos, não penso que a idade do coronel seja uma objeção a seu casamento com *ela*.

— Uma mulher de vinte e sete anos — disse Marianne, depois de fazer uma pausa — não pode jamais esperar sentir ou inspirar afeto novamente. Se sua casa estiver desconfortável ou sua fortuna for modesta, posso supor que ela queira se submeter ao ofício de enfermeira, por causa da provisão e da segurança de uma esposa. Portanto, se ele se casasse com uma mulher nessas condições, não haveria nada de inapropriado. Seria um pacto de conveniência, e todos ficariam satisfeitos. Aos meus olhos, isso não seria um casamento, isso não seria nada. Para mim, pareceria apenas uma troca comercial, na qual cada um se beneficiaria à custa do outro.

— Seria impossível, eu sei — respondeu Elinor —, convencê-la de que uma mulher de vinte e sete anos possa sentir por um homem de trinta e cinco qualquer coisa perto o suficiente do amor para torná-lo um companheiro desejável para ela. Mas não concordo que você condene o coronel Brandon e sua esposa ao constante confinamento de uma casa doente apenas porque ele se queixou ontem (um dia muito frio e úmido) de uma leve sensação reumática em um de seus ombros.

— Mas ele falou de coletes de flanela — disse Marianne. — E, para mim, um colete de flanela está invariavelmente ligado a dores, cãibras, reumatismos e toda espécie de doença que possa afligir os velhos e os fracos.

— Se ele estivesse com uma febre violenta, você não o desprezaria dessa maneira. Confesse, Marianne, não há algo interessante para você nas bochechas coradas, nos olhos fundos e na pulsação acelerada de uma pessoa com febre?

Logo depois disso, quando Elinor saiu da sala, Marianne disse:

— Mamãe, estou tão alarmada sobre esse assunto de doenças que não consigo ocultar isso de você. Tenho certeza de que Edward Ferrars não está bem. Já estamos aqui há quase quinze dias e, no entanto, ele ainda não veio nos visitar. Nada além de uma verdadeira indisposição poderia ocasionar esse atraso extraordinário. O que mais poderia detê-lo em Norland?

— Você imaginava que ele viria tão depressa? — perguntou a senhora Dashwood. — Eu não pensei assim. Pelo contrário, se eu senti alguma ansiedade a respeito disso, foi ao lembrar que ele demonstrou uma certa falta de prazer e disposição em aceitar meu convite, quando falei a ele sobre sua vinda a Barton. Elinor já o espera?

— Eu nunca falei sobre esse assunto com ela, mas é claro que ela deve esperar.

— Eu acho que você está enganada, pois, quando eu estava conversando com ela ontem sobre conseguir uma nova lareira para o quarto de hóspedes, ela observou que não havia pressa imediata, pois era provável que o quarto não fosse usado tão cedo.

— Que estranho! Qual pode ser o significado disso? Todo o comportamento de um em relação ao outro tem sido inexplicável! Quão frios, quão formais foram em sua última despedida! Como foi lânguida a conversa deles na última noite em que estavam juntos! Em seu adeus, Edward não fez distinção entre Elinor e mim: eram apenas os bons desejos de um irmão afetuoso para com as duas. Por duas vezes eu os deixei propositadamente juntos no decorrer da última manhã, e a cada vez ele mais inexplicavelmente me seguia para fora da sala. E Elinor, ao deixar Norland e Edward, não chorou mais que eu. Mesmo agora, seu autocontrole é invariável. Quando está desanimada ou melancólica? Quando tenta evitar a sociedade ou parece inquieta e insatisfeita?

Capítulo IX

As Dashwoods agora já estavam instaladas em Barton com razoável conforto. Já haviam se familiarizado com a casa e o jardim, com todos os objetos ao seu redor, e as atividades cotidianas que haviam conferido a Norland metade de seus encantos foram retomadas com muito mais prazer do que Norland pôde proporcionar desde que haviam perdido o pai. Sir John Middleton, que as visitara todos os dias durante a primeira quinzena, e que não costumava ter muita ocupação em casa, não conseguia esconder o espanto ao encontrá-las sempre absortas em alguma atividade.

Seus visitantes, exceto os de Barton Park, não eram muitos, pois, apesar dos pedidos insistentes de Sir John para que se relacionassem mais com a vizinhança e das reiteradas garantias de que sua carruagem estaria sempre à disposição, a independência do espírito da senhora Dashwood superava o seu desejo de sociabilizar as filhas, e ela estava decidida a recusar-se a visitar qualquer família além da distância de uma caminhada. Havia poucas famílias que poderiam se enquadrar nesse requisito, e nem todas eram acessíveis. A cerca de dois quilômetros e meio do chalé, ao longo do estreito e sinuoso vale de Allenham, que saía do vale de Barton, como foi descrito anteriormente, as meninas descobriram, em um de seus primeiros passeios, uma antiga mansão de aparência respeitável que, por lembrá-las um pouco de Norland, aguçou a imaginação delas e fez com que desejassem se familiarizar melhor com ela. Porém elas descobriram, após investigarem, que a proprietária da casa, uma senhora idosa de muito bom caráter, infelizmente estava muito doente para interagir com o mundo, e nunca saía de casa.

Toda a região que as circundava era abundante em belos passeios. As altas colinas, que as convidavam de quase todas as janelas do chalé a buscar o requintado ar de seus cumes, eram uma alternativa encantadora quando a poeira dos vales abaixo calava suas belezas superiores. Foi para uma dessas colinas que Marianne e Margaret, em uma manhã memorável, dirigiram seus passos, atraídas pela luz amena do tímido sol de um céu nublado, já que não suportavam mais o confinamento que a chuva constante dos dois dias anteriores havia ocasionado. O clima não era tentador o bastante para fazer com que a outra irmã e a mãe abandonassem os lápis e os livros, apesar da declaração de Marianne de que o tempo continuaria bom e que todas as nuvens ameaçadoras se dissipariam nas colinas. Dessa forma, as duas garotas saíram sozinhas.

Subiram alegremente as colinas, regozijando-se em cada vislumbre do céu azul, e, quando sentiram no rosto as lufadas revigorantes de um vento forte do sudoeste, lamentaram o medo que impedira a mãe e Elinor de compartilhar essas sensações deliciosas.

— Existe no mundo felicidade maior que esta? — perguntou Marianne. — Margaret, vamos andar por aqui durante pelo menos duas horas.

Margaret concordou, e elas seguiram o caminho contra o vento resistindo a ele com sorrisos por cerca de vinte minutos até que, subitamente, as nuvens se aninharam sobre suas cabeças e despejaram uma chuva forte em seus rostos. Surpreendidas e desgostosas, foram obrigadas, embora contra a vontade, a voltar para casa, pois não havia nenhum abrigo por perto. Contudo, restava-lhes um consolo, ao qual a exigência do momento dava maior pertinência: correr com toda a velocidade possível pelo lado íngreme da colina que levava diretamente ao portão do jardim.

Elas partiram. Marianne estava à frente em vantagem, mas um passo em falso a levou de repente ao chão. Margaret, sem conseguir parar para ajudá-la, seguiu involuntariamente correndo apressada e alcançou o sopé da colina em segurança.

Um cavalheiro carregando uma arma, com dois *pointers*[1] brincando ao seu redor, estava subindo a colina e a alguns metros de Marianne quando o acidente aconteceu. Ele largou a arma e correu para auxiliá-la.

Ela se levantou do chão, mas seu pé havia se torcido na queda e ela mal conseguia se sustentar. O cavalheiro ofereceu seus préstimos e, percebendo que a modéstia da moça a fazia recusar o que a situação tornava necessário, pegou-a nos braços sem muita cerimônia e a carregou colina abaixo. Então, passando pelo jardim, cujo portão havia sido deixado aberto por Margaret, ele a levou diretamente para dentro da casa, onde a irmã havia acabado de chegar, e não a deixou até que pudesse sentá-la em uma cadeira na sala.

Elinor e a mãe levantaram-se surpresas com a entrada deles e, enquanto os olhos de ambas estavam fixos no rapaz com um espanto evidente e uma admiração secreta suscitada por sua aparência, ele pediu

---

1. Os *pointers* eram cães muito utilizados em caças. (N. E.)

desculpas pela intromissão e relatou a causa de uma maneira tão franca e graciosa que suas feições, notavelmente belas, receberam encantos adicionais por conta de sua voz e expressão. E, mesmo que ele fosse velho, feio e vulgar, a gratidão e a amabilidade da senhora Dashwood teriam sido asseguradas em virtude do ato de atenção a sua filha. Contudo, a influência de sua juventude, beleza e elegância deu mais importância àquela atitude, comovendo-a ainda mais.

Ela agradeceu-lhe diversas vezes e, com uma doçura de modos que sempre a acompanhava, convidou-o a sentar-se. Porém ele recusou, pois estava sujo e molhado. A senhora Dashwood implorou, então, para saber a quem ela era agradecida. Ele respondeu que seu nome era Willoughby, e sua residência atual ficava em Allenham, de onde esperava partir no dia seguinte para ter a honra de voltar e receber notícias da senhorita Dashwood. A honra foi prontamente concedida, e ele partiu, em meio a uma forte chuva, o que o tornou ainda mais interessante.

Sua beleza viril e sua graciosidade incomum tornaram-se instantaneamente motivo de admiração geral, e o riso que a galantaria dirigida a Marianne provocou nelas recebeu um significado particular em virtude de seus atrativos físicos. A própria Marianne havia reparado menos em sua pessoa do que as demais, pois a confusão que a fizera enrubescer quando ele a levantou lhe roubara a coragem de olhar para ele depois que entraram na casa. Entretanto, o que ela vira foi o suficiente para que se juntasse à admiração das outras, e com todo o entusiasmo que sempre adornava seus elogios. A imagem e a expressão dele eram semelhantes ao que ela fantasiava como o herói de sua história favorita e, ao carregá-la para dentro de casa com tão pouca formalidade prévia, ele revelou uma rapidez de pensamento particularmente interessante. Todas as circunstâncias que o envolviam eram cativantes: tinha um bom nome, sua residência ficava na aldeia favorita delas, e não tardou para ela concluir que, de todas as vestimentas masculinas, uma jaqueta de caça era a mais imponente de todas. Sua imaginação estava ocupada, suas reflexões eram agradáveis, e a dor de um tornozelo torcido foi desconsiderada.

Sir John foi visitá-las tão logo o clima daquela manhã lhe permitiu sair de casa e, ao relatarem o acidente de Marianne a ele, perguntaram-lhe ansiosamente se conhecia algum cavalheiro com o nome de Willoughby em Allenham.

— Willoughby! — gritou Sir John. — O que *ele* está fazendo nesta região? Mas que boa notícia. Vou até a casa dele a cavalo amanhã, e o convidarei para jantar na quinta-feira.

— Então o conhece — disse a senhora Dashwood.

— Como conheço! Pode ter certeza que sim. Ora, ele vem para cá todo ano.

— E que tipo de jovem ele é?

— O melhor tipo que há, eu lhe asseguro. Atira com muita decência e não há um cavaleiro mais ousado em toda a Inglaterra.

— E isso é tudo o que pode dizer dele? — Marianne gritou indignada. — Mas como ele é na intimidade? Quais são suas atividades, seus talentos e seu gênio?

Sir John ficou bastante intrigado.

— Juro pela minha alma que não sei muito sobre ele quanto a tudo *isso*. No entanto, posso dizer que ele é um sujeito agradável e bem-humorado, e tem uma cadelinha preta, de caça, que é a mais bonita que já vi. Ela estava com ele hoje?

Contudo Marianne era tão incapaz de satisfazer a curiosidade dele a respeito da *pointer* do senhor Willoughby quanto ele era incapaz de descrever a ela as nuances da mente do rapaz.

— Mas quem é ele? — perguntou Elinor. — De onde ele veio? Ele tem uma casa em Allenham?

Nesse ponto, Sir John poderia dar mais informações; disse a elas que o senhor Willoughby não possuía propriedades no local, que ele residia ali apenas enquanto visitava a velha senhora de Allenham Court, com a qual tinha parentesco e de quem herdaria os bens. E acrescentou:

— Sim, sim, vale muito a pena conquistá-lo, posso lhe dizer, senhorita Dashwood. Ele também tem uma pequena propriedade em Somersetshire e, se eu fosse você, não desistiria dele por causa de sua irmã mais nova, apesar de seu tombo morro abaixo. A senhorita Marianne não deve esperar ter todos os homens para si mesma. Brandon ficará com ciúmes, se ela não tomar cuidado.

— Eu não acredito — disse a senhora Dashwood, com um sorriso bem-humorado — que o senhor Willoughby será incomodado com as tentativas de qualquer uma das *minhas* filhas em relação ao que você chama de *conquistá-lo*. Não é o propósito para o qual elas foram criadas. Os homens estão muito seguros conosco, mesmo que eles sejam ricos demais. Fico feliz em descobrir, no entanto, pelo que você diz, que ele é um jovem respeitável e alguém cujo conhecimento não deve ser desprezado.

— Ele é um tipo de pessoa muito boa, acredito eu — repetiu Sir John. — Lembro-me do último Natal em uma pequena reunião em

Barton Park, em que ele dançou das oito da noite às quatro da manhã, sem sequer parar para se sentar.

— Ele realmente fez isso? — Marianne disse em voz alta, com os olhos brilhantes. — E com elegância, com espírito?

— Sim, e ele já estava em pé às oito para cavalgar em segredo.

— É disso que eu gosto, e é isso o que um jovem deve ser. Quaisquer que sejam suas atividades, sua ânsia por elas não deve ter moderação e não deve lhe deixar qualquer rastro de fadiga.

— Ai, ai... eu vejo como será — disse Sir John —, eu vejo como será. Você lançara sua rede sobre ele agora e nunca mais pensará no pobre Brandon.

— Essa é uma expressão, Sir John — disse Marianne calorosamente —, da qual particularmente não gosto. Abomino todas as frases de lugar-comum que se pretendem inteligentes. "Lançar a rede" e "fazer conquistas" são as mais odiosas de todas. Sua tendência é grosseira e vulgar e, se sua constituição pudesse ser considerada inteligente, o tempo há muito destruiu toda a sua ingenuidade.

Sir John não entendeu muito bem essa reprovação, mas riu com tanto entusiasmo como se tivesse entendido, e então respondeu:

— Sim, você fará conquistas suficientes, ouso dizer, de um jeito ou de outro. Pobre Brandon! Ele já está completamente apaixonado, e valeria muito a pena lançar sua rede sobre ele, posso dizer, apesar dessa história de tombo e entorse no tornozelo.

Capítulo X

O protetor de Marianne foi o título que Margaret, com mais elegância do que precisão, dera a Willoughby, que visitou o chalé no início da manhã seguinte para ter notícias pessoalmente sobre o estado dela. Ele foi recebido pela senhora Dashwood com mais do que cortesia, com a gentileza que o relato de Sir John sobre ele e sua própria gratidão suscitaram. E tudo o que se passou durante a visita cuidou de garantir-lhe o bom senso, a elegância, o afeto mútuo e o conforto doméstico da família a quem o acidente o apresentara. Seus encantos pessoais não exigiam uma segunda reunião para tentar convencê-lo.

A senhorita Dashwood tinha uma tez delicada, feições regulares e uma imagem extraordinariamente bonita. Marianne era ainda mais bonita. Sua silhueta, embora não tão perfeita quanto a da irmã, tinha a vantagem da altura, o que a tornava mais notável; e seu rosto era tão encantador que, quando as pessoas lhe dirigiam o elogio comum de bela moça, a verdade era menos violentamente ultrajada do que normalmente acontece. Tinha uma pele morena, que, por seu frescor, era incomumente brilhante; seus traços eram belos; o sorriso dela era doce e atraente; e em seus olhos, bem escuros, havia uma vida, um espírito, uma ânsia que dificilmente podiam ser apreciados sem deleite. De Willoughby, a expressão deles foi inicialmente ocultada, pelo constrangimento que a lembrança de sua ajuda criou. No entanto, quando aquilo passou, quando seus espíritos se acalmaram, quando ela viu que, para além da perfeita educação do cavalheiro, ele unia ainda franqueza e vivacidade e, acima de tudo, quando ela o ouviu declarar que era apaixonado por música e dança, ela lhe lançou um olhar de aprovação que garantiu para si a maior parte da conversa pelo resto de sua estadia.

Só era preciso mencionar qualquer uma de suas diversões favoritas para convencê-la a conversar. Ela não conseguia ficar calada quando esses pontos eram introduzidos, e não tinha timidez nem reservas em sua discussão. Eles rapidamente descobriram que o prazer de dançar e a atração pela música eram sentimentos mútuos e que havia uma grande afinidade em tudo o que se relacionava a ambos. Encorajada por isso a um exame mais aprofundado de suas opiniões, ela passou a questioná-lo a respeito dos livros; seus autores favoritos foram apresentados e descritos com um prazer tão arrebatador que qualquer rapaz de vinte e cinco anos teria sido realmente insensível caso não percebesse a excelência de tais obras, por mais desconsideradas que fossem anteriormente. O gosto deles era surpreendentemente parecido. Os mesmos livros e as mesmas passagens foram idolatrados por ambos; ou, se havia alguma diferença, se surgia alguma objeção, durava até que a força de seus argumentos e o brilho de seus olhos pudessem ser exibidos. Ele consentia com todas as conclusões dela, compartilhando de seu entusiasmo, e, muito antes de a visita terminar, já conversavam com a familiaridade de dois velhos conhecidos.

— Bem, Marianne — disse Elinor, assim que ele as deixou —, para *uma* única manhã, acho que você se saiu muito bem. Você já descobriu a opinião do senhor Willoughby sobre quase todas as questões importantes. Você sabe o que ele pensa sobre Cowper e Scott,[1] você tem certeza de que ele estima as belezas de cada um como deveria, e recebeu toda a garantia de que ele admira Pope[2] não mais do que o adequado. Mas como esse relacionamento poderá durar se você liquida tão rapidamente todos os assuntos? Em breve, você esgotará cada um de seus tópicos favoritos. Outro encontro será suficiente para explanar suas opiniões sobre a beleza pitoresca e os segundos casamentos, e então você não terá mais nada a perguntar.

— Elinor — exclamou Marianne —, isso é justo? Você acha? Minhas ideias são tão escassas assim? Mas eu entendo o que você quer dizer. Fiquei muito à vontade, muito animada, fui muito franca. Infringi todas as noções de decoro. Fui sincera e aberta quando deveria ser reservada, contida, sem graça e falsa. Se eu falasse apenas do clima e das estradas e só falasse uma vez a cada dez minutos, teria sido poupada de sua reprovação.

— Meu amor — disse a mãe —, você não deve se ofender com o que Elinor disse. Ela estava apenas brincando. Eu mesma a repreenderia se ela fosse capaz de estragar o prazer de sua conversa com nosso novo amigo.

Marianne logo ficou mais calma.

Willoughby, por sua vez, dera todas as provas de seu prazer em conhecê-las, haja vista seu desejo evidente de consolidar a amizade. Ele as visitava todos os dias. Saber de Marianne tinha sido sua desculpa a princípio, mas a forma como era recebido, a cada dia com mais gentileza,

---

1. Walter Scott (1771-1832), poeta e romancista criador do estilo conhecido como romance histórico. Antes dele, alguns autores procuraram desenvolver essa modalidade de literatura, porém não foram compreendidos pelo público nem pela crítica. (N. E.)
2. Alexander Pope (1688-1744), um dos maiores poetas britânicos do século XVIII. Ficou famoso por traduzir Homero. (N. E.)

tornou essa desculpa desnecessária antes mesmo que ela deixasse de ser plausível, dada a perfeita recuperação de Marianne. Ela ficou confinada por alguns dias na casa, mas nunca um confinamento fora menos fastidioso. Willoughby era um jovem de boas habilidades, imaginação rápida, espírito animado e modos sinceros e afetuosos.

Ele havia sido exatamente feito para envolver o coração de Marianne, pois a tudo isso juntava-se não apenas uma pessoa cativante, mas um ardor natural do espírito que agora era despertado e enriquecido pelo exemplo dela, o que favorecia seu afeto além de qualquer outra coisa.

Sua companhia tornou-se gradualmente seu prazer mais requintado. Eles leram, conversaram, cantaram juntos. Seus talentos musicais eram consideráveis, e ele leu com toda a sensibilidade e a presença de espírito que Edward infelizmente não possuía.

Na opinião da senhora Dashwood, ele era tão impecável quanto na opinião de Marianne, e Elinor nada via que pudesse censurá-lo, a não ser uma propensão, na qual ele se assemelhava particularmente a sua irmã, a sempre dizer o que pensava em todas as ocasiões sem atentar para pessoas ou circunstâncias. Ao formar e emitir sua opinião às pressas a respeito dos outros, sacrificava as regras da cortesia usual pelo prazer da atenção plena à qual ele empenhara seu coração; desprezando com muita facilidade as convenções mundanas, demonstrava uma falta de cautela que Elinor não podia aprovar, apesar de tudo o que ele e Marianne pudessem dizer em seu apoio.

Agora, Marianne começava a perceber que o desespero que a tomara aos dezesseis anos e meio, de nunca encontrar um homem capaz de satisfazer as suas ideias de perfeição, fora precipitado e injustificável. Willoughby era tudo o que sua fantasia delineara, em horas infelizes e em todos os períodos mais encantadores, como sendo capaz de atraí-la, e o comportamento dele declarava que seus desejos eram tão intensos quanto suas habilidades.

Sua mãe também, em cuja mente não havia nenhum pensamento especulativo a respeito de um possível casamento por conta de sua perspectiva de riqueza, foi levada em menos de uma semana a sonhar com isso e a criar expectativas, e secretamente se felicitar por ter ganhado dois genros como Edward e Willoughby.

O interesse do coronel Brandon por Marianne, descoberto tão cedo por seus amigos, tornou-se perceptível por Elinor quando deixou de ser notado pelos outros. A atenção e o interesse que seriam dedicados a ele foram direcionados a seu rival mais afortunado, e o atrevimento a que o outro havia incorrido antes que qualquer afeição se manifestasse foi retraído quando seus sentimentos começaram a realmente despertar o ridículo, tão justamente aliado à sensibilidade. Elinor foi obrigada, embora com relutância, a acreditar que os sentimentos que, para sua própria satisfação, a senhora Jennings atribuíra ao coronel estavam agora realmente inspirados por sua irmã; e que, apesar de uma semelhança notável de disposição entre as partes favorecer o senhor Willoughby, uma igualmente significante oposição de caráter não servia de obstáculo em relação ao coronel Brandon. Ela observou isso com preocupação, pois o que um homem recatado de trinta e cinco anos poderia esperar em oposição a um muito animado de vinte e cinco? E, como ela não pudesse sequer imaginá-lo bem-sucedido, desejou de todo o coração que ele fosse indiferente. Ela gostava dele e, apesar de sua seriedade e reserva, achava-o digno de interesse. Suas maneiras, embora formais, eram suaves; e sua reserva parecia mais o resultado de alguma opressão de espírito do que de uma melancolia natural de temperamento. Sir John havia deixado pistas sobre mágoas e decepções passadas, o que justificava sua crença de que ele era um homem infeliz, e ela o considerava com respeito e compaixão.

Talvez ela tivesse mais pena e o estimasse mais porque ele era menosprezado por Willoughby e Marianne, que, desdenhosos pelo fato de ele não ser cheio de vida nem jovem, pareciam decididos a subestimar seus méritos.

— Brandon é exatamente o tipo de homem — disse Willoughby um dia, quando eles estavam juntos falando sobre o coronel — de quem todo mundo fala bem, mas com o qual ninguém se importa. Aquele que todos ficam encantados de admirar, mas com o qual ninguém se lembra de conversar.

— É exatamente o que penso dele — exclamou Marianne.

— Mas não se gabem disso — disse Elinor —, pois é uma injustiça da parte de vocês. Ele é muito estimado por toda a família em Barton Park, e eu nunca o vejo sozinho para poder conversar a sós com ele.

— Ele ser considerado por *você* — respondeu Willoughby — certamente está a seu favor, mas, quanto à estima dos outros, é uma reprovação em si mesma. Quem se submeteria à indignidade de ser aprovado por uma mulher como Lady Middleton e a senhora Jennings, algo que poderia comandar a indiferença de qualquer outra pessoa?

— Mas talvez o desprezo de pessoas como você e Marianne contrabalanceie a consideração de Lady Middleton e de sua mãe. Se o elogio delas é motivo de censura, a censura de vocês pode ser um elogio, pois a falta de discernimento delas não é maior do que o preconceito e a injustiça de vocês.

— Em defesa do seu protegido, você pode até ser insolente.

— Meu protegido, como você o chama, é um homem sensato, e a sensatez sempre será um atrativo para mim. Sim, Marianne, mesmo em um homem entre os trinta e os quarenta anos. Ele já viu grande parte do mundo; esteve no exterior, leu bastante e é um pensador. Eu o achei digno de me dar muitas informações sobre diversos assuntos; e ele sempre respondeu minhas perguntas com a prontidão da boa educação e da boa natureza.

— O que significa — exclamou Marianne com desdém — que ele lhe disse que nas Índias Orientais o clima é quente e os mosquitos são um problema.

— Ele *teria* me dito isso, não tenho dúvida, se eu tivesse feito essas perguntas, mas eram pontos sobre os quais eu já havia sido informada anteriormente.

— Talvez — disse Willoughby — suas observações possam ter se estendido à existência de nababos, *mohurs* de ouro e palanquins.[3]

— Atrevo-me a dizer que as observações *dele* se estenderam muito além da sua sinceridade. Mas por que você deveria não gostar dele?

— Não desgosto dele. Considero-o, pelo contrário, um homem muito respeitável, que tem o louvor das pessoas, e que não é reconhecido; ele tem mais dinheiro do que pode gastar, mais tempo do que consegue administrar e dois novos casacos todos os anos.

— Acrescente a isso — exclamou Marianne — que ele não tem um bom gênio, gosto ou espírito. Que seu conhecimento não é brilhante, que seus sentimentos não se exaltam e que sua voz é inexpressiva.

— Vocês deliberam sobre as imperfeições dele de maneira tão superficial — respondeu Elinor — e com tanta força de imaginação que os elogios que posso fazer a ele são comparativamente inúteis e insípidos. Só posso dizer que ele é um homem sensato, educado, bem informado, de trejeitos gentis, e, creio, possui um coração amável.

— Senhorita Dashwood — exclamou Willoughby —, agora, você está sendo indelicada comigo. Você está tentando me desarmar pela razão

---

3. Nababo era o título dado ao governador ou vice-rei de uma província ou região do Império Mogol (1526-1857) que chegou a quase dominar a Índia. *Mohurs* eram moedas de ouro cunhadas no Império Mogol e em regiões próximas a ele. Palanquim é uma espécie de liteira usada no Oriente para transportar pessoas. (N. E.)

e me convencer contra minha vontade. Mas não conseguirá fazê-lo. Você poderá me achar tão teimoso quanto se acha astuta. Tenho três razões indiscutíveis para não gostar do coronel Brandon: ele me ameaçou com a chuva quando eu queria um bom tempo, ele encontrou falhas no atrelamento de minha carruagem, e não consigo convencê-lo a comprar minha égua marrom. Se for uma satisfação para você, no entanto, ser informada de que acredito que seu caráter seja sob outros aspectos irrepreensível, estou pronto para confessá-lo. E, em troca desse reconhecimento, que deve ainda me doer um pouco, você não pode me negar o privilégio de não gostar dele mais do que nunca.

Capítulo XI

A senhora Dashwood e suas filhas mal podiam imaginar, quando chegaram a Devonshire, que surgiriam tantos compromissos para ocupar seu tempo tão logo se acomodassem, ou que receberiam convites tão frequentes e visitas constantes que lhes deixariam com pouco tempo para se dedicar a suas ocupações mais sérias. No entanto, esse foi o caso. Quando Marianne se recuperou, os planos de diversão em casa e fora dela, em que Sir John já havia pensado anteriormente, foram executados. Os bailes particulares em Barton Park recomeçaram, e foram realizadas festas ao ar livre sempre que um outubro chuvoso permitia. Willoughby estava incluído em todas as reuniões do tipo, e a descontração e a familiaridade que naturalmente faziam parte dessas festas foram exatamente calculadas para proporcionar mais intimidade ao relacionamento dele com as Dashwoods, para lhe dar a oportunidade de testemunhar as características excelentes de Marianne, de expressar sua admiração por ela e de receber, por meio do comportamento dela em relação a ele, a garantia mais aguçada de seu afeto.

Elinor não pôde se surpreender mais com o apego de ambos. Ela só desejava que tudo aquilo fosse menos abertamente demonstrado, e por uma ou duas vezes se aventurou a sugerir a Marianne que tivesse um pouco de autocontrole. No entanto, Marianne abominava toda dissimulação quando nenhuma desgraça real pudesse acontecer, e reprimir sentimentos que não eram em si censuráveis pareceu-lhe não apenas um esforço desnecessário, mas uma sujeição vergonhosa da razão a noções comuns e equivocadas. Willoughby pensava da mesma forma, e seu comportamento em todos os momentos era uma ilustração de suas opiniões.

Quando ele estava presente, Marianne não tinha olhos para mais ninguém. Tudo o que ele fazia estava certo. Tudo o que ele dizia era inteligente. Se as noites em Barton Park eram concluídas com jogos de cartas, ele trapaceava a si e a todo o resto do grupo para dar uma boa mão a ela. Se a dança era a diversão da noite, eles formavam par a metade do tempo e, quando obrigados a se separar um do outro para dançar com outro par, permaneciam próximos e mal falavam uma palavra com qualquer outra pessoa. Tal conduta os fez, é claro, ser extremamente ridicularizados, mas nem o ridículo podia envergonhá-los e dificilmente parecia incomodá-los.

A senhora Dashwood compartilhava todos esses sentimentos com um entusiasmo que a impedia de identificar essa exibição excessiva deles. Para ela, era apenas a consequência natural de um forte afeto entre espíritos jovens e ardentes.

Esta foi a época da felicidade para Marianne. Seu coração era dedicado a Willoughby, e o apego a Norland, que ela trouxe de Sussex, muito provavelmente poderia se abrandar mais do que ela pensara ser possível antes, graças aos encantos que sua companhia conferia à residência atual.

Todavia, a felicidade de Elinor não era semelhante à da irmã. Seu coração não estava tão tranquilo, nem sua satisfação com os divertimentos era tão genuína. Não lhe proporcionaram uma companhia que pudesse reparar o que ela havia deixado para trás, nem que pudesse ensiná-la a pensar em Norland com menos saudade. Nem Lady Middleton nem a senhora Jennings poderiam lhe oferecer as conversas de que ela sentia falta; embora a última fosse uma eterna faladora e desde o princípio a tratasse com uma gentileza capaz de assegurar-lhe participação em grande parte de todas as suas conversas. Ela já havia repetido a própria história para Elinor três ou quatro vezes e, se a memória de Elinor fosse igual à capacidade de improvisar da outra, ela saberia desde o início todos os detalhes da última doença do senhor Jennings e o que ele disse à esposa alguns minutos antes de morrer. Lady Middleton era mais agradável do que a mãe apenas por ficar mais calada. Elinor precisou de pouca observação para perceber que sua reserva era uma mera atitude de autocontrole, com a qual a sensatez não tinha nada a ver. Em relação ao marido e à mãe, agia da mesma maneira como agia com elas, portanto, a intimidade não deveria ser algo que ela buscasse nem desejasse. Ela não tinha nada a dizer em um dia que já não houvesse dito no dia anterior. Sua insipidez era invariável, pois até seus humores eram sempre os mesmos, e, embora ela não se opusesse às festas organizadas pelo marido, desde que tudo fosse conduzido com estilo e seus dois filhos mais velhos a acompanhassem, ela nunca parecia ter mais prazer nelas do que poderia ter experimentado estando sozinha em casa; e a presença dela tampouco aumentava o prazer dos outros quando participava de qualquer conversa deles, que às vezes apenas se lembravam dela pela solicitude em relação aos filhos irrequietos.

Somente no coronel Brandon, entre todos os seus novos conhecidos, Elinor encontrou uma pessoa que pudesse, em qualquer grau, ser merecedora de respeito por suas faculdades, provocar o interesse da amizade ou cuja companhia lhe desse prazer. Willoughby estava fora de questão. Ele tinha a admiração e o respeito dela, mesmo que um respeito de irmã; mas ele era um apaixonado, suas atenções eram todas para Marianne, e um homem muito menos educado poderia ter sido mais agradável. Infelizmente para si mesmo, o coronel Brandon não teve incentivo para pensar apenas em Marianne e, ao conversar com Elinor, encontrava maior consolo para a indiferença da irmã.

A compaixão de Elinor por ele aumentou, pois ela tinha motivos para suspeitar que a miséria do amor não correspondido já era por ele conhecida. Essa suspeita veio à tona por intermédio de algumas palavras que ele acidentalmente deixou escapar numa noite em Barton Park, quando estavam sentados juntos por consentimento mútuo, enquanto outras pessoas dançavam. Seus olhos estavam fixos em Marianne e, depois de um silêncio de alguns minutos, ele disse, dando um leve sorriso:

— Percebo que sua irmã não considera segundos afetos.

— Não — respondeu Elinor —, as opiniões dela são todas românticas.

— Ou melhor, como acredito, ela considera impossível que possam existir.

— Acho que sim. No entanto, não sei como consegue fazê-lo sem refletir sobre o caráter do próprio pai, que teve duas esposas. O tempo, no entanto, assentará suas opiniões em uma base razoável de bom senso e observação, e então será mais fácil do que agora, para ela, defini-las e justificá-las por si mesma.

— Provavelmente será esse o caso — respondeu ele. — No entanto, há algo tão doce nos preconceitos de uma mente jovem que é uma pena vê-los dar lugar à recepção de opiniões generalizadas.

— Não posso concordar com o senhor nesse ponto — disse Elinor. — Há inconvenientes em sentimentos como os de Marianne que todos os encantos do entusiasmo e da ignorância do mundo não conseguem expurgar. O temperamento dela tem a infeliz tendência de dar valor a coisas insignificantes, e um melhor entendimento do mundo é o que espero ansiosamente que lhe aconteça.

Depois de uma breve pausa, ele retomou a conversa dizendo:

— Sua irmã não faz distinção em suas objeções contra um segundo casamento? Ou são igualmente criminosas em todas as situações? Aqueles que ficaram desapontados com sua primeira escolha, seja pela inconstância de seu fim ou pela perversidade das circunstâncias, deverão manter-se igualmente indiferentes durante o resto de sua vida?

— Palavra de honra, não estou familiarizada com as minúcias dos princípios dela. Só sei que nunca a ouvi admitir que algum exemplo de um segundo casamento seja perdoável.

— Isso — disse ele — não pode continuar, mas uma mudança, uma mudança total de sentimentos... Não, não o desejo, pois, quando os refinamentos românticos de uma mente jovem são obrigados a ceder, com que frequência são sucedidos por opiniões tão comuns, no entanto perigosas demais! Falo por experiência própria; conheci uma dama que se parecia muito com sua irmã em temperamento e ideias, que pensava e julgava como ela, mas que, por uma mudança imposta... por uma série de circunstâncias infelizes...

Nesse momento ele se calou de repente. Parecia achar que havia falado demais e, por seu semblante, deu origem a conjecturas que, de outra forma, não teriam entrado na cabeça de Elinor. A tal dama provavelmente passaria sem suspeitas se ele não tivesse convencido a senhorita Dashwood de que nada relacionado a esse assunto deveria ter escapado de seus lábios. Da maneira como tudo aconteceu, exigiu-se apenas um pequeno esforço de imaginação para conectar sua emoção à lembrança terna de um amor do passado. Elinor não insistiu. No entanto, Marianne, em seu lugar, não teria se contentado com tão pouco. A história toda teria sido rapidamente formada sob sua criatividade ativa; e tudo teria sido estabelecido na mais melancólica ordem do amor desastroso.

Capítulo XII

Enquanto Elinor e Marianne caminhavam juntas na manhã seguinte, esta última comunicou uma notícia à irmã que, ante tudo o que ela sabia sobre a imprudência e a falta de juízo de Marianne, surpreendeu-a por seu testemunho extravagante de ambas. Marianne disse a ela, com grande satisfação, que Willoughby lhe dera um cavalo que ele havia criado em sua propriedade em Somersetshire, e que era especialmente treinado para transportar uma mulher. Sem considerar que não estava nos planos de sua mãe manter um cavalo, e que, se ela precisasse alterar sua resolução por causa do presente, deveria comprar outro para o criado e manter um cavalariço para montá-lo e, além disso, construir um estábulo para recebê-los, Marianne aceitou o presente sem hesitar e contou tudo à irmã em êxtase.

— Ele pretende enviar seu cavalariço de Somersetshire imediatamente — acrescentou ela — e, quando este chegar, cavalgaremos todos os dias. Você compartilhará seu uso comigo. Imagine, minha querida Elinor, o prazer de galopar nestas colinas.

Ela não queria acordar daquele sonho de felicidade para compreender todas as verdades infelizes que acompanhavam o caso, e por algum tempo se recusou a submeter-se a elas. Quanto a um criado adicional, a despesa seria muito pequena. Estava certa de que a mamãe nunca se oporia a isso; e qualquer cavalo serviria para *ele*, que sempre poderia conseguir um em Barton Park; quanto ao estábulo, um pequeno galpão seria suficiente. Elinor então se aventurou a comentar que não era apropriado receber tal presente de um homem que ela conhecia tão pouco, ou pelo menos há tão pouco tempo. Aquilo foi demais.

— Você está enganada, Elinor — disse ela calorosamente —, ao supor que conheço muito pouco de Willoughby. Não o conheço há muito tempo, mas estou muito mais familiarizada com ele do que com qualquer outra criatura do mundo, exceto você e nossa mãe. Não é o tempo nem a ocasião que determinam a intimidade, mas apenas a disposição. Sete anos seriam insuficientes para que algumas pessoas pudessem se conhecer, e sete dias são mais que suficientes para outras. Eu me consideraria mais culpada por aceitar um cavalo do meu irmão do que de Willoughby. De John, sei muito pouco, embora tenhamos vivido juntos durante anos, mas, a respeito de Willoughby, meu julgamento já se formou há bastante tempo.

Elinor achou sensato não mais abordar aquele ponto. Ela conhecia o temperamento da irmã. A oposição a um assunto tão delicado só a prenderia mais à sua própria opinião. Mas, apelando para sua afeição pela mãe, mostrou-lhe os inconvenientes que lhe causariam um aumento de despesas se (o que provavelmente seria o caso) ela consentisse com isso. Marianne logo foi convencida e prometeu não provocar a mãe a cometer tão imprudente gentileza ao mencionar a oferta, e prometeu dizer a Willoughby, quando o visse em seguida, que ela não poderia aceitar o presente.

Ela foi fiel à sua palavra e, quando Willoughby visitou o chalé, no mesmo dia, Elinor a ouviu expressar seu desapontamento em voz baixa, por ser obrigada a recusar o presente. As razões para essa alteração foram nesse mesmo momento apresentadas e tornaram impossível qualquer insistência por parte dele. A preocupação do rapaz, porém, era muito aparente, e, depois de expressá-la com seriedade, ele acrescentou, também com a voz baixa:

— Contudo, Marianne, o cavalo continua a seu dispor, embora você não possa recebê-lo agora. Vou mantê-lo comigo apenas até que você possa reivindicá-lo. Quando você deixar Barton, para se estabelecer em seu próprio lar, Queen Mab estará esperando por você.

Tudo isso foi ouvido pela senhorita Dashwood, e, por toda a frase, em sua maneira de pronunciá-la, e ao dirigir-se à irmã apenas pelo nome de batismo, ela instantaneamente viu uma intimidade tão definida, um significado tão direto, que demonstrava um acordo perfeito entre eles. A partir daquele momento, ela não duvidou de que estivessem comprometidos um com o outro, e sua única surpresa é que, haja vista a franqueza de ambos, ela, ou qualquer um de seus amigos, apenas tivesse descoberto isso por acidente.

Margaret relatou algo a ela no dia seguinte que colocou ainda mais luz sobre o caso. Willoughby havia passado a noite anterior com elas, e Margaret, ficando um tempo na sala com ele e Marianne, teve oportunidade de fazer observações as quais, com um semblante muito sério, ela comunicou à irmã mais velha, quando elas ficaram a sós.

— Oh, Elinor! — ela exclamou. — Tenho um segredo para contar sobre Marianne. Tenho certeza de que ela se casará com o senhor Willoughby muito em breve.

—— Você vem dizendo isso — respondeu Elinor — quase todos os dias desde que eles se conheceram em High-Church Down. Não havia nem uma semana que eles se conheciam, e você já tinha certeza de que

Marianne tinha colocado um retrato dele no colar que ela usa no pescoço, mas por fim você acabou vendo que era apenas a miniatura de nosso tio-avô.

— Mas agora é diferente. Tenho certeza de que eles se casarão muito em breve, pois ele tem uma mecha do cabelo dela.

— Tome cuidado, Margaret. Pode ser apenas o cabelo de algum tio-avô *dele*.

— De fato, Elinor, a mecha é mesmo dela. Tenho quase certeza de que sim, porque o vi cortá-la. Na noite passada, depois do chá, quando você e mamãe saíram da sala, eles estavam sussurrando e conversando apressados. Ele parecia estar implorando algo para ela, e então pegou uma tesoura e cortou uma longa mecha do cabelo de Marianne que lhe caía pelas costas. Ele beijou a mecha e a envolveu com um pedaço de papel branco e guardou em seu caderno de bolso.

Diante de tais informações, declaradas com tal autoridade, Elinor não pôde deixar de acreditar nela. Nem estava disposta a isso, pois a circunstância estava em perfeita harmonia com o que ela tinha ouvido e visto.

A sagacidade de Margaret nem sempre era exibida de maneira tão satisfatória para a irmã. Quando a senhora Jennings a abordou uma noite em Barton Park, para descobrir o nome do jovem que era o favorito de Elinor, assunto que há muito tempo a consumia de grande curiosidade, Margaret respondeu olhando diretamente para a irmã e dizendo:

— Não devo contar, não é mesmo, Elinor?

Isso, é claro, fez todo mundo rir, e Elinor se forçou a rir também. No entanto, o esforço foi doloroso. Ela estava convencida de que Margaret se referia a uma pessoa cujo nome ela não poderia suportar com compostura ao vê-lo ser transformado em uma piada permanente para a senhora Jennings.

Marianne sentiu sinceramente pela irmã, entretanto, ela fez mais mal do que bem à causa ruborizando e dizendo com raiva a Margaret:

— Lembre-se de que, quaisquer que sejam suas suposições, você não tem o direito de repeti-las.

— Nunca fiz suposições a esse respeito — respondeu Margaret. — Foi você quem me contou sobre o assunto.

Isso fez com que as risadas aumentassem, e Margaret foi pressionada a falar algo mais.

— Ah, senhorita Margaret, deixe-nos saber tudo sobre esse assunto — disse a senhora Jennings. — Qual é o nome do cavalheiro?

— Não devo contar, senhora. Mas sei muito bem quem é, e sei também onde ele está.

— Sim, sim, é fácil adivinhar onde ele está; em sua própria casa em Norland, com certeza. Ele é o pastor da paróquia, ouso dizer.

— Não, *isso* ele não é. Ele não tem nenhuma profissão.

— Margaret — disse Marianne energicamente —, você sabe que tudo isso é uma invenção sua e que essa pessoa não existe.

— Bem, então, ele morreu há pouco, Marianne, pois tenho certeza de que já houve um homem assim, e seu nome começa com a letra F.

Elinor sentiu-se muito agradecida a Lady Middleton por observar, naquele momento, "que chovia muito", embora ela acreditasse que a interrupção se devesse menos a qualquer atenção para com ela do que à grande aversão de sua senhoria a todos esses assuntos deselegantes e jocosos que deliciavam seu marido e sua mãe. A ideia, contudo, iniciada por ela, foi imediatamente seguida pelo coronel Brandon, que em todas as ocasiões estava atento aos sentimentos dos outros, e, por isso, muito foi dito sobre a chuva por parte de ambos. Willoughby abriu o piano e pediu a Marianne que se sentasse e, assim, em meio a vários esforços de diferentes pessoas para abandonar o assunto, ele caiu no esquecimento. Mas não foi tão facilmente que Elinor se recuperou da inquietação em que o assunto a lançara.

Naquela noite, foi formado um grupo que iria a um lugar muito bonito a cerca de trinta quilômetros de Barton, pertencente a um cunhado do coronel Brandon, sem cuja presença não poderia ser visitado, pois o proprietário, que estava no exterior, havia deixado ordens estritas a esse respeito. Dizia-se que a área era belíssima, e Sir John, que era particularmente caloroso em elogios, poderia ser um juiz tolerável, pois ele havia formado grupos para visitar o local pelo menos duas vezes a cada verão nos últimos dez anos. A região continha uma boa quantidade de água, e velejar seria uma grande parte da diversão da manhã. Eles prepariam lanches frios, utilizariam carruagens abertas apenas, e tudo seria conduzido no estilo usual de um passeio muito prazeroso.

Para alguns poucos daquele grupo, tudo aquilo parecia um empreendimento ousado, considerando-se a época do ano e o fato de que havia chovido todos os dias durante a última quinzena. E a senhora Dashwood, que já estava resfriada, foi convencida por Elinor a ficar em casa.

Capítulo XIII

A excursão planejada a Whitwell foi muito diferente do que Elinor esperava. Ela estava preparada para se molhar, para ficar cansada e assustada, mas o evento foi ainda mais infeliz, pois eles não foram a lugar algum.

Às dez horas, todo o grupo estava reunido em Barton Park, onde deveriam tomar o desjejum. Embora tivesse chovido a noite toda, a manhã estava bastante agradável, pois as nuvens se dispersavam pelo céu e o sol aparecia entre elas. Todos estavam de bom humor e animados, ansiosos por se divertir e determinados a se submeter aos maiores inconvenientes e a todas as dificuldades que pudessem surgir.

Enquanto tomavam o café da manhã, as cartas foram entregues. Entre elas, havia uma para o coronel Brandon, que a pegou, olhou o endereço, mudou de cor e saiu imediatamente da sala.

— Qual é o problema com Brandon? — perguntou Sir John.

Ninguém sabia.

— Espero que ele não tenha recebido más notícias — disse Lady Middleton. — Deve ser algo extraordinário para fazer o coronel Brandon deixar a mesa do café tão repentinamente.

Em cerca de cinco minutos, ele voltou.

— Espero que não sejam más notícias, coronel — disse a senhora Jennings assim que ele entrou na sala.

— Nenhuma, senhora. Obrigado por perguntar.

— Era de Avignon? Espero que não diga que sua irmã está pior.

— Não, senhora. Veio da cidade, e é apenas uma carta de negócios.

— Mas por que o senhor ficou tão preocupado se era apenas uma carta de negócios? Ora, ora, coronel, não nos dê desculpas. Conte-nos a verdade.

— Minha querida senhora — disse Lady Middleton —, pense um pouco antes de dizer essas coisas.

— Talvez seja para lhe dizer que sua prima Fanny é casada? — perguntou a senhora Jennings, sem se importar com a repreensão da filha.

— Não, de fato, não é.

— Bem, então, eu sei de quem é a carta, coronel. E espero que ela esteja bem.

— A quem a senhora está se referindo? — perguntou ele, enrubescendo um pouco.

— Ah, você sabe de quem estou falando.

— Sinto muito, senhora — disse ele, dirigindo-se a Lady Middleton —, por ter recebido esta carta hoje, mas é que os negócios requerem minha presença imediata na cidade.

— Na cidade! — exclamou a senhora Jennings. — O que você pode fazer na cidade nesta época do ano?

— Meu próprio pesar já é grande — continuou ele — por ser obrigado a deixar um grupo tão agradável. No entanto, estou muito preocupado, pois temo que minha presença seja necessária para que possam visitar Whitwell.

Que golpe para todos foi aquilo!

— Mas, se você escrever uma carta para a governanta, senhor Brandon — disse Marianne, ansiosa —, não será suficiente?

Ele balançou a cabeça negativamente.

— Temos que ir — disse Sir John. — Não deve ser adiado agora, quando estamos prestes a partir. Você não pode ir à cidade até amanhã, Brandon, está decidido.

— Gostaria que isso pudesse ser resolvido com tanta facilidade. Mas não está ao meu alcance adiar minha jornada por um dia!

— Se você nos disser qual é o problema — disse a senhora Jennings —, poderemos saber se pode ser adiado ou não.

— Você não se atrasará mais do que seis horas — disse Willoughby — se postergar sua viagem até nosso retorno.

— Não posso perder *uma* hora sequer.

Elinor então ouviu Willoughby dizer em voz baixa para Marianne:

— Há algumas pessoas que não suportam a alegria das outras. Brandon é uma delas. Ele tinha medo de pegar um resfriado, ouso dizer, e inventou esse truque para escapar. Eu apostaria cinquenta guinéus de que foi ele mesmo quem escreveu a carta.

— Não tenho dúvidas — respondeu Marianne.

— Não há como convencê-lo a mudar de ideia, Brandon, quando está determinado a fazer alguma coisa. Eu o conheço faz tempo — disse Sir John. — No entanto, espero que você pense melhor. Considere, aqui estão as duas senhoritas Carey, que vieram de Newton, as três senhoritas Dashwoods, que vieram do chalé, e o senhor Willoughby, que se levantou duas horas antes do horário habitual somente com o propósito de ir a Whitwell.

O coronel Brandon novamente falou sobre sua tristeza por ser o motivo de desapontamento do grupo, mas, ao mesmo tempo, declarou que aquilo era inevitável.

— Bem, então, quando você volta?

— Espero vê-lo em Barton — acrescentou Lady Middleton — assim que você puder regressar da cidade. E devemos adiar o passeio a Whitwell até sua volta.

— A senhora é muito atenciosa. Mas é tão incerta a data em que poderei retornar, que não ouso me comprometer.

— Ah, mas ele deve e vai voltar — exclamou Sir John. — Se ele não estiver aqui até o fim da semana, irei atrás dele.

— Sim, Sir John — exclamou a senhora Jennings —, e então talvez você descubra quais são os negócios dele.

— Não quero investigar as preocupações de outros homens. Suponho que é algo de que ele se envergonhe.

Os cavalos do coronel Brandon foram anunciados.

— Você não vai à cidade a cavalo, não é? — acrescentou Sir John.

— Não. Vou somente até Honiton. De lá, pegarei a diligência.

— Bem, como você está decidido a ir, desejo-lhe uma boa viagem. Contudo, acho melhor você mudar de ideia.

— Garanto-lhe que isso não está em meu poder.

Então, ele se despediu de todos.

— Há alguma chance de eu ver você e suas irmãs na cidade neste inverno, senhorita Dashwood?

— Receio que nenhuma.

— Então, devo me despedir por mais tempo do que eu gostaria.

Ele simplesmente fez uma reverência na direção de Marianne e não pronunciou palavra alguma.

— Vamos lá, coronel — disse a senhora Jennings —; antes de ir, conte-nos o que precisa fazer lá.

Mas ele apenas desejou-lhe um bom-dia e, na companhia de Sir John, deixou a sala.

As queixas e lamentações, que a polidez até então restringira, agora surgiam por parte de todos, que concordaram reiteradamente que tudo aquilo era muito desapontador.

— Posso adivinhar qual é o negócio dele — disse a senhora Jennings, exultante.

— Você pode, senhora? — quase todos perguntaram.

— Sim, é sobre a senhorita Williams, tenho certeza.

— E quem é a senhorita Williams? — perguntou Marianne.

— O quê!? Você não sabe quem é a senhorita Williams? Estou certa de que já deve ter ouvido falar dela antes. Ela é uma parenta do coronel, minha querida, uma parenta muito próxima. Não quero dizer o quanto são próximos, pois temo chocar as jovens.

Então, abaixando um pouco o tom de voz, ela disse a Elinor:

— É a filha dele.

— Não me diga!

— Ah, sim! Ela se parece muito com ele. Ouso dizer que o coronel deixará toda a sua fortuna para ela.

Quando Sir John voltou, juntou-se com todo o coração ao coro das lamentações pelo evento tão infeliz. Porém, concluiu, observando, que, uma vez que todos estavam reunidos, deveriam fazer algo para se alegrar, e, após conversarem, concordou-se que, embora aquela felicidade aguardada só pudesse ser desfrutada em Whitwell, eles iriam buscar uma outra diversão agradável passeando por aquela região. Então, ordenou que trouxessem as carruagens. A de Willoughby foi a primeira, e Marianne nunca parecera tão feliz do que quando entrou naquela carruagem. Ele conduziu o veículo com rapidez, por isso logo desapareceram, e nada mais se soube deles até retornarem, o que só aconteceu depois que todos os outros estavam de volta. Ambos pareciam encantados com o passeio, mas disseram, apenas em termos gerais, que eles se mantiveram nas veredas, enquanto os outros subiram as colinas.

Ficou decidido que haveria um baile à noite e que todos iriam se divertir muito o dia inteiro. Mais alguns membros da família Carey foram ao jantar, e tiveram o prazer de receber quase vinte pessoas à mesa, o que Sir John observou com grande satisfação. Willoughby tomou seu lugar habitual entre as duas senhoritas Dashwoods mais velhas. A senhora Jennings sentou se à direita de Elinor, e elas mal haviam se sentado quando aquela se inclinou por trás desta e de Willoughby e disse a Marianne, em tom alto o suficiente para que ambos escutassem:

— Eu os avistei, apesar de todos os seus truques. Sei onde vocês passaram toda a manhã.

Marianne ficou corada e respondeu muito apressadamente:

— Onde? Pode dizer?

— A senhora não sabia — disse Willoughby — que saímos em minha carruagem?

— Sim, sim, senhor imprudente, eu sei disso muito bem, e estava decidida a descobrir *onde* vocês estiveram. Espero que tenha gostado de sua casa, senhorita Marianne. É uma casa muito grande, eu sei e, quando eu for vê-la, espero que você a tenha reformado, pois ela precisava muito disso quando estive lá seis anos atrás.

Marianne voltou-se para ele confusa. A senhora Jennings deu uma gargalhada, e Elinor descobriu que, em sua determinação de saber onde eles estavam, ela mandou sua própria criada indagar o cavalariço do senhor Willoughby, e, por esse método, fora informada de que tinham ido a Allenham e lá passaram um tempo considerável passeando pelo jardim e andando por toda a casa.

Elinor mal podia acreditar que isso fosse verdade, pois parecia muito improvável que Willoughby propusesse, ou Marianne consentisse, entrar na casa enquanto a senhora Smith, a quem Marianne nunca havia sido apresentada, estivesse nela.

Assim que saíram da sala de jantar, Elinor perguntou sobre o caso, e grande foi sua surpresa quando descobriu que todas as circunstâncias relatadas pela senhora Jennings eram a mais pura verdade. Marianne estava bastante zangada com ela por duvidar disso.

— Por que você supõe, Elinor, que não fomos lá, ou que não vimos a casa? Não é o que você sempre quis fazer?

— Sim, Marianne, mas eu não iria enquanto a senhora Smith estivesse lá, e sem nenhuma outra companhia além do senhor Willoughby.

— O senhor Willoughby, no entanto, é a única pessoa que pode ter o direito de mostrar aquela casa, e, como ele foi em uma carruagem aberta, era impossível ter outra companhia. Nunca passei uma manhã tão agradável em toda a minha vida.

— Receio — respondeu Elinor — que os prazeres de um ato nem sempre demonstrem sua conveniência.

— Pelo contrário, nada pode ser uma prova mais evidente disso, Elinor. Porque, se houvesse alguma impropriedade real no que eu fazia, eu teria percebido no mesmo momento, pois sempre sabemos quando estamos agindo errado, e com tal convicção eu não poderia ter tido prazer algum.

— Mas, minha querida Marianne, como isso já a expôs a comentários muito impertinentes, será que agora você não deveria começar a duvidar da discrição de sua conduta?

— Se as observações impertinentes da senhora Jennings são prova de uma conduta imprópria, todos nós estamos comprometidos a cada momento de nossas vidas. Não dou mais valor a suas censuras, tampouco a seus elogios. Não sinto ter feito algo de errado ao andar pelos jardins da senhora Smith ou por ter visto sua casa. Um dia, serão do senhor Willoughby e...

— Se um dia vierem a ser seus, Marianne, ainda assim não haveria justificativa para o que fez.

Ela corou com essa insinuação, mas era até visivelmente gratificante para ela. E, após um intervalo de dez minutos de séria reflexão, ela se voltou para a irmã e disse com muito bom humor:

— Talvez, Elinor, eu *tenha* errado ao ir para Allenham, mas o senhor Willoughby queria muito mostrar-me o lugar. É uma casa encantadora, garanto-lhe. Há uma sala de estar incrivelmente bonita ao término das escadas, de um tamanho muito agradável para uso constante, e com móveis modernos ficaria ainda melhor. É uma sala de canto, e tem janelas dos dois lados. De um lado você vê o gramado para jogos, atrás da casa, e um belo bosque suspenso ao fundo; do outro, a vista da igreja e do vilarejo e, além deles, aquelas belas colinas com pastagens que admiramos tantas vezes. Só não a apreciei mais porque nada poderia estar mais abandonado do que aqueles móveis, mas, se fosse redecorada, com algumas centenas de libras, como diz Willoughby, seria uma das mais agradáveis salas de verão da Inglaterra.

Se Elinor a tivesse ouvido sem a interrupção dos outros, ela descreveria todos os cômodos da casa com igual prazer.

Capítulo XIV

O súbito término da visita do coronel Brandon a Barton Park, com sua firmeza em esconder o motivo, envolveu a mente e aguçou a imaginação da senhora Jennings por dois ou três dias. Ela tinha mesmo uma grande imaginação, como todos aqueles que têm um interesse muito vivo nas idas e vindas de todos os seus conhecidos. Ela se perguntava a todo momento qual poderia ser a razão daquilo. Tinha certeza de que deveria haver más notícias por trás da situação, e pensou em todo tipo de angústia que poderia ter acontecido a ele, resoluta de que ele não encontraria saída para todas elas.

— Algo muito triste deve estar lhe acontecendo, tenho certeza — disse ela. — Pude ver isso na cara dele. Pobre homem! Receio que esteja enfrentando uma situação ruim. A propriedade em Delaford nunca rendeu mais de duas mil libras por ano, e seu irmão deixou tudo em condições lamentáveis. Acho que ele deve ter sido chamado por questões financeiras; por qual outro motivo poderia ser? Creio que tenha sido por isso. Eu daria qualquer coisa para saber a verdade. Talvez seja algo relacionado à senhorita Williams; aliás, ouso dizer que é mesmo a respeito dela, pois ele pareceu muito pensativo quando eu a mencionei. Pode ser que ela esteja doente na cidade. Não há nada no mundo que seja mais provável, pois me parece que ela anda sempre bastante doente. Eu poderia apostar que se trata de algo sobre a senhorita Williams. Não é muito provável que ele esteja em dificuldades financeiras *agora*, pois é um homem muito prudente, e com certeza não deve mais ter dívidas relacionadas à propriedade a essa altura. Eu me pergunto o que pode ser! Talvez sua irmã tenha piorado em Avignon e mandado chamá-lo. Sua partida com tanta pressa parece muito ter esse motivo. Bem, eu desejo, de todo o coração, que seus problemas sejam resolvidos e que, de quebra, ele consiga uma boa esposa.

A senhora Jennings assim divagava e falava. Sua opinião variava a cada nova conjectura, e todas as opções pareciam igualmente prováveis à medida que iam surgindo. Elinor, embora estivesse realmente interessada no bem-estar do coronel Brandon, não manifestara tanto espanto por ele ter desaparecido tão repentinamente quanto a senhora Jennings estava desejosa de constatar, pois, na opinião dela, as circunstâncias não justificavam tal assombro nem tal variedade de especulações, e, além disso, sua preocupação estava voltada para outro assunto. O que a preocupava era o extraordinário silêncio de sua irmã e Willoughby sobre o assunto que eles deviam saber ser de particular interesse de todos. Enquanto aquele silêncio se estendia, a cada dia tudo parecia mais estranho e mais incompatível com o temperamento dos dois. Elinor não podia imaginar por que eles não reconheciam abertamente, para sua mãe e para ela, o que o constante comportamento de um com o outro demonstrava ter ocorrido.

Ela poderia facilmente conceber que o casamento não pudesse acontecer de imediato, pois, embora Willoughby fosse independente, não havia nenhuma razão para acreditar que fosse rico. Os rendimentos de sua propriedade tinham sido avaliados por Sir John em cerca de seiscentas ou setecentas libras por ano, mas suas despesas dificilmente poderiam ser cobertas por esse valor, e ele próprio se queixava frequentemente de sua pobreza. Mas ela não conseguia entender esse estranho tipo de segredo mantido por eles em relação ao noivado, que na verdade não tinha nada de sigiloso, e era tão contraditório às suas opiniões e práticas em geral que, às vezes, ela se via em dúvida sobre o fato de estarem realmente noivos, e essa dúvida era suficiente para impedi-la de fazer perguntas a Marianne.

Nada poderia ser mais expressivo do apego de ambos do que o comportamento de Willoughby. Para Marianne, ele oferecia toda a ternura que somente o coração de um amante poderia oferecer e, para o restante da família, dava a atenção afetuosa de um filho e de um irmão. O chalé parecia ser considerado e amado por ele como sua própria casa; passava muito mais horas ali do que em Allenham e, se nenhum compromisso geral os reunisse em Barton Park, era quase certo que os exercícios da manhã terminassem ali, onde passava o resto do dia sozinho ao lado de Marianne, com sua *pointer* favorita aos pés dela.

Uma noite em particular, cerca de uma semana depois que o coronel Brandon os deixara, seu coração parecia mais aberto do que o normal a todos os sentimentos de apego aos objetos ao seu redor e, quando, por acaso, a senhora Dashwood mencionou seu projeto de reformar o chalé na primavera, ele se opôs calorosamente a todas as alterações no lugar, pois nutria por ele tanto afeto que o considerava perfeito.

— Mas como?! — ele exclamou. — Melhorar este adorado chalé! Não. Nunca concordarei com *isso*. Nenhuma pedra deve ser adicionada às suas paredes, nenhuma polegada ao seu tamanho, se vocês se importarem com meus sentimentos.

— Não se assuste — disse a senhorita Dashwood. — Nada disso será feito, pois minha mãe nunca terá dinheiro suficiente.

— Fico feliz com isso — ele exclamou. — Espero que ela sempre seja pobre se não puder empregar melhor suas riquezas.

— Obrigado, Willoughby. Mas você pode ter certeza de que nem todas as benfeitorias do mundo fariam com que eu deixasse de lado um sentimento seu, ou de alguém que eu ame, por um lugar. Confie em mim, seja qual for a quantia disponível em minhas contas na primavera, prefiro deixá-la sem uso a gastá-la em algo que seja doloroso para você. Mas você está realmente tão apegado a esse lugar que não vê nenhum defeito nele?

— Estou — disse ele. — Para mim, é impecável. Além disso, considero-a como a única forma de construção na qual a felicidade pode ser alcançada e, se eu fosse rico o suficiente, demoliria Combe de imediato e a reconstruiria no plano exato deste chalé.

— Com escadas estreitas e escuras e uma cozinha esfumaçada, suponho — disse Elinor.

— Sim — exclamou ele no mesmo tom incisivo —, com tudo e todas as coisas que lhe pertencem; suas comodidades e *in*comodidades, de modo que a menor variação seja perceptível. Então, e somente então, sob esse teto, talvez eu seja tão feliz em Combe quanto em Barton.

— Ficarei lisonjeada — respondeu Elinor — se, no futuro, mesmo com a desvantagem de contar com quartos melhores e uma escada mais ampla, você considerar sua casa tão impecável quanto a nossa.

— Certamente há circunstâncias — disse Willoughby — que podem tornar o lugar ainda melhor para mim, mas este chalé sempre evocará o meu afeto de uma maneira que nenhum outro será capaz de fazer.

A senhora Dashwood olhou com prazer para Marianne, cujos belos olhos estavam tão expressivamente fixados em Willoughby que claramente denotavam quão bem ela o entendia.

— Quantas vezes desejei — acrescentou ele —, quando estive em Allenham, um ano atrás, que o chalé de Barton fosse habitado! Eu nunca olhei para ele sem admirá-lo e sem lamentar que ninguém estivesse morando nele. Mal imaginava que as primeiras notícias que ouviria da senhora Smith, quando chegasse à região, seriam que o chalé de Barton estava ocupado; e senti imediatamente tanta satisfação e tanto interesse no fato que isso só pode ser explicado por um tipo de pressentimento da felicidade que eu estava para experimentar. Não era para ter sido assim, Marianne? — disse a ela em voz baixa.

Então, com seu tom de voz anterior, ele disse:

— E ainda assim você estragaria esta casa, senhora Dashwood? Você tiraria sua simplicidade por meio de supostas melhorias! E esta querida saleta na qual nossa amizade começou, e na qual passamos tantas horas juntos e felizes, a senhora a rebaixaria à condição de uma entrada comum, e todos ficariam saudosos de atravessar aquela sala em que havia mais conforto e aconchego do que qualquer outro aposento no mundo, das mais extraordinárias dimensões, poderia oferecer.

A senhora Dashwood assegurou-lhe novamente que não faria nenhuma alteração desse tipo.

— Você é uma boa mulher — ele respondeu calorosamente. — Sua promessa deixa-me tranquilo. Amplie-a um pouco mais, e me fará mais feliz ainda. Diga-me que não apenas sua casa permanecerá a mesma, mas que eu sempre encontrarei a senhora e a sua família tão inalteradas quanto sua habitação, e que sempre me considerará com a mesma bondade que fez com que tudo que lhe pertence seja tão caro para mim.

A promessa foi prontamente feita, e o comportamento de Willoughby durante toda a noite explicitava sua afeição e felicidade.

— Vamos vê-lo amanhã no jantar? — perguntou a senhora Dashwood quando ele estava indo embora. — Eu não lhe convido para vir de manhã, pois devemos caminhar até Barton Park para fazer uma visita a Lady Middleton.

Ele se comprometeu a estar com elas às quatro horas da tarde.

Capítulo XV

A visita da senhora Dashwood a Lady Middleton ocorreu no dia seguinte, e duas de suas filhas foram com ela. Marianne, no entanto, desculpou-se por não fazer parte do grupo sob algum pretexto insignificante de estar ocupada, e sua mãe, que concluiu que Willoughby havia feito uma promessa na noite anterior de visitá-la enquanto elas estivessem ausentes, estava perfeitamente satisfeita com a permanência dela em casa.

Ao voltarem de Barton Park, encontraram a carruagem e o criado de Willoughby esperando no chalé, e a senhora Dashwood estava convencida de que acertara em sua conjectura. Até aquele momento, tudo estava saindo conforme ela havia previsto, mas, ao entrar na casa, viu o que jamais imaginara. Elas mal tinham chegado ao corredor quando viram Marianne sair apressadamente da sala, aparentando estar em profundo sofrimento, com um lenço nos olhos; sem notar a presença delas, ela subiu correndo as escadas. Surpresas e alarmadas, elas seguiram diretamente para a sala de visitas que ela acabara de deixar e lá encontraram apenas Willoughby, encostado na lareira, de costas para elas. Ele se virou quando elas entraram, e seu semblante mostrava que ele partilhava intensamente da mesma emoção que dominava Marianne.

— O que há com ela? — gritou a senhora Dashwood ao entrar. — Ela está doente?

— Espero que não — respondeu ele, tentando parecer alegre.

Com um sorriso forçado, logo acrescentou:

— Sou eu quem mais espera ficar doente, pois agora estou extremamente desapontado!

— Desapontado?

— Sim, pois não poderei manter meu compromisso com vocês. Nesta manhã, a senhora Smith exerceu sobre mim o privilégio do primo rico sobre o primo pobre e dependente, enviando-me a negócios para Londres. Acabei de receber meus despachos e de me despedir de Allenham. Agora, com tristeza, venho despedir-me de vocês.

— Para Londres? E você vai hoje mesmo, agora de manhã?

— Neste exato momento.

— Isso é muito lamentável. Mas a senhora Smith deve ser obedecida. E os negócios dela não vão afastá-lo de nós por muito tempo, eu espero.

Ele corou ao responder:

— A senhora é muito gentil, mas não tenho planos de retornar tão logo a Devonshire. Minhas visitas à senhora Smith nunca se repetem antes do prazo de doze meses.

— E a senhora Smith é sua única amiga? Allenham é a única casa nos arredores onde você é bem-vindo? Que vergonha, Willoughby, não contar conosco para hospedá-lo.

Ele enrubesceu ainda mais e, com os olhos fixos no chão, apenas respondeu:

— A senhora é bondosa demais.

A senhora Dashwood olhou para Elinor com surpresa. Elinor sentiu igual espanto. Por alguns momentos, todas ficaram em silêncio. Foi a senhora Dashwood quem o quebrou.

— Tenho apenas de acrescentar, meu caro Willoughby, que você sempre será bem-vindo no chalé de Barton. Mas não o pressionarei a voltar aqui imediatamente, porque só você pode julgar até que ponto *isso* agradaria à senhora Smith. E não quero questionar seu julgamento nem pôr em dúvida seu desejo.

— Meus compromissos no momento — respondeu Willoughby, confuso — são de tal natureza... que... não quero me vangloriar...

Ele parou. A senhora Dashwood ficou espantada demais para falar e outra pausa se sucedeu. Ela foi quebrada por Willoughby, que disse, dando um leve sorriso:

— É loucura protelar isso dessa maneira. Não vou mais me torturar permanecendo com amigas cuja companhia me é impossível desfrutar agora.

Ele então se apressou em pedir-lhes permissão e saiu da sala. Elas o viram entrar na carruagem e, em um minuto, a perderam de vista.

A senhora Dashwood estava abatida demais para conseguir falar, e imediatamente deixou a sala para lidar sozinha com a preocupação e o susto que essa partida repentina ocasionou.

O desconforto de Elinor era no mínimo semelhante ao de sua mãe. Ela pensou no que acabara de acontecer com ansiedade e desconfiança. O comportamento de Willoughby ao despedir-se delas, seu constrangimento, a simulação de alegria e, acima de tudo, a relutância em aceitar o convite de sua mãe, atitudes que não condiziam com as de um homem apaixonado, que não condiziam com as dele mesmo, a perturbaram bastante. Por um momento ela temeu que nunca tivesse havido um compromisso sério da parte dele e, no momento seguinte, que uma desastrosa briga tivesse acontecido entre ele e sua irmã. A angústia com que Marianne havia demonstrado ter saído da sala era tal que apenas uma briga séria entre os dois poderia razoavelmente justificá-la, embora, quando se considerava o amor de Marianne por ele, uma briga lhe parecia algo quase impossível de acontecer.

Contudo, quaisquer que fossem os detalhes de sua separação, a aflição de sua irmã era indubitável, e ela pensou com a mais terna compaixão que, para aquela violenta tristeza, Marianne provavelmente não estava buscando alívio, mas a alimentando e incitando, como se fosse um dever.

Em cerca de meia hora, sua mãe voltou, e, embora seus olhos estivessem vermelhos, seu semblante não era de tristeza.

— Nosso querido Willoughby está agora a alguns quilômetros de Barton, Elinor — disse ela quando se sentou para trabalhar —, e com que pesar no coração ele deve estar viajando!

— É tudo muito estranho. Desaparecer assim, tão subitamente! Parece uma decisão tomada de uma hora para outra. Ontem à noite, ele estava conosco tão feliz, tão alegre, tão carinhoso, e agora, apenas dez minutos depois de nos comunicar, foi-se embora sem intenção de voltar! Deve ter acontecido alguma outra coisa além do que ele nos contou. Ele não estava falando ou se comportando como ele mesmo. A *senhora* deve ter notado a diferença, assim como eu. O que pode ser? Será que eles brigaram? Por qual outro motivo ele teria demonstrado tanta relutância em aceitar seu convite para ficar aqui?

— Não lhe faltava vontade de ficar, Elinor. Pude ver claramente *isso*. Não estava em seu poder aceitar ou não. Pensei em tudo isso, garanto a você, e posso explicar perfeitamente tudo o que a princípio pareceu estranho a mim e a você.

— Pode mesmo?

— Sim. Eu expliquei tudo isso para mim mesma de modo muito satisfatório, mas você, Elinor, gosta de duvidar de tudo sempre que pode, e então sei que não conseguirei *satisfazê-la*, mas você não vai *me* demover de minha convicção. Estou convencida de que a senhora Smith suspeita de sua estima por Marianne, desaprova isso (talvez porque tenha outros planos para ele) e, portanto, está ávida para afastá-lo dela; e de que os negócios que ela o mandou resolver foram forjados como uma desculpa para dispensá-lo. É isso que acredito que tenha acontecido. Além disso, ele sabe que ela *realmente* desaprova essa relação e por isso não ousa lhe confessar seu noivado com Marianne. Ele se sente obrigado, por sua situação de dependência, a ceder a seus estratagemas e se ausentar de

Devonshire por um tempo. Eu sei que você me dirá que isso pode ou *não* ter acontecido, mas não darei ouvidos a nenhuma conjectura, a menos que você possa apontar qualquer outra versão satisfatória do caso. E agora, Elinor, o que tem a dizer?

— Nada, pois você antecipou minha resposta.

— Então, você teria me dito que isso pode ou não ter acontecido. Ah, Elinor, quão incompreensíveis são seus sentimentos! Você prefere aceitar o mal a acreditar no bem. Prefere esforçar-se para procurar uma infelicidade para Marianne e culpa para o pobre Willoughby a buscar uma justificativa para ele. Você está decidida a considerá-lo culpado porque ele se despediu de nós com menos afeto do que geralmente demonstrava. Não deveria dar-lhe um desconto por estar distraído ou mesmo deprimido por causa das recentes decepções? Não devemos aceitar as possibilidades simplesmente por não serem certezas? Não devemos nada ao homem que nos deu tantas razões para amá-lo e nenhuma razão no mundo para pensar mal dele? Não é possível que haja razões inquestionáveis, embora, neste momento, inevitavelmente secretas? E, afinal, qual é a sua suspeita a respeito dele?

— Nem eu mesma posso dizer. Entretanto, uma mudança como a que acabamos de testemunhar nele faz com que seja inevitável suspeitarmos de algo ruim. Há uma grande verdade, no entanto, no que a senhora disse agora, sobre as concessões que devem ser feitas a ele, e é meu desejo ser imparcial no meu julgamento sobre todos. Willoughby pode, sem dúvida, ter razões suficientes para se comportar desse modo, e eu espero que tenha. Mas teria sido mais característico dele reconhecê-las de uma vez. O sigilo pode ser recomendável, mas ainda assim não posso deixar de me perguntar se é típico dele mantê-lo.

— Ora, não o culpe por agir contra sua natureza quando isso é realmente necessário. Então, você realmente admite a justiça do que eu disse em sua defesa? Fico feliz... e ele, absolvido.

— Não completamente. Pode ser apropriado ocultar o noivado (se é que eles *estão* noivos) da senhora Smith — e, se for esse o caso, é extremamente conveniente para Willoughby ficar pouco em Devonshire no momento. Mas não há desculpa para escondê-lo de nós.

— Esconder isso de nós! Minha querida filha, você acusa Willoughby e Marianne de ocultação? Isso é de fato estranho, já que seus olhos os repreendem todos os dias por imprudência.

— Não preciso de nenhuma prova da afeição deles — disse Elinor.
— Mas do noivado, sim.

— Estou perfeitamente satisfeita com essas duas coisas.

— Ainda assim, nenhuma palavra lhe foi dita por nenhum deles sobre o assunto.

— Eu não preciso de palavras quando ações falaram por si mesmas. O comportamento dele com Marianne e com todos nós, pelo menos na última quinzena, demonstrou que ele a amava e a considerava como sua futura esposa, e que sentia por nós o vínculo das relações mais próximas. Não nos entendemos perfeitamente com ele? Meu consentimento não foi solicitado diariamente pelos seus olhares, por seus modos, seu respeito atento e afetuoso? Minha querida Elinor, é possível duvidar do noivado deles? Como é possível supor que Willoughby, convencido como deve estar do amor de sua irmã, a deixe talvez por meses sem declarar a ela seus sentimentos; que eles tenham se separado sem uma troca mútua de confidências?

— Confesso — respondeu Elinor — que todas as circunstâncias, exceto *uma*, são favoráveis à hipótese do noivado deles, mas essa *única* circunstância é o completo silêncio de ambos sobre o assunto, e para mim ela tem tanto peso que quase supera todas as outras.

— Que estranho isso! Você deve pensar muito mal de Willoughby se, depois de tudo o que se passou abertamente entre eles, ainda duvida da natureza dos laços pelos quais eles estão unidos. Então esse tempo todo ele teria interpretado um papel com a sua irmã? Você acha realmente que ele é indiferente a ela?

— Não, eu não consigo pensar assim. Ele deve amá-la, tenho certeza.

— Mas com um tipo estranho de ternura, se foi capaz de despedir-se dela com tanta indiferença, tanto descaso com relação ao futuro, como você avaliou.

— Você deve se lembrar, minha querida mãe, que nunca dei esse assunto como certo. Confesso que tenho minhas dúvidas, mas elas são mais frágeis do que eram e podem em breve desaparecer completamente. Se constatarmos que o que eles sentem é recíproco, todo o meu receio terá fim.

— De fato é uma enorme concessão a sua! Se você os visse no altar, suporia que eles iriam se casar. Que menina desagradável! Pois eu não preciso de tal prova. Na minha opinião, não ocorreu nada que justifique dúvidas; não houve esforços para manter segredo. Tudo foi transparente e incondicional. Você não pode duvidar dos desejos de sua irmã. Deve ser de Willoughby, portanto, que você suspeita. Mas por quê? Ele não é um homem honrado e sensível? Houve alguma incoerência da parte dele para fazer soar um alarme? Ele pode ser um mentiroso?

— Espero que não, creio que não — exclamou Elinor. — Eu amo Willoughby, eu o amo sinceramente; e suspeitar de sua integridade é tão doloroso para a senhora quanto para mim. Foi involuntário, e não vou alimentar essa desconfiança. Fiquei surpresa, confesso, pela mudança em suas maneiras esta manhã. Ele não falou como se fosse ele, e não retribuiu sua gentileza com a mínima cordialidade, mas tudo isso pode ser explicado por algum problema com ele, como a senhora supôs. Ele tinha acabado de se despedir de minha irmã, e de vê-la sair na maior aflição. E, caso se sentisse obrigado, por medo de ofender a senhora Smith, a resistir à tentação de voltar aqui em breve, e ainda assim ciente de que, ao recusar seu convite, dizendo que ele ficaria fora por algum tempo, soaria grosseiro e acabaria levantando suspeita por parte de nossa família, é natural que estivesse apenas envergonhado e perturbado. Nesse caso, creio que uma clara e aberta admissão de suas dificuldades teria sido mais honrosa, assim como mais condizente com seu caráter. No entanto, não vou levantar objeções contra a conduta de quem quer que seja com base em algo tão arbitrário como meu próprio julgamento ou por estar em desacordo com o que eu considero correto e coerente.

— Você disse muito bem. Willoughby certamente não merece estar sob suspeita. Embora *nós* não o conheçamos há muito tempo, ele não é um estranho nesta região. E quem já falou coisas ruins a seu respeito? Se estivesse em condições de agir de forma independente e se casar de imediato, seria estranho ele ir embora sem me explicar de uma vez tudo o que está acontecendo; mas esse não é o caso. Trata-se de um noivado que, em alguns aspectos, não começou de forma muito próspera, pois o casamento está a uma distância ainda muito incerta, e por isso o sigilo, até onde pode ser observado, é muito aconselhável neste momento.

Elas foram interrompidas pela chegada de Margaret, e Elinor teve então liberdade para refletir sobre as conjecturas de sua mãe, reconhecer a probabilidade de muitas delas e desejar que todas estivessem corretas.

Elas não viram Marianne até a hora do jantar, quando ela entrou na sala e tomou seu lugar à mesa sem dizer uma palavra. Seus olhos estavam vermelhos e inchados, e parecia que até aquela altura suas lágrimas estavam sendo contidas com dificuldade. Ela evitou os olhares de todas, não conseguia comer nem falar, e quando, após algum tempo, sua mãe pressionou silenciosamente sua mão com terna compaixão, seu pequeno grau de controle foi destruído, ela caiu em prantos e saiu da sala.

Esse seu abatimento continuou a noite inteira. Ela estava sem forças, pois não tinha nenhum comando sobre si mesma. A menor menção de qualquer coisa relativa a Willoughby a desestabilizava em um instante, e, embora sua família estivesse muito preocupada com seu bem-estar, era impossível para elas, ao falar, manter-se afastadas de todos os assuntos que seus sentimentos relacionavam a ele.

Capítulo XVI

Marianne nunca perdoaria a si mesma se tivesse conseguido dormir na primeira noite depois da partida de Willoughby. Sentiria vergonha de encarar a família na manhã seguinte, caso não tivesse se levantado da cama com mais necessidade de repouso do que quando se deitara. De todo modo, os sentimentos que convertiam a perspectiva do sono em tal desgraça não lhe permitiram que adormecesse. Ela ficou acordada a noite toda e chorou a maior parte dela. Levantou-se com dor de cabeça, não conseguia falar e não quis comer o que quer que fosse, causando preocupação a sua mãe e às irmãs a todo instante, e proibia qualquer tentativa de consolo por parte delas. Sua sensibilidade tinha um grande poder!

Quando terminou o desjejum, ela saiu sozinha e vagou pela vila de Allenham, entregando-se à lembrança das delícias passadas e chorando pelo revés do presente durante uma boa parte da manhã.

A noite passou-se na mesma indulgência de sentimentos. Ela tocou todas as músicas favoritas de Willoughby, canções que tinham por hábito cantar juntos, e permaneceu sentada em frente ao piano, observando cada linha de música que ele havia escrito para ela, até que seu coração ficou tão pesado que nenhuma tristeza poderia ser adicionada a ele; e era dessa tristeza que ela se alimentava todos os dias. Ela passava horas inteiras no piano cantando e chorando alternadamente, com a voz, muitas vezes, totalmente embargada por lágrimas. Também nos livros, assim como na música, cortejava a angústia que obtinha confrontando o presente e o passado. Ela não lia nada além do que eles costumavam ler juntos.

De fato, tal aflição tão violenta não poderia ser suportada para sempre; em poucos dias, cedeu lugar a uma melancolia mais pacífica; mas essas ocupações, às quais ela recorria diariamente, seus passeios solitários e as meditações silenciosas ainda produziam ocasionais surtos de tristeza tão vivos quanto antes.

Não chegou nenhuma carta de Willoughby; e não parecia que Marianne esperasse alguma. Sua mãe ficou surpresa, e Elinor, mais uma vez, voltou a ficar inquieta. Contudo, a senhora Dashwood podia encontrar explicações sempre que quisesse, pelo menos aquelas que a satisfaziam.

— Lembre-se, Elinor — disse ela —, quantas vezes Sir John pega nossas cartas no correio e as leva até lá. Já concordamos que o segredo é necessário, mas devemos reconhecer que a correspondência não poderia ser mantida em sigilo se tivesse passado pelas mãos de Sir John.

Elinor não podia negar essa verdade, então, tentou encontrar um motivo razoável para o silêncio entre eles. Mas havia um método tão direto, tão simples e, em sua opinião, tão adequado para conhecer o estado real do caso e capaz de remover instantaneamente todo o mistério, que ela não pôde deixar de sugeri-lo à mãe.

— Por que a senhora não pergunta de uma vez a Marianne — disse ela — se ela está ou não noiva de Willoughby? Partindo da senhora, que é uma mãe tão gentil e indulgente, a pergunta não a ofenderia. Seria o resultado natural de sua afeição por ela. Ela costumava não ter reservas, especialmente com a senhora.

— Eu não faria essa pergunta por nada neste mundo. Supondo que seja possível que eles não estejam noivos, que angústia essa investigação não lhe causaria! De qualquer forma, seria muita falta de consideração. Eu nunca mereceria sua confiança novamente, depois de forçá-la a uma confissão de um segredo que ela queira manter. Eu conheço o coração de Marianne; sei que ela me ama muito e que não serei a última a quem ela irá revelar a verdade quando as circunstâncias a permitirem. Eu não tentaria forçar a confissão de ninguém, muito menos de uma filha; porque um senso de dever impediria a negação que seus desejos poderiam preferir.

Elinor considerou essa generosidade excessiva, levando em conta a juventude da irmã, e insistiu ainda mais no assunto, mas foi tudo em vão. O bom senso, o cuidado e a prudência se perdiam na delicadeza romântica da senhora Dashwood.

Passaram-se vários dias até que o nome de Willoughby fosse mencionado na frente de Marianne por qualquer membro da família. Sir John e a senhora Jennings, de fato, não eram tão agradáveis, e seus gracejos acrescentaram dor em muitos momentos. No entanto, certa noite, a senhora Dashwood, acidentalmente pegando um volume de Shakespeare, exclamou:

— Nós nunca terminamos *Hamlet*,[1] Marianne. Nosso querido Willoughby foi embora antes que pudéssemos fazê-lo. Vou deixá-lo de lado para quando ele voltar... Mas pode levar meses, talvez, antes que *isso* aconteça.

---

1. *Hamlet*, uma das mais importantes e renomadas tragédias do escritor e dramaturgo inglês William Skakespeare. (N. E.)

— Meses! — gritou Marianne, com forte surpresa. — Não! Nem muitas semanas.

A senhora Dashwood estava arrependida pelo que dissera, mas Elinor gostou, pois Marianne deu uma resposta muito expressiva de confiança em Willoughby e conhecimento de suas intenções.

Certa manhã, cerca de uma semana após o rapaz ter partido, Marianne foi convocada a se juntar às irmãs em sua caminhada habitual, em vez de vagar sozinha. Até então, ela havia evitado cuidadosamente qualquer companhia em suas perambulações. Se suas irmãs pretendiam andar nas colinas, ela ia diretamente em direção às planícies; se elas queriam ir para o vale, ela rapidamente subia as colinas, e nunca era encontrada quando as outras partiam. Mas, por fim, ela foi vencida pelos esforços de Elinor, que desaprovava muito esse isolamento contínuo. Elas caminharam pela estrada através do vale, em silêncio na maior parte do tempo, pois a *mente* de Marianne não podia ser controlada, e Elinor, satisfeita com a conquista obtida, não tentou arrancar mais nada dela. Além da entrada do vale, onde a paisagem, embora ainda viçosa, era menos selvagem e mais aberta, estendia-se diante delas um longo trecho da estrada por onde passaram na primeira viagem a Barton. Ao chegarem a esse ponto, pararam para olhar ao redor e examinar a perspectiva formada pela vista do chalé de um ponto que nunca haviam alcançado antes em suas caminhadas.

Entre os elementos da cena, logo descobriram um ser animado; era um homem andando a cavalo vindo na direção delas. Em poucos minutos, elas puderam distingui-lo como um cavalheiro; e no momento seguinte Marianne exclamou com entusiasmo:

— É ele! É ele mesmo. Eu sei que é! — e já estava se apressando em encontrá-lo quando Elinor gritou:

— Na verdade, Marianne, acho que você está enganada. Não é Willoughby. A pessoa não é alta o suficiente e não tem a postura dele.

— Tem, sim! Tem, sim! — exclamou Marianne. — Tenho certeza de que sim. Seu jeito, seu casaco, seu cavalo. Eu sabia que ele voltaria logo.

Caminhava ansiosamente enquanto falava; e Elinor, para proteger Marianne de um desgosto, já que tinha quase certeza de que não era Willoughby, acelerou o passo e a alcançou. Logo estavam a trinta metros do cavalheiro. Marianne olhou de novo; seu coração afundou dentro dela; e, abruptamente, dando meia-volta, ela começou a correr; quando as vozes das irmãs tentaram detê-la, uma terceira voz, quase tão conhecida quanto a de Willoughby, juntou-se a elas pedindo que parasse, e ela se virou outra vez com surpresa para ver e saudar Edward Ferrars.

Ele era a única pessoa no mundo que naquele momento podia ser perdoada por não ser Willoughby; o único que poderia ter ganhado um sorriso dela; então, ela enxugou as lágrimas e sorriu para *ele* e, sentindo a felicidade da irmã, esqueceu por um momento a própria decepção.

Ele desmontou do cavalo e, entregando-o ao criado, voltou com elas para Barton, aonde estava indo justamente para visitá-las.

Foi recebido por todas com grande cordialidade, mas principalmente por Marianne, que demonstrou mais carinho em sua recepção a ele do que a própria Elinor. Para Marianne, de fato, o encontro entre Edward e sua irmã era apenas uma continuação daquela inexplicável frieza que ela frequentemente presenciara em Norland no comportamento de ambos. Edward, mais particularmente, mostrou-se aquém de tudo o que um apaixonado deveria ser ou dizer em tal ocasião. Ele estava confuso, aparentava sentir pouco prazer em vê-las, não parecia entusiasmado nem alegre, falava pouco, apenas o que lhe fora forçado por perguntas, e não dedicou a Elinor nenhum sinal de afeto. Marianne via e ouvia tudo com crescente surpresa. Ela começou a sentir uma espécie de antipatia por Edward, o que terminou, como costumava ocorrer com todo sentimento em se tratando dela, levando seus pensamentos de volta a Willoughby, cujas maneiras faziam um contraste bastante impressionante com as deste, a quem ela elegera como irmão.

Depois de um breve silêncio que se sucedeu à surpresa inicial e às indagações de praxe, Marianne perguntou a Edward se ele vinha diretamente de Londres. Não, ele estava em Devonshire havia duas semanas.

— Duas semanas! — ela repetiu, surpresa com o fato de ele estar há tanto tempo no mesmo condado de Elinor sem ter ido vê-la antes.

Ele parecia um pouco angustiado, e acrescentou que estava com alguns amigos perto de Plymouth.

— Você esteve recentemente em Sussex? — perguntou Elinor.

— Eu estive em Norland cerca de um mês atrás.

— E como está nossa querida Norland? — Marianne perguntou.

— A querida, tão querida Norland — disse Elinor. — Provavelmente, está bastante parecida com o que sempre esteve nesta época do ano. Com os bosques e os passeios cobertos por folhas mortas.

— Ah! — exclamou Marianne. — Com que sensação de êxtase eu as vi cair outrora! Como me deliciei, enquanto caminhava, ao vê-las caindo sobre mim feito chuva trazida pelo vento! Que sentimentos a estação e o ar juntos inspiravam! Agora não há ninguém para contemplá-las. São vistas apenas como um incômodo, varridas às pressas e expulsas o mais longe possível das vistas.

— Não é todo mundo — disse Elinor — que tem esta sua paixão por folhas mortas.

— Não; meus sentimentos nem sempre são compartilhados, nem sempre são compreendidos. Mas *às vezes* eles são.

Conforme disse isso, ela mergulhou em devaneios por alguns momentos, mas caiu em si novamente:

— Agora, Edward — disse ela, chamando sua atenção para a paisagem —, aqui está o vale de Barton. Olhe para ele e fique indiferente, se puder. Olhe para aquelas colinas! Você já viu outras iguais a essas? À esquerda está Barton Park, entre aqueles bosques e plantações. Você pode ver daqui um dos lados da casa. E ali, ao fundo, além daquela colina mais distante, que se eleva com tamanha exuberância, fica o nosso chalé.

— É um lugar bonito — respondeu ele —, mas esses sopés devem ficar sujos no inverno.

— Como você pode pensar em sujeira com esses elementos diante de você?

— É porque — respondeu ele, sorrindo —, entre esses elementos diante de mim, vejo uma alameda muito suja.

— Que estranho! — disse Marianne consigo mesma enquanto caminhava.

— A vizinhança é agradável aqui? Os Middletons são pessoas simpáticas?

— Não, nem tanto assim — respondeu Marianne. — Não poderíamos estar mais mal situadas.

— Marianne! — exclamou a irmã. — Como você pode dizer isso? Como você pode ser tão injusta? Eles são uma família muito respeitável, senhor Ferrars, e, em relação a nós, sempre se comportaram da maneira mais amigável. Você já esqueceu, Marianne, quantos dias agradáveis lhes devemos?

— Não — disse Marianne em voz baixa. — Nem de quantos momentos dolorosos passamos.

Elinor não deu importância a isso e, direcionando sua atenção ao visitante, esforçou-se para estabelecer algum tipo de conversa com ele, falando da residência atual, de suas conveniências, etc., arrancando dele perguntas e comentários vez ou outra. Sua frieza e sua reserva a mortificaram severamente; ela ficou contrariada e um pouco irritada, mas, resolvendo regular sua atitude para com ele, levando em conta o passado e não o presente, evitou aparentar ressentimento ou descontentamento e o tratou como acreditava que ele deveria ser tratado, considerando sua relação com a família.

Capítulo XVII

A senhora Dashwood ficou surpresa apenas por um momento ao vê-lo, pois sua vinda a Barton era, em sua opinião, uma das coisas mais naturais. Sua alegria e expressão de estima superaram em muito o espanto. Ele recebeu as mais gentis boas-vindas por parte dela; timidez, frieza e reserva não puderam resistir a essa recepção. Tais sentimentos começaram a desaparecer antes mesmo que ele entrasse na casa, e as maneiras cativantes da senhora Dashwood acabaram por vencê-los. De fato, um homem não poderia estar apaixonado por nenhuma de suas filhas sem estender esse afeto à mãe; e Elinor teve a satisfação de vê-lo voltar a ser mais parecido com ele mesmo. A afeição por todas parecia reanimar-se, e seu interesse pelo bem-estar delas novamente se tornou perceptível. No entanto, ele não estava entusiasmado; elogiou a casa, admirou sua vista, foi atencioso e gentil; mas ainda não estava entusiasmado. Toda a família percebeu isso, e a senhora Dashwood, atribuindo isso a alguma falta de tolerância por parte da mãe dele, sentou-se à mesa indignada contra todos os pais egoístas.

— Quais são os planos da senhora Ferrars para você no momento, Edward? — perguntou ela quando eles terminaram o jantar e se reuniram ao redor da lareira. — Você ainda terá de ser um grande orador mesmo que não queira?

— Não. Espero que minha mãe agora esteja convencida de que não tenho talento ou inclinação para uma vida pública!

— Mas como, então, alcançará a fama? Pois ao menos famoso você deverá ser para satisfazer a toda a sua família; e, sem inclinação para despesas, sem interesse por estranhos, sem profissão e sem garantia de futuro, talvez perceba que é algo difícil.

— Nem tentarei. Não desejo ser distinguido, e tenho todos os motivos para esperar nunca precisar disso. Graças a Deus! Não posso ser forçado à genialidade e à eloquência.

— Você não tem ambição, eu sei. Seus desejos são todos moderados.

— Tão moderados quanto os desejos do resto do mundo, creio eu. Desejo tão bem como todos os demais ser perfeitamente feliz; mas, como todos os demais, deve ser do meu jeito. A grandeza não vai me proporcionar isso.

— Seria estranho se o fizesse! — disse Marianne. — O que a riqueza ou a grandeza têm a ver com felicidade?

— A grandeza tem pouco — disse Elinor —, mas a riqueza tem muito a ver com isso.

— Elinor, que vergonha! — disse Marianne. — O dinheiro só pode trazer felicidade onde já não há mais nada que a proporcione. Além do bem-estar físico, não pode oferecer uma satisfação real, pelo menos no que diz respeito ao nosso íntimo.

— Talvez — disse Elinor, sorrindo — possamos chegar ao mesmo ponto. Ouso dizer que o *seu* bem-estar físico e a *minha* riqueza são muito parecidos e, sem esses fatores, na atualidade, haveremos de concordar que faltaria todo tipo de conforto externo. Suas ideias são apenas mais nobres que as minhas. Vamos, o que seria suficiente para você?

— Cerca de mil e oitocentas ou duas mil libras por ano; não mais do que *isso*.

Elinor riu.

— *Duas* mil libras por ano! Para mim bastariam *mil* libras! Eu já imaginava como isso acabaria.

— No entanto, duas mil libras por ano seria uma renda muito modesta — disse Marianne. — Uma família não poderia viver bem com menos. Tenho certeza de que não sou extravagante em minhas demandas. Um número adequado de criados, uma carruagem, talvez duas, e cães de caça não podem ser mantidos com menos que isso.

Elinor sorriu de novo ao ouvir a irmã descrevendo com tanta precisão as futuras despesas em Combe Magna.

— Cães de caça! — Edward repetiu. — Mas por que você precisaria ter cães de caça? Nem todo mundo caça.

Marianne corou ao responder:

— A maioria das pessoas, sim.

— Gostaria — disse Margaret, lançando uma novelesca situação — que alguém nos deixasse uma grande fortuna, para cada uma de nós!

— Ah, se isso fosse possível! — gritou Marianne, com os olhos brilhando de animação e as bochechas coradas com o deleite de uma felicidade imaginária.

— Somos unânimes quanto a tal desejo, suponho — disse Elinor —, apesar da insuficiência da riqueza.

— Ah, minha querida! — exclamou Margaret. — Como eu seria feliz! Eu me pergunto o que faria com todo esse dinheiro!

Marianne parecia não ter dúvidas sobre esse ponto.

— Eu ficaria desorientada se tivesse de gastar uma fortuna tão grande sozinha — disse a senhora Dashwood —, e se minhas filhas ficassem todas ricas sem precisar de minha ajuda.

— Poderia começar as reformas nesta casa — observou Elinor —, e suas dificuldades em breve desapareceriam.

— Que encomendas magníficas chegariam de Londres para esta família — disse Edward — caso isso fosse verdade! Que dia feliz para os livreiros, vendedores de partituras e lojas de gravuras! E você, senhorita Dashwood, ordenaria que todas as melhores novidades impressas lhe fossem enviadas; e, no que diz respeito a Marianne, eu conheço sua grandeza de alma, não haveria música suficiente em Londres para satisfazê-la. E livros! Thomson,[1] Cowper, Scott, ela os compraria sem cessar: ela compraria todos os exemplares, acredito, para evitar que caíssem em mãos indignas; e ela teria todo livro que lhe dissesse como admirar uma velha árvore retorcida. Não é mesmo, Marianne? Perdoe-me pelo atrevimento, mas queria que soubesse que não me esqueci de nossas antigas conversas.

— Adoro ser lembrada do passado, Edward... Seja o passado melancólico ou alegre, adoro relembrá-lo; e você nunca vai me ofender falando dos tempos antigos. Você tem muita razão em supor como meu dinheiro seria gasto, pelo menos em parte, ele certamente seria empregado para melhorar minha coleção de partituras e livros.

— E a maior parte de sua fortuna seria depositada em anuidades para autores ou seus herdeiros.

— Não, Edward, eu daria um destino diferente ao dinheiro.

— Talvez, então, você o concedesse como recompensa à pessoa que escrevesse a melhor defesa de sua máxima favorita: de que ninguém pode se apaixonar mais de uma vez na vida; pois sua opinião sobre esse ponto não mudou, eu presumo.

— Sem dúvida. Na minha idade, as opiniões são razoavelmente estáveis. Não é provável que eu veja ou ouça algo que as mude.

— Marianne está mais inabalável do que nunca — disse Elinor. — Ela não mudou em nada.

— Ela só ficou um pouco mais séria do que era.

— Não, Edward — disse Marianne. — Você não precisa me censurar. Você também não me parece muito feliz.

---

1. James Thomson (1700-1748), poeta e dramaturgo britânico, conhecido pelos seus poemas *The seasons* e *The castle of indolence*. (N. E.)

— Como pode pensar isso de mim? — retrucou ele meio enfurecido. — A alegria nunca fez parte do *meu* caráter, mesmo.

— Também não acho que isso faça parte do caráter de Marianne — disse Elinor. — Dificilmente podemos dizer que é uma garota alegre; ela é muito sincera, muito ávida em tudo o que faz; às vezes, fala muito, e sempre com animação; mas raramente está contente de fato.

— Creio que você está certa — respondeu ele. — E ainda assim eu sempre a achei uma garota alegre.

— Eu me pego cometendo tais equívocos com frequência — disse Elinor —, uma total incompreensão do caráter de alguém; imagino pessoas muito mais alegres ou sérias, engenhosas ou estúpidas do que realmente são, e nem posso dizer o motivo ou onde o engano se originou. Às vezes, somos guiados pelo que a pessoa diz de si mesma e, outras vezes, pelo que os outros dizem dela, sem nos dar tempo para deliberar e julgar por nós mesmos.

— Mas eu pensei que fosse certo, Elinor — disse Marianne —, ser totalmente guiada pela opinião dos outros. Achava que nossos discernimentos nos eram dados apenas para sermos subservientes aos de nossos vizinhos. Essa sempre foi a sua doutrina, tenho certeza.

— Não, Marianne, nunca foi. Minha doutrina nunca objetivou a sujeição do entendimento. Tudo o que tentei influenciar foi o comportamento. Você não deve confundir minhas intenções. Sou culpada, confesso, por ter desejado muitas vezes que você tratasse nossos conhecidos em geral com mais atenção; mas quando eu a aconselhei a adotar os sentimentos deles ou a se conformar com os critérios alheios em assuntos sérios?

— Você ainda não foi capaz de conduzir sua irmã ao seu plano de civilidade geral — disse Edward a Elinor. — Você não consegue avançar nesse terreno?

— Muito pelo contrário — respondeu Elinor, olhando expressivamente para Marianne.

— Meu juízo — ele voltou a dizer — está inteiramente do seu lado nessa questão, mas temo que na prática esteja muito mais do lado de sua irmã. Nunca tenho a intenção de ofender, mas sou tão ridiculamente tímido que, muitas vezes, pareço negligente quando apenas me retraio por conta de meu constrangimento natural. Frequentemente penso que, por temperamento, devo estar destinado a gostar de pessoas simples, já que tão pouco à vontade me sinto entre refinados desconhecidos!

— Marianne não tem nenhuma timidez que possa ser desculpa para sua desatenção — disse Elinor.

— Ela conhece muito bem o seu valor para sentir uma falsa vergonha — respondeu Edward. — A timidez é apenas o efeito de um sentimento de inferioridade, de uma forma ou de outra. Se eu pudesse me convencer de que minhas maneiras são perfeitamente espontâneas e graciosas, não seria tímido.

— Mas você ainda seria reservado — disse Marianne —, e isso é pior.

Edward olhou bem nos olhos dela.

— Reservado! Sou reservado, Marianne?

— Sim, muito.

— Eu não a entendo — respondeu ele, enrubescendo. — Reservado! Como? De que modo? O que deveria lhe dizer? O que você supõe?

Elinor pareceu surpresa com aquela emoção; mas, tentando rir do assunto, disse a ele:

— Você não conhece minha irmã o suficiente para entender o que ela quer dizer? Você não sabe que ela chama de reservados todos aqueles que não falam tão rápido quanto ela e que não admiram o que ela admira com igual entusiasmo?

Edward não respondeu. Sua gravidade contemplativa retornou em toda a sua dimensão; e ele ficou sentado por algum tempo em silêncio e amuado.

Capítulo XVIII

Elinor notou, com grande desconforto, que seu amigo estava desanimado. A visita proporcionava a ela uma satisfação apenas parcial, uma vez que a alegria dele parecia-lhe tão incompleta. Era evidente que ele estava infeliz; ela desejava que fosse igualmente evidente que ele ainda a distinguisse com o mesmo carinho que um dia sem dúvida lhe havia inspirado; mas, até então, a continuidade de sua afeição parecia muito incerta; e a reserva de seus modos em relação a ela contradizia no instante seguinte o que um olhar mais animado insinuava no momento anterior.

Ele se juntou a Elinor e Marianne na sala de desjejum, na manhã seguinte, antes de as outras descerem; e Marianne, que estava sempre ansiosa para promover a felicidade deles, logo os deixou a sós. Entretanto, antes de ela chegar à metade da escada, ouviu a porta da sala se abrir e, virando-se, ficou abismada ao ver Edward saindo.

— Vou até a vila para ver meus cavalos — disse ele —, já que vocês ainda não estão prontas para o café da manhã. Voltarei logo.

Edward retornou com o frescor da admiração pela paisagem circundante; em sua caminhada até a vila, teve uma boa visão de muitas partes do vale; e a própria vila, localizada em um ponto muito mais alto que o chalé, proporcionava uma bela vista de tudo, o que lhe agradara muito. Aquele era um assunto que garantia a atenção de Marianne, e ela estava começando a descrever a própria admiração por esses cenários e a questioná-lo mais minuciosamente a respeito dos objetos que particularmente o impressionaram quando Edward a interrompeu dizendo:

— Não faça muitos questionamentos, Marianne; lembre-se de que não tenho conhecimentos sobre o pitoresco, e a ofenderei com minha ignorância e minha falta de gosto, se chegarmos ao nível dos detalhes. Eu chamarei as colinas de íngremes, e não de escarpadas; de superfícies estranhas e rudes, quando deveriam ser chamadas de irregulares e sinuosas; e de objetos distantes invisíveis, aqueles que se poderia dizer que estão fora do alcance da vista porque se encontram numa atmosfera nebulosa. Você terá de ficar satisfeita com esse tipo de admiração que posso honestamente conceder. Digo que esta é uma região muito bonita: as colinas são íngremes, a floresta parece farta de madeira boa e o vale parece confortável e aconchegante, com prados ricos e diversas casas de fazenda situadas aqui e ali. Ela corresponde exatamente à minha ideia de uma ótima região campestre, porque une beleza e utilidade; e ouso dizer que também é pitoresca, porque você a admira. Posso facilmente acreditar que esteja repleta de rochedos e promontórios, musgo cinzento e arbustos, mas tudo isso está fora do meu entendimento. Não sei nada sobre esse tal pitoresco.

— Receio que seja a mais pura verdade — disse Marianne —, mas por que você deveria se gabar disso?

— Eu suspeito — disse Elinor — que, para evitar um tipo de afetação, Edward tenha incorrido em outro. Porque ele acredita que muitas pessoas fingem ter mais admiração pelas belezas naturais do que realmente têm e, como lhe incomoda essas pretensões, ele demonstra mais indiferença e aparenta dispor de menos discernimento ao observá-las do que ele realmente possui. Ele é meticuloso, e quer manter sua própria afetação.

— Isso é uma grande verdade — disse Marianne —, que a admiração pela paisagem se tornou um mero jargão. Todos fingem sentir e tentam descrever com o gosto e a elegância daquele que primeiro definiu o que é a beleza pitoresca. Detesto todo tipo de jargão e, às vezes, guardo meus sentimentos para mim porque não consigo encontrar uma linguagem para descrevê-los, a não ser de um modo desgastado e banalizado de todo o sentido e significado.

— Estou convencido — disse Edward — de que você realmente sente um imenso prazer diante de uma bela paisagem, conforme professa sentir. Entretanto, em troca, sua irmã há de me permitir sentir mais do que eu professo. Eu gosto de uma paisagem bonita, mas não segundo os princípios pitorescos. Não gosto de árvores tortas, retorcidas e destruídas. Admiro-as muito mais se forem altas, retas e florescentes. Não gosto de casas em ruínas e esfarrapadas. Não gosto de urtigas, cardos ou urzes. Tenho mais prazer em uma casa de fazenda aconchegante do que em uma torre de sentinela; e uma tropa de camponeses ordeiros e felizes me agrada mais do que os melhores *banditti*[1] do mundo.

Marianne olhou com espanto para Edward e sentiu compaixão por sua irmã. Elinor apenas riu.

O assunto não teve continuidade, e Marianne permaneceu pensativa, em silêncio, até que um novo objeto chamou sua atenção de repente. Ela estava sentada ao lado de Edward e, ao receber o chá da

---

1. O termo *banditti* está associado, aqui, às pinturas de paisagens e, mais especificamente, ao pintor barroco napolitano Salvator Rosa (1615-1673), que se especializou em pintar paisagens românticas incluindo nelas bandidos. (N. E.)

senhora Dashwood, a mão dele passou bem diante dela, a ponto de deixar visível um anel com uma mecha de cabelo no centro.

— Eu nunca vi você usar um anel antes, Edward — ela disse. — Esse cabelo é da Fanny? Lembro-me dela prometendo lhe dar uma mecha. Mas eu achei que o cabelo dela fosse mais escuro.

Marianne falou sem refletir o que realmente sentia; mas, ao se dar conta de como ela havia embaraçado Edward, seu próprio embaraço por não ter refletido antes de falar só não superou o dele. Ele enrubesceu muito e, olhando momentaneamente para Elinor, respondeu:

— Sim; é o cabelo da minha irmã. O engaste sempre lança uma tonalidade diferente, como você sabe.

Os olhos de Elinor cruzaram com os dele, e ela parecia consciente da mesma forma. Percebeu que o cabelo era dela e instantaneamente se sentiu tão satisfeita quanto Marianne. A única diferença em suas conclusões era que aquilo que Marianne considerava um presente gratuito de sua irmã Elinor estava consciente de que se tratava de algum furto ou artifício desconhecido. Seu humor, no entanto, não permitia julgar aquilo uma afronta e, fingindo não perceber o que se passara, começou a falar instantaneamente de outra coisa, decidindo-se, a partir daquele momento, aproveitar todas as oportunidades de olhar aquela mecha e de se convencer, sem qualquer sombra de dúvida, de que ela era exatamente do mesmo tom de seus cabelos.

O constrangimento de Edward durou algum tempo e terminou em um estado de abstração ainda mais acentuado. Ele ficou particularmente sério a manhã inteira. Marianne se censurou severamente pelo que dissera; mas ela poderia se perdoar mais depressa se soubesse o quão pouco aquilo ofendera a irmã.

Antes do meio-dia, receberam a visita de Sir John e da senhora Jennings, que, tendo ouvido falar da chegada de um cavalheiro ao chalé, foram fazer uma investigação sobre o hóspede. Com a ajuda da sogra, Sir John não demorou a descobrir que o nome de Ferrars começava com F, e isso gerou uma futura mina de zombarias contra a devota Elinor, que, apenas pelo fato de conhecer Edward há pouco tempo, foi impedida de explodir imediatamente. Mas ela observou por meio de alguns olhares muito significativos, fundamentada nas instruções de Margaret, até que ponto a perspicácia deles havia chegado.

Sir John nunca ia à casa das Dashwoods sem convidá-las para jantar em Barton Park no dia seguinte ou para tomar chá com eles na mesma tarde. Neste dia, no entanto, para o melhor entretenimento do visitante, com cuja diversão ele se sentia obrigado a contribuir, convidou-as para ambos os eventos.

— Vocês *têm* de tomar chá conosco esta tarde — disse ele —, pois estaremos apenas nós; e amanhã devem obrigatoriamente jantar conosco, pois seremos um grande grupo.

A senhora Jennings reforçou a necessidade.

— E quem sabe vocês não planejem um baile — disse ela. — Isso vai *interessá-la*, senhorita Marianne.

— Um baile! — Marianne disse em voz alta. — Impossível! Quem vai dançar?

— Quem? Vocês, as Careys e as Whitakers, com certeza... O quê! Achou que ninguém mais aqui poderia dançar só porque uma certa pessoa que não pode ser nomeada foi embora?

— Desejo com toda a minha alma — falou Sir John — que Willoughby esteja entre nós novamente.

Isso e o rubor de Marianne despertaram novas suspeitas em Edward.

— E quem é Willoughby? — perguntou ele, em voz baixa, à senhorita Dashwood, ao lado de quem estava sentado.

Ela deu uma resposta breve. O semblante de Marianne estava mais expressivo. Edward viu o bastante para compreender não apenas o significado do que as outras pessoas diziam, mas também as expressões de Marianne que o haviam intrigado antes; e, quando os visitantes se foram, ele imediatamente a rodeou e disse, em um sussurro:

— Eu tenho um palpite. Devo dizê-lo?

— O que você quer dizer?

— Posso lhe dizer?

— Claro.

— Pois bem, então, presumo que o senhor Willoughby gosta de caçar.

Marianne ficou surpresa e confusa, mas não pôde deixar de sorrir diante daquela demonstração de astúcia e, após um momento de silêncio, disse:

— Ah, Edward! Como você descobriu isso? Mas chegará a hora, espero... Tenho certeza de que você vai gostar dele.

— Não duvido — respondeu ele, bastante espantado com tanta sinceridade e fervor, pois, se ele não tivesse imaginado que se tratava de uma brincadeira dos conhecidos dela, baseada apenas no nada ou quase nada que houvera entre ela e o senhor Willoughby, ele não teria ousado tocar no assunto.

Capítulo XIX

Edward ficou uma semana no chalé. A senhora Dashwood insistiu bastante para que ficasse mais tempo; contudo, como talvez estivesse inclinado apenas à sua automortificação, ele parecia decidido a ir embora quando o seu prazer entre as amigas ainda estava no auge. Seu estado de espírito, nos últimos dois ou três dias, embora ainda fosse muito inconstante, havia melhorado bastante. Sua afeição pela casa e pela região aumentava a cada dia, e ele nunca falava sobre partir sem dar um suspiro; declarou que tinha tempo livre e até se encontrava em dúvida sobre para onde ir ao deixá-las; mas, ainda assim, ele tinha de partir. Nunca uma semana havia passado tão rapidamente; ele mal podia acreditar que já estava acabando. Dizia isso repetidamente, além de outras coisas, algumas que expressavam a guinada de seus sentimentos e algumas que contradiziam suas ações. Não sentia nenhum prazer em estar em Norland; detestava ficar na cidade; mas havia a necessidade de ir ou para Norland ou para Londres. Ele valorizava a gentileza delas acima de qualquer coisa, e sua maior felicidade era estar com elas. No entanto, ele deveria deixá-las ao cabo de uma semana, apesar dos desejos delas e do desejo dele, e apesar do tempo livre de que dispunha.

Elinor atribuiu todo o inusitado dessa atitude à mãe dele; e ficou feliz por ele ter uma mãe cujo caráter lhe era tão desconhecido, de modo que ela servia como desculpa para tudo de estranho que havia em seu filho. No entanto, mesmo desapontada e aborrecida, e por vezes descontente com o comportamento incerto que ele mantinha em relação a ela, estava disposta a aceitar suas atitudes com as mais sinceras concessões e as generosas qualificações que haviam sido muito dolorosamente arrancadas dela, por sua mãe, no que tangia a Edward. Aquela ausência de ânimo, de franqueza e consistência foi atribuída à perda de sua independência e ao conhecimento de sua disposição e dos desígnios da senhora Ferrars. Sua curta visita e sua firmeza de propósito em deixá-las originaram-se na mesma inclinação limitada, na mesma necessidade inevitável de temporizar com a mãe. A antiga e bem estabelecida queixa do dever contra a vontade, de pais contra filhos, era a causa de tudo. Ela ficaria feliz em saber quando essas dificuldades cessariam, quando essa oposição cederia, quando a senhora Ferrars mudaria seu pensamento e deixaria o filho em liberdade para ser feliz. No entanto, por esses vãos desejos, ela se viu forçada a recorrer, para reconfortar-se, à renovação de sua confiança no afeto de Edward, à lembrança de todos os sinais de interesse no olhar ou nas palavras que saíram de sua boca enquanto esteve em Barton e, sobretudo, àquela prova lisonjeira que ele usava constantemente no dedo.

— Eu acho, Edward — disse a senhora Dashwood, enquanto tomavam o último café da manhã antes de ele partir —, que você seria um homem mais feliz se tivesse alguma profissão a que se dedicar e como direcionar seus planos e suas atitudes. De fato, isso poderia causar alguns inconvenientes para seus amigos, pois você não poderia dedicar muito tempo a eles. Mas — ela disse dando um sorriso — você seria materialmente beneficiado em pelo menos um determinado detalhe: saberia para onde ir quando os deixasse.

— Eu lhe garanto — respondeu ele — que há muito tempo penso nesse assunto, do mesmo modo como a senhora tem pensado. O fato de não ter negócios dos quais me ocupar tem sido, e provavelmente sempre será, um grande infortúnio para mim, bem como nenhuma profissão para me proporcionar um emprego ou algo como independência. Infelizmente, meu próprio refinamento e o daqueles que são próximos a mim me fizeram ser quem sou, um ser ocioso e inepto. Nunca concordamos a respeito da escolha de uma profissão. Sempre preferi a igreja, como ainda hoje prefiro. Mas isso não era elegante o suficiente para minha família. Eles recomendaram o exército. Isso foi demais para mim. Concordavam que o direito poderia ser uma carreira distinta; muitos rapazes, que tinham gabinetes em repartições públicas, eram bem recepcionados nas melhores rodas e quando passeavam pela cidade em locais muito importantes, mas eu não tinha inclinação para a lei, mesmo em estudos mais simples que minha família aprovava. Quanto à marinha, tinha a moda a seu favor, mas eu já era velho demais quando o assunto surgiu; e, por fim, como não havia necessidade de ter uma profissão, pois eu poderia ser tão refinado e alinhado com ou sem um casaco vermelho nas costas, o ócio foi decretado como mais vantajoso e honroso, e um jovem de dezoito anos não está, em geral, tão sinceramente disposto a se ocupar a ponto de resistir às solicitações de seus entes próximos para não fazer nada. Foi assim que ingressei em Oxford e, desde então, tenho estado completamente ocioso.

— Suponho que a consequência disso — falou a senhora Dashwood — é que, como o ócio não promoveu a sua felicidade, seus filhos acabarão sendo educados para tantas atividades, tantos empregos, profissões e ofícios quanto os de Columella.[1]

— Eles serão criados — disse ele, com uma voz séria — para ser o mais diferente possível de mim. Em sentimentos, ações, condições, em tudo.

— Ora, isso é apenas resultado de sua falta de ânimo momentânea, Edward. Você está melancólico e imagina que apenas as pessoas diferentes de você podem ser felizes. Mas lembre-se de que a dor de se separar dos amigos sempre será sentida por todos, seja qual for o nível de instrução ou a condição social deles. Busque a própria felicidade. Não lhe falta nada além de paciência, ou dê-lhe um nome mais fascinante, chame de esperança. Sua mãe lhe concederá, com o tempo, a independência pela qual anseia. É dever dela, e será sempre, impedir que a sua juventude seja desperdiçada em descontentamentos. O que são mais alguns meses?

— Acho — respondeu Edward — que precisaria de muitos meses para que algo de bom me acontecesse.

Essa disposição desanimada, embora não pudesse ser transmitida à senhora Dashwood, acrescentou uma dor adicional à despedida, que ocorreu brevemente, e deixou uma impressão incômoda nos sentimentos de Elinor que exigiu tempo e esforço para ser atenuada. Entretanto, como estava determinada a subjugar tudo aquilo e evitar parecer sofrer mais do que toda a sua família com a partida dele, ela não adotou o método tão criteriosamente empregado por Marianne, em uma ocasião semelhante, que consistia em alimentar e concentrar sua tristeza buscando silêncio, solidão e ociosidade. Seus meios eram tão diferentes quanto seus objetivos e igualmente adequados para que ambos acontecessem.

Elinor sentou-se à mesa de desenho assim que ele saiu de casa e ocupou-se o dia inteiro. Não procurou nem evitou a menção do nome dele, e pareceu interessada como sempre nas preocupações gerais da família. Se essa conduta não diminuiu a própria dor, ao menos impediu que aumentasse desnecessariamente, e a mãe e as irmãs foram poupadas de ser tão solícitas com ela.

Um comportamento como esse, exatamente o inverso de seu próprio, não parecia mais meritório para Marianne do que parecera condenável à sua irmã. A questão do autocontrole, ela estabelecia com muita

---

[1]. Aqui, Austen se refere ao romance *Columella or the distressed anchoret*, de Richard Graves, de 1779, que conta a história de um pai que nunca trabalhou, mas tinha aspirações profissionais variadas para seus filhos. (N. E.)

facilidade: com afetos fortes, era impossível; com afetos calmos, não havia mérito nenhum. Ela não ousou negar que os sentimentos de sua irmã *eram* tranquilos, embora corasse ao reconhecê-lo; e da força dos próprios sentimentos, ela deu uma prova muito impressionante, amando e respeitando a irmã, apesar dessa mortificante convicção.

Sem se isolar da família, ou sair de casa determinada a buscar a solidão, ou ficar acordada a noite toda dedicada às meditações, Elinor descobriu que todos os dias tinha tempo suficiente para pensar em Edward e no comportamento dele, em todos os aspectos possíveis que os diferentes estados de espírito em diversos momentos poderiam produzir: com ternura, piedade, aprovação, censura e dúvida. Houve vários momentos em que, se não pela ausência da mãe e de suas irmãs, ao menos em razão da natureza de suas tarefas, a conversa fora impedida entre elas e todo o efeito da solidão se produziu. Sua mente estava inevitavelmente em liberdade; seus pensamentos não podiam ser acorrentados em outro lugar; e o passado e o futuro, a respeito de um assunto tão importante para ela, ficavam à sua volta, chamando sua atenção e absorvendo a memória, a reflexão e as fantasias.

De um devaneio desse tipo, certa manhã, pouco após a partida de Edward, quando estava sentada à mesa de desenho, foi despertada pela chegada de visitas. Por acaso, ela estava sozinha. Quando o pequeno portão da entrada para o jardim em frente à casa foi fechado, sua atenção foi atraída para a janela, e ela viu um grande grupo de pessoas caminhando até a porta. Entre elas estavam Sir John, Lady Middleton e a senhora Jennings, mas havia outras duas, um cavalheiro e uma dama que lhe eram desconhecidos. Ela estava sentada perto da janela e, assim que Sir John a percebeu, saiu de perto do grupo para a cerimônia de bater à porta e, atravessando o gramado, obrigou-a a abrir o postigo[2] para falar com ele, embora o espaço entre a porta e a janela fosse tão curto que dificilmente seria possível falar sem ser ouvido pelos demais.

— Bem — ele disse —, trouxemos alguns desconhecidos. O que acha deles?

— Cuidado! Eles vão ouvi-lo.

— Não importa se ouvirem. São apenas os Palmers. Charlotte é muito bonita, posso lhe assegurar. Você pode vê-la se olhar para cá.

---

2. Janelinha em portas ou janelas, para olhar quem bate sem abri-las; também denomina-se "postigo" uma pequena porta secundária, aberta numa muralha, numa fortificação, etc. (N. E.)

Como Elinor estava certa de que a veria em alguns minutos, sem tomar essa liberdade, absteve-se de fazê-lo.

— Onde está Marianne? Ela fugiu porque chegamos? Vejo que o piano dela está aberto.

— Acredito que ela tenha ido caminhar.

Então se juntou a eles a senhora Jennings, que não teve paciência o suficiente para esperar até que a porta se abrisse para contar *sua* história. Ela caminhou em direção à janela falando aos gritos:

— Como vai, minha querida? Como está a senhora Dashwood? E onde estão suas irmãs? O quê! Está sozinha! Você ficará feliz com um pouco de companhia. Trouxe minha filha e seu marido para vê-las. Eles chegaram de repente! Pensei ter ouvido uma carruagem ontem à noite, enquanto bebíamos nosso chá, mas nunca me ocorreu que poderiam ser eles. Achei que era o coronel Brandon. Então eu disse a Sir John: eu acho que ouvi uma carruagem, talvez seja o coronel Brandon de volta novamente.

Elinor foi obrigada a se afastar dela, no meio de sua história, para receber o restante do grupo. Lady Middleton apresentou os dois estranhos; a senhora Dashwood e Margaret desceram as escadas ao mesmo tempo, e todos se sentaram e começaram a olhar uns para os outros, enquanto a senhora Jennings continuava sua história caminhando pelo corredor até a sala, acompanhada por Sir John.

A senhora Palmer era alguns anos mais nova que Lady Middleton e totalmente diferente dela em todos os aspectos. Ela era baixa e rechonchuda, tinha um rosto muito bonito e a melhor expressão de bom humor que se poderia ter. Suas maneiras não eram de modo algum tão elegantes quanto as da irmã, mas ela era muito mais simpática. Ela adentrou o local com um sorriso e sorriu o tempo todo durante a visita, e às vezes gargalhara alto, e foi embora sorrindo. O marido era um jovem de aparência séria, com cerca de vinte e cinco ou vinte e seis anos, e tinha um ar mais elegante e sensato do que a esposa, porém tinha menos vontade de agradar os outros ou ser agradado. Ele entrou na sala com um olhar meio imponente, curvou-se levemente para as damas sem falar uma palavra e, depois de inspecionar brevemente tanto elas quanto o recinto, pegou um jornal da mesa e continuou a lê-lo durante todo o tempo em que lá esteve.

A senhora Palmer, pelo contrário, como era naturalmente dotada de cordialidade e felicidade, mal sentou-se e começou a admirar tudo o que havia na sala.

— Mas que linda sala! Nunca vi nada tão encantador! Repare só, mamãe, como ela ficou melhor desde a última vez em que estivemos aqui! Sempre achei este lugar tão doce, senhora — disse, virando-se para a senhora Dashwood —, mas você o tornou ainda mais charmoso! Apenas observe, minha irmã, como tudo é lindo! Bem que eu gostaria de ter uma casa assim! Você não gostaria, senhor Palmer?

O senhor Palmer não respondeu; sequer levantou os olhos do jornal.

— O senhor Palmer não me ouve — disse ela, rindo. — Ele nunca me ouve. É tão ridículo!

Aquela era uma ideia completamente nova para a senhora Dashwood; ela nunca achara graça na falta de atenção de uma pessoa em relação a outra, e não pôde deixar de olhar surpresa para os dois.

A senhora Jennings, enquanto isso, falava o mais alto que podia e continuava contando sobre a surpresa que tiveram, na noite anterior, ao descobrir que eram eles chegando, sem cessar, até terminar de contar tudo. A senhora Palmer riu com entusiasmo ao lembrar-se de seu espanto, e todos concordaram, por duas ou três vezes, que aquela tinha sido uma surpresa muito agradável.

— Você pode acreditar que todos ficamos felizes em vê-los — acrescentou a senhora Jennings, inclinando-se para Elinor e falando em voz baixa, como se não quisesse ser ouvida por mais ninguém, embora estivessem sentadas em lados opostos da sala. — No entanto, não posso deixar de desejar que eles não tivessem viajado tão rápido, nem que tivessem feito uma jornada tão longa, pois vieram de Londres por conta de alguns negócios. Como sabem — disse acenando e apontando a cabeça para a filha —, é muito ruim viajar na situação em que ela está. Queria que ela ficasse em casa e descansasse nesta manhã, mas ela quis vir conosco; ela queria muito conhecer todos vocês!

A senhora Palmer riu e disse que aquilo não faria mal algum a ela.

— Ela espera dar à luz em fevereiro — continuou a senhora Jennings.

Lady Middleton não podia mais suportar aquela conversa, por isso, se deu o trabalho de perguntar ao senhor Palmer se havia alguma nova notícia no jornal.

— Não, nenhuma — ele respondeu e continuou lendo.

— Lá vem Marianne — gritou Sir John. — Agora, Palmer, você verá uma garota tremendamente bonita.

Ele imediatamente foi até o corredor, abriu a porta da frente e a conduziu para dentro da casa. A senhora Jennings perguntou a ela, assim que apareceu, se havia ido a Allenham. A senhora Palmer riu com muito entusiasmo da pergunta, a ponto de demonstrar que sabia de tudo. O senhor Palmer olhou para Marianne enquanto ela entrava na sala, fitou-a por alguns minutos e depois voltou para o jornal. Os olhos da senhora Palmer então foram atraídos pelos desenhos pendurados nas paredes da sala. Ela se levantou para examiná-los de perto.

— Ah, minha querida, como são lindos! Lindos! Que maravilha! Mas olhe, mamãe, que bonitos! Afirmo que são encantadores. Eu poderia ficar olhando para eles por toda a eternidade.

E então, sentando-se novamente, logo esqueceu-se da existência de tais elementos na sala.

Quando Lady Middleton se levantou para ir embora, o senhor Palmer também se levantou, largou o jornal, esticou-se e olhou para todos ao redor.

— Meu amor, você pegou no sono? — perguntou sua esposa rindo.

Ele não respondeu; apenas observou, depois de examinar novamente a sala, que esta tinha um pé-direito muito baixo e que o teto era torto. Então, fez uma reverência e partiu com o restante das pessoas.

Sir John tinha insistido bastante com todos eles para que passassem o dia seguinte em Barton Park. A senhora Dashwood, que preferia não jantar com eles com mais frequência do que jantava no chalé, recusou-se absolutamente a ir; e as filhas, por sua vez, poderiam fazer o que quisessem, porém elas não tinham curiosidade de ver como o senhor e a senhora Palmer jantavam, e nenhuma intenção de passar algum tempo com ambos. Elas tentaram, igualmente, desculpar-se por isso; o tempo não estava favorável, e provavelmente não iria melhorar. Mas Sir John não estava satisfeito; a carruagem seria enviada para buscá-las. Lady Middleton, embora não tenha insistido com a mãe delas, fez questão que as filhas fossem. A senhora Jennings e a senhora Palmer juntaram-se aos pedidos deles, ambas pareciam igualmente ansiosas por evitar permanecer apenas em família; então, as jovens foram obrigadas a ceder.

— Por que eles tinham de nos chamar? — disse Marianne assim que eles se foram. — O aluguel deste chalé é baixo, mas é muito desagradável ter de jantar em Barton Park sempre que alguém está hospedado com eles ou com a gente.

— Eles não querem ser menos civilizados nem menos gentis conosco agora — disse Elinor —, com esses convites frequentes, do que foram quando chegamos, há algumas semanas. Se algo mudou, não é culpa deles. Se as festas são tediosas e sem graça, precisamos procurar motivos para essa mudança em outro lugar.

Capítulo XX

Quando as senhoritas Dashwoods entraram na sala de estar de Barton Park no dia seguinte, por uma porta, a senhora Palmer entrou correndo pela outra parecendo tão bem-humorada e animada quanto estava no dia anterior. Ela segurou as mãos das meninas com muito carinho e expressou grande prazer em vê-las novamente.

— Estou tão feliz! — disse ela, sentando-se entre Elinor e Marianne. — Pois o tempo está tão feio que eu temi que vocês não viessem, o que seria algo terrível, porque vamos embora amanhã. Temos de ir porque os Westons chegarão na semana que vem, vocês sabem. Nossa vinda foi algo repentino, e eu não sabia nada até a carruagem chegar à nossa porta e o senhor Palmer me perguntar se eu viria com ele para Barton. Ele é tão engraçado! Ele nunca me diz nada! Sinto muito por não podermos ficar mais tempo; no entanto, nos encontraremos muito em breve na cidade, assim espero.

Elas foram obrigadas a acabar com essa expectativa.

— Não vão para a cidade!? — perguntou a senhora Palmer, rindo. — Ficarei bastante desapontada se vocês não puderem ir. Poderia conseguir para vocês a melhor casa do mundo, ao lado da nossa, em Hanover Square. Vocês precisam mesmo ir. Garanto que ficarei muito feliz em acompanhá-las a qualquer hora, até que eu dê à luz, se a senhora Dashwood não quiser ir a locais públicos.

Elas agradeceram, porém foram obrigadas a recusar todas as suas súplicas.

— Ah, meu amor — exclamou a senhora Palmer para o marido, que naquele momento entrava na sala. — Você deve me ajudar a convencer as senhoritas Dashwoods a ir à cidade neste inverno.

Ele não respondeu, e, depois de uma ligeira mesura para as damas, começou a reclamar do tempo.

— Como tudo isso é horrível! — disse ele. — Este clima torna tudo e todos tão desagradáveis. O aborrecimento é produzido tanto dentro como fora de casa quando chove. Faz as pessoas detestarem todos os seus conhecidos. Por que diabos Sir John não tem uma sala de bilhar nesta casa? Quão poucas pessoas sabem o que é conforto! Sir John é tão enfadonho quanto este tempo.

O restante do grupo logo apareceu e entrou na conversa.

— Marianne — disse Sir John —, receio que não tenha conseguido fazer sua caminhada habitual até Allenham hoje.

Marianne parecia muito séria e não disse nada.

— Ah, não seja tão dissimulada diante de nós — disse a senhora Palmer —, pois sabemos tudo o que aconteceu, garanto-lhe; e admiro muito o seu gosto, pois acho que ele é extremamente bonito. Nossa casa no campo não fica muito longe da dele, você sabe. A não mais que dezesseis quilômetros, ouso dizer.

— Quase cinquenta — disse o marido.

— Ah, pois bem! Não é muita diferença. Eu nunca estive na casa dele, mas dizem que é um lugar muito encantador.

— O lugar mais detestável que já vi na minha vida — disse Palmer.

Marianne permaneceu no mais absoluto silêncio, embora seu semblante a traísse por conta de seu interesse no que era dito.

— É muito feio? — continuou a senhora Palmer. — Então suponho estar pensando em outro lugar que deve ser bem bonito.

Quando estavam sentados na sala de jantar, Sir John observou com pesar que eles eram apenas oito pessoas.

— Minha querida — disse ele a sua dama —, é muito triste que sejamos tão poucos. Por que você não pediu aos Gilberts que nos visitassem hoje?

— Eu não lhe disse, Sir John, quando você tocou no assunto comigo antes, que isso não podia ser feito? Eles jantaram conosco da última vez, e nós ainda não fomos jantar na casa deles.

— Você e eu, Sir John — disse a senhora Jennings —, não devemos nos deixar levar por esse tipo de cerimônia.

— Então, você seria muito mal-educada — exclamou Palmer.

— Meu amor, você contradiz a todos — disse a esposa dando sua risada habitual. — Você sabe que isso é muito grosseiro?

— Eu não sabia que estava contradizendo alguém ao chamar sua mãe de mal-educada.

— Ora, você pode me maltratar o quanto quiser — disse a senhora Jennings. — Você tirou Charlotte de mim e não pode mais devolvê-la. De modo que eu saí ganhando.

Charlotte gargalhou ao pensar que o marido não conseguiria mais se livrar dela, e disse exultante que não se importava com quão irritante ele era com ela, pois tinham de viver juntos. Era impossível alguém ser mais bem-humorado ou mais determinado a ser feliz do que a senhora Palmer. A articulada indiferença, a insolência e o descontentamento do marido não lhe causavam dor e, quando ele a repreendia ou a maltratava, ela parecia divertir-se com aquilo.

— O senhor Palmer é tão engraçado! — disse ela, em um sussurro, para Elinor. — Ele está sempre de mau humor.

Elinor não estava inclinada, depois de uma breve observação, a acreditar que ele fosse tão genuína e autenticamente mal-humorado ou mal-educado quanto desejava demonstrar. Seu temperamento poderia estar um pouco azedo ao descobrir, como muitos outros do gênero masculino, que, por alguma propensão inexplicável favorável à beleza, ele havia se casado com uma mulher muito tola; mas ela sabia que esse tipo de erro era bastante comum para que qualquer homem sensato ficasse perturbado por muito tempo. Era antes um desejo de distinção, acreditava ela, que o fazia manifestar seu desdém pelas pessoas e seu desprezo generalizado a tudo o que encontrava diante de si. Era um desejo de parecer superior a outras pessoas. O motivo era demasiado comum para causar admiração, mas os meios, por mais que conseguissem estabelecer sua superioridade na má educação, não cativavam ninguém, exceto sua esposa.

— Ah, minha querida senhorita Dashwood — disse a senhora Palmer logo em seguida. — Gostaria de pedir um favor a você e à sua irmã. Vocês iriam passar algum tempo conosco em Cleveland neste Natal? Aceitem, por favor, e venham enquanto os Westons estiverem lá. Vocês não imaginam como ficarei feliz! Será muito agradável! Meu amor — disse ao marido —, você também não anseia que as senhoritas Dashwoods venham a Cleveland?

— Certamente — respondeu ele com um sorriso de escárnio. — Vim a Devonshire com esse único propósito.

— Como podem ver — disse a dama —, o senhor Palmer também espera por vocês, portanto, não podem mais se recusar.

Ambas recusaram o convite ávida e resolutamente.

— Oh, de fato, vocês devem e precisam ir. Tenho certeza de que vocês gostarão de tudo. Os Westons estarão conosco, e será bastante agradável. Vocês não imaginam como Cleveland é um lugar adorável; e agora estamos muito contentes, pois o senhor Palmer está sempre percorrendo a região em campanha para as eleições; e muitas pessoas têm vindo jantar conosco como nunca vi antes, é absolutamente encantador! Mas, coitadinho, é muito cansativo para ele, pois é forçado a fazer com que todos gostem dele.

Elinor mal conseguia manter a expressão enquanto consentia com as dificuldades de tal obrigação.

— Como será encantador — disse Charlotte — quando ele estiver no Parlamento! — Não é mesmo? Como vou rir! Será tão hilário ver todas as cartas dirigidas a ele com um M. P., de membro do Parlamento! Mas vocês imaginam que ele diz que nunca franqueará minhas cartas? Não é mesmo, senhor Palmer?

O senhor Palmer nem respondeu.

— Ele não suporta escrever, sabem — ela continuou. — Ele diz que é muito perturbador.

— Não — ele corrigiu —, eu nunca disse nada tão irracional. Não coloque todos os seus ultrajes contra a língua em minha boca.

— Pronto! Agora vocês podem ver como ele é engraçado. É sempre assim! Às vezes, ele não fala comigo metade do dia, e então vem com algum rompante engraçado como esse, sobre qualquer assunto.

Elinor ficou muito surpresa quando eles voltaram para a sala e ela lhe perguntou se também não havia gostado demais do senhor Palmer.

— Certamente — disse Elinor —, ele parece muito sensato.

— Bem, fico feliz por isso. Pensei que você realmente gostasse dele, pois ele é tão agradável; e o senhor Palmer gosta muito de você e de suas irmãs, posso lhe garantir, e você não imagina como ficará decepcionado se vocês não forem para Cleveland. Não consigo imaginar por que recusariam.

Elinor foi novamente obrigada a declinar do convite e, mudando de assunto, pôs um ponto final em seus pedidos. Ela achou provável que, como viviam no mesmo condado, a senhora Palmer poderia dar um relato mais particular do caráter de Willoughby do que aquele que ela poderia obter com o conhecimento parcial dos Middletons. Ela estava ávida por receber, por intermédio de qualquer um, alguma confirmação dos méritos dele que eliminassem de vez toda possibilidade de temor por parte de Marianne. Então, começou perguntando se eles viam muito o senhor Willoughby em Cleveland e se estavam intimamente familiarizados com ele.

— Ah, querida, sim, eu o conheço muitíssimo bem — respondeu a senhora Palmer. — Não que eu tenha falado com ele, de fato, mas sempre o vejo na cidade. Por um motivo ou outro, nunca fiquei em Barton enquanto ele estava em Allenham. Mamãe o viu aqui uma vez, mas eu estava com meu tio em Weymouth. No entanto, ouso dizer que teríamos nos encontrado bastante em Somersetshire, isso se não tivéssemos a má sorte de nunca estarmos na região na mesma época. Ele passa pouquíssimo tempo por Combe, acredito; mas, se ficasse mais por lá, não acho que o senhor Palmer o visitaria, pois ele está na oposição, você sabe, e, além disso, é tão distante... Sei muito bem por que você está perguntando isso; sua irmã deve se casar com ele. Estou muito contente por isso, pois a terei como vizinha.

— Dou-lhe minha palavra — respondeu Elinor — de que você sabe muito mais sobre o assunto do que eu, se tiver algum motivo para esperar esse casamento.

— Não negue, porque você sabe que é disso que todo mundo fala. Garanto que ouvi falar sobre isso no caminho de minha viagem à cidade.

— Minha cara senhora Palmer!

— Eu ouvi, palavra de honra. Encontrei o coronel Brandon na manhã de segunda-feira em Bond Street, pouco antes de deixarmos a cidade, e ele me contou diretamente.

— Você me surpreende muito. O coronel Brandon disse-lhe isso? Certamente você deve estar enganada. Dar uma informação desse tipo a uma pessoa que não estaria interessada no caso, mesmo que fosse verdade, é algo que não espero do coronel Brandon.

— Mas eu lhe garanto que sim, tal como disse, e vou lhe contar como aconteceu. Quando o encontramos, ele deu meia-volta e foi caminhando conosco; então começamos a conversar sobre meu irmão e minha irmã, e de uma coisa e outra, e eu disse a ele:

— Então, coronel, ouvi dizer que chegou uma nova família no chalé de Barton, e mamãe escreveu contando que são moças muito bonitas, e que uma delas iria se casar com Willoughby, de Combe Magna. É verdade? Pois é claro que o senhor deve saber, já que tem andado em Devonshire ultimamente.

— E o que o coronel disse?

— Ah, ele não falou muita coisa, mas parecia saber que era verdade, então, a partir desse momento, tenho isso para mim como certo. Digo que será maravilhoso! Quando é que acontecerá a cerimônia?

— O senhor Brandon estava muito bem, eu espero.

— Ah! Sim, ele estava muito bem. E tão elogioso! Ele não fez nada além de dizer coisas boas sobre vocês.

— Estou lisonjeada com o elogio dele. Ele parece um homem excelente, e eu o acho extraordinariamente agradável.

— Eu também. Ele é um homem tão charmoso, é uma pena que seja tão sério e enfadonho. Mamãe diz que *ele* também estava apaixonado por sua irmã. Garanto-lhe que foi um grande elogio, se estava mesmo, pois ele não costuma se apaixonar por qualquer pessoa.

— O senhor Willoughby é muito conhecido na região de Somersetshire? — perguntou Elinor.

— Ah, sim, conhecidíssimo; isto é, não acredito que muitas pessoas o conheçam, porque Combe Magna fica muito longe; mas garanto-lhe que todos o acham extremamente agradável. Ninguém é mais querido que o senhor Willoughby onde quer que ele vá, pode dizer à sua irmã. Ela teve uma sorte incrível em conquistá-lo, palavra de honra; ele, no entanto, teve muito mais sorte, pois ela é muito bonita e simpática, e merece o que houver de melhor. No entanto, dificilmente eu não diria que ela é mais bonita que você, garanto-lhe; pois acho vocês duas belíssimas, e o senhor Palmer também, tenho certeza, embora não o tenhamos convencido a dizer na noite passada.

As informações da senhora Palmer sobre Willoughby não eram muito substanciais; mas qualquer testemunho a seu favor, por menor que fosse, era agradável para ela.

— Estou tão contente que finalmente nos conhecemos... — continuou Charlotte. — E agora espero que para sempre sejamos grandes amigas. Você não imagina o quanto eu queria vê-la! É tão maravilhoso que vocês estejam morando no chalé! Nada se compara com isso, com certeza! E eu estou tão feliz que sua irmã será tão bem casada! Espero que sempre vá a Combe Magna. É um lugar agradável em todos os aspectos.

— Você conhece o coronel Brandon há muito tempo, não é?

— Sim, há um bom tempo; desde que minha irmã se casou. Ele era um amigo pessoal de Sir John. Eu acredito — ela acrescentou em voz baixa — que ele teria ficado muito feliz se tivesse se casado comigo. Sir John e Lady Middleton desejaram muito que isso acontecesse. No entanto, mamãe não o achou um partido bom o suficiente para mim; caso contrário, Sir John teria conversado com o coronel e teríamos nos casado imediatamente.

— O coronel Brandon não sabia da proposta de Sir John para sua mãe antes de ela ser feita? Ele mesmo alguma vez manifestou seu afeto a você?

— Ah, não; mas, se mamãe não tivesse se oposto a isso, ouso dizer que ele teria adorado a ideia. Ele não tinha me visto mais do que duas vezes, pois tudo aconteceu antes de eu sair da escola. Contudo, estou muito mais feliz assim. O senhor Palmer é o tipo de homem que eu aprecio.

Capítulo XXI

Os Palmers retornaram a Cleveland no dia seguinte, e as duas famílias de Barton voltaram a entreter uma à outra. Mas isso não durou muito. Elinor mal havia tirado seus últimos visitantes da cabeça, mal deixara de pensar em como Charlotte podia ser tão feliz sem propósito, no fato de o senhor Palmer agir de forma tão direta, na estranha inadequação que muitas vezes existia entre marido e mulher, e o ativo zelo de Sir John e da senhora Jennings pela causa social proporcionou-lhe novas conhecidas.

Em uma excursão matinal a Exeter, eles encontraram duas jovens que a senhora Jennings teve a satisfação de descobrir que eram suas parentas, e isso bastou para Sir John convidá-las a ir a Barton Park assim que seus atuais compromissos em Exeter terminassem. Os compromissos foram cancelados imediatamente, e Lady Middleton ficou alarmada quando Sir John voltou e lhe disse que logo eles iriam receber a visita de duas moças que ela nunca tinha visto na vida e de cuja elegância e nobreza ela não podia ter provas, uma vez que as garantias do marido e de sua mãe nesse aspecto eram o mesmo que nada. O fato de serem parentes também tornava as coisas piores; e, infelizmente, as tentativas de consolo da senhora Jennings fracassaram quando ela aconselhou a filha a não se importar com o fato de elas serem elegantes, pois todas eram primas e deveriam, portanto, tolerar umas às outras. Como agora era impossível impedir a chegada delas, Lady Middleton resignou-se à ideia, com toda a filosofia de uma mulher bem-educada, contentando-se em meramente fazer uma gentil repreensão ao marido por conta do assunto cinco ou seis vezes por dia.

As jovens chegaram; sua aparência não era de modo algum desagradável, e elas não tinham um aspecto provinciano. Trajavam-se de maneira muito elegante, e seus modos eram muito educados. Ficaram encantadas com a casa e maravilhadas com os móveis, e por acaso eram tão apaixonadas por crianças que conquistaram a aprovação de Lady Middleton durante a primeira hora de sua visita a Barton Park. Ela afirmou que eram moças muito agradáveis, o que para ela equivalia a uma admiração entusiástica. A confiança de Sir John em seu próprio julgamento aumentou com esse elogio animado, e ele partiu diretamente para o chalé a fim de contar às senhoritas Dashwoods sobre a chegada das senhoritas Steeles e garantir-lhes que elas eram as moças mais doces do mundo. De elogios como esse, no entanto, não havia muito o que depreender. Elinor sabia muito bem que as moças mais doces do mundo seriam encontradas em todas as partes da Inglaterra, sob todas as variações possíveis de forma, rosto, temperamento e compreensão. Sir John queria que toda a família fosse a Barton Park para conhecer suas convidadas. Que homem benevolente e filantrópico! Para ele, era doloroso guardar para si até mesmo as primas de terceiro grau.

— Venham agora — disse ele. — Por favor, venham. Vocês devem vir conosco. Declaro que vocês têm de vir. Vocês não imaginam como irão gostar delas. Lucy é lindíssima, tão bem-humorada e agradável! As crianças já estão penduradas nela como se ela fosse uma velha conhecida, e ambas desejam muito vê-las, pois ouviram em Exeter que vocês são as criaturas mais bonitas do mundo. Eu lhes disse que tudo isso é muito verdadeiro, e muito mais. Vocês ficarão encantadas com elas, tenho certeza. Elas trouxeram uma carruagem cheia de brinquedos para as crianças. Como vocês podem deixar de ir? De certa forma, elas também são suas primas, vocês sabem. Vocês são minhas primas, e elas são primas da minha esposa, de modo que vocês também devem ser parentas.

Mas Sir John não conseguiu o que queria. Tudo o que obteve foi a promessa de uma visita a Barton Park em um ou dois dias, e depois saiu espantado com a indiferença delas, caminhando para casa, a fim de mencionar de novo as qualidades das Dashwoods para as irmãs Steeles, do mesmo modo como havia feito o contrário elogiando as Steeles para elas.

Quando aconteceu a prometida visita a Barton Park e a consequente apresentação das jovens damas, as irmãs Dashwoods não encontraram algo que pudesse ser admirado na aparência da mais velha, de quase trinta anos, que tinha um semblante muito comum e nenhuma presença de espírito; mas na outra, que não tinha mais de vinte e dois ou vinte e três anos, reconheceram uma beleza considerável; suas feições eram atraentes, e ela tinha um olhar rápido e aguçado e um ar de esperteza que, embora não lhe dessem elegância ou graça, conferiam distinção à sua personalidade. Seus modos eram particularmente educados, e Elinor logo lhes deu crédito pelo bom senso quando viu com que atenção constante e criteriosa elas estavam agradando a Lady Middleton. Estavam num êxtase perene com as crianças, elogiando a beleza delas, cortejando sua atenção e cedendo-lhes aos caprichos; e todo o tempo que era poupado das inoportunas demandas que a cortesia exigia era gasto em admiração por tudo o que Lady Middleton estivesse fazendo, caso ela estivesse fazendo alguma coisa. Felizmente para aqueles que adulam uma mãe afeiçoada tocando nesse tipo de fraqueza, embora ela fosse o mais ganancioso dos seres humanos quando se trata de angariar elogios para seus filhos, era igualmente um dos seres mais crédulos; suas exigências eram exorbitantes, porém ela acreditava em qualquer coisa, e o excessivo carinho e a tolerância das senhoritas Steeles em relação a seus filhos foram apreciados por Lady Middleton sem a menor surpresa ou desconfiança. Ela viu com complacência materna todas as impertinências e os truques travessos aos quais suas primas se submeteram. Ela viu os seus cintos serem desamarrados, os seus cabelos puxados, as suas malas serem reviradas e suas facas e tesouras sendo roubadas, e não teve dúvida alguma de que aquilo era um prazer recíproco. A única surpresa era que Elinor e Marianne continuassem sentadas com tanta calma, sem reivindicar fazer parte do que acontecia.

— John está tão animado hoje! — disse ela, quando ele pegou o lenço de bolso da senhorita Steele e o jogou pela janela. — Ele não para de fazer macaquices.

E logo depois, quando o outro garoto beliscou violentamente um dos dedos da mesma moça, ela observou com carinho:

— Como William é brincalhão!

— E aqui está minha doce Annamaria — acrescentou, acariciando ternamente uma garotinha de três anos de idade que não fizera barulho algum nos últimos dois minutos. — Ela é sempre tão meiga e quieta... Nunca vi uma coisinha tão tranquila!

Mas infelizmente, quando concedia esses abraços, um grampo da cabeça de Lady Middleton arranhou levemente o pescoço da criança, e o resultado desse padrão de delicadeza foram gritos tão violentos que dificilmente poderiam ser superados por qualquer outra criatura reconhecidamente barulhenta. A consternação da mãe era excessiva, mas não conseguiu superar o alarme feito pelas senhoritas Steeles, e todo o carinho foi dado à criança pelas três, em uma emergência tão crítica, para amenizar as agonias da pequena sofredora. Ela estava sentada no colo da mãe, coberta de beijos, com o ferimento banhado em água de lavanda por uma das senhoritas Steeles, que estava de joelhos para atendê-la, enquanto a outra irmã enchia a boca da menina de confeitos de ameixa. Com tal recompensa por suas lágrimas, a criança era inteligente demais para cessar o choro. Ela continuava gritando e soluçando de um modo escandaloso, chutando seus dois irmãos quando tentavam tocá-la, e tudo isso foi ineficaz até Lady Middleton se lembrar, felizmente, de que, em uma cena semelhante na semana anterior, uma geleia de damasco havia sido aplicada com sucesso em uma têmpora machucada. Portanto, o mesmo remédio foi proposto com avidez para ser usado nesse infeliz arranhão, e um breve intervalo de gritos da mocinha deu-lhes motivos de esperança para que ele não fosse rejeitado. A menina foi então carregada para fora da sala nos braços da mãe, em busca do tal medicamento, e, como os dois meninos escolheram segui-la, embora a mãe implorasse para que ficassem para trás, as quatro jovens foram deixadas a sós na sala, em uma quietude desconhecida há muitas horas.

— Pobre criaturinha! — disse a senhorita Steele assim que eles saíram da sala. — Poderia ter sido um acidente muito triste.

— Não vejo como — exclamou Marianne —, a menos que tivesse sido em circunstâncias totalmente diferentes. Mas essa é a maneira usual de aumentar a preocupação, quando, na verdade, não há nada para se alarmar.

— Como Lady Middleton é uma mulher doce! — disse Lucy Steele.

Marianne ficou calada. Para ela, era impossível dizer o que não sentia, por mais trivial que fosse a ocasião. Sobrava para Elinor, portanto, a tarefa de contar mentiras quando a educação exigia. Ela deu o seu melhor, falando de Lady Middleton com mais carinho do que realmente sentia, embora com muito menos entusiasmo que a senhorita Lucy.

— E Sir John também — disse a irmã mais velha. — Que homem charmoso ele é!

Também nesse caso, o elogio da senhorita Dashwood, sendo apenas simples e justo, apareceu sem nenhum brilho adicional. Ela apenas observou que ele era perfeitamente bem-humorado e amigável.

— E que família encantadora eles têm! Nunca vi crianças tão simpáticas na minha vida. Declaro que já aprovei todas elas e, de fato, nunca fui muito afeita a crianças.

— Acho que sim — disse Elinor com um sorriso —, pelo que testemunhei hoje de manhã.

— Tenho a impressão — disse Lucy — de que você acha que os pequenos Middletons são mimados demais. Talvez eles sejam mesmo, mas isso é tão natural em Lady Middleton... Da minha parte, amo ver crianças tão cheias de vida e de humor. Não as suportaria se fossem comportadas e silenciosas.

— Confesso — Elinor respondeu — que, sempre que estou em Barton Park, nunca penso em crianças comportadas e silenciosas com qualquer aversão.

Uma breve pausa se sucedeu a essas palavras, a qual foi interrompida pela senhorita Steele, que parecia muito disposta a conversar e disse de modo um tanto abrupto:

— E o que você acha de Devonshire, senhorita Dashwood? Suponho que tenha sentido muito ao ter de deixar Sussex.

Com alguma surpresa diante da familiaridade dessa pergunta, ou pelo menos com a maneira que foi feita, Elinor respondeu que sim.

— Norland é um lugar lindo e prodigioso, não é? — adicionou a senhorita Steele.

— Ouvimos Sir John dizer que tem grande admiração pelo lugar — disse Lucy, que parecia achar algumas desculpas necessárias para a liberdade que sua irmã havia tomado.

— Creio que todos os que já estiveram ali *devem* admirá-lo — respondeu Elinor —, embora não se deva supor que alguém possa estimar tanto suas belezas como nós.

— E havia muitos rapazes bonitos por lá? Suponho que não haja tantos nesta parte do mundo. Em minha opinião, acho que eles nunca são demais.

— Mas por que você deveria pensar — perguntou Lucy, parecendo envergonhada por sua irmã — que não existem tantos jovens distintos em Devonshire quanto em Sussex?

— Não, minha querida, não pretendi dizer isso. Estou certa de que existem muitos rapazes bonitos em Exeter; mas, você sabe, como eu poderia falar sobre os rapazes bonitos de Norland? Eu só temi que as senhoritas Dashwoods pudessem achar Barton um lugar maçante se não houvesse aqui tantos rapazes bonitos quanto costumava haver lá. Mas talvez vocês, moças, não se importem com os rapazes bonitos e sejam indiferentes a eles. De minha parte, acho que eles são muito bem-vindos, desde que se vistam com elegância e se comportem de maneira civilizada. Não suporto vê-los sujos e desleixados. Por exemplo, há o senhor Rose em Exeter, um jovem prodigioso e esperto, muito bonito, escriturário do senhor Simpson; no entanto, se você o encontrar pela manhã, ele não estará apto a ser visto. Suponho que seu irmão fosse airoso,[1] senhorita Dashwood, antes de se casar, já que era tão rico.

— Dou-lhe minha palavra — respondeu Elinor — de que não posso dizê-lo, pois não compreendo perfeitamente o significado dessa

---

1. Alguém que tem boa aparência e uma apresentação agradável; que demonstra gentileza e decoro; sujeito honroso e digno. (N. E.)

palavra. Mas posso dizer que, se ele era airoso antes de se casar, ele ainda o é, pois não houve a menor alteração nele.

— Ah, minha querida! Nunca diga que homens casados são airosos. Eles têm mais o que fazer.

— Senhor! Anne — exclamou a outra irmã —, você não falou de outra coisa a não ser de rapazes bonitos. Assim, a senhorita Dashwood ficará com a impressão de que você não tem outro assunto.

E então, para mudar o rumo da conversa, ela começou a admirar a casa e a mobília.

Essa mostra das senhoritas Steeles foi suficiente. As liberdades e as tolices vulgares da mais velha não lhes deixaram nenhuma recomendação e, como Elinor não se permitia cegar pela beleza ou pelo olhar astuto da mais jovem, a ponto de não perceber sua falta de elegância e naturalidade, ela saiu da casa sem nenhum desejo de conhecê-las melhor.

O mesmo não aconteceu com as senhoritas Steeles. Elas vieram de Exeter, admiradas com Sir John Middleton, sua família e todos os seus parentes, e uma boa proporção dessa admiração era agora distribuída a suas primas, que elas declararam ser as moças mais bonitas, elegantes, talentosas e agradáveis que já haviam visto e as quais estavam especialmente ansiosas por conhecer melhor. E conhecê-las melhor, Elinor logo descobriu que era um destino inevitável, pois, como Sir John estava inteiramente do lado das senhoritas Steeles, não conseguiriam se opor a ele, e deveriam se submeter àquele tipo de intimidade, que consistia em ficar uma ou duas horas juntas, na mesma sala, quase todos os dias. Sir John não podia fazer nada além disso; porém nem sabia que era necessário muito mais: estar junto no mesmo ambiente era, em sua opinião, ser íntimo, e, como seus contínuos planos para reuni-las foram eficazes, ele não tinha dúvida alguma de que elas haviam se tornado amigas.

Para lhe fazer justiça, ele fez tudo o que estava ao seu alcance para promover uma relação sem reservas entre elas, familiarizando as senhoritas Steeles com o que ele sabia ou supunha saber a respeito da situação de suas primas nos mais delicados detalhes; e Elinor não as havia visto mais do que duas vezes quando a mais velha lhe felicitou pelo fato de a irmã ter tido tanta sorte a ponto de conquistar um pretendente tão bonito depois que chegaram a Barton.

— Será muito bom que ela se case tão jovem, com certeza — disse ela. — E ouvi dizer que é um belo e prodigioso rapaz. Espero que você tenha a mesma boa sorte em breve, mas talvez já tenha algum pretendente por aí.

Elinor não tinha motivos para supor que Sir John seria mais discreto em proclamar suas suspeitas sobre o sentimento dela por Edward do que o foi em relação a Marianne. De fato, dos dois casos, o dela era, antes, sua piada favorita, já que era um pouco mais recente e mais conjectural. Desde a visita de Edward, eles nunca jantaram juntos sem que ele brindasse à saúde das pessoas queridas por ela com tanta significância e tantos acenos e piscadelas, a ponto de atrair a atenção geral. Da mesma forma, a letra F havia sido invariavelmente mencionada e produziu inúmeros gracejos, e seu caráter de letra mais espirituosa do alfabeto havia sido imposto a Elinor.

As senhoritas Steeles, como ela esperava, conheciam todas aquelas piadas, e, na irmã mais velha, estas despertaram uma curiosidade em saber o nome do cavalheiro a que aludiam, o qual, embora muitas vezes expresso de maneira impertinente, era perfeitamente adequado a sua bisbilhotice quanto à família Dashwood. No entanto, Sir John não degustou muito mais da curiosidade que ele se deliciava em despertar, pois sentiu tanto prazer em dizer o nome quanto a senhorita Steele em ouvi-lo.

— O nome dele é Ferrars — disse ele, num sussurro muito audível. — Mas, por favor, não conte para ninguém, pois é um grande segredo.

— Ferrars! — Steele repetiu. — O senhor Ferrars é o grande felizardo? Ora! É o irmão da sua cunhada, senhorita Dashwood? Um jovem muito agradável, com certeza. Eu o conheço muito bem.

— Como você pode dizer isso, Anne? — gritou Lucy, que geralmente fazia uma reprimenda a todas as afirmações de sua irmã. — Embora o tenhamos visto uma ou duas vezes na casa de meu tio, é demais fingir conhecê-lo muito bem.

Elinor ouviu tudo isso com atenção e surpresa. "E quem era esse tio? Onde ele morava? Como eles se conheceram?" Ela desejava muito que o assunto continuasse, apesar de não ter vontade de se envolver mais. No entanto, nada mais foi dito e, pela primeira vez em sua vida, ela considerou a senhora Jennings desprovida de interesses, após ouvir informações diminutas, e de disposição para narrá-los. A maneira como a senhorita Steele falou de Edward aumentou sua curiosidade, pois parecia-lhe um pouco maldosa e sugeria que aquela moça sabia, ou imaginava saber, algo inconveniente sobre ele. No entanto, a curiosidade dela era inútil, pois a senhorita Steele não prestou mais atenção no nome do senhor Ferrars quando a ele foi feita alusão ou mesmo quando foi abertamente mencionado por Sir John.

Capítulo XXII

Marianne, que nunca tinha muita tolerância com nada que soasse impertinência, vulgaridade, inferioridade de sentimentos ou mesmo com gostos diferentes dos seus, encontrava-se, naquele momento, particularmente indisposta, por conta de seu estado de ânimo, para se deixar agradar pelas senhoritas Steeles ou para incentivar seus avanços; e a invariável frieza de seu comportamento, que frustrava todos os esforços delas para estabelecer uma relação de intimidade, Elinor atribuiu principalmente à preferência por ela própria, que logo se tornou evidente nas maneiras de ambas, em especial nas de Lucy, que não perdeu a oportunidade de envolvê-la em conversas ou de tentar melhorar a relação falando de modo espontâneo e sincero sobre seus sentimentos.

Lucy era naturalmente inteligente, e suas observações eram muitas vezes justas e divertidas. Durante meia hora, Elinor quase sempre a achava uma companhia agradável, mas suas qualidades não contavam com o auxílio da educação; ela era ignorante e iletrada, e sua ausência de todo e qualquer aprimoramento intelectual e sua falta de informação acerca dos assuntos mais comuns não podiam passar despercebidas pela senhorita Dashwood, apesar de seu constante esforço para parecer superior. Elinor observou, e teve pena dela por isso, sua negligência com relação a aptidões que uma boa educação poderia ter tornado tão respeitáveis. No entanto, ela também viu, com menos ternura de sentimento, a completa falta de delicadeza, integridade de caráter e retidão que suas atenções, suas deferências e suas adulações em Barton Park revelavam. E ela não conseguia ter uma satisfação duradoura na companhia de uma pessoa que unia a ausência de sinceridade à ignorância, cuja falta de instrução impedia que conversassem em pé de igualdade, e cuja conduta em relação aos outros tornava cada atenção e deferência em relação a ela perfeitamente sem valor.

— Você achará minha pergunta estranha, ouso dizer — disse-lhe Lucy um dia, enquanto caminhavam juntas de Barton Park para o chalé —, mas, diga-me, você conhece pessoalmente a mãe de sua cunhada, a senhora Ferrars?

Elinor *de fato* achou a pergunta muito estranha, e seu semblante expressava esse estranhamento quando ela respondeu que nunca tinha visto a senhora Ferrars.

— É mesmo? — respondeu Lucy. — Isso me admira, pois achei que você já a havia visto em Norland algumas vezes. Então, talvez você não saiba me dizer que tipo de mulher ela é.

— Não — respondeu Elinor, cautelosa em dar sua sincera opinião sobre a mãe de Edward, e não muito desejosa de satisfazer ao que parecia uma curiosidade impertinente. — Não sei nada sobre ela.

— Tenho certeza de que você acha muito estranho eu perguntar sobre ela dessa maneira — disse Lucy, olhando para Elinor atentamente enquanto falava —, mas talvez eu tenha razões para isso. Eu gostaria de me atrever a perguntar, mas, no entanto, espero que você me faça justiça e acredite que não pretendo ser impertinente.

Elinor deu-lhe uma resposta cortês, e elas caminharam por alguns minutos em um silêncio que foi quebrado por Lucy, pois esta retomou o assunto dizendo, com alguma hesitação:

— Não posso suportar que você me ache impertinentemente curiosa. Tenho certeza de que preferiria fazer qualquer coisa no mundo a ser vista dessa maneira por uma pessoa cuja boa opinião vale tanto para mim como a sua. E tenho certeza de que não deveria ter o menor receio de confiar em *você*. De fato, eu ficaria muito feliz em ouvir seus conselhos sobre como lidar com situações tão desconfortáveis como esta em que me encontro; no entanto, não quero incomodá-la. Lamento que não conheça a senhora Ferrars.

— Sinto muito por *não* a conhecer — disse Elinor, com grande espanto —, já que minha opinião sobre ela poderia lhe ser útil. Na verdade, eu nunca soube que você tinha ligação com essa família; portanto, estou um pouco surpresa, confesso, por sua investigação tão séria sobre o caráter dela.

— Vejo que você está surpresa, e não me admira mesmo que esteja. Mas, se eu pudesse lhe contar tudo, você não ficaria tão surpresa. A senhora Ferrars seguramente não é nada minha no momento, mas talvez um dia, e o tempo que isso vai levar dependerá somente dela, nos tornemos muito íntimas.

Ela baixou a cabeça enquanto dizia isso, amigavelmente tímida, apenas olhando de lado para Elinor a fim de observar sua reação.

— Deus do céu! — gritou Elinor. — O que você quer dizer com isso? Você está comprometida com o senhor Robert Ferrars? Isso é possível?

Elinor não se sentiu muito satisfeita com a ideia de tê-la como cunhada.

— Não — respondeu Lucy —, não com o senhor *Robert* Ferrars. Nunca o vi na minha vida, mas — fixando os olhos em Elinor — com seu irmão mais velho.

O que sentiu Elinor naquele momento? Perplexidade, que teria sido tão dolorosa quanto intensa, não fosse a descrença ante a afirmação que acabara de ouvir. Virou-se para Lucy, em silencioso espanto, incapaz de adivinhar a razão ou o objetivo de tal declaração, e, embora seu rosto tivesse perdido a cor, permaneceu firme em sua incredulidade e sem correr o risco de ter um ataque histérico ou desmaio.

— Você deve estar surpresa — continuou Lucy —, pois seguramente não fazia nenhuma ideia disso. Arrisco-me a dizer que ele nunca disse nada a você ou a sua família, pois tudo isso sempre foi um grande segredo, e tenho certeza de que, por mim, foi fielmente mantido até agora. Nenhum de meus amigos ou conhecidos sabe disso, exceto Anne, e eu nunca teria dito isso a você se não sentisse a maior confiança do mundo em sua discrição. Realmente acredito que meu comportamento ao fazer tantas perguntas sobre a senhora Ferrars deve parecer tão estranho que requeira ser explicado. Não creio que o senhor Ferrars vá se aborrecer se souber que confiei em você, porque sei que ele tem toda a sua família em alta conta e considera você e as demais senhoritas Dashwoods como irmãs — ela fez, então, uma pausa.

Elinor permaneceu em silêncio por alguns instantes. Seu espanto com o que ouviu foi a princípio assombroso demais para que pudesse dizer algo. Mas, por fim, forçando-se a falar, e a falar com cautela, ela perguntou, demonstrando calma, o que razoavelmente disfarçava sua surpresa e a ansiedade:

— Posso perguntar se seu compromisso é de longa data?
— Estamos noivos há quatro anos.
— Quatro anos!
— Sim.

Embora estivesse imensamente chocada, Elinor ainda se sentia incapaz de acreditar naquilo.

— Até outro dia — disse ela —, eu não sabia sequer que vocês se conheciam.

— Nós nos conhecemos, no entanto, há muitos anos. Ele ficou sob os cuidados do meu tio, você bem sabe, por um período considerável.

— Seu tio?
— Sim, o senhor Pratt. Você nunca ouviu falar do senhor Pratt?

— Creio que sim — respondeu Elinor, com um esforço que aumentava à medida que crescia sua emoção.

— Ele morou durante quatro anos com meu tio, que mora em Longstaple, perto de Plymouth. Foi lá que nos conhecemos, pois minha irmã e eu ficávamos frequentemente com o tio Pratt, e foi lá que esse compromisso foi firmado, quando ele já não era mais seu aluno fazia um ano, mas, ainda assim, estava quase sempre conosco. Eu não queria entrar nesse relacionamento, como você deve imaginar, sem o conhecimento e a aprovação da mãe dele, mas eu era jovem demais e o amava muito para ser tão prudente como eu deveria. Embora não o conheça tão bem quanto eu, senhorita Dashwood, deve ter visto o suficiente dele para perceber que é muito capaz de fazer uma mulher se apaixonar perdidamente por ele.

— Certamente — respondeu Elinor, sem saber o que dizia.

Entretanto, depois de um momento de reflexão, ela acrescentou, com reavivada segurança da honra e do amor de Edward e da desfaçatez de sua interlocutora:

— Noiva do senhor Edward Ferrars! Confesso que estou totalmente surpresa com o que você me diz. Isso realmente... Você há de me perdoar, mas certamente deve haver algum engano sobre a pessoa ou o nome. Não podemos estar falando do mesmo senhor Ferrars.

— Não pode haver outro — exclamou Lucy, sorrindo. — O senhor Edward Ferrars, filho mais velho da senhora Ferrars, de Park Street, e irmão da sua cunhada, senhora John Dashwood, é a pessoa a quem me refiro. Você há de convir que há pouca probabilidade de eu estar enganada quanto ao nome do homem de quem deriva toda a minha felicidade.

— É estranho — respondeu Elinor com a mais dolorosa perplexidade — que eu nunca o tenha ouvido sequer mencionar seu nome.

— Não, não é estranho, considerando nossa situação. Nosso primeiro cuidado foi manter o assunto em segredo. Você não sabia nada sobre mim ou sobre minha família e, portanto, nunca houve *ocasião* para mencionar meu nome a você. E, como ele sempre estava particularmente com medo de a irmã dele suspeitar de alguma coisa, *isso* era motivo suficiente para que não mencionasse meu nome.

Ela ficou em silêncio. A segurança de Elinor desapareceu, mas seu autocontrole não.

— Faz quatro anos que vocês estão noivos? — disse ela com uma voz firme.

— Sim, e só Deus sabe quanto tempo mais teremos de esperar. Pobre Edward! Isso o deixa completamente desanimado.

Então, tirando um pequeno retrato do bolso, ela acrescentou:

— Para evitar qualquer possibilidade de erro, seria bom que olhasse esse rosto. O retrato não lhe faz justiça, com certeza, mas ainda assim acho que você não poderá se equivocar quanto à pessoa que está retratada. Eu o tenho há três anos.

Ela o colocou em suas mãos enquanto falava e, quando Elinor viu a pintura, embora persistissem em sua mente o medo de chegar a uma conclusão muito apressada e o desejo de detectar alguma mentira, não teve dúvidas de que se tratava do rosto de Edward. Ela o devolveu quase instantaneamente, admitindo a semelhança.

— Nunca pude — continuou Lucy — retribuí-lo com meu retrato, o que me deixa muito triste, pois ele sempre quis ter um retrato meu! Mas estou decidida a fazê-lo na primeira oportunidade.

— Você está certa — respondeu Elinor com tranquilidade.

Elas deram então alguns passos em silêncio. Lucy falou primeiro.

— Tenho certeza — disse ela —, não tenho dúvida de que guardará fielmente esse segredo, porque deve saber da importância que tem para nós não deixar que nada chegue à mãe dele; aposto que ela nunca aprovaria nossa união. Não tenho fortuna alguma, e imagino que ela seja uma mulher extremamente orgulhosa.

— Certamente, não fui atrás de sua confiança — disse Elinor —, mas você não me faz mais do que justiça ao imaginar que sou confiável. Seu segredo está seguro comigo, mas me perdoe se expresso certa surpresa diante de uma confissão tão desnecessária. Você há de convir que o fato de eu ficar sabendo só aumenta o risco.

Enquanto dizia isso, ela olhou seriamente para Lucy, esperando descobrir algo em sua expressão, talvez a falsidade da maior parte das coisas que ela estava dizendo, mas o semblante de Lucy não sofreu alterações.

— Tive medo de você pensar que eu estava tomando muita liberdade com você — disse ela — ao lhe contar tudo isso. Não faz muito tempo que a conheço, pelo menos não pessoalmente, mas há muito ouço falar de você e de toda a sua família. Assim que a vi, senti quase como se você fosse uma velha conhecida. Além disso, no presente caso, eu realmente pensei que alguma explicação lhe era devida depois de eu ter feito perguntas específicas sobre a mãe de Edward. Sou tão infeliz que não tenho uma criatura a quem possa pedir conselhos. Anne é a única pessoa que sabe disso, e ela não tem nenhuma opinião sobre nada. Na verdade, ela me faz muito mais mal do que bem, pois tenho medo constante de que me traia. Ela não sabe segurar a língua, como você deve ter percebido, e confesso que tomei o maior susto do mundo outro dia, quando o nome de Edward foi mencionado por Sir John, pois pensei que ela contaria tudo. Você nem imagina quanto eu sofro com essa história. Eu me surpreendo por estar viva depois do tanto que sofri por Edward nos últimos quatro anos. Há tanto suspense e incerteza... e encontrá-lo é algo muito raro, pois dificilmente podemos nos ver mais de duas vezes por ano. Não sei como meu coração ainda não está partido.

Nesse momento, ela pegou o lenço, mas Elinor não foi muito compassiva.

— Às vezes — continuou Lucy, depois de enxugar os olhos —, acho que seria melhor para nós dois encerrar completamente esse assunto.

Ao dizer isso, olhou diretamente para Elinor.

— Mas então, em outros momentos, não tenho firmeza suficiente para tanto. Não suporto pensar em fazê-lo tão infeliz, como sei que a mera alusão a tal coisa o faria. E também eu mesma, que sinto tanto amor por ele, acho que não seria capaz disso. O que você me aconselharia a fazer nesse caso, senhorita Dashwood? O que você faria?

— Desculpe-me — respondeu Elinor, aturdida com a pergunta —, mas não posso lhe dar nenhum conselho nessas circunstâncias. Seu próprio julgamento deve guiá-la.

— Estou certa — continuou Lucy, depois de alguns minutos de silêncio de ambos os lados — de que, uma hora ou outra, sua mãe deve arranjar alguém para ele, mas o pobre Edward está tão abatido por causa disso! Você não o achou terrivelmente desanimado quando ele esteve em Barton? Ele estava tão infeliz quando nos deixou em Longstaple, para vir visitá-las, que tive medo de pensarem que ele estava muito doente.

— Ele veio da casa do seu tio, então, quando nos visitou?

— Ah, sim. Ele passou quinze dias conosco. Você achou que ele tinha vindo diretamente da capital?

— Não — respondeu Elinor, mais profundamente sensível a cada nova circunstância em favor da veracidade do que dizia Lucy. — Lembro que ele nos contou que havia passado quinze dias com alguns amigos perto de Plymouth.

Ela se lembrou também de sua própria surpresa na época por ele não mencionar nada mais sobre aqueles amigos, por seu total silêncio em relação até mesmo ao nome deles.

— Vocês não o acharam extremamente desanimado? — repetiu Lucy.

— Nós realmente o achamos, sim, especialmente na chegada.

— Implorei a ele que se esforçasse para não lhes dar essa impressão com medo de que vocês suspeitassem de qual era o problema, mas isso o deixou tão melancólico, por não poder ficar mais de duas semanas conosco e por me ver tão emocionalmente tocada. Pobre rapaz! Receio que esteja acontecendo o mesmo com ele agora, pois me escreveu com péssimo ânimo. Tive notícias dele pouco antes de deixar Exeter — disse, tirando uma carta do bolso e mostrando descuidadamente o endereço para Elinor. — Aposto que você conhece a letra dele, uma letra encantadora, mas isso não está escrito tão bem como de costume. Arrisco-me a dizer que estava cansado, pois costuma preencher uma folha inteira para mim sempre que possível.

Elinor viu que a letra *era* a dele, não tinha mais como duvidar. Ela se permitiu acreditar que o retrato poderia ter sido obtido acidentalmente; poderia não ter sido um presente de Edward; mas uma correspondência entre eles por carta só ocorreria se houvesse um efetivo compromisso, nada além disso podia justificá-la. Por alguns momentos, ela quase sucumbiu — seu coração encolheu e ela mal podia suportar, mas era necessário reagir, então ela lutou tão bravamente contra a opressão de seus sentimentos que seu sucesso veio rápido e foi, por ora, absoluto.

— Escrever um para o outro — disse Lucy, pondo de volta a carta em seu bolso — é o único conforto que temos em separações tão longas. Tenho outro conforto no retrato dele, é verdade, mas o pobre Edward *nem isso* tem. Ele diz que, se tivesse meu retrato, tudo seria mais fácil. Eu lhe dei uma mecha do meu cabelo em um anel quando ele esteve em Longstaple dessa última vez, e ele me disse que isso lhe trouxe um pouco de conforto, mas não é igual a um retrato. Você talvez tenha notado o anel quando o viu.

— Notei — disse Elinor, com serenidade na voz, sob a qual estavam ocultas uma emoção e uma angústia maiores do que qualquer coisa que já sentira antes. Ela estava mortificada, chocada, confusa.

Felizmente para ela, haviam chegado ao chalé, e a conversa não pôde continuar. Depois de sentar-se com elas por alguns minutos, as senhoritas Steeles voltaram para Barton Park, e Elinor teve então liberdade para refletir e ficar consternada.

Capítulo XXIII

Por menor que fosse a confiança de Elinor na veracidade do que dizia Lucy, era impossível, após uma séria reflexão, suspeitar que ela não estivesse falando a verdade naquele caso, em que nenhuma tentação explicaria a loucura de inventar uma história tão mentirosa. Do que Lucy afirmava ser verdade, portanto, Elinor não podia nem ousava mais duvidar; fundamentada por todas as probabilidades e provas vindas de todos os lados e contradita por nada além dos próprios desejos. A oportunidade que eles tiveram de se conhecer na casa do senhor Pratt foi a base para o restante, uma base ao mesmo tempo indiscutível e inquietante; e a visita de Edward às proximidades de Plymouth, seu estado de espírito melancólico, sua insatisfação com as próprias perspectivas, seu comportamento incerto em relação a si mesmo, o conhecimento íntimo que as senhoritas Steeles tinham sobre Norland e suas conexões familiares, que muitas vezes a surpreendera; o retrato, a carta e o anel compunham esse conjunto de provas, que superou o temor de condená-lo injustamente e estabeleceu um fato que nenhuma parcialidade poderia deixar de lado: a falta de consideração dele para com ela. O ressentimento por esse comportamento dele e a indignação por ter sido enganada por um breve tempo fizeram com que sentisse autopiedade; mas outras ideias, outras considerações logo surgiram. Edward a estava enganando intencionalmente? Estava fingindo ter um afeto por ela que não sentia? O noivado dele com Lucy seria motivado por amor? Não; o que quer que tenha sido alguma vez, ela não acreditava mais que ainda fosse. O afeto dele era todo dela. Ela não podia estar enganada em relação a isso. A mãe, as irmãs, Fanny, todos tinham consciência do interesse dele por ela em Norland. Não era uma ilusão criada por sua própria vaidade. Ele certamente a amava. Que alívio para seu coração perceber as coisas dessa maneira! Que tentação era perdoá-lo! Ele fora culpado, bastante culpado, por permanecer em Norland depois de ter sentido pela primeira vez que a influência dela sobre ele era maior do que deveria ser. Nisso, ele não pôde ser defendido; mas, se ele a havia magoado, quão mais teria magoado a si mesmo. Se ela era digna de compaixão, o caso dele era desesperador. Sua imprudência a deixou infeliz por um tempo, mas ele parecia ter se privado de qualquer hipótese de ser de outra forma. Com o tempo, ela poderia recuperar a tranquilidade; mas ele, o que *ele* poderia esperar no futuro? Ele poderia ser razoavelmente feliz com Lucy Steele? Se o afeto por ela estava fora de cogitação, com toda a sua integridade, sua delicadeza e intelecto, como lidaria com uma esposa como aquela — iletrada, ardilosa e egoísta?

A paixão juvenil dos dezenove anos seguramente o cegou em relação a tudo, menos à beleza e à boa natureza de Lucy; mas os quatro anos seguintes, que, se gastos racionalmente, melhorariam a sua compreensão, deviam ter aberto seus olhos para os defeitos da educação dela, enquanto o mesmo período de tempo vivido por ela com pessoas de sociedade inferior e de objetivos mais frívolos talvez lhe tivesse roubado a simplicidade que um dia poderia ter conferido um caráter interessante à sua beleza.

Se, na suposição de que pretendia se casar com Elinor, as dificuldades impostas por sua mãe já pareciam grandes, eram ainda maiores nesse caso, quando o objeto de seu noivado era indiscutivelmente de classe inferior à sua e provavelmente também inferior em fortuna. Essas dificuldades, de fato, com um coração tão distante de Lucy, não deviam exigir tanto de sua paciência; mas a melancolia era o estado de espírito da pessoa para a qual a expectativa de oposição e má vontade da família podia ser sentida como um alívio!

Como essas considerações lhe ocorreram em dolorosa sucessão, ela chorou mais por ele do que por si mesma. Apoiada na convicção de não ter feito nada para merecer sua atual infelicidade, e consolada pela crença de que Edward não havia feito nada para perder sua estima, ela pensou que mesmo agora, logo após o impacto do forte golpe, teria controle suficiente sobre si mesma e, assim, evitaria qualquer suspeita da verdade por parte de sua mãe e das irmãs. E ela foi capaz de responder muito bem às próprias expectativas; quando se juntou a elas no jantar, apenas duas horas depois de ter observado a extinção de todas as suas mais desejadas esperanças, ninguém imaginaria, considerando a aparência das irmãs, que Elinor lamentava em segredo os obstáculos que deveriam separá-la para sempre do objeto de seu amor, e que Marianne estivesse internamente relembrando as perfeições de um homem cujo coração ela achava inteiramente conquistado e que esperava ver em cada carruagem que passava perto de sua casa.

A necessidade de esconder de sua mãe e de Marianne o que fora confiado apenas a ela, embora a obrigasse a um esforço constante, não era um agravamento da angústia de Elinor. Ao contrário, era um alívio para que ela fosse poupada de comunicar algo que lhes daria tal aflição e ser salva, da mesma maneira, de ouvir a condenação de Edward, o que provavelmente aconteceria pelo excesso de parcialidade da família, e que era mais do que ela conseguiria suportar.

De seus conselhos ou de suas conversas, ela sabia que não poderia receber nenhuma assistência, pois a ternura e a tristeza delas haveriam de aumentar sua angústia, enquanto seu autocontrole não receberia incentivo algum nem de seus exemplos nem de seus elogios. Ela era mais forte sozinha, e o próprio bom senso a amparava tão bem que sua firmeza se mostrou inabalável; sua aparência de alegria era tão invariável quanto era possível em meio a sofrimentos tão pungentes e recentes.

Por mais que tivesse sofrido em sua primeira conversa com Lucy sobre o assunto, logo sentiu um desejo sincero de retomá-la, e isso por mais de uma razão. Ela queria ouvir os muitos detalhes sobre o noivado novamente, queria entender com mais clareza o que Lucy realmente sentia por Edward, se havia alguma sinceridade em sua declaração de terna consideração por ele, e queria especialmente convencer Lucy, por meio de sua prontidão em voltar ao assunto e por sua tranquilidade em conversar sobre ele, de que ela estava interessada naquilo apenas como amiga, pois temia não ter deixado isso tão claro, por conta de sua agitação involuntária, na conversa que tiveram pela manhã. Era muito provável que Lucy estivesse inclinada a ficar com ciúmes dela, pois estava claro que Edward sempre fizera muitos elogios a ela, não apenas pela própria afirmação de Lucy, mas pelo fato de ela se aventurar a confiar em Elinor, apesar de conhecê-la há tão pouco tempo, contando-lhe um segredo tão reconhecida e evidentemente importante. E até a malícia brincalhona de Sir John deve ter tido algum peso nisso. Mas, de fato, enquanto Elinor permanecia tão segura de ser realmente amada por Edward, não foi necessária nenhuma outra consideração de probabilidades para tornar natural que Lucy estivesse com ciúmes, e a própria confidência feita era uma prova disso. Que outro motivo para a divulgação de seu segredo poderia haver, senão informar Elinor dos direitos superiores de Lucy em relação a Edward e fazer com que ela o evitasse no futuro? Ela teve pouca dificuldade para entender muitas das intenções de sua rival e, embora estivesse firmemente decidida a agir de acordo com seus princípios de honra e honestidade para combater seu próprio afeto por Edward e vê-lo o mínimo possível, não podia negar a si mesma o conforto de tentar convencer Lucy de que seu coração não estava ferido. E como não havia nada mais doloroso que pudesse ouvir sobre o assunto que já não tivesse sido dito, ela confiou na própria capacidade de ouvir a repetição de todos os detalhes com compostura.

No entanto, não teve oportunidade de fazê-lo imediatamente, embora Lucy estivesse tão disposta quanto ela a aproveitar a primeira ocasião que houvesse; pois nem sempre o tempo estava bom o suficiente para permitir que elas se unissem em uma caminhada em que poderiam mais facilmente se separar dos outros; e, apesar de se encontrarem pelo menos a cada duas noites em Barton Park ou no chalé, principalmente no primeiro, não havia possibilidade de ficarem a sós para conversar. Tal ideia nunca passaria na cabeça de Sir John ou de Lady Middleton e, portanto, muito pouco tempo era reservado para uma conversa em grupo, e nenhum absolutamente para uma conversa particular. Eles se encontravam para comer, beber e rir juntos, jogar cartas ou consequência,[1] ou qualquer outro jogo suficientemente barulhento.

Havia ocorrido uma ou duas reuniões desse tipo sem que Elinor tivesse qualquer chance de ficar com Lucy em particular quando certa manhã Sir John apareceu na casa de campo para implorar, em nome da caridade, que todos jantassem com Lady Middleton naquele dia, pois ele precisava ir ao clube em Exeter, e ela ficaria sozinha, exceto por estarem presentes sua mãe e as duas senhoritas Steeles. Elinor anteviu uma abertura para o objetivo que tinha em vista em um encontro como aquele, sob a direção tranquila e bem-educada de Lady Middleton, no qual provavelmente teriam mais liberdade entre si do que quando seu marido as reunia com algum propósito mais festivo, e imediatamente ela aceitou o convite. Margaret, com a permissão da mãe, era igualmente obediente, e Marianne, embora não quisesse nunca se juntar a nenhuma das partes, foi convencida por sua mãe, que não suportava que ela se isolasse de qualquer possibilidade de diversão, a ir também.

As jovens compareceram, e Lady Middleton foi felizmente preservada da terrível solidão que a ameaçara. A insipidez da reunião era exatamente como Elinor esperava: não produziu uma novidade de pensamento ou expressão, e nada poderia ser menos interessante do que todo o seu discurso, tanto na sala de jantar como na sala de estar. Nesta última, as crianças as acompanhavam e, enquanto permanecessem lá, ela estava muito bem convencida da impossibilidade de obter a atenção de Lucy. As crianças só desistiram de ficar perto dos adultos após o chá.

---

1. Antigo jogo de salão. (N. E.)

A mesa de jogo foi então posta, e Elinor questionou a si mesma por ter tido alguma esperança de encontrar tempo para conversar em Barton Park. Todas se levantaram para iniciar um jogo de cartas.

— Estou feliz — disse Lady Middleton a Lucy — que você não vai terminar a cesta da pobrezinha da Annamaria esta noite, pois tenho certeza de que seus olhos devem doer à luz das velas. E amanhã arrumaremos meio de compensar a minha queridinha por sua decepção, e então espero que ela já não se importe tanto com isso.

Essa dica foi suficiente. Lucy se lembrou instantaneamente e respondeu:

— De fato, você está enganada, Lady Middleton. Só estava esperando para saber se a mesa do jogo ficará completa sem mim; caso contrário, eu já teria voltado a trabalhar em minha filigrana. Nunca desapontaria esse anjinho; se quiser que eu continue no jogo agora, estou decidida a terminar a cesta depois do jantar.

— Você é muito gentil, e espero que não lhe canse os olhos. Você pode tocar a campainha para pedir que tragam mais velas a fim de continuar trabalhando? Minha pobre garotinha ficará tristemente decepcionada, eu sei, se a cesta não estiver pronta amanhã, pois, embora eu tenha dito a ela que certamente não estaria, tenho certeza de que ela espera que esteja terminada.

Lucy puxou sua mesa de trabalho para perto de si e sentou-se com um entusiasmo e uma alegria tão intensos que se poderia inferir que ela não conseguiria sentir prazer maior do que fazer uma cesta de filigrana para uma criança mimada.

Lady Middleton propôs uma partida de cassino a todos. Ninguém fez nenhuma objeção, exceto Marianne, que, com sua desatenção habitual às normas gerais de civilidade, exclamou:

— Sua senhoria terá a bondade de *me* desculpar, mas sabe que detesto cartas. Eu irei ao piano, não o toco desde que foi afinado.

E, sem mais cerimônia, ela se virou e caminhou até o instrumento.

Lady Middleton parecia agradecer aos céus por jamais *ela* mesma ter feito um discurso tão rude.

— Marianne não consegue ficar muito tempo longe desse instrumento, senhora — disse Elinor, tentando suavizar a ofensa. — E não me surpreendo muito, pois é o piano mais afinado que já ouvi.

As cinco restantes agora repartiam suas cartas.

— Talvez — continuou Elinor —, se eu sair do jogo, posso ser útil à senhorita Lucy Steele, enrolando os papéis para ela. E ainda há tanto a ser feito na cesta, que acredito ser impossível terminá-la esta noite sozinha. Gostaria muito de fazer esse trabalho, se ela me permitisse participar dele.

— Na verdade, serei muito grata a você pela ajuda — exclamou Lucy —, pois acho que há mais a ser feito do que pensei inicialmente. Seria muito ruim decepcionar a querida Annamaria, afinal.

— Ah, isso seria terrível, de fato — disse a senhorita Steele. — Pobrezinha, como eu a amo!

— É muito gentil de sua parte — disse Lady Middleton a Elinor —, e como você realmente gosta do trabalho, talvez fique satisfeita em não entrar no jogo até a próxima partida. Ou quer arriscar a sorte agora?

Elinor escolheu com alegria a primeira dessas propostas e, dessa forma, com um pouco daquela cortesia que Marianne nunca poderia condescender em praticar, conquistou o próprio objetivo e agradou Lady Middleton ao mesmo tempo. Lucy abriu espaço para ela com pronta atenção, e agora as duas rivais estavam sentadas lado a lado na mesma mesa e, com a máxima harmonia, empenhadas em dar continuidade ao mesmo trabalho. O piano, junto ao qual Marianne, envolvida na própria música e em seus pensamentos, que a fizeram esquecer que havia qualquer outra pessoa na sala além de si mesma, estava felizmente tão perto delas que a senhorita Dashwood então julgou estar em segurança, sob o abrigo daquele som, para avançar no assunto de seu interesse sem nenhum risco de ser ouvida na mesa de jogo.

Capítulo XXIV

Elinor começou com um tom firme, embora cauteloso.

— Eu não seria merecedora da confiança com a qual você me honrou se não sentisse nenhum desejo de que essa confiança se perpetuasse e se não tivesse mais nenhuma curiosidade sobre o assunto. Portanto, não vou me desculpar por trazê-lo à baila novamente.

— Obrigada — exclamou Lucy calorosamente — por quebrar o gelo. Você tranquilizou meu coração, pois, de uma forma ou de outra, tenho medo de tê-la ofendido pelo que lhe disse na segunda-feira.

— Ofendido? Como pôde supor algo assim? Acredite em mim — e Elinor falou com a mais absoluta sinceridade —, pois nada poderia estar mais longe da minha intenção do que lhe passar essa impressão. Haveria de sua parte algum motivo para ter confiança em mim que não fosse honroso e lisonjeiro?

— Eu lhe asseguro — respondeu Lucy, com seus pequenos olhos penetrantes cheios de significado —, no entanto, que me parecia haver uma frieza e um desagrado em seus modos que me deixaram bastante desconfortável. Tinha certeza de que estava com raiva de mim, e ando me martirizando, desde então, por ter tomado a liberdade de incomodá-la com meus assuntos. Mas estou muito feliz por descobrir que era apenas uma fantasia minha e que você realmente não me culpa. Se soubesse o consolo que foi para mim aliviar meu coração falando com você sobre o que estou sempre pensando em todos os momentos da minha vida, decerto que sua compaixão faria com que você negligenciasse tudo o mais.

— De fato, posso facilmente acreditar que foi um grande alívio para você poder falar de sua situação para mim e ter certeza de que nunca terá motivos para se arrepender. Seu caso é muito infeliz. Vocês me parecem cercados de dificuldades, e precisarão de todo o seu carinho e de afeto mútuo para que possam se apoiar. Creio que o senhor Ferrars seja totalmente dependente da mãe dele.

— Ele tem somente duas mil libras; seria loucura casar-se apenas com essa quantia, embora, de minha parte, eu pudesse ignorar esse fato sem suspirar. Sempre fui acostumada com uma renda muito pequena, e poderia enfrentar a pobreza ao lado dele; mas eu o amo muito para ser o instrumento egoísta a roubá-lo, talvez, de tudo o que sua mãe lhe daria caso ele se casasse para agradá-la. Temos de esperar, e pode ser que isso leve muitos anos ainda. Com quase todos os outros homens do mundo, esta seria uma perspectiva alarmante; mas, do carinho e da constância de Edward, eu sei que nada haverá de me privar.

— Essa convicção deve ser o mais importante para a senhorita; e ele, sem dúvida, se apoiará na mesma confiança que você tem. Se a força do afeto mútuo houvesse fracassado, como acontece com muitas pessoas, e em muitas circunstâncias, durante um compromisso de quatro anos, sua situação seria realmente lamentável.

Lucy ergueu a cabeça; contudo, Elinor teve o cuidado de guardar o seu semblante de toda expressão que pudesse dar a suas palavras uma tendência suspeita.

— O amor de Edward por mim — disse Lucy — vem sendo colocado à prova, por nossa longa, muito longa ausência desde o início de nosso compromisso, e ele resistiu às provações tão bem que deveria ser imperdoável eu duvidar disso agora. Posso dizer com segurança que ele nunca me deu um momento de preocupação em relação a isso.

Elinor não sabia se deveria sorrir ou suspirar com essa afirmação.

Lucy continuou:

— Eu também tenho um temperamento ciumento por natureza, e pelas nossas diferentes realidades de vida, pelo fato de ele ocupar uma posição muito superior a minha no mundo, e diante de nossa constante separação, eu estaria suficientemente inclinada a suspeitar e a descobrir a verdade em um instante se houvesse a menor alteração em seu comportamento comigo quando nos encontramos, ou qualquer tipo de desânimo que eu não pudesse explicar, ou se ele tivesse falado mais de uma dama do que de outra, ou parecesse menos feliz em Longstaple do que costumava ser. Não pretendo dizer que esteja sempre particularmente atenta ou seja geralmente perspicaz, mas, nesse caso, tenho certeza de que não poderia ser enganada.

"Tudo isso", pensou Elinor, "soa muito bonito, mas não pode enganar a nenhuma de nós."

— Mas quais são seus planos? — disse ela depois de um breve silêncio. — Ou você não tem nenhum plano a não ser apenas esperar que a senhora Ferrars morra? O que seria uma opção melancólica e triste... O filho dela está determinado a se submeter a isso e à grande morosidade dos muitos anos de suspense em que você estaria envolvida, em vez de correr o risco de desagradar a mãe por um tempo, por confessar a verdade?

— Se pudéssemos ter certeza de que seria apenas por um tempo! No entanto a senhora Ferrars é uma mulher muito obstinada e orgulhosa; e se ele contar, em seu primeiro ataque de raiva após ouvir a verdade, provavelmente ela passaria toda a sua herança para Robert; e só de pensar nisso, pelo bem de Edward, perco qualquer ímpeto de tomar medidas precipitadas.

— E para seu próprio bem também, ou você estaria levando seu desinteresse além do que é razoável.

Lucy olhou para Elinor novamente e ficou em silêncio.

— Você conhece o senhor Robert Ferrars? — perguntou Elinor.

— Nem um pouco. Nunca o vi, mas imagino que ele seja muito diferente de seu irmão. É tolo e um grande fanfarrão.

— Um grande fanfarrão! — repetiu a senhorita Steele, cujo ouvido captou essas palavras após uma pausa repentina na música de Marianne. — Ah, elas estão falando de seus pretendentes favoritos, ouso dizer.

— Não, minha irmã — exclamou Lucy. — Você está enganada, nossos pretendentes favoritos *não* são grandes fanfarrões.

— Posso responder que ao menos o da senhorita Dashwood não é — disse a senhora Jennings, rindo com vontade. — Ele é um dos jovens mais modestos e comportados que já vi na vida, mas, no caso de Lucy, ela é uma criatura tão astuta que não há como descobrir de quem *ela* gosta.

— Ah! — exclamou a senhorita Steele, olhando significativamente para elas. — Ouso dizer que o favorito de Lucy é tão modesto e comportado quanto o da senhorita Dashwood.

Elinor corou, a despeito de sua própria vontade. Lucy mordeu o lábio e olhou com raiva para a irmã. Um silêncio mútuo reinou por algum tempo. Lucy o rompeu dizendo em tom mais baixo, embora Marianne estivesse lhes dando a poderosa proteção de um concerto muito magnífico:

— Sinceramente, vou lhe contar sobre um plano que recentemente me veio à cabeça. De fato, devo deixá-la saber sobre esse segredo, pois você é uma parte envolvida. Ouso dizer que você já viu o suficiente de Edward para saber que ele preferiria a igreja a todas as outras profissões; agora, meu plano é que ele seja ordenado o mais rápido possível, e então, por seu intermédio, o que tenho certeza de que você teria a gentileza de fazer, por conta de sua amizade por ele, e também por alguma consideração em relação a mim, espero que seu irmão possa ser persuadido a dar-lhe o benefício[1] de Norland, que eu entendo ser muito bom

---

1. Costume religioso em que é designado benefício eclesiástico o rendimento vinculado a um cargo eclesiástico que permite ao seu beneficiário cumprir corretamente uma função na igreja. (N. E.)

e porque o atual titular provavelmente não viverá muito tempo. Assim, poderíamos nos casar e confiaríamos no tempo e na sorte para todo o restante.

— Eu ficaria feliz — respondeu Elinor — em mostrar qualquer sinal de minha estima e amizade pelo senhor Ferrars, mas você não percebe que minha intercessão nesse caso seria perfeitamente desnecessária? Ele é irmão da senhora John Dashwood; *esta* sim deve ser uma recomendação suficiente para o marido dela.

— Mas a senhora John Dashwood não aprovaria a ordenação de Edward.

— Então suspeito que minha intercessão significaria muito pouco.

Elas ficaram em silêncio novamente por alguns minutos. Por fim, Lucy exclamou dando um suspiro profundo:

— Acredito que a maneira mais sábia de acabar com tudo isso de uma só vez é terminar o compromisso. Parecemos tão atormentados por dificuldades de todos os lados que, embora isso nos deixasse infelizes por algum tempo, talvez sejamos mais felizes no fim. Mas você não vai me dar seu conselho, senhorita Dashwood?

— Não — respondeu Elinor, com um sorriso que escondia toda a agitação de seus sentimentos —, sobre este caso, certamente não o darei. Você sabe muito bem que minha opinião não teria nenhum peso para a senhorita a menos que estivesse alinhada a seus desejos.

— Na verdade, você está fazendo um mau juízo de mim — respondeu Lucy, com grande solenidade. — Não conheço ninguém cujo julgamento eu admire mais do que o seu, e realmente acredito que, se você me dissesse "eu a aconselho de todas as maneiras a pôr um fim ao seu compromisso com Edward Ferrars, para que os dois sejam mais felizes", eu o faria imediatamente.

Elinor corou diante da falta de sinceridade da futura esposa de Edward, porém respondeu:

— Esse elogio efetivamente me inibiria de dar qualquer sugestão sobre o assunto se eu tivesse alguma opinião formada. A senhorita eleva em demasiado minha influência; o poder de separar duas pessoas tão afetuosamente apegadas é demais para uma pessoa neutra.

— É exatamente porque você é uma pessoa neutra — disse Lucy, um pouco afetada, e enfatizando particularmente essas palavras — que seu julgamento é tão importante para mim. Se eu suspeitasse que você estivesse sendo tendenciosa em qualquer aspecto por conta de seus próprios sentimentos, sua opinião não valeria a pena.

Elinor achou mais sensato não responder, para que não houvesse um aumento inadequado de liberdades e franqueza; e estava parcialmente determinada a nunca mais falar sobre o assunto. Outra pausa, então, de muitos minutos, sucedeu esse discurso, e novamente Lucy foi a primeira a romper o silêncio.

— Você estará em Londres neste inverno, senhorita Dashwood? — perguntou ela com toda a sua complacência habitual.

— Certamente não.

— Sinto muito por isso — respondeu a outra enquanto seus olhos brilhavam com a informação. — Gostaria tanto de encontrá-la lá! Mas ouso dizer que a senhorita irá de qualquer maneira. Certamente, seu irmão e sua cunhada pedirão que os encontre.

— Não estará ao meu alcance aceitar o convite deles, se o fizerem.

— Que azar! Achei realmente que eu a encontraria lá. Anne e eu devemos visitar, no final de janeiro, alguns parentes que estão querendo nos ver há anos! Mas só vou para ver Edward. Ele estará lá em fevereiro. De outro modo, Londres não teria encantos para mim; eu não tenho ânimo para isso.

Com a conclusão da primeira rodada, Elinor foi logo convocada para a mesa de carteado, e o discurso confidencial das duas damas chegou ao fim, ao que ambas se submeteram sem nenhuma relutância, pois nada havia sido dito, de nenhum dos lados, que fizesse com que elas se gostassem menos do que antes. Elinor sentou-se à mesa de carteado com a melancólica certeza de que Edward não apenas não sentia afeição pela pessoa que seria sua esposa, mas que ele não tinha a mera chance de ser razoavelmente feliz no casamento, algo que a sincera afeição *dela* teria lhe dado, pois só o interesse próprio poderia levar uma mulher a manter um homem em um compromisso do qual ela sabia perfeitamente que ele já estava farto.

A partir desse momento, o assunto nunca mais foi retomado por Elinor e, quando Lucy o abordava, pois raramente perdia a oportunidade de falar dele novamente, e era especialmente cuidadosa em informar a confidente sobre sua felicidade sempre que recebia uma carta de Edward, era tratado por Elinor com calma e cautela, e finalizado assim que a cortesia permitia, pois ela achava que essas conversas eram uma indulgência que Lucy não merecia, e que era perigosa para si mesma.

A visita das senhoritas Steeles a Barton Park se estendeu muito além do que o convite inicial implicava. O prestígio delas aumentou, elas não podiam estar ausentes. Sir John não quis sequer ouvir sobre sua partida; e, apesar de seus inúmeros e longos compromissos marcados em Exeter e da absoluta necessidade de retornar para cumpri-los imediatamente, o que se fazia sentir no final de cada semana, foram convencidas a ficar quase dois meses na casa e participar da devida celebração das festividades, que exigiram uma parcela extraordinária de bailes particulares e grandes jantares para proclamar sua importância.

Capítulo XXV

Embora a senhora Jennings tivesse o hábito de passar grande parte do ano na casa de seus filhos e amigos, tinha também uma residência própria. Desde a morte de seu marido, que era um negociante bem-sucedido em uma região menos elegante da cidade, ela passava todos os invernos numa casa localizada em uma das ruas perto de Portman Square. Quando o mês de janeiro se aproximava, ela começou a pensar nessa casa e, um dia, de forma abrupta e inesperada, convidou as duas senhoritas Dashwoods mais velhas a acompanhá-la. Elinor, sem observar a mudança de expressão no rosto da irmã e o olhar animado que não demonstrava indiferença ao plano, imediatamente recusou o convite e agradeceu, mas de maneira decidida, acreditando que estivesse representando as inclinações de ambas. O motivo alegado foi a resoluta determinação de não deixar a mãe nessa época do ano. A senhora Jennings recebeu a recusa com alguma surpresa e reiterou o convite de imediato.

— Oh, Senhor! Tenho certeza de que sua mãe pode muito bem ficar sem vocês, e *imploro* que vocês me façam companhia, pois eu já estou contando com isso. Não pense que será inconveniente para mim, pois não vou me desviar totalmente do caminho por causa de vocês. Só terei de enviar Betty pela diligência, e espero poder pagar por *isso*. Nós três poderemos viajar muito bem na minha carruagem; e quando estivermos na cidade, se vocês não quiserem ir aos lugares a que vou, tudo bem; poderão sair com uma de minhas filhas. Tenho certeza de que sua mãe não fará oposição; pois, como tive a sorte de tirar minhas próprias filhas de minhas costas, creio que ela me considerará uma pessoa muito apta a cuidar de vocês. E, se eu não conseguir um bom casamento para pelo menos uma de vocês antes de voltarmos, não será minha culpa. Darei boas referências sobre as senhoritas a todos os rapazes, contem com isso.

— Tenho a impressão — disse Sir John — de que a senhorita Marianne não faria objeção a esse plano se sua irmã mais velha entrasse nele. É muito difícil, de fato, que ela não possa ter um pouco de prazer só porque a senhorita Dashwood não o deseja. Então, eu aconselho vocês duas a partir para Londres quando estiverem cansadas de Barton sem dizer uma palavra à senhorita Dashwood sobre isso.

— Não! — exclamou a senhora Jennings. — Tenho certeza de que ficarei muitíssimo contente com a companhia da senhorita Marianne, quer a senhorita Dashwood vá ou não. Só digo que, quanto mais pessoas forem, melhor, e pensei que seria mais confortável para elas irem juntas, porque, se elas se cansarem de mim, podem conversar uma com a outra e rir das minhas velhas maneiras pelas costas. Mas uma ou outra, se não as duas, eu hei de levar comigo. Deus me livre! Como vocês acham que eu posso viver sozinha, logo eu, que sempre estive acostumada a ter Charlotte comigo até este inverno? Venha, senhorita Marianne, vamos dar um aperto de mão para selar o compromisso e, se a senhorita Dashwood mudar de ideia aos poucos, tanto melhor.

— Agradeço à senhora, sinceramente — disse Marianne com carinho. — Seu convite garante minha gratidão eterna e me daria tanta felicidade, sim, quase a maior felicidade que posso imaginar, se pudesse aceitá-lo. Mas minha mãe, minha mãe tão querida e gentil... Creio que é muito justo o que Elinor disse... Se ela ficar triste e desconfortável com a nossa ausência... Ah, não! Nada me faria deixá-la. Isso não pode nem deve ser um conflito.

A senhora Jennings garantiu que a senhora Dashwood poderia ficar perfeitamente bem sem elas; e Elinor, que agora compreendia a irmã, e via que a indiferença dela a quase todas as outras coisas era motivada pela vontade de estar com Willoughby novamente, não fez mais nenhuma oposição direta ao plano; apenas submeteu a decisão a sua mãe, de quem, no entanto, ela mal esperava receber qualquer apoio em seu esforço para impedir uma visita que ela não achava conveniente a Marianne e que, para seu próprio bem, tinha motivos especiais para evitar. O que quer que Marianne desejasse, sua mãe ficava ansiosa por promover; ela não podia então esperar influenciar esta última a agir com cautela em um assunto que nunca fora capaz de inspirá-la desconfiança, e ela não ousou explicar o motivo da própria falta de vontade de ir a Londres. Que Marianne, por mais exigente que fosse e familiarizada com as maneiras da senhora Jennings, as quais invariavelmente a desagradavam, ignorasse todos aqueles inconvenientes, desconsiderasse tudo o que mais feria seus sentimentos irritadiços, na busca de um único objetivo, era uma prova tão forte e plena da importância desse objetivo para ela, que Elinor, apesar de tudo o que havia se passado, não estava preparada para testemunhar.

Ao ser informada do convite, a senhora Dashwood se convenceu de que essa viagem seria muito divertida para as duas filhas e, percebendo, com toda a sua atenção afetuosa, o quanto o coração de Marianne estava envolvido em tudo aquilo, não quis sequer ouvir sobre a recusa da oferta por conta *dela*. Insistiu para que ambas aceitassem o convite imediatamente e, então, começou a prever, com sua alegria habitual, uma variedade de vantagens que adviriam a todas elas por intermédio dessa separação.

— Estou encantada com o plano! — ela exclamou. — É exatamente o que eu desejo. Margaret e eu seremos tão beneficiadas quanto vocês. Quando os Middletons também partirem, continuaremos aqui tranquilas e felizes com nossos livros e nossa música! Quando voltarem, encontrarão Margaret tão mais evoluída! Também tenho um pequeno plano de reforma para os quartos que agora poderá ser realizado sem nenhum incômodo para ninguém. Vocês *devem* ir a Londres. Eu gostaria que todas as jovens que tivessem condição conhecessem os costumes e as diversões de Londres. Estarão sob os cuidados de uma mulher maternal de cuja bondade não tenho dúvidas. E com toda a probabilidade acabarão encontrando seu irmão, e vão se deparar com quaisquer que sejam os defeitos dele ou os defeitos de sua esposa. Quando me lembro de quem ele é filho, não consigo conceber que vocês possam se afastar uns dos outros.

— Embora, com seu desejo habitual pela nossa felicidade — disse Elinor —, a senhora tenha evitado todos os obstáculos que lhe ocorreram ao atual plano, ainda há uma objeção que, a meu ver, não pode ser tão facilmente vencida.

O semblante de Marianne mudou completamente.

— E o que — disse a senhora Dashwood — minha querida e prudente Elinor vai sugerir? Que formidável objeção você vai apresentar agora? Deixe-me ouvir uma palavra sobre suas preocupações.

— Minha objeção é esta: embora eu tenha em alta conta o coração da senhora Jennings, ela não é uma mulher cuja companhia pode nos dar prazer ou cuja proteção nos trará benefícios.

— Isso é bem verdade — respondeu a mãe. — Mas raramente estarão a sós na companhia dela, e vocês sempre aparecerão em público com Lady Middleton.

— Se Elinor se assusta com a antipatia pela senhora Jennings — disse Marianne —, pelo menos não precisa impedir que *eu* aceite seu convite. Não tenho tais escrúpulos, e tenho certeza de que poderia suportar todos os problemas desse tipo com bem pouco esforço.

Elinor não pôde deixar de sorrir diante dessa demonstração de indiferença em relação às maneiras de uma pessoa com a qual ela costumava ter dificuldade de se comportar com o mínimo de educação, e resolveu consigo mesma que, se a irmã insistisse em ir, ela seguiria o mesmo caminho, pois não achava apropriado que Marianne fosse deixada sob a única orientação de seu próprio juízo ou que a senhora Jennings fosse abandonada à mercê de Marianne como única companhia em todo o conforto de suas horas domésticas. Com tal decisão, se sentiu mais facilmente conciliada ao lembrar que Edward Ferrars, segundo o que Lucy dissera, não deveria estar na cidade antes de fevereiro, e que sua visita, sem qualquer abreviação fora do normal, já teria sido previamente concluída.

— Eu quero que vocês *duas* vão — disse a senhora Dashwood. — Essas objeções não têm sentido. Vocês terão muito prazer em estar em Londres, especialmente por estarem juntas. E, se Elinor condescendesse em antecipar sua satisfação, ela saberia que lá poderá encontrar várias situações prazerosas; talvez uma delas fosse melhorar o relacionamento com a família da cunhada.

Elinor sempre desejou uma oportunidade de tentar enfraquecer a confiança que sua mãe tinha em relação ao seu compromisso com Edward, para que o choque pudesse ser menor quando toda a verdade fosse revelada, e agora, diante dessa investida, embora quase sem esperança de sucesso, ela se forçou para iniciar seu projeto dizendo, com a maior calma possível:

— Gosto muito de Edward Ferrars e sempre ficarei feliz em vê-lo; mas, quanto ao resto da família, é perfeitamente indiferente para mim se vou conhecê-lo ou não.

A senhora Dashwood sorriu e não disse nada. Marianne arregalou os olhos com espanto, e Elinor conjecturou que ela poderia muito bem ter segurado a língua.

Depois de conversarem um pouco, ficou finalmente decidido que o convite deveria ser aceito. A senhora Jennings recebeu essa informação com muita alegria e garantiu-lhes afinidade e cuidado. E aquilo não foi um prazer apenas para ela. Sir John ficou encantado, pois, para um homem cujo anseio principal era o medo de ficar sozinho, o acréscimo de duas pessoas ao número de habitantes de Londres era algo importante. Até Lady Middleton se deu ao trabalho de ficar contente, o que para ela era raro. E, quanto às senhoritas Steeles, especialmente Lucy, nunca haviam sido tão felizes em suas vidas como ao saber dessa notícia.

Elinor se submeteu ao acordo que contrariava seus desejos com menos relutância do que esperava sentir. No que dizia respeito a si mesma, agora era indiferente se ela iria a Londres ou não, e quando viu a mãe tão satisfeita com o plano, e a irmã demonstrando contentamento no olhar, com a voz e as maneiras esfuziantes, restaurada de toda a sua animação habitual, parecendo mais alegre, ela não poderia se sentir insatisfeita com a causa e dificilmente se permitiria mostrar desconfiada em relação às consequências.

A alegria de Marianne foi quase um grau acima da felicidade, tão grandes foram sua agitação e a ansiedade por viajar. Sua falta de vontade de deixar a mãe era a única coisa que lhe restaurava o equilíbrio; e, no momento da despedida, sua tristeza em virtude disso pareceu excessiva. A aflição da mãe era um pouco menor, e Elinor era a única das três que parecia considerar a separação como algo que não duraria uma eternidade.

A partida delas ocorreu na primeira semana de janeiro. Os Middletons seguiriam cerca de uma semana depois. As senhoritas Steeles mantiveram seu posto em Barton Park e só o abandonariam com o restante da família.

Capítulo XXVI

Elinor não conseguia se imaginar na carruagem com a senhora Jennings, iniciando uma jornada para Londres sob sua proteção, e como sua convidada, sem refletir sobre sua própria situação, percebendo há quão pouco tempo tinha conhecido aquela dama, como eram diferentes em termos de idade e disposição, e quantas haviam sido suas objeções contra tal medida apenas alguns dias antes! Porém todas essas objeções, com o feliz ardor da juventude de que Marianne e sua mãe compartilhavam igualmente, foram superadas ou ignoradas; e Elinor, apesar de algumas dúvidas ocasionais sobre a constância de Willoughby, não podia testemunhar o arrebatamento de uma expectativa encantadora que enchia toda a alma de Marianne e brilhava em seus olhos sem sentir, em comparação, quão vazia era sua própria perspectiva, quão triste era seu próprio estado de ânimo e com que alegria ela se envolveria em uma situação igual à de Marianne ao ter o mesmo objetivo animador em vista e a mesma possibilidade de esperança. Em pouco tempo, pouquíssimo tempo, no entanto, seriam descobertas quais eram as intenções de Willoughby, que, muito possivelmente, já se encontrava em Londres. A ânsia de Marianne em partir havia declarado sua esperança de encontrá-lo ali; e Elinor estava decidida não apenas a obter uma nova luz sobre seu caráter, que sua própria observação ou que a informação de outros poderiam lhe dar, mas também a analisar o comportamento da irmã com atenção zelosa, a fim de verificar quem ele era e o que pretendia antes que se encontrassem algumas vezes. Se o resultado de suas observações fosse desfavorável, ela estava determinada a abrir os olhos da irmã; caso contrário, seus esforços seriam de natureza diferente: ela deveria, então, aprender a evitar toda comparação egoísta e banir todo arrependimento que pudesse diminuir sua satisfação pela felicidade de Marianne.

Estavam há três dias em sua jornada, e o comportamento de Marianne, enquanto viajavam, era um feliz exemplo do que se poderia esperar, no futuro, em relação à cortesia e ao companheirismo para com a senhora Jennings. Ela ficou em silêncio quase o tempo todo, envolta em suas próprias meditações, e quase nunca falava voluntariamente, exceto quando algum objeto de beleza pitoresca diante de sua vista arrancava-lhe uma exclamação de prazer exclusivamente dirigida à irmã. Portanto, para expiar essa conduta, Elinor assumiu imediatamente o cargo de civilidade que ela mesma se designava, comportou-se de maneira a dar mais atenção à senhora Jennings, conversou com ela, riu com ela e escutou-a sempre que podia. A senhora Jennings, por sua vez, tratava as duas com toda a gentileza possível, era solícita em todas as ocasiões, preocupada com o conforto e o bem-estar das senhoritas, e apenas sentia-se incomodada por não conseguir fazê-las escolher seus próprios jantares na estalagem, nem sequer extrair-lhes uma confissão sobre a preferência por salmão, bacalhau, frango cozido ou costeletas de vitela. Chegaram a Londres às três horas do terceiro dia, felizes por estarem livres, depois de uma viagem longa assim, no confinamento de uma carruagem, e estavam prontas para desfrutar de todo o luxo de uma boa lareira.

A casa era bonita e bem montada, e as jovens foram imediatamente instaladas em um dormitório muito confortável. Antigamente, era de Charlotte, e sobre a lareira ainda se encontrava pendurada uma paisagem em seda colorida que ela mesma havia pintado, como prova de que passara sete anos em uma grande escola de Londres.

Como o jantar não seria servido em menos de duas horas após a chegada delas, Elinor decidiu utilizar esse intervalo para escrever à mãe e sentou-se com esse objetivo. Em alguns instantes, Marianne fez o mesmo.

— Estou escrevendo para casa, Marianne — disse Elinor. — Não é melhor você adiar sua carta por um ou dois dias?

— Eu *não* vou escrever para a mamãe — respondeu Marianne, apressadamente, como se quisesse evitar mais investigações.

Elinor não disse mais nada. Instantaneamente lhe ocorreu que ela deveria estar escrevendo para Willoughby, e a conclusão que se seguiu de imediato foi que, por mais que desejassem conduzir o caso em segredo, eles provavelmente estavam noivos. Essa convicção, embora não inteiramente satisfatória, lhe deu algum prazer, e ela continuou sua carta com mais entusiasmo. A carta de Marianne foi concluída em poucos minutos e, em termos de comprimento, não passava de um bilhete; foi então dobrada, selada e endereçada com rapidez. Elinor acreditou ter visto um grande W no destinatário, e, assim que Marianne terminou, tocou a campainha, solicitando ao criado que a carta fosse levada para ela até o correio de dois centavos.[1] Isso resolveu o assunto de uma vez.

---

1. Serviço de correio que entregava cartas apenas dentro da cidade de Londres. (N. E.)

Seu humor ainda continuava muito bom, mas havia uma agitação nela que não agradava muito à irmã, e essa agitação aumentou à medida que a noite avançava. Ela mal conseguiu jantar e, quando voltaram para a sala de estar, parecia ansiosamente atenta ao som de cada carruagem que passava.

Foi uma grande satisfação para Elinor que a senhora Jennings, por estar muito ocupada em seu próprio quarto, pudesse ver pouco do que estava se passando. Trouxeram o aparelho de chá, e Marianne já havia se decepcionado mais de uma vez com pancadas na porta vizinha quando se ouviu um barulho alto que não podia ser confundido com o de qualquer outra casa. Elinor estava certa de que anunciariam a chegada de Willoughby, e Marianne levantou-se em um salto e foi em direção à porta. Tudo ficou em silêncio; aquilo não pôde ser tolerado por muitos segundos; ela abriu a porta, avançou alguns passos em direção à escada e, depois de escutar por meio minuto, voltou à sala com toda a agitação que a convicção de tê-lo ouvido naturalmente produziria; no êxtase de seus sentimentos naquele momento, ela não pôde deixar de exclamar:

— Ah, Elinor, é Willoughby, certamente que é! — e parecia quase pronta para se jogar em seus braços quando o coronel Brandon apareceu.

O choque foi grande demais para ser suportado com serenidade, e ela imediatamente saiu da sala. Elinor também ficou decepcionada, mas, ao mesmo tempo, sua consideração pelo coronel Brandon garantiu-lhe as boas-vindas, e ela se sentiu particularmente chateada pelo fato de aquele homem, que demonstrava um interesse tão claro em relação à irmã, perceber que Marianne não experimentava nada além de pesar e decepção ao vê-lo. Ela logo percebeu que aquilo não passara despercebido por ele, e que ele observara Marianne até ela deixar a sala com tanto espanto e preocupação que mal se lembrou de cumprimentar Elinor como a civilidade exigia.

— Sua irmã está doente? — perguntou ele.

Elinor confirmou com certa angústia que sim, depois falou de dores de cabeça, desânimo e fadiga, além de tudo o que ela poderia decentemente atribuir ao comportamento da irmã.

Ele a ouviu com muita atenção, mas, parecendo tranquilizar-se, não disse mais nada sobre o assunto, e começou a falar rapidamente do prazer de vê-las em Londres, fazendo perguntas habituais sobre a viagem e os amigos que haviam deixado para trás.

Dessa maneira calma, com muito pouco interesse de ambos os lados, eles continuaram conversando, desanimados, com os pensamentos em outro lugar. Elinor desejava muito perguntar se Willoughby estava na cidade, mas tinha medo de lhe causar mágoa por fazer tal questionamento sobre seu rival. E, finalmente, para dizer alguma coisa, ela perguntou se ele estivera em Londres desde que o vira pela última vez.

— Sim — respondeu ele, com um pouco de vergonha. — Quase o tempo todo desde então. Estive uma ou duas vezes em Delaford, por alguns dias, mas nunca pude retornar a Barton.

Isso, e a maneira como foi dito, imediatamente trouxe de volta à sua lembrança todas as circunstâncias de sua saída daquele lugar, com o desconforto e as suspeitas que causaram à senhora Jennings, e ela temeu que sua pergunta implicasse muito mais curiosidade no assunto do que jamais sentira.

A senhora Jennings logo apareceu.

— Ah, coronel! — disse ela, com sua habitual alegria barulhenta. — Estou imensamente feliz em vê-lo, desculpe-me por não ter podido comparecer antes, imploro por seu perdão, mas precisei cuidar um pouco de mim e resolver alguns problemas; já faz um bom tempo que não volto para casa, e você sabe que sempre temos um mundo de pequenas coisas para fazer depois de ficarmos ausentes por algum tempo, e então tive de resolver as coisas com Cartwright. Meu Deus, tenho estado tão ocupada como uma abelha desde o jantar! Mas me diga, coronel, como o senhor descobriu que eu estaria na cidade hoje?

— Tive o prazer de receber essa informação na casa do senhor Palmer, onde jantei.

— Ah, então o senhor estava com eles. Bem, e como estão todos por lá? Como está Charlotte? Eu aposto que ela já esteja enorme agora.

— A senhora Palmer pareceu muito bem, e estou encarregado de lhe dizer que você certamente a verá amanhã.

— Sim, com certeza, foi o que pensei. Bem, coronel, trouxe comigo duas jovens damas, como o senhor pode ver, isto é, vê apenas uma delas agora, mas a outra está por aí, em algum lugar. Sua amiga, a senhorita Marianne, também veio, o que imagino que não vai lamentar ouvir. Eu não sei o que você e o senhor Willoughby resolverão a respeito dela. É bom ser jovem e linda! Bem, eu já fui jovem, mas nunca fui muito bonita; azar o meu. No entanto, tive um marido muito bom, e não sei se a beleza teria feito mais por mim. Ah, pobre homem! Ele está morto há oito anos, e assim está melhor. Coronel, onde você esteve desde que nos separamos? E como vão seus negócios? Vamos, vamos, não deve haver segredos entre amigos.

Ele respondeu com sua delicadeza habitual a todas as perguntas dela, porém ela não ficou satisfeita com nenhuma resposta. Elinor começou a preparar o chá, e Marianne foi obrigada a aparecer novamente.

Depois de sua entrada, o coronel Brandon ficou mais contido e silencioso do que antes, e a senhora Jennings não conseguiu convencê-lo a ficar mais tempo. Nenhum outro visitante apareceu naquele dia, e as damas foram unânimes ao concordar em ir cedo para a cama.

Marianne levantou-se na manhã seguinte com o ânimo recuperado e uma expressão alegre. A decepção da noite anterior parecia esquecida em virtude da expectativa do que aconteceria naquele dia. Não tinham acabado de tomar o café da manhã quando a carruagem da senhora Palmer parou na porta e, em alguns minutos, ela entrou na sala rindo, tão feliz por vê-las, que era difícil dizer se tinha mais satisfação em encontrar a mãe ou em reencontrar as senhoritas Dashwoods. Estava muito surpresa com a vinda delas a Londres, embora fosse o que ela sempre havia esperado; estava muito zangada por aceitarem o convite de sua mãe depois de terem recusado o seu, embora, ao mesmo tempo, ela nunca as perdoaria se não tivessem ido!

— O senhor Palmer ficará muito feliz em vê-las — disse ela. — O que vocês acham que ele disse quando soube que viriam com a mamãe? Eu esqueci o que ele disse agora, mas era algo tão engraçado!

Depois de uma ou duas horas gastas no que sua mãe chamava de conversa agradável, ou seja, com todo tipo de pergunta a respeito de todos os conhecidos, da parte da senhora Jennings, e com risadas sem motivo por parte da senhora Palmer, foi proposto por esta última que todos deveriam acompanhá-la a algumas lojas onde tinha negócios a tratar naquela manhã, ao que a senhora Jennings e Elinor prontamente consentiram, pois tinham igualmente algumas compras a fazer. Marianne, embora a princípio tivesse recusado o convite, foi induzida a segui-las.

Onde quer que fossem, ela estava evidentemente sempre à espreita. Especialmente em Bond Street, onde ficava grande parte das lojas, seus olhos estavam em constante investigação e, em qualquer loja em que o grupo estivesse, sua mente ficava igualmente abstraída de tudo o que realmente estava à sua frente, de tudo o que ocupava e interessava as outras. Como ela estava inquieta e insatisfeita em todos os lugares, sua irmã nunca conseguia obter sua opinião sobre qualquer artigo que estava disposta a comprar; mesmo que aquilo pudesse igualmente interessar a ambas, não lhe dava nenhum prazer. Marianne estava impaciente por voltar para a casa, e só com muita dificuldade conseguia controlar sua irritação com a tediosa senhora Palmer, cujo olhar era atraído por tudo o que era bonito, caro ou novo; ela era louca por comprar tudo, não conseguia fixar-se em nada, e passava uma grande parte do tempo em êxtase e indecisão.

A manhã já terminava quando voltaram para casa e, assim que entraram, Marianne subiu ansiosamente as escadas e, quando Elinor a seguiu, encontrou-a voltando da mesa com um semblante triste, que declarava que Willoughby não estivera ali.

— Nenhuma carta foi deixada aqui para mim desde que saímos? — perguntou ao criado que entrava carregando os pacotes.

A resposta foi negativa.

— Você tem certeza disso? — ela perguntou. — Você tem certeza de que nenhum criado, nenhum mensageiro deixou qualquer carta ou bilhete?

O homem disse que ninguém havia deixado nada.

— Que estranho! — disse ela em voz baixa, decepcionada, virando-se para a janela.

— Que estranho, de fato! — repetiu Elinor para si mesma, observando a irmã com inquietação. — Se ela não soubesse que ele estava na cidade, não teria escrito para ele, como fez. Teria, sim, escrito para Combe Magna. E, se ele está na cidade, que estranho que não venha vê-la nem escreva! Ah, minha querida mãe, você deve estar errada ao permitir que um noivado entre uma filha tão jovem e um homem tão pouco conhecido seja realizado de maneira tão duvidosa, tão misteriosa! Pudera eu investigar, mas temo pela maneira como *minha* intromissão possa ser vista.

Ela decidiu, depois de alguma consideração, que, se as circunstâncias continuassem a ser desagradáveis por muitos dias como estavam sendo naquele momento, iria explanar, de maneira mais enfática para a mãe, a necessidade de uma investigação séria sobre o caso.

A senhora Palmer e duas senhoras mais velhas, conhecidas íntimas da senhora Jennings, que ela encontrara e convidara pela manhã, jantaram com elas. A primeira as deixou logo após o chá para cumprir seus compromissos, e Elinor foi obrigada a ajudar a completar uma mesa de uíste.[2] Marianne não tinha utilidade nessas ocasiões, pois nunca conseguira aprender o jogo, mas, embora tivesse o seu tempo à própria dis-

---

2. Tipo de jogo de cartas, muito difundido nos séculos XVIII e XIX, jogado entre duas duplas; ancestral do *bridge*. (N. E.)

posição, a noite não foi de modo algum mais produtiva para ela do que para Elinor, pois foi gasta com toda a ansiedade da expectativa e a dor do desapontamento. Às vezes, ela se esforçava a ler por alguns minutos, mas logo o livro era deixado de lado e ela voltava-se a uma ocupação mais interessante, andando para lá e para cá pela sala, parando por um momento sempre que passava pela janela, na esperança de distinguir as batidas de porta tão esperadas.

Capítulo XXVII

— Se o tempo permanecer aberto por mais alguns dias — disse a senhora Jennings quando se encontraram para o café da manhã do dia seguinte —, Sir John não vai querer deixar Barton na próxima semana. É algo triste para os desportistas perder o prazer de desfrutar um dia ao ar livre. Pobres almas! Sempre sinto pena deles quando o fazem; eles parecem levar isso muito a sério.

— Isso é verdade — exclamou Marianne, com uma voz animada, enquanto caminhava até a janela para examinar o céu. — Não tinha pensado nisso. Esse clima manterá muitos desportistas no campo.

Foi uma boa lembrança, que revigorou seu estado de espírito.

— É um clima encantador para *eles* — continuou ela, sentando-se à mesa do café com um semblante feliz. — Como eles devem gostar disso! Mas — disse, acometida por um breve retorno de sua ansiedade — não se pode esperar que dure muito. Nesta época do ano, e após um período de chuva, certamente teremos pouquíssimo tempo bom. As geadas logo virão, e há grandes chances de que sejam severas. Em mais um ou dois dias, talvez, essa extrema brandura deve acabar. Não, talvez possa nevar hoje à noite!

— De qualquer forma — disse Elinor, desejando impedir que a senhora Jennings percebesse os pensamentos de sua irmã tão claramente quanto ela —, imagino que tenhamos Sir John e Lady Middleton na cidade até o fim da próxima semana.

— Sim, minha querida, eu garanto que sim. Mary sempre faz o que bem quer.

— E, agora — conjecturou Elinor consigo mesma —, ela escreverá para Combe aproveitando o correio de hoje.

Entretanto, caso o *tivesse* feito, a carta teria sido escrita e enviada com tal privacidade que escaparia à vigilância da irmã, que desejava certificar-se do fato. Qualquer que fosse a verdade, Elinor estava longe de sentir íntima satisfação com o caso, mas, ao ver Marianne animada, não poderia ficar muito descontente. E Marianne estava animada, feliz com a amenidade do tempo e ainda mais feliz com a expectativa de geada.

Ela passou a maior parte da manhã distribuindo cartões nas casas dos conhecidos da senhora Jennings para informá-los de que estava na cidade. Marianne estava todo o tempo ocupada em verificar a direção do vento, observar as variações do céu e imaginar uma alteração no ar.

— Você não acha que agora está mais frio do que de manhã, Elinor? Parece-me haver uma diferença muito clara. Mal consigo manter minhas mãos quentes, mesmo em meu regalo. Ontem não estava assim, eu acho. As nuvens parecem estar se dissipando também, o sol vai sair daqui a pouco, e teremos uma tarde limpa.

A expressão de Elinor alternava-se entre a diversão e a dor, mas Marianne perseverou e viu a cada noite, no brilho do fogo, e a cada manhã, na aparência da atmosfera, certos sintomas de que a geada se aproximava.

As senhoritas Dashwoods não tinham motivos para se sentir insatisfeitas com o estilo de vida da senhora Jennings e de seu grupo de conhecidos nem com seu comportamento para com elas, que era invariavelmente gentil. Tudo nos arranjos de sua casa era conduzido da maneira mais liberal, e, com exceção de alguns velhos amigos da cidade, que, para a infelicidade de Lady Middleton, ela nunca abandonara, não visitou ninguém cuja apresentação pudesse desagradar às suas jovens companheiras. Feliz por se encontrar mais confortavelmente situada naquela circunstância do que esperava, Elinor estava muito disposta a enfrentar a verdadeira falta de diversão de qualquer uma das festas noturnas, que, em casa ou fora dela, eram limitadas ao carteado, e pouco a animavam.

O coronel Brandon, que tinha um convite permanente para ir àquela casa, esteve com elas quase todos os dias; para ver Marianne e conversar com Elinor, que muitas vezes obtinha mais satisfação em conversar com ele do que em qualquer outra atividade diária, mas que via ao mesmo tempo com muita preocupação sua contínua consideração por sua irmã. Ela temia que essa consideração estivesse se fortalecendo. Lamentava ver a seriedade com que ele frequentemente observava Marianne, e seu ânimo parecia certamente pior do que quando estava em Barton.

Cerca de uma semana após a chegada delas, comprovou-se que Willoughby também estava lá. Encontraram seu cartão sobre a mesa quando voltaram da caminhada da manhã.

— Santo Deus! — Marianne gritou. — Ele esteve aqui enquanto estávamos fora.

Elinor, satisfeita por saber que ele estava em Londres, naquele momento se atreveu a dizer:

— Tenho certeza de que ele voltará amanhã.

Mas Marianne mal parecia ouvi-la e, quando a senhora Jennings entrou, ela sumiu com o precioso cartão.

Esse evento, embora tenha despertado o ânimo de Elinor, restaurou ainda mais a antiga agitação da irmã. A partir desse momento, sua mente não mais se acalmou. A expectativa de vê-lo a cada hora do dia a tornava incapaz de fazer qualquer coisa. Ela insistiu em ser deixada para trás, na manhã seguinte, quando as outras saíram.

Os pensamentos de Elinor estavam povoados pelo que poderia estar se passando em Berkeley Street durante a ausência delas, mas um olhar rápido para a irmã, quando elas voltaram, foi suficiente para informá-la de que Willoughby não havia feito uma segunda visita. Nesse momento, um bilhete foi trazido e colocado sobre a mesa.

— Para mim? — exclamou Marianne, avançando apressadamente na direção dele.

— Não, senhora, é para minha patroa.

Porém Marianne, não convencida, pegou-o instantaneamente.

— É de fato para a senhora Jennings. Que irritante!

— Você está esperando uma carta, então? — perguntou Elinor, incapaz de continuar em silêncio.

— Sim, um pouco. Mas não muito.

Após uma breve pausa, Elinor disse:

— Você não confia em mim, Marianne!

— Ah, Elinor, uma acusação dessas vindo justo de *você*, que não confia em ninguém!

— Eu? — respondeu Elinor, um pouco confusa. — Na verdade, Marianne, não tenho nada para lhe contar.

— Nem eu — respondeu Marianne energicamente. — Nossas situações são parecidas. Não temos nada para contar uma à outra. Você, porque não se comunica; e eu, porque não escondo nada.

Elinor, angustiada com essa crítica sobre seu excesso de reserva, do qual ela não conseguia se libertar, não sabia como, em tais circunstâncias, pressionar Marianne para que se abrisse mais.

A senhora Jennings logo apareceu, o bilhete lhe foi entregue, e ela o leu em voz alta. Era de Lady Middleton, anunciando a chegada deles a Conduit Street na noite anterior e solicitando a companhia de sua mãe e das primas na noite seguinte. Os negócios de Sir John e um resfriado violento que ela pegara haviam impedido a visita a Berkeley Street. O convite foi aceito, mas, quando aproximou-se a hora do encontro, como era necessário que ambas, por simples cortesia, acompanhassem a senhora Jennings a essa visita, Elinor teve alguma dificuldade em convencer a irmã a ir, pois ela ainda não havia encontrado Willoughby e, portanto, embora até estivesse disposta a se divertir fora de casa, temia correr o risco de ele aparecer novamente durante sua ausência.

Elinor descobriu, ao fim da noite, que a disposição de alguém não é substancialmente alterada por uma mudança de residência, pois, embora mal tivesse se estabelecido na cidade, Sir John já havia conseguido reunir cerca de vinte jovens à sua volta e diverti-los com um baile. Esse foi um caso, no entanto, que Lady Middleton não teria aprovado. No interior, um baile não programado era perfeitamente aceitável, mas, em Londres, onde a reputação de elegância era mais importante e menos fácil de obter, era arriscado demais, apenas pela gratificação de algumas poucas moças, que soubessem que Lady Middleton havia realizado um pequeno baile para oito ou nove pares, com dois violinos e um simples bufê frio.

O senhor e a senhora Palmer estavam no grupo. Dele, a quem elas não tinham visto desde que chegaram à cidade, pois ele tomava o cuidado de evitar demonstrar qualquer atenção à sua sogra e, portanto, nunca se aproximava dela, não receberam nenhum sinal de que as havia reconhecido ao entrar. Ele olhou para elas de relance, sem parecer saber quem eram, e apenas acenou com a cabeça para a senhora Jennings, que estava do outro lado da sala. Marianne deu uma olhada ao redor do aposento quando entrou: foi o suficiente — *ele* não estava lá — e ela se sentou, indisposta tanto para dar quanto para receber atenção. Depois de estarem reunidos por cerca de uma hora, o senhor Palmer caminhou em direção às senhoritas Dashwoods para expressar sua surpresa ao vê-las na cidade, embora o coronel Brandon tivesse sido informado da chegada delas em sua casa, e ele próprio tivesse dito algo muito engraçado ao saber que elas estavam por lá.

— Pensei que vocês duas estivessem em Devonshire — disse ele.

— Pensou mesmo? — respondeu Elinor.

— Quando vocês vão voltar para lá novamente?

— Eu não sei.

E assim terminou a conversa entre eles.

Marianne nunca esteve tão sem vontade de dançar em sua vida como estava naquela noite, e nunca ficou tão cansada com aquele exercício. Ela reclamou disso quando retornaram a Berkeley Street.

— Sim, sim! — disse a senhora Jennings. — Sabemos muito bem o motivo disso. Se certa pessoa, cujo nome não mencionarei, estivesse lá, você não estaria nem um pouco cansada. E, para dizer a verdade, não foi muito bonito da parte dele não ter comparecido, já que foi convidado.

— Convidado!? — exclamou Marianne.

— Foi o que disse minha filha, Lady Middleton, pois parece que Sir John o encontrou na rua hoje de manhã.

Marianne não disse mais nada, mas pareceu extremamente magoada. Impaciente com a situação e querendo fazer algo que pudesse trazer algum alívio à irmã, Elinor resolveu escrever na manhã seguinte para a mãe, e esperava, ao despertar nela alguma preocupação em relação à saúde de Marianne, iniciar a investigação que havia sido por tanto tempo postergada; e ficou ainda mais ansiosa para tomar essa atitude ao perceber, depois do café da manhã do dia seguinte, que Marianne estava novamente escrevendo para Willoughby, pois não podia supor que fosse para qualquer outra pessoa.

Por volta do meio-dia, a senhora Jennings saiu sozinha a negócios, e Elinor começou a escrever sua carta imediatamente, enquanto Marianne, inquieta demais para ocupar-se e angustiada demais até para conversar, andava de uma janela para a outra ou sentava-se junto do fogo em melancólica meditação. Elinor foi muito sincera em sua solicitação à mãe, relatando tudo o que havia se passado e suas suspeitas diante da inconstância de Willoughby, insistindo com ela, em nome de seu dever e dos seus sentimentos, que exigisse de Marianne uma explicação de sua real situação em relação a ele.

Mal havia terminado sua carta quando uma batida na porta indicou que havia um visitante, e o coronel Brandon foi anunciado. Marianne, que o viu pela janela e que detestaria qualquer tipo de companhia nesse momento, saiu da sala antes de ele entrar. Ele parecia mais sério do que de costume e, embora expressasse satisfação por encontrar a senhorita Dashwood sozinha, como se tivesse algo em particular para lhe contar, permaneceu por algum tempo sentado sem dizer uma palavra. Elinor, convencida de que ele tinha algum comunicado a fazer em relação à sua irmã, esperou impacientemente que começasse a falar. Não era a primeira vez que ela tinha essa intuição, pois, em mais de uma ocasião, com base em alguma observação como "sua irmã parece adoentada hoje" ou "sua irmã parece desanimada", ele se mostrava prestes a revelar ou perguntar algo específico sobre ela. Depois de um intervalo de alguns minutos, o silêncio foi interrompido quando ele perguntou, com a voz um pouco trêmula, quando poderia parabenizá-la pela aquisição de um cunhado. Elinor não estava preparada para essa pergunta e, não tendo uma resposta pronta, foi obrigada a adotar o expediente mais simples e comum de perguntar o que ele queria dizer com aquilo. Ele tentou sorrir ao responder:

— O noivado de sua irmã com o senhor Willoughby já é de conhecimento geral.

— Não pode ser de conhecimento geral — retrucou Elinor —, se nossa própria família desconhece isso.

Ele pareceu surpreso, e então disse:

— Peço-lhe perdão, pois receio que minha pergunta tenha sido impertinente, mas eu não supunha ser um segredo, já que eles se correspondem abertamente e o casamento é amplamente comentado.

— Como isso é possível? Quem o senhor ouviu comentá-lo?

— Muitas pessoas... Algumas delas você não conhece, mas com outras você tem muita intimidade, como a senhora Jennings, a senhora Palmer e os Middletons. Todavia, ainda assim, talvez eu não tivesse acreditado nisso, pois, quando nossa mente está um pouco relutante em convencer-se, sempre encontra algo para sustentar suas dúvidas, se eu não tivesse visto acidentalmente, quando o criado me deixou entrar hoje, uma carta nas mãos dele, dirigida ao senhor Willoughby, com a letra de sua irmã. Vim para lhe perguntar, mas já estava convencido de que era verdade antes mesmo de formular a pergunta. Tudo está definitivamente acertado? É impossível que... bem, eu não tenho o direito e não tenho nenhuma chance de êxito. Com licença, senhorita Dashwood. Creio ter cometido um erro em falar demais, mas mal sei o que fazer e tenho a maior confiança em sua prudência. Diga-me que tudo está absolutamente decidido, que qualquer tentativa de dissimulação, se é que dissimular é possível, é tudo o que me resta.

Essas palavras, que manifestaram a Elinor uma declaração direta do amor dele por sua irmã, deixaram-na muito comovida. Ela não foi capaz de dizer nada imediatamente e, mesmo quando recuperou as forças, refletiu por um curto período de tempo sobre a resposta mais apropriada a dar. Sabia tão pouco sobre o estado real das coisas entre Willoughby e sua irmã que, ao tentar explicá-lo, poderia acontecer de falar tanto de mais como de menos. No entanto, como estava convencida de que o sentimento de Marianne por Willoughby não podia proporcionar nenhuma esperança de êxito ao coronel Brandon, quaisquer que fossem as consequências desse sentimento, e como, ao mesmo tempo, desejava proteger a conduta da irmã de acusações, ela achou mais prudente e gentil, depois de alguma consideração, dizer mais do que realmente sabia ou acreditava. Ela reconheceu, portanto, que, embora nunca tivesse sido informada por eles mesmos dos termos de sua relação, não tinha dúvida de que o sentimento era recíproco e não estava espantada por saber que estavam se correspondendo.

Ele a ouviu com atenção silenciosa e, quando ela terminou de falar, levantou-se rapidamente de seu assento e disse com a voz embargada:

— A sua irmã, desejo toda a felicidade do mundo. E, quanto a Willoughby, que ele se esforce para merecê-la.

Depois, despediu-se e foi embora.

Elinor não teve sentimentos agradáveis, após essa conversa, que pudessem diminuir a inquietação de sua mente por outros motivos. Ela ficou, pelo contrário, com uma impressão melancólica da infelicidade do coronel Brandon e foi impedida até mesmo de desejar acabar com ela, pois estava ansiosa pelo próprio acontecimento que a confirmaria.

Capítulo XXVIII

Não aconteceu nada, durante os próximos três ou quatro dias, que fizesse com que Elinor se arrependesse de ter recorrido à mãe, pois Willoughby não apareceu e sequer escreveu. Elas combinaram que acompanhariam Lady Middleton a uma festa à qual a senhora Jennings não poderia comparecer em consequência de uma indisposição de sua filha mais nova. Marianne estava totalmente desanimada para ir a essa festa, descuidada com sua aparência, então, parecendo igualmente indiferente quanto a ir ou ficar, arrumou-se sem expressão alguma de esperança ou prazer. Ficou sentada junto à lareira na sala de visitas, após o chá, até o momento da chegada de Lady Middleton, sem se mexer em seu assento nem alterar sua posição, perdida em seus próprios pensamentos e insensível à presença da irmã. Quando finalmente disseram que Lady Middleton as esperava à porta, ela se assustou como se tivesse esquecido que esperava alguém.

Chegaram a tempo a seu local de destino e, assim que a fila de carruagens à frente permitiu, desembarcaram, subiram as escadas, ouviram seus nomes anunciados em voz alta de um patamar ao outro e adentraram um salão esplendidamente iluminado, repleto de gente e insuportavelmente quente. Após pagarem seu tributo de cortesia fazendo uma reverência para a dona da casa, puderam se misturar à multidão e aproveitar sua cota de calor e incômodo, com os quais a chegada delas deveria necessariamente contribuir. Depois de algum tempo falando pouco e se movimentando ainda menos, Lady Middleton sentou-se a uma mesa de jogos, e, como Marianne não estava disposta a circular pelo salão, ela e Elinor, felizmente, conseguiram cadeiras livres e não se colocaram a uma grande distância da mesa.

Não fazia muito tempo que estavam no local quando Elinor percebeu Willoughby, parado a poucos metros delas, em uma conversa animada com uma jovem de aparência muito elegante. Logo seus olhares se cruzaram, e ele imediatamente fez uma reverência, mas sem esboçar tentativa de falar com ela ou se aproximar de Marianne, embora ele não pudesse deixar de vê-la; em seguida, ele retomou a conversa com a mesma dama. Elinor virou-se involuntariamente para Marianne, para ver se aquilo tinha passado despercebido por ela. Naquele momento, ela o percebeu pela primeira vez, e todo o seu semblante brilhou com súbito deleite; ela teria ido na direção dele imediatamente se a irmã não a tivesse agarrado.

— Deus do céu! — ela exclamou. — Ele está ali, ele está ali! Ah, por que ele não olha para mim? Por que não veio falar comigo?

— Por favor, recomponha-se! — exclamou Elinor. — E não traia a si mesma mostrando a todos o que sente. Talvez ele ainda não a tenha visto.

Isso, porém, era mais do que Marianne podia acreditar. Controlar-se, naquele momento, não estava apenas fora de seu alcance, estava além de seu desejo. Ela sentou-se com uma agonia e uma ansiedade que afetaram toda a sua aparência.

Por fim, ele se virou novamente e olhou para as duas; ela deu um pulo na direção dele e, pronunciando seu nome com a voz cheia de afeto, estendeu-lhe a mão. Ele se aproximou e, dirigindo-se mais a Elinor do que a Marianne, como se quisesse evitar os olhos dela, e determinado a não reparar em sua atitude, perguntou de imediato pela senhora Dashwood e há quanto tempo estavam na cidade. Elinor foi assaltada de toda a presença de espírito com aquele comportamento e não conseguiu dizer uma palavra. No entanto, os sentimentos de sua irmã foram instantaneamente expressos. Seu rosto estava vermelho, e ela exclamou, com uma voz emocionada:

— Meu Deus! Willoughby, o que significa isso? Você não recebeu minhas cartas? Você não vai apertar minha mão?

Ele não pôde evitá-la, mas o toque da mão dela lhe parecia doloroso, e ele a segurou apenas por um breve momento. Durante todo esse tempo, ele evidentemente lutara para manter a compostura. Elinor observou sua expressão, e percebeu que se tornava mais tranquila. Após uma pausa, ele disse com calma:

— Tive a honra de ir para Berkeley Street na última terça-feira e lamentei muito não ter tido a sorte de encontrar vocês e a senhora Jennings em casa. Espero que meu cartão não tenha se perdido.

— Mas você não recebeu meus bilhetes? — exclamou Marianne com muita ansiedade. — Deve estar havendo algum engano, tenho certeza. Algum terrível engano. Qual pode ser o significado disso? Diga-me, Willoughby, pelo amor de Deus, diga-me qual é o problema.

Ele não respondeu; sua expressão mudou, e todo o seu constrangimento reapareceu; mas, como se percebesse o olhar da jovem com quem estivera conversando anteriormente, ele sentiu a necessidade de uma ação imediata; então, recuperou o domínio de si mesmo e disse:

— Sim, tive o prazer de receber a informação de sua chegada à cidade, foi uma grande gentileza enviá-la. — Então, afastou-se apressadamente com uma ligeira reverência e juntou-se à amiga.

Marianne, agora com um aspecto terrivelmente pálido e incapaz de ficar em pé, afundou em uma cadeira, e Elinor, vendo que ela estava prestes a desmaiar, tentou protegê-la dos olhares alheios, enquanto a reanimava com água de lavanda.

— Vá até ele, Elinor — ela gritou, assim que conseguiu falar —, e force-o a vir até mim. Diga a ele que preciso vê-lo novamente. Preciso falar com ele agora. Não posso e não terei um momento de paz até que tudo seja explicado... Um terrível mal-entendido... Ah, por favor, vá até lá agora mesmo.

— Como posso fazer isso? Não, minha querida Marianne, você deve esperar. Este não é o lugar para explicações. Espere ao menos até amanhã.

Foi com muita dificuldade que ela a impediu de segui-lo. E convencê-la a controlar sua agitação, esperar, pelo menos, com uma aparência de compostura, até conseguir falar com ele com mais privacidade e de forma mais direta, era algo impossível, pois Marianne continuava incessantemente descrevendo em voz baixa a angústia de seus sentimentos e suas dores. Pouco tempo depois, Elinor viu Willoughby sair do salão pela porta, indo em direção à escada, e, ao contar a Marianne que ele se fora, ela reforçou a impossibilidade de falar com ele novamente naquela noite, usando isso como um novo argumento para que ela ficasse calma. Imediatamente, ela implorou que a irmã pedisse a Lady Middleton que as levasse para casa, pois estava infeliz demais para ficar ali por mais um minuto sequer.

Lady Middleton, embora estivesse no meio de uma partida ao ser informada de que Marianne sentia-se mal, era polida demais para contestar por um momento que fosse seu desejo de ir embora. Ela então entregou as cartas para uma amiga e partiram assim que a carruagem chegou. Mal trocaram palavras durante o retorno a Berkeley Street. Marianne se encontrava em uma agonia silenciosa, oprimida demais até para chorar. Mas, como a senhora Jennings felizmente ainda não havia voltado para casa, elas puderam ir diretamente ao próprio quarto, onde os sais[1] a reanimaram um pouco. Ela logo se despiu e foi para a cama, e,

---

1. Preparação à base de amônia utilizada como sal olfativo que ajuda a aliviar a fraqueza e restaurar a lucidez. (N. E.)

como parecia desejosa de ficar sozinha, sua irmã a deixou e, enquanto esperava a volta da senhora Jennings, teve tempo suficiente para pensar no passado.

Estava claro que tinha existido algum tipo de compromisso entre Willoughby e Marianne, e parecia igualmente claro que Willoughby estava cansado desse compromisso; pois, por mais que Marianne ainda pudesse alimentar seus próprios desejos, *ela* não poderia atribuir tal comportamento a erros ou mal-entendidos de qualquer tipo. Nada além de uma profunda mudança de sentimentos poderia explicar isso. Sua indignação teria sido ainda mais forte se não tivesse testemunhado nele o constrangimento que parecia expressar uma consciência de sua própria má conduta, o que a impediu de acreditar que ele fosse tão desprovido de princípios a ponto de ter brincado com os sentimentos de sua irmã desde o início, sem nenhum propósito que pudesse ser investigado. A ausência poderia ter enfraquecido seu interesse, e a conveniência poderia ter determinado que ele a superasse, mas que esse interesse existira anteriormente era algo de que ela não podia duvidar.

Quanto a Marianne, Elinor não conseguia refletir, sem grandes preocupações, sobre o terrível golpe que aquele encontro tão infeliz já lhe havia proporcionado, e sobre as angústias ainda mais severas que lhe adviriam como consequência provável dessa história. Sua própria situação parecia menos ruim se comparada à da irmã, pois, enquanto ela podia *estimar* Edward como sempre o fizera, ainda que se separassem no futuro, sua alma sempre poderia suportar. Porém, todas as circunstâncias que poderiam amargar tal mal pareciam unir-se para aumentar ainda mais a infelicidade de Marianne, no caso de uma separação em definitivo de Willoughby, em uma ruptura imediata e inconciliável com ele.

Capítulo XXIX

Antes que a empregada acendesse a lareira no dia seguinte, ou o sol ganhasse força em uma manhã fria e sombria de janeiro, Marianne, ainda não completamente vestida, estava debruçada sobre uma das bancadas da janela em virtude da pouca luz que o local recebia e escrevia o mais rápido que um fluxo contínuo de lágrimas permitia. Nessa situação, Elinor, despertada do sono pela agitação e pelos soluços da irmã, primeiro olhou para ela e, depois de observá-la por um momento com uma preocupação silenciosa, disse, em um tom da mais gentil consideração:

— Marianne, posso perguntar...?

— Não, Elinor — respondeu ela. — É melhor não perguntar nada. Em breve, você saberá tudo.

O tipo de serenidade desesperada com que essas palavras foram ditas não durou mais do que o tempo de dizê-las, e foi imediatamente seguido por um retorno da mesma aflição excessiva. Demorou alguns minutos para que ela pudesse continuar com sua carta, e as frequentes explosões de tristeza que ainda a obrigavam, a intervalos, a reter sua pena eram provas mais do que suficientes de que ela sentia estar escrevendo para Willoughby pela última vez.

Elinor deu a ela toda a atenção silenciosa e discreta que estava em seu poder, e teria tentado acalmá-la e tranquilizá-la ainda mais se Marianne não tivesse suplicado, com toda a ânsia da mais nervosa irritabilidade, que não falasse com ela por nada no mundo. Em tais circunstâncias, era melhor para ambas que não ficassem muito tempo juntas; e a inquietude da mente de Marianne não apenas a impediu de permanecer no quarto logo após se vestir, mas também, ao mesmo tempo, exigiu solidão e uma contínua mudança de lugar, fazendo-a perambular pela casa até a hora do café da manhã, evitando ver qualquer pessoa que fosse.

No desjejum, ela não comeu nem tentou comer. Elinor, então, focou toda a sua atenção, não insistindo com ela, nem demonstrando piedade, nem tentando consolá-la ou manifestando preocupação, mas procurando atrair a atenção da senhora Jennings inteiramente para si mesma.

Como esta era a refeição favorita da senhora Jennings, durou um tempo considerável, e elas ainda estavam se instalando, depois do desjejum, em volta da mesa de trabalho quando uma carta, que Marianne tomou avidamente das mãos do criado, foi-lhe entregue, fazendo com que ela ficasse pálida como a morte e instantaneamente saísse correndo da sala. Elinor, que percebeu claramente, como se tivesse visto o remetente, que aquela carta deveria ter vindo de Willoughby, imediatamente sentiu uma dor no coração que a deixou quase incapaz de suster a cabeça, então, sentou-se com um tremor que ela achou impossível ter escapado aos olhos da senhora Jennings. Essa boa dama, no entanto, viu apenas que Marianne havia recebido uma carta de Willoughby, o que lhe parecia uma pilhéria muito boa, e, tratando a situação de acordo com o que pensava, deu uma gargalhada, esperando que a carta fosse de seu agrado. Em relação à angústia de Elinor, ela estava ocupada demais medindo o comprimento da lã para o tapete que fazia, por isso não foi capaz de enxergar qualquer outra coisa e, calmamente continuando a conversa, assim que Marianne desapareceu, ela disse:

— Palavra de honra, nunca vi uma jovem tão desesperadamente apaixonada na minha vida! *Minhas* meninas não eram nada comparadas a ela, e, no entanto, costumavam ser tolas o suficiente. Mas, quanto à senhorita Marianne, ela é uma criatura bastante alterada. Espero, do fundo do meu coração, que ele não a faça esperar muito mais tempo, pois é muito triste vê-la parecer tão doente e desamparada. Por favor, me diga: quando eles vão se casar?

Elinor, embora estivesse pouco disposta a falar naquele momento, obrigou-se a responder a um acinte como aquele e, portanto, tentando sorrir, disse:

— A senhora está realmente convencida de que minha irmã está noiva do senhor Willoughby? Pensei que fosse apenas uma piada, mas uma pergunta tão séria parece implicar mais do que isso; e devo implorar, portanto, que a senhora não se engane mais. Asseguro-lhe que nada me surpreenderia mais do que saber que eles vão se casar.

— Que vergonha, que vergonha, senhorita Dashwood! Como você pode falar dessa maneira? Não sabemos todos nós que eles devem se casar e estão apaixonados um pelo outro desde o primeiro momento em que se viram? Não os via juntos em Devonshire todos os dias, durante todo o dia? E eu não sabia que sua irmã veio a Londres comigo de propósito para comprar vestimentas de casamento? Ora, ora, não pode ser. Só porque você é dissimulada em relação a isso, acha que ninguém mais percebe! No entanto, não é assim, posso lhe dizer, pois toda a cidade sabe disso há tempos. Eu conto para todo mundo, e Charlotte também.

— De fato — disse Elinor, muito séria —, a senhora está enganada. Na verdade, está fazendo uma coisa muito desagradável ao espalhar essa informação por aí, e acabará descobrindo isso, embora não acredite em mim agora.

A senhora Jennings riu de novo, mas Elinor não teve ânimo para dizer mais nada e, ansiosa, sobretudo, para saber o que Willoughby havia escrito, correu para o quarto delas, onde, ao abrir a porta, viu Marianne esticada na cama, quase sufocada pela tristeza, com uma carta na mão e duas ou três outras próximas a ela. Elinor se aproximou, mas sem dizer uma palavra, e, sentando-se na cama, segurou a mão da irmã, beijou-a afetuosamente várias vezes e depois irrompeu em lágrimas que a princípio eram quase tão violentas quanto as de Marianne. Esta, embora fosse incapaz de falar, parecia sentir toda a ternura daquele ato e, depois de algum tempo passado em aflição conjunta, ela colocou todas as cartas nas mãos de Elinor e, então, cobrindo o rosto com um lenço, quase gritou de agonia. Elinor, que sabia que tal desgosto, por mais chocante que fosse testemunhá-lo, devia seguir seu curso, observou-a até que esse excesso de sofrimento se esgotasse um pouco e, depois, voltou-se avidamente para a carta de Willoughby, que dizia o seguinte:

Bond Street, janeiro

Minha cara senhorita,
Acabo de ter a honra de receber sua carta e peço que aceite meus sinceros agradecimentos. Estou muito preocupado por descobrir que havia algo no meu comportamento na noite passada que não encontrou sua aprovação e, embora não consiga descobrir em que momento eu poderia tê-la feito tão infeliz a ponto de ofendê-la, peço seu perdão quanto a algo que posso garantir ter sido totalmente involuntário. Sempre me lembrarei do dia em que conheci sua família em Devonshire com o mais grato prazer, e sinto-me lisonjeado ao crer que isso não será quebrado por nenhum engano ou pela má compreensão de minhas ações. Minha estima por toda a sua família é muito sincera, mas, caso eu tenha tido a infelicidade de fazê-la acreditar que meus sentimentos eram maiores do que realmente são, devo punir a mim mesmo por não ter sido mais cauteloso em minhas profissões dessa estima. Se alguma vez eu demonstrei algo além disso, deve considerar que é impossível, posto que minhas afeições estão há muito tempo comprometidas com outra pessoa, e não levará muitas semanas, creio, para que esse compromisso

seja cumprido. É com grande pesar que obedeço às suas ordens devolvendo as cartas com as quais fui honrado e a mecha de cabelo que você tão gentilmente me concedeu.

Eu sou, querida senhora,
seu mais obediente e humilde servo.
John Willoughby

Pode-se imaginar com que indignação uma carta como essa deve ter sido lida pela senhorita Dashwood. Embora estivesse ciente, antes de começá-la, de que devia trazer uma confissão da instabilidade dele e confirmar a separação definitiva dos dois, ela não poderia imaginar o uso de tal linguagem para anunciá-lo, nem poderia ter suposto que Willoughby seria capaz de se afastar tanto da aparência de todo o sentimento honroso e delicado que demonstrara antes. O quão longe isso estava do decoro usual de um homem gentil a ponto de enviar uma carta tão descaradamente cruel! Uma carta que, em vez de fazer com que seu desejo de separação trouxesse uma manifestação de arrependimento, não reconhecia nenhuma quebra de palavra, negava qualquer afeto peculiar; uma carta na qual cada linha era um insulto e que proclamava seu autor como alguém dotado de uma profunda vilania.

Ela ficou paralisada por algum tempo sentindo um misto de espanto e indignação. Depois, leu a carta de novo e de novo, mas cada leitura serviu apenas para aumentar sua aversão àquele homem, e seus sentimentos contra ele eram tão amargos que ela não ousou permitir-se falar qualquer coisa, para não ferir Marianne ainda mais profundamente, tratando o rompimento do noivado não como uma perda para ela, mas como um escape do mais irremediável de todos os males: uma conexão eterna com um homem sem princípios, o que foi a mais real das libertações, uma bênção da maior importância.

Em suas sinceras reflexões sobre o conteúdo da carta, sobre a depravação daquela mente que a havia ditado e, também, sobre a mentalidade muito diferente de uma pessoa tão dissimulada, que não tinha outra conexão com o caso além do que seu coração lhe deu com tudo o que passou, Elinor esqueceu a angústia imediata de sua irmã, desconsiderou que havia três cartas em seu colo ainda não lidas e não levou em conta quanto tempo estava no quarto e, ao ouvir uma carruagem na porta, foi até a janela para ver quem poderia ter chegado tão absurdamente cedo, e então ficou surpresa ao perceber que era a carruagem da senhora Jennings, que ela sabia não ter sido encomendada para antes da uma hora da tarde. Determinada a não abandonar Marianne, embora sem esperanças de contribuir, neste momento, para seu conforto, apressou-se em se desculpar por não poder ir com a senhora Jennings, uma vez que sua irmã se encontrava indisposta. A senhora Jennings, com uma preocupação muito bem-humorada sobre a causa da dispensa, aceitou-a prontamente, e Elinor, depois de assegurar-se de sua partida, voltou para Marianne, a quem encontrou tentando levantar-se da cama. Elinor a alcançou em tempo de impedi-la de cair no chão, desmaiada e tonta por conta de uma longa privação de descanso e alimentação adequados, pois fazia muitos dias que ela não tinha apetite e passara muitas noites sem dormir realmente. Agora que sua mente não mais se sustentava pela febre da expectativa, a consequência de tudo aquilo era sentida em uma cabeça dolorida, um estômago enfraquecido e uma debilidade nervosa. Um cálice de vinho, que Elinor serviu diretamente para ela, deixou-a mais confortável, e ela finalmente conseguiu expressar um pouco de sua gentileza, dizendo:

— Pobre Elinor! Como eu a faço infeliz!

— Eu só queria — respondeu a irmã — que houvesse algo que eu *pudesse* fazer que lhe trouxesse algum conforto.

Isso, como tudo o mais tinha sido, foi demais para Marianne, que só conseguiu exclamar, em meio à angústia de seu coração:

— Ah, Elinor, estou realmente infeliz — antes que sua voz se perdesse completamente em soluços.

Elinor não podia mais testemunhar essa torrente de dor desenfreada em silêncio.

— Controle-se, querida Marianne — ela exclamou —, se não quiser matar a si mesma e a todos aqueles que a amam. Pense na mamãe. Pense em sua aflição enquanto *você* sofre; você deve se esforçar por ela.

— Não consigo, não consigo — exclamou Marianne. — Deixe-me, deixe-me, esqueça que eu a perturbo. Deixe-me, me odeie, me perdoe, mas não me torture tanto. Ah, como é fácil para aqueles que não têm as próprias tristezas falar em esforço! Feliz, feliz Elinor, *você* não pode ter ideia de como sofro.

— Você acha que *eu* sou feliz, Marianne? Ah! Se você soubesse! E acha que eu poderia ser feliz quando a vejo tão desesperada?

— Perdoe-me, por favor — disse, colocando os braços em volta do pescoço da irmã. — Eu sei o que você sente por mim, conheço seu coração; mas ainda assim você é... Você deve ser feliz. Edward a ama... Ah, o que pode acabar com uma felicidade como essa?

— Muitas, muitas circunstâncias — respondeu Elinor solenemente.
— Não, não, não — exclamou Marianne. — Ele a ama, e somente a você. Você *não pode* ter nenhum sofrimento.
— Não posso ser feliz vendo-a nesse estado.
— E você nunca mais me verá de outra maneira. Minha desgraça nunca poderá se acabar.
— Você não deve falar assim, Marianne. Você não tem nenhum consolo? Não tem amigos? Sua perda não deixa espaço para algum tipo de reconforto? Por mais que você sofra agora, pense no que teria sofrido se a descoberta sobre o caráter dele ocorresse mais tarde; se o seu noivado tivesse se prolongado por meses e meses, como poderia ter sido, até que ele decidisse pôr um fim em tudo. Cada dia adicional de infeliz confiança de sua parte teria causado estragos mais terríveis.
— Noivado! — exclamou Marianne. — Não houve noivado.
— Não houve nenhum noivado?
— Não, ele não é tão indigno quanto você acredita. Ele não me enganou.
— Mas ele disse que a amava...
— Sim... Não... na verdade, nunca. Estava implícito o tempo todo, mas isso nunca foi declarado. Algumas vezes, eu pensei que tinha sido, mas nunca foi dito.
— E ainda assim você escreveu para ele?
— Sim. Podia estar errada depois de tudo o que se passou? Ah, eu não consigo mais falar...
Elinor não disse mais nada e, voltando-se novamente para as três cartas que agora despertavam uma curiosidade muito mais forte do que antes, imediatamente começou a ler o conteúdo de todas. A primeira, que foi aquela que sua irmã lhe enviou quando chegaram à cidade, dizia o seguinte:

Berkeley Street, janeiro

Como você ficará surpreso, Willoughby, ao receber esta carta. Acho que sentirá algo mais que surpresa quando souber que estou em Londres. A oportunidade de chegar aqui, embora na companhia da senhora Jennings, foi uma tentação a que não pude resistir. Gostaria que você recebesse este bilhete a tempo de vir aqui esta noite, mas não vou contar com isso. De qualquer forma, eu o espero amanhã. Por enquanto, *adieu*.

M. D.

Seu segundo bilhete, que havia sido escrito na manhã seguinte ao baile dos Middletons, trazia as seguintes palavras:

> Não posso expressar minha decepção pela sua ausência anteontem, nem meu espanto por não ter recebido resposta a um bilhete que lhe enviei há uma semana. Esperava ter notícias suas e, ainda mais, poder vê-lo, a cada hora do dia. Venha me ver o mais rápido possível e explique o motivo de eu ter esperado em vão. É melhor que você chegue mais cedo da próxima vez, porque geralmente estamos fora à uma. Fomos ontem à noite à casa de Lady Middleton, onde houve um baile. Disseram-me que você foi convidado para a festa. Será mesmo? Você deve ter mudado muito desde que nos separamos, se este for o caso; eu gostaria de saber por que você não foi. Mas não vou supor que isso seja possível, e espero muito em breve que relate pessoalmente o que aconteceu.
>
> M. D.

O conteúdo de seu último bilhete para ele era o seguinte:

> O que devo imaginar, Willoughby, em relação a seu comportamento ontem à noite? Mais uma vez, exijo uma explicação. Estava preparada para encontrá-lo com o prazer que nossa separação naturalmente produziria, com a familiaridade que nossa intimidade em Barton me parecia justificar. E, entretanto, senti-me rejeitada! Passei uma noite miserável tentando encontrar desculpas para uma conduta que dificilmente poderia ser considerada menos que insultuosa. Mas, embora eu ainda não tenha sido capaz de elaborar uma desculpa razoável para seu comportamento, estou perfeitamente pronta para ouvir sua justificativa. Você talvez tenha sido mal informado, ou propositalmente enganado, sobre algo a meu respeito, o que pode ter rebaixado sua opinião quanto a mim. Diga-me o que é, explique os motivos pelos quais você agiu de tal forma, e eu ficarei satisfeita em deixá-lo satisfeito. Eu lamentaria muito ser obrigada a pensar mal de você; mas, se devo fazê-lo, se devo perceber que você não é o que até agora acreditávamos que fosse, que sua consideração por todas nós não era sincera, que seu comportamento para comigo pretendia apenas me iludir, que isso seja revelado o mais rápido possível. Meus sentimentos encontram-se agora num estado de terrível indecisão. Desejo absolvê-lo, mas a certeza, de qualquer um dos lados, será um alívio ante esse sofrimento. Se seus sentimentos não são mais o que eram, devolva-me minhas anotações e a mecha de meu cabelo que está em sua posse.
>
> M. D.

Elinor não estava disposta a acreditar que tais cartas, tão cheias de afeto e confiança, pudessem ter sido respondidas daquela maneira, pelo bem de Willoughby. Mas essa indisposição não a impedia de ver a impropriedade de terem sido escritas; e ela lamentava silenciosamente a imprudência que havia ameaçado tais provas não solicitadas de ternura, não justificadas por nada que houvesse ocorrido anteriormente, e mais severamente condenadas pelos acontecimentos, quando Marianne, ao perceber que ela havia terminado de ler as cartas, observou que elas não continham nada além do que qualquer um teria escrito na mesma situação.

— Eu me sentia — ela acrescentou — tão solenemente comprometida com ele, como se o mais rigoroso pacto legal nos tivesse vinculado um ao outro.

— Eu acredito — disse Elinor —, mas infelizmente ele não sentiu o mesmo.

— Ele sentia *o mesmo*, Elinor... por semanas e semanas, ele sentiu. Eu sei que ele sentiu. O que quer que o tenha mudado agora (e nada além das magias mais negras empregadas contra mim pode ter feito isso), eu já fui tão querida por ele como minha própria alma poderia desejar. Esta mecha de cabelo, da qual ele agora tão facilmente desiste, foi implorada a mim com a mais sincera súplica. Se você tivesse visto o olhar, o jeito, se tivesse ouvido a voz dele naquele momento! Você se esqueceu da última noite em que ficamos juntos em Barton? E também da manhã em que nos despedimos! Quando ele me disse que poderia levar muitas semanas até que nos encontrássemos novamente... A sua angústia... Como posso me esquecer de sua angústia?

Por um momento, ela não pôde dizer mais nada; mas, quando essa emoção passou, ela acrescentou, em um tom mais firme:

— Elinor, fui cruelmente usada, mas não por Willoughby.

— Oh, minha querida Marianne, quem, além dele, poderia ter feito isso? Por quem ele pode ter sido instigado?

— Por todo mundo, e não por seu próprio coração. Eu prefiro acreditar que todas as pessoas conhecidas por mim se juntaram para arruinar minha reputação a acreditar que ele tenha em sua natureza tamanha crueldade. Essa mulher sobre a qual ele escreve, quem quer que ela seja, ou qualquer pessoa, em suma, menos você, é claro, mamãe e Edward, pode ter sido tão bárbara a ponto de denegrir a minha imagem. Além de vocês três, existe outra criatura no mundo de quem eu não suspeitaria tal maldade senão Willoughby, cujo coração eu conheço tão bem?

Elinor não contestou; apenas respondeu:

— Quem quer que tenha sido tão detestavelmente seu inimigo, vamos deixá-lo ser enganado por seu próprio triunfo maligno, minha querida irmã, ao ver quão nobremente a consciência de sua própria inocência e de suas boas intenções apoia seu espírito. Somente um orgulho razoável e louvável pode resistir a essa malevolência.

— Não, não — exclamou Marianne. — Não há orgulho em uma desgraça como a minha. Não me importo que saibam como estou arrasada. Está aberto para qualquer pessoa o triunfo de me ver assim. Elinor, Elinor, aqueles que pouco sofrem podem ser tão orgulhosos e independentes quanto queiram; podem resistir a insultos ou devolver a humilhação, mas eu não posso. Eu devo sentir infelicidade... Eu devo ser infeliz; e eles são bem-vindos para desfrutar do que fizeram.

— Mas, pelo amor de minha mãe e pelo meu...

— Eu faria mais do que por mim mesma. Mas parecer feliz quando estou extremamente infeliz... Ah, quem pode exigir isso de mim?

Mais uma vez, ambas ficaram em silêncio. Elinor estava empenhada em caminhar pensativamente da lareira para a janela, da janela para a lareira, sem saber se recebia calor de uma ou distinguia objetos por intermédio da outra. E Marianne, sentada ao pé da cama, com a cabeça apoiada em um de seus pilares, pegou novamente a carta de Willoughby e, depois de estremecer a cada frase, exclamou:

— É demais! Ah, Willoughby, Willoughby, como pôde escrever isso? Cruel, muito cruel, nada pode te absolver. Elinor, nada pode. O que quer que ele possa ter ouvido contra mim, ele não deveria ter suspendido seu julgamento? Ele não deveria ter me contado isso, ter me dado o poder de me defender? "A mecha de cabelo" — repetindo como na carta — "que você tão gentilmente me concedeu." Isso é imperdoável. Onde estava seu coração quando você escreveu essas palavras? Ah, que bárbara insolência! Elinor, há justificativa para tanto?

— Não, Marianne, de nenhuma maneira possível.

— E, no entanto, essa mulher... Quem sabe qual pode ter sido sua artimanha? Há quanto tempo isso pode ter sido premeditado e o quanto ela o manipulou! Quem é ela? Quem pode ser? Será que já o ouvi falar de uma jovem tão atraente entre suas relações femininas? Ah, de nenhuma, nenhuma... Ele só falava de mim.

Outra pausa se seguiu. Marianne estava muito agitada e continuou assim.

— Elinor, tenho de ir para casa. Devo ir e confortar a mamãe. Não podemos partir amanhã?

— Amanhã, Marianne?!

— Sim, por que devo ficar aqui? Vim apenas por causa de Willoughby, e agora quem se importa comigo? Quem quer saber de mim?

— Seria impossível ir amanhã. Devemos à senhora Jennings muito mais que cortesia, e a cortesia do tipo mais comum impediria uma partida tão apressada como essa.

— Bem, então, mais um dia ou dois, talvez, mas não posso ficar aqui por muito tempo, não posso ficar e enfrentar as perguntas e observações de todas essas pessoas. Os Middletons e os Palmers... Como devo suportar a compaixão deles? A compaixão de uma mulher como Lady Middleton! Ah, o que *ela* diria a respeito disso!

Elinor aconselhou Marianne a deitar-se novamente, e por um momento ela o fez, mas nenhuma posição conseguia lhe trazer tranquilidade e, com inquietas dores de espírito e no corpo, ela mudava de uma postura para outra, até ficar cada vez mais histérica, e foi com dificuldade que a irmã conseguiu mantê-la na cama, tanto que, por algum tempo, receou ser forçada a pedir ajuda. Algumas gotas de lavanda, as quais ela foi convencida a tomar, mostraram-se úteis, porém, até a senhora Jennings voltar, ela continuou na cama silenciosa e imóvel.

Capítulo XXX

A senhora Jennings foi imediatamente para o quarto delas quando voltou e, sem esperar pela resposta à sua solicitação de entrada, abriu a porta e entrou com um olhar realmente preocupado.

— Como está, minha querida? — disse ela, com uma voz de grande compaixão, para Marianne, que desviou o rosto sem tentar responder.

— Como ela está, senhorita Dashwood? Coitadinha! Ela parece estar muito mal... Não é de admirar. Sim, é mesmo tudo verdade, então. Ele vai se casar muito em breve... que sujeito imprestável! Não tenho paciência com esse tipo de coisa. A senhora Taylor me contou tudo a respeito disso meia hora atrás, e ela foi informada por uma amiga íntima da própria senhorita Grey; caso contrário, tenho certeza de que eu não acreditaria; quase desmaiei quando soube. Bem, eu falei, tudo o que posso dizer é que, se isso for verdade, ele tratou de forma abominavelmente cruel uma jovem dama que eu conheço, e desejo do fundo da minha alma que a esposa lhe atormente o coração para sempre. E continuarei dizendo isso, minha querida, pode acreditar. Não consigo conceber que os homens se comportem dessa maneira e, se eu algum dia o encontrar de novo, vou lhe dar um corretivo como ele nunca viu. Mas há um consolo, minha querida senhorita Marianne; ele não é o único jovem do mundo que vale a pena e, com esse seu rosto bonito, nunca lhe faltarão admiradores. Oh, coitadinha! Não vou mais incomodá-la, pois é melhor que chore logo de uma vez e acabe com isso. Felizmente, os Parrys e os Sandersons chegarão hoje à noite, você sabe, e isso vai distraí-la.

Então ela foi embora, andando na ponta dos pés para fora do quarto, como se supusesse que a aflição de sua jovem amiga pudesse ser aumentada pelo barulho.

Marianne, para a surpresa de sua irmã, decidiu jantar com elas. Elinor até a aconselhou a não o fazer. Mas "não, ela desceria; poderia suportar tudo muito bem, e o alvoroço a respeito dela seria menor". Elinor, satisfeita por vê-la guiada por tal motivo, apesar de acreditar que dificilmente ela conseguiria se sentar à mesa, não disse mais nada; e, ajustando seu vestido o melhor que pôde, enquanto Marianne ainda estava na cama, prontificou-se a ajudá-la a entrar na sala de jantar assim que fossem convocadas.

Uma vez lá, apesar de parecer muito desolada, ela comeu mais e mostrou-se mais calma do que a irmã esperava. Se ela tivesse tentado falar ou tivesse consciência de metade das bem-intencionadas, mas infelizes, ponderações da senhora Jennings a seu respeito, essa calma não teria sido mantida, mas nenhuma sílaba escapou de seus lábios, e a abstração de seus pensamentos a preservava na ignorância de tudo o que transcorria diante dela.

Elinor, que fez justiça à bondade da senhora Jennings, embora seu falatório fosse muitas vezes angustiante e, às vezes, quase ridículo, fez-lhe esses agradecimentos e retribuiu-lhe aquelas gentilezas que a irmã não podia fazer ou retribuir por si mesma. A boa amiga viu que Marianne estava infeliz e achou que deveria fazer tudo o que pudesse para diminuir sua dor. Ela a tratou, portanto, com todo o carinho indulgente de uma mãe por sua filha favorita no último dia de suas férias. Marianne deveria ter o melhor lugar perto da lareira, ser instigada a experimentar todas as iguarias da casa e distrair-se com o relato de todas as notícias do dia. Se Elinor não tivesse visto, no triste semblante de sua irmã, um freio para toda a alegria, poderia ter se divertido com os esforços da senhora Jennings de curar uma decepção amorosa com uma variedade de doces, azeitonas e uma boa lareira. No entanto, assim que Marianne recobrou a consciência disso tudo em virtude de sua repetição contínua, ela não pôde permanecer na sala. Com uma rápida exclamação de tristeza e um sinal para sua irmã não segui-la, ela se levantou imediatamente e saiu correndo da sala.

— Pobre alma! — exclamou a senhora Jennings, assim que ela saiu. — Como me entristece vê-la dessa maneira! E não é que ela se foi sem terminar o vinho? E as cerejas secas também! Meu Deus, nada parece lhe fazer bem. Garanto que, se soubesse de alguma coisa de que ela fosse realmente gostar, mandaria buscá-la por toda a cidade. Bem, é a coisa mais estranha do mundo, para mim, que um homem faça tanto mal a uma menina tão bonita! Mas, quando há muito dinheiro de um lado e quase nenhum do outro, Deus me perdoe! Eles não se importam mais com essas coisas!

— A moça, então... senhorita Grey... acho que foi assim que a senhora a chamou... Ela é muito rica?

— Cinquenta mil libras, minha querida. Você já a viu? Uma moça inteligente e elegante, dizem, mas não é bonita. Lembro-me muito bem de sua tia, Biddy Henshawe; ela se casou com um homem muito rico. Mas todos da família são ricos. Cinquenta mil libras! E, ao que tudo indica, esse dinheiro chegará bem a tempo, pois dizem que ele está quebrado. Não é de admirar! Vive correndo por aí com suas carruagens e cães de caça! Bem, sem querer fazer fofoca, mas, quando um jovem, seja ele quem for, se apaixona por uma linda garota e lhe promete casamento, ele não tem como descumprir sua palavra apenas porque cresceu pobre e uma garota mais rica está disposta a ficar com ele. Por que, nesse caso, ele não vende seus cavalos, deixa sua casa, dispensa seus criados e muda de vida de uma vez? Garanto que a senhorita Marianne estaria pronta para esperar até que tudo se arranjasse. Mas isso não acontece nos dias de hoje; os jovens de agora não renunciam a prazer algum.

— Você sabe que tipo de garota é a senhorita Grey? Dizem que ela é amável?

— Nunca ouvi nada de ruim a respeito dela. Na verdade, quase nunca ouvi falar dela, exceto o que a senhora Taylor disse hoje de manhã; que um dia a senhorita Walker deu a entender que acreditava que o senhor e a senhora Ellison se alegrariam em ver casada a senhorita Grey, pois ela e a senhora Ellison nunca se deram bem.

— E quem são os Ellisons?

— São os tutores dela, minha querida. Mas agora ela é maior de idade e pode escolher por si mesma, e que escolha maravilhosa ela fez! E, agora — disse, depois de fazer uma pausa por um momento —, sua pobre irmã foi para o quarto, suponho, para lamentar-se sozinha. Há alguma coisa que possa consolá-la? Pobrezinha... parece cruel demais deixá-la sozinha. Bem, logo mais virão alguns amigos, e isso a divertirá um pouco. O que jogaremos? Ela odeia uíste, eu sei; mas não há nenhum jogo do qual ela goste?

— Querida senhora, essa gentileza é desnecessária. Aposto que Marianne não sairá mais do quarto esta noite. Vou convencê-la, se puder, a ir cedo para a cama, pois tenho certeza de que ela quer descansar.

— Sim, acredito que será melhor para ela. Deixe-a escolher o que gostaria de jantar e depois ir para a cama. Senhor! Não é de admirar que ela esteja tão mal e tão deprimida nesta última semana ou nas duas últimas, por isso suponho que esse assunto esteja pairando sobre sua cabeça há muito tempo. E então a carta que chegou hoje pôs um fim nisso! Pobre alma! Tenho certeza de que, se eu tivesse alguma ideia do que estava acontecendo, não teria brincado com ela a respeito disso, juro por todo o meu dinheiro. Mas, você sabe, como é que eu adivinharia uma coisa dessas? Acreditei que não passasse de uma carta de amor comum, e você sabe que os jovens gostam quando rimos deles. Meu Deus, Sir John e minhas filhas ficarão tão preocupados quando ouvirem isso...

Se eu tivesse bom senso, poderia ter passado em Conduit Street a caminho de casa e contado a eles. Mas eu os verei amanhã.

— Seria desnecessário avisar a senhora Palmer e Sir John para, na frente de minha irmã, não mencionarem o nome do senhor Willoughby nem fazerem qualquer alusão ao que se passou? Creio que a própria bondade deles deve lhes indicar a verdadeira crueldade que seria aparentar saber alguma coisa sobre o caso na presença dela, e, quanto menos for dito a respeito desse assunto, mais meus sentimentos serão poupados, como a senhora haverá de entender.

— Ah, meu Deus! Sim, é verdade. Deve ser terrível para você ouvir falar disso. E, quanto à sua irmã, pode ter certeza de que, por nada neste mundo, eu mencionaria uma palavra sobre isso diante dela. Você percebeu que não falei nada a respeito durante todo o jantar. Nem Sir John nem minhas filhas comentarão nada, pois são muito atenciosos e ponderados, especialmente se eu lhes fizer essa recomendação, como certamente o farei. De minha parte, acho que, quanto menos se disser sobre essas coisas, melhor; mais cedo elas serão esquecidas. E de que adianta falar sobre o caso, não é mesmo?

— Isso só causaria danos, pois, neste caso, talvez mais do que em outros semelhantes, em razão de suas circunstâncias, é inadequado tocar no assunto publicamente, para o bem de todos os envolvidos. Devo fazer *esta* justiça ao senhor Willoughby; ele não rompeu nenhum compromisso concreto com minha irmã.

— Justiça, minha querida! Não tente defendê-lo. Nenhum compromisso concreto, será? Depois de levá-la por toda a Allenham House e mostrar a ela os próprios aposentos em que eles viveriam futuramente?

Elinor, pelo bem de sua irmã, não podia levar o assunto adiante e, também pelo bem de Willoughby, esperava não ter de fazê-lo; pois, embora Marianne pudesse ter perdido muito, ele muito pouco ganharia com a imposição da verdade. Depois de um breve silêncio de ambos os lados, a senhora Jennings, com seu bom humor natural, deixou escapar novamente:

— Bem, minha querida, há bastante verdade naquele ditado que diz que os males vêm para o bem, pois isso será ainda melhor para o coronel Brandon. Ele finalmente vai conquistá-la, ah, se vai! Aposto como no meio do verão já estarão casados. Deus! Como ele vai se alegrar com essa notícia! Espero que ele venha hoje à noite. Com toda a certeza, ele será um partido melhor para sua irmã. Duas mil libras por ano sem dívidas nem descontos... exceto pela pequena filha ilegítima, fato é verdade; sim, eu já havia me esquecido dela, mas educá-la não deve sair caro, e então que importância tem isso? Delaford é um lugar agradável, posso lhe dizer; exatamente o que chamo de um bom lugar à moda antiga, cheio de comodidades e conveniências; cercado pelos muros altos de um jardim em que estão as melhores árvores frutíferas do país, e com uma amoreira em cada canto! Deus! Como Charlotte e eu nos saciamos na única vez em que estivemos lá! Então, há também um pombal, alguns magníficos viveiros de peixes e um canal muito bonito. Tudo, em suma, que se poderia desejar. E, além disso, fica perto da igreja, e a apenas quatrocentos metros da estrada; então, nunca ficaremos entediados, pois, se você apenas se sentar embaixo de um velho teixo atrás da casa, poderá ver todas as carruagens que passam. Ah, é um belo lugar! Há um açougue ali perto, no vilarejo, e a casa paroquial fica a poucos passos. Para mim, é mil vezes mais bonita que Barton Park, onde é preciso mandar alguém ir buscar carne a quase cinco quilômetros de distância e não há um só vizinho por perto além de sua mãe. Bem, encorajarei o coronel assim que puder. Afinal, há muito mais peixes no mar. Se *conseguirmos* tirar Willoughby da cabeça dela!

— Sim, se conseguirmos fazer *isso*, senhora — disse Elinor —, será perfeito, com ou sem o coronel Brandon.

E então ela se levantou e foi se juntar a Marianne, que se encontrava, como esperado, em seu próprio quarto, inclinada, em silenciosa tristeza, sobre as brasas que restavam na lareira, as quais, até a entrada de Elinor, eram sua única luz.

— É melhor você me deixar quieta — foi tudo o que a irmã recebeu dela.

— Eu vou deixá-la — disse Elinor —, se você for dormir.

No entanto, em virtude da momentânea teimosia e da impaciência causadas pelo sofrimento, ela se recusou a fazê-lo. Porém, a incisiva, embora delicada, persuasão de sua irmã logo a acalmou e a fez condescender, e Elinor, antes de deixá-la, viu-a deitar a cabeça dolorida no travesseiro e, como queria, de certo modo, descansar um pouco.

Na sala de visitas, para onde ela se dirigiu, logo ganhou a companhia da senhora Jennings, que tinha na mão uma taça de vinho cheia.

— Minha querida — disse ela, entrando. — Acabei de me lembrar que tinha em casa uma garrafa nunca aberta de uma antiga safra do vinho Constantia, que é um dos melhores, então trouxe uma taça para sua irmã. Coitado do meu pobre marido! Como ele gostava desse vinho!

Sempre que lhe atacava a gota, ele dizia que esse vinho lhe fazia mais bem do que qualquer outra coisa no mundo. Leve-o para sua irmã.

— Querida madame — respondeu Elinor, rindo da diversidade de problemas para os quais o vinho era recomendado —, como a senhora é boa! Mas acabei de deixar Marianne na cama, e espero que já esteja quase dormindo. Como penso que nada lhe será mais útil agora do que descansar, se me der licença, eu mesma beberei o vinho.

A senhora Jennings, embora lamentasse não ter chegado cinco minutos antes, ficou satisfeita com a solução; e Elinor, ao bebericar o vinho, refletiu que, apesar de os efeitos dessa bebida sobre as dores da gota terem, no momento, pouca importância para ela, seu poder de cura sobre um coração dilacerado poderia ser relativamente posto à prova tanto por ela mesma quanto pela irmã.

O coronel Brandon entrou enquanto o grupo tomava chá e, por sua maneira de procurar Marianne pela sala, Elinor imediatamente imaginou que ele não esperava nem desejava vê-la lá e, em suma, que ele já estava ciente do motivo de sua ausência. A senhora Jennings não pensou do mesmo modo e, logo depois da entrada dele, atravessou a sala até a mesa de chá onde Elinor estava e sussurrou:

— O coronel parece mais sério do que nunca. Ele não sabe de nada; conte a ele, minha querida.

Logo depois, ele puxou uma cadeira para perto dela e, com uma expressão que deixava absolutamente claro que ele estava muito bem informado, perguntou por sua irmã.

— Marianne não está bem — disse ela. — Ela ficou indisposta o dia todo, e nós a convencemos a ir para a cama.

— Talvez, então — respondeu ele, hesitante —, o que ouvi hoje de manhã pode ser... pode haver mais verdade nesse rumor do que eu, a princípio, pude acreditar ser possível.

— O que o senhor ouviu?

— Que um cavalheiro, que eu tinha razões para acreditar que... Em suma, que um homem que eu *sabia* estar noivo... mas... como lhe dizer? Se você já sabe, como certamente deve saber, pode me poupar de dizê-lo.

— O senhor se refere — respondeu Elinor, com forjada calma — ao casamento do senhor Willoughby com a senhorita Grey? Sim, nós *sabemos* de tudo. Parece ter sido um dia de elucidação geral, pois nesta mesma manhã isso nos foi revelado. O senhor Willoughby é uma incógnita! Onde o senhor ouviu isso?

— Em uma loja de artigos de papelaria em Pall Mall, onde eu estava a negócios. Duas damas esperavam sua carruagem, e uma delas contava à outra sobre o futuro casamento, e falava tão alto que sequer parecia querer guardar segredo, de modo que era impossível deixar de ouvir o que era dito. O nome de Willoughby, John Willoughby, constantemente repetido, chamou imediatamente minha atenção; e o que se seguiu foi uma afirmação categórica de que tudo estava finalmente resolvido em relação a seu casamento com a senhorita Grey... Não era mais um segredo, e aconteceria de fato dentro de algumas semanas, e foram citados muitos detalhes dos preparativos e outros assuntos. Lembro-me de algo em especial, porque serviu para que eu identificasse ainda mais o homem em questão: assim que a cerimônia terminasse, eles deveriam ir a Combe Magna, sua propriedade em Somersetshire. Qual não foi meu espanto! Seria impossível descrever o que eu senti. Descobri, ao fazer algumas perguntas, já que fiquei na loja até que as duas fossem embora, que a dama linguaruda era uma tal de senhora Ellison, e que esse, conforme eu já havia sido informado, é o nome da tutora da senhorita Grey.

— É, sim. Mas você também sabe que a senhorita Grey tem cinquenta mil libras? Nisso, mais do que em qualquer outra coisa, podemos encontrar uma explicação.

— Pode ser que sim; mas Willoughby é capaz, pelo menos eu acho... — Ele fez uma pausa; depois, acrescentou num tom de voz instável: — E sua irmã... como ela pode...

— Seu sofrimento foi profundo. Só espero que seja proporcionalmente passageiro. Tem sido e ainda é uma dor imensa. Até ontem, creio, ela nunca duvidou da estima dele por ela; e mesmo agora, talvez... Mas estou quase convencida de que ele nunca foi realmente apaixonado por ela. Ele tem sido um grande enganador! E, em certos aspectos, parece haver uma frieza no coração dele.

— Ah! — disse o coronel Brandon. — Isso é verdade! Mas sua irmã não... Acho que a senhorita me disse isso... Ela não pensa exatamente como você, não é?

— Você a conhece bem, e pode imaginar quanto ela ainda se esforçaria para justificar as atitudes dele, se pudesse.

Ele não respondeu e, logo depois, quando retiraram o serviço de chá e organizaram os grupos para jogar cartas, o assunto foi inevitavelmente abandonado. A senhora Jennings, que os observava com prazer enquanto conversavam, esperava ver como efeito da notícia dada pela senhorita Dashwood uma explosão de alegria no semblante do coronel Brandon, como aconteceria com um homem na flor da juventude, da esperança e da felicidade. No entanto, viu-o, com espanto, permanecer a noite toda mais sério e pensativo do que o habitual.

Capítulo XXXI

Após uma noite de sono em que dormira muito mais do que esperava, Marianne acordou na manhã seguinte com a mesma infelicidade de quando havia fechado os olhos.

Elinor encorajou-a o máximo possível a falar sobre o que sentia, e, antes que o café da manhã estivesse pronto, elas discutiram o assunto várias vezes; com a mesma convicção constante e os mesmos conselhos afetuosos por parte de Elinor, e com os mesmos sentimentos impetuosos e as mesmas opiniões instáveis por parte de Marianne, assim como antes. Às vezes, ela acreditava que Willoughby era tão infeliz e inocente quanto ela e, em outras ocasiões, sentia-se desolada com a impossibilidade de absolvê-lo. Em um momento, ela estava absolutamente indiferente à observação de todo mundo; no momento seguinte, ela poderia se afastar dele para sempre; e, em um terceiro momento, poderia resistir a ele com grande energia. Em algo, porém, ela permaneceu decidida: em evitar, sempre que possível, a presença da senhora Jennings, ou em se manter no mais absoluto silêncio quando fosse obrigada a tolerá-la. Seu coração estava endurecido contra a crença de que a senhora Jennings tivesse qualquer tipo de compaixão por sua dor.

— Não, não, não pode ser — ela gritou. — Ela não sente nada. Sua bondade não é simpatia, sua boa natureza não é ternura. Tudo o que ela quer é fofocar, e ela só gosta de mim agora porque eu posso fornecer o que ela quer.

Elinor não precisava disso para ter certeza da injustiça que costumava influenciar a opinião de sua irmã a respeito dos outros, levada pelo caráter irritável de sua mente e pela grande importância que ela atribuía às delicadezas de uma forte sensibilidade e à elegância das boas maneiras. Como a outra metade do mundo, se não houver mais da metade que seja inteligente e de bom coração, Marianne, com excelentes habilidades e um bom temperamento, não era nem sensata nem sincera, Ela esperava que as outras pessoas tivessem as mesmas opiniões e os mesmos sentimentos que ela, e julgava os motivos dos outros pelo efeito imediato de suas ações sobre si mesma. Assim, ocorreu uma circunstância, enquanto as irmãs estavam juntas no quarto, após o desjejum, que fez com que a consideração de Marianne pela senhora Jennings diminuísse ainda mais; porém, foi por seu ponto fraco que, por acaso, ela provou uma nova fonte de dor, já que a senhora Jennings era governada por um impulso da maior boa vontade.

Com uma carta na mão estendida e o rosto sorrindo alegremente, pela certeza de estar trazendo algum conforto, ela entrou no quarto dizendo:

— Agora, minha querida, trago-lhe algo que, tenho certeza, lhe fará bem.

Marianne ouvira o suficiente. Em um instante, sua imaginação colocou diante de si uma carta de Willoughby, cheia de ternura e contrição, explicando tudo o que havia se passado de modo satisfatório e convincente; e, no mesmo instante, o próprio Willoughby, correndo ansiosamente pelo quarto para reforçar, aos pés dela, pela eloquência de seus olhos, as garantias de sua carta. O trabalho de um momento foi destruído pelo seguinte. A letra de sua mãe, até então sempre bem-vinda, era o que estava diante dela; e a agudeza do desapontamento que se seguiu ao êxtase de algo maior do que a esperança a fez sentir como se, até aquele instante, nunca tivesse sofrido.

Nem em seus momentos de maior eloquência, essa crueldade da senhora Jennings não poderia ser expressada em palavras por Marianne, restando-lhe censurá-la pelas lágrimas que brotavam de seus olhos com violência apaixonada; uma censura, no entanto, completamente falha em seu objeto, uma vez que, após muitas expressões de piedade, a senhora Jennings se retirou, ainda se referindo ao conforto que a carta deveria lhe trazer. Contudo, a carta, quando Marianne estava calma o suficiente para lê-la, trouxe-lhe, de fato, um pouco de conforto. Willoughby preenchia todas as páginas. A mãe, ainda confiante no noivado dos dois, e crendo tão calorosamente como sempre na constância dele, apenas por insistência de Elinor decidiu exigir que Marianne fosse franca com as duas; e a mãe o fez com tanta ternura para com ela, e com tanta afeição por Willoughby, e com tanta convicção da felicidade futura de ambos, que Marianne chorou de agonia enquanto lia.

Todo o seu anseio de voltar para casa novamente retornou. Sua mãe era mais querida do que nunca, mais querida ainda por seu excesso de confiança equivocada em Willoughby, e ela sentia uma urgência desesperada de ir embora. Elinor, incapaz de determinar se o melhor para Marianne era estar em Londres ou em Barton, não ofereceu nenhum conselho a não ser paciência até saberem quais eram os desejos de sua mãe; e, por fim, obteve o consentimento da irmã para esperar a decisão dela.

A senhora Jennings as deixou mais cedo que o normal, pois não conseguiria sossegar até que os Middletons e os Palmers pudessem reclamar tanto quanto ela, e, recusando terminantemente a companhia de Elinor, saiu sozinha, permanecendo fora pelo resto da manhã. Elinor, com o coração muito apertado, ciente da dor que deveria comunicar ao perceber, pela carta de Marianne, como ela fracassara em preparar sua mãe para aquilo, sentou-se para escrever um relato do que havia se passado e suplicar à mãe suas orientações para o futuro; enquanto Marianne, que entrou na sala de estar quando a senhora Jennings saiu, permaneceu imóvel junto à mesa onde Elinor escrevia, observando o avanço de sua pena, lamentando as dificuldades de tal tarefa e lamentando mais ainda o impacto dessa carta sobre a mãe.

Dessa maneira, elas continuaram ali por cerca de um quarto de hora, quando Marianne, cujos nervos não podiam suportar nenhum ruído repentino, surpreendeu-se com uma batida na porta.

— Quem será? — gritou Elinor. — Ainda é tão cedo! Pensei que *estávamos* em segurança.

Marianne foi até a janela.

— É o coronel Brandon! — disse ela com irritação. — Nunca estamos a salvo *dele*.

— Ele não vai entrar, pois a senhora Jennings está fora de casa.

— Não contaria com *isso* — disse, retirando-se para o seu quarto. — Um homem que não sabe o que fazer com o próprio tempo não tem consciência de sua intrusão na vida dos outros.

O que se seguiu provou que a conjectura de Marianne estava correta, embora fosse baseada em injustiça e erro, pois o coronel Brandon acabou *entrando*; e Elinor, que estava convencida de que foi a preocupação dele com Marianne que o levara até lá, e que viu *isso* no olhar perturbado e melancólico dele, e nas breves e ansiosas perguntas que ele fizera sobre Marianne, não podia perdoar a irmã por ter tão pouca estima por ele.

— Eu encontrei a senhora Jennings em Bond Street — disse ele, após a primeira saudação. — E ela me incentivou a vir. E vim mais encorajado, porque achei provável que eu a encontrasse sozinha, o que eu desejava. Meu objetivo... Meu desejo, meu único desejo de querê-lo... Espero eu... Eu acredito que é... é poder oferecer algum conforto... Não, não devo dizer conforto... Não um consolo momentâneo, mas uma convicção duradoura no pensamento de sua irmã. Minha consideração por ela, por você e por sua mãe... Você há de me permitir provar isso, relatando algumas circunstâncias que nada, a não ser uma consideração *muito* sincera... Nada além de um desejo sincero de ser útil... Creio que justificaria... Embora muitas horas tenham sido gastas para eu me convencer de que estou certo, não há alguma razão para temer que eu esteja errado? — E então ele parou.

— Eu o entendo — disse Elinor. — Você tem algo a me dizer sobre o senhor Willoughby que nos revelará um pouco mais sobre seu caráter? Contar-me isso será a maior prova de amizade que pode ser dada a Marianne. Você terá *minha* gratidão assegurada imediatamente por qualquer informação com essa intenção, e a *dela* será conquistada com o tempo. Por favor, por favor, agora deixe-me ouvir o que tem a dizer.

— Direi então e, para ser breve, quando deixei Barton em outubro passado... Mas assim não vai fazê-la entender a história... Devo recuar um pouco mais no tempo. Vai achar-me um narrador muito inábil, senhorita Dashwood; mal sei por onde começar. Acredito que, antes, seja necessário um breve relato a respeito de mim mesmo, e ele *será* breve. Sobre esse assunto — disse suspirando profundamente —, tenho pouca tendência a ser prolixo.

Ele parou um instante para se lembrar e, depois, dando outro suspiro, continuou:

— Você provavelmente se esqueceu por completo de uma conversa (não acho que ela tenha lhe causado uma grande impressão), uma conversa entre nós, uma noite em Barton Park, foi a noite de um baile, na qual fiz alusão a uma dama que conheci, que em certa medida era parecida com sua irmã Marianne.

— Na verdade — respondeu Elinor —, eu *não* me esqueci.

Ele pareceu satisfeito com essa lembrança e acrescentou:

— Se eu não estiver enganado pela incerteza, pela parcialidade das ternas lembranças, há uma semelhança muito forte entre elas, tanto comportamental quanto fisicamente. O mesmo calor afetuoso, a mesma avidez de fantasia e espírito. Essa dama era uma de minhas conhecidas mais próximas; órfã desde a infância, vivia sob a tutela de meu pai. Nossas idades eram quase as mesmas e, desde os primeiros anos, éramos companheiros de brincadeiras e amigos. Não me lembro de uma época em que não amava Eliza; e minha afeição por ela, à medida que crescemos, era tal, que talvez, a julgar pela minha atual austeridade, desolada e sem ânimo, você pode me achar incapaz de tê-la sentido alguma vez. Creio que o afeto dela por mim era tão fervoroso como o amor de sua irmã pelo senhor Willoughby; e ela foi, apesar de ter uma causa diferente, não menos infeliz. Aos dezessete anos, eu a perdi para sempre. Ela se casou, contra sua vontade, com meu irmão. A fortuna dela era grande, e nossa família estava mergulhada em dívidas. E isso, eu temo, é tudo que pode ser dito para justificar a conduta de alguém que foi ao mesmo tempo seu tio e tutor. Meu irmão não a merecia; sequer a amava. Eu tinha esperança de que o afeto dela por mim a amparasse diante de qualquer dificuldade, e por algum tempo de fato isso aconteceu; mas, por fim, a miséria de sua situação, pois ela experimentou uma grande provação, superou toda a sua firmeza e, embora tivesse me prometido que nada... Mas como conto essa história às cegas! Eu nunca lhe contei como isso aconteceu. Estávamos a poucas horas de fugir juntos para a Escócia. A deslealdade, ou a insensatez, da empregada de minha prima nos traiu. Fui banido para a casa de um parente distante, e ela não teve mais acesso a nenhuma liberdade, a nenhuma convivência, a nenhum divertimento, até que o desejo de meu pai prevalecesse. Eu confiava muito na força dela, e o golpe foi muito duro... Mas, se o casamento dela tivesse sido feliz, jovem como eu era na época, em alguns meses eu teria me conformado com tudo aquilo, ou pelo menos eu não estaria me lamentando agora. Contudo, esse não foi o caso. Meu irmão não a respeitava, seus prazeres não eram o que deveriam ter sido, e desde o início ele a tratou com crueldade. A consequência disso, em uma mente tão jovem, tão viva, tão inexperiente quanto à da senhora Brandon, foi muito natural. Ela se resignou, a princípio, a toda a tristeza de sua situação; e seria feliz se não tivesse vivido tentando superar os arrependimentos que minhas lembranças ocasionavam. Mas é de admirar que, com um marido daqueles, que só lhe trazia infelicidade, e sem um amigo para aconselhá-la ou impedi-la (pois meu pai viveu apenas alguns meses após o casamento deles e eu estava com meu regimento nas Índias Orientais), ela acabasse por cair? Se eu tivesse permanecido na Inglaterra, talvez... Mas eu pretendia promover a felicidade de ambos afastando-me dela por alguns anos, e, com esse objetivo, pedi minha transferência. O choque que o casamento dela provocou em mim — continuou ele, com uma voz bastante agoniada — foi pouco significante, não foi nada, quando comparado ao que senti quando soube, cerca de dois anos depois, do divórcio dela. Foi *isso* o que provocou essa tristeza... A lembrança do que sofri...

Ele não pôde dizer mais nada e, levantando-se apressadamente, caminhou por alguns minutos pela sala. Elinor, afetada por sua narrativa e ainda mais por sua angústia, não conseguia dizer nada também.

Ele percebeu a preocupação dela e, aproximando-se, tomou-lhe a mão, apertou-a e beijou-a como forma de um agradecimento respeitoso. E mais alguns minutos em reflexão silenciosa permitiram-lhe que prosseguisse com compostura.

— Foram quase três anos após esse período infeliz até eu retornar à Inglaterra. Minha primeira providência, quando *cheguei*, naturalmente, foi procurá-la, mas a busca foi tão infrutífera quanto melancólica. Eu não consegui localizá-la a não ser por intermédio do primeiro que a seduziu, e havia todos os motivos para temer que ela tivesse se afastado dele apenas para se afundar ainda mais em uma vida de pecado. A pensão legal não estava de acordo com sua fortuna, nem era suficiente para que pudesse viver confortavelmente, e, soube por meio de meu irmão, o direito de recebê-la havia sido passado alguns meses antes para outra pessoa. Ele imaginava, e imaginava isso com muita tranquilidade, que as extravagâncias dela e seu consequente desespero a obrigaram a abrir mão do dinheiro em troca de algum alívio imediato. Contudo, depois de seis meses na Inglaterra, eu a *encontrei*. A preocupação com um antigo criado meu, que havia caído em infortúnio, me levou a visitá-lo em uma casa de confinamento temporário,[1] onde ele se encontrava detido por dívidas, e lá, no mesmo local, sob um confinamento semelhante, também estava minha infeliz cunhada. Tão alterada, tão pálida, desgastada por agudos sofrimentos de todo tipo! Dificilmente eu poderia acreditar que a figura melancólica e débil diante de mim era o que restou de uma menina adorável, jovial e saudável, a quem eu já havia adorado tanto. Só eu sei o que senti ao vê-la... Mas não tenho o direito de ferir seus sentimentos tentando descrevê-lo, pois já a aborreci demais. Parecia-me que ela estava no estágio terminal de tuberculose, e isso foi... Sim, em tal situação, aquilo foi meu maior consolo. A vida não podia lhe fazer mais nada além de conceder-lhe algum tempo para melhor preparar-se para a morte; e isso lhe foi dado. Garanti que fosse instalada em acomodações mais confortáveis e com um atendimento adequado; eu a visitei todos os dias durante o resto de sua curta vida; estive com ela em seus últimos momentos.

Mais uma vez ele parou para se recompor, e Elinor expressou seus sentimentos com uma exclamação de terna preocupação pelo destino de sua infeliz amiga.

---

1. No original, "sponging-house", local de confinamento temporário para devedores no Reino Unido naquela época. (N. E.)

— Espero que sua irmã não se ofenda — disse ele — pela semelhança que vi entre ela e minha pobre desgraçada parenta. O destino e a sorte delas não podem ser os mesmos. E, se a doce disposição natural de uma tivesse sido guardada por uma mente mais firme, ou um casamento mais feliz, ela poderia ter sido tudo o que a outra será. Mas a que tudo isso nos leva? Pareço estar lhe incomodando por nada. Ah, senhorita Dashwood, é perigoso lidar com um assunto como este, intocado por catorze anos! *Tentarei* me concentrar mais e ser mais conciso. Ela deixou sob meus cuidados sua única filha, uma garotinha, fruto de sua primeira relação espúria, que tinha cerca de três anos de idade. Ela amava a criança e sempre a mantinha ao seu lado. Este foi um ato de valiosa e preciosa confiança para mim; e de bom grado eu teria me encarregado dela no sentido mais estrito, cuidando de toda a sua educação, se a natureza de nossas posições o permitisse; mas eu não tinha família, nem casa, e por isso minha pequena Eliza foi, portanto, enviada para uma escola. Eu ia vê-la sempre que podia e, após a morte de meu irmão (que aconteceu cerca de cinco anos atrás e que me deixou a posse da propriedade da família), ela passou a me visitar em Delaford. Eu dizia que ela era uma parenta distante, mas estou ciente de que todos suspeitam que eu tenha uma conexão muito mais próxima com ela. Há três anos (ela havia acabado de completar catorze anos de idade), eu a tirei da escola para deixá-la sob os cuidados de uma mulher muito respeitável, que morava em Dorsetshire, encarregada de quatro ou cinco outras meninas com mais ou menos a mesma idade; e, por dois anos, eu tive todos os motivos para ficar satisfeito com a situação dela. Mas, em fevereiro passado, quase um ano atrás, ela desapareceu de repente. Eu tinha permitido que ela (imprudentemente, conforme se revelou logo após) fosse a Bath com uma de suas jovens amigas, que assistiria o pai em um tratamento de saúde por lá. Eu sabia que ele era um homem muito bom, e tinha uma boa impressão sobre a filha dele, mais do que ela merecia, pois, com o mais obstinado e desajuizado sigilo, ela não me contou nada, não deu uma pista sequer, embora certamente soubesse de tudo. O pai dela, um homem bem-intencionado, mas sem perspicácia, não podia realmente, acredito, dar nenhuma informação sobre ela, pois geralmente ficava confinado à casa enquanto as meninas percorriam a cidade e conheciam quem bem entendessem; e ele tentou me convencer, tão profundamente quanto ele próprio estava convencido, de que sua filha não estava envolvida naquele assunto. Em resumo, eu não consegui esclarecer nada além do fato de ela ter desaparecido; todo o resto, por oito longos meses, foi deixado em conjecturas. O que pensei, o que temi, pode ser imaginado; assim também como o que sofri.

— Deus do céu! — exclamou Elinor. — Será que... poderia ser Willoughby?

— A primeira notícia que me chegou sobre ela — continuou ele — veio em uma carta dela mesma, em outubro passado. Foi-me enviada de Delaford e recebi-a na manhã de nossa excursão a Whitwell; esta foi a razão de eu ter deixado Barton tão repentinamente, o que, com certeza, deve ter parecido estranho para todos e acredito que, até mesmo, possa ter ofendido algumas pessoas. O que o senhor Willoughby não imaginou, suponho, quando parecia me censurar pela descortesia de acabar com o passeio, é que fui chamado para ajudar uma pessoa a quem ele havia tornado pobre e miserável. Mas, se ele *soubesse* disso, o que teria adiantado? Ele teria ficado menos alegre ou menos feliz ao ver os sorrisos de sua irmã? Não, ele já havia feito o que nenhum homem com compaixão por outra pessoa *faria*: abandonou uma menina, cuja juventude e inocência ele havia seduzido, em uma situação de extrema angústia, sem um lar respeitável, sem ajuda, sem amigos, e que ignorava o paradeiro dele! Ele a havia deixado prometendo que voltaria; mas ele não voltou, nem escreveu, nem sequer lhe deu satisfação alguma.

— Isso foge a toda compreensão! — exclamou Elinor.

—- O caráter dele está agora diante de você: dispendioso, libertino e ainda pior. Sabendo de tudo isso, como já o sei há várias semanas, imagine o que devo ter sentido ao ver sua irmã mais afeiçoada a ele do que nunca e ao me assegurarem de que ela se casaria com ele; adivinhe o que senti por todas vocês. Quando vim visitá-las, na semana passada, e a encontrei sozinha, estava determinado a saber a verdade, embora não soubesse o que fazer depois que *descobrisse*. Meu comportamento deve ter parecido estranho para você, mas agora você poderá compreendê-lo. Eu sofria ao vê-las sendo tão enganadas, ver sua irmã... Mas o que eu poderia fazer? Eu não tinha esperança de interferir com sucesso no assunto, e às vezes pensava que a sua irmã, influenciada por ele, ainda poderia defendê-lo. Mas agora, após tal ato desonroso, quem pode dizer quais eram seus desígnios para com ela? Quaisquer que tenham sido, no entanto, agora ela pode, e *deve*, sem dúvida, voltar-se com gratidão por sua situação, e, ao compará-la com a da minha pobre Eliza, considerando a horrível e desesperadora situação dessa pobre moça, e ao imaginá-la para si mesma, com um amor tão forte por ele quanto o dela, e com a mente atormentada pela autocensura, que deve acompanhá-la ao longo da vida. Certamente essa comparação deverá ser útil para ela. Ela sentirá que seus próprios sofrimentos não são nada. Eles não procedem de nenhuma má conduta e não podem lhe trazer nenhuma desgraça. Pelo contrário, todos os amigos ficarão ainda mais amigos. A preocupação com sua infelicidade e o respeito por sua coragem hão de fortalecer as amizades dela. No entanto, use seu próprio critério para contar a ela o que eu lhe disse. Você deve saber melhor do que eu qual será o efeito disso; mas, se eu não tivesse acreditado seriamente, com todo o meu coração, que essas informações poderiam ser úteis, que ao menos pudessem diminuir seus sofrimentos, eu não teria incorrido em incomodá-la com o relato de minhas aflições familiares, com um recital que parece ter sido destinado apenas a enaltecer a mim mesmo à custa dos outros.

Após o discurso, Elinor agradeceu calorosamente por essas palavras, que também foram recebidas com a garantia de que a ciência do ocorrido seria de vantagem substancial para Marianne a partir do momento da informação do que havia se passado.

— Fico mais angustiada — disse ela — com os esforços de Marianne em absolvê-lo do que por todo o resto; pois isso a incomoda mais do que ter a mais perfeita convicção da indignidade dele. Agora, embora a princípio ela deva sofrer muito, tenho certeza de que em breve vai melhorar. Você — continuou ela, após um breve silêncio — já viu o senhor Willoughby desde que deixou Barton?

— Sim — ele respondeu de modo grave —, uma única vez. Foi inevitável encontrá-lo.

Elinor, assustada com seus métodos, olhou-o ansiosamente, dizendo:

— O quê? Você o encontrou para...

— Não poderia ser de outra maneira. Eliza confessou para mim, embora com muita relutância, o nome de seu amante. E, quando ele voltou para a cidade, duas semanas depois de mim, marcamos um duelo; ele, para se defender, e eu, para punir sua conduta. Acabamos sem ferimentos e, portanto, o encontro nunca chegou aos ouvidos das pessoas.

Elinor suspirou pensando na desnecessidade daquilo; mas, como ele era um homem e um soldado, ela achou melhor não o censurar.

— Tal — disse o coronel Brandon após fazer uma pausa — é a infeliz semelhança entre o destino de mãe e filha! E de maneira tão imperfeita falhei no que foi deixado à minha confiança!

— Ela ainda está em Londres?

— Não. Assim que se recuperou, pois eu a encontrei um pouco antes do parto, levei-a para o campo com a criança, e lá ela permaneceu.

Lembrando-se, logo depois, que provavelmente estava privando Elinor da companhia de sua irmã, ele encerrou a visita, recebendo dela novamente os mesmos agradecimentos e deixando-a cheia de compaixão e estima por ele.

Capítulo XXXII

Quando os detalhes dessa conversa foram contados pela senhorita Dashwood à sua irmã, o que logo aconteceu, os efeitos nela não foram inteiramente o que Elinor imaginava. Não que Marianne parecesse desconfiar da veracidade de qualquer parte da conversa, pois ela ouvia tudo com a mais inabalável e submissa atenção, não fazia objeções nem observações, não tentava defender Willoughby, e parecia demonstrar, pelas lágrimas que vertia, que isso era impossível. Mas, embora esse comportamento tenha dado a Elinor a certeza de que o fato de Willoughby ser culpado *havia entrado* na cabeça de Marianne, embora ela visse com satisfação o resultado disso no fato de a irmã não mais evitar o coronel Brandon quando ele as visitava e no fato de falar com ele, até mesmo voluntariamente, com uma espécie de respeito compassivo, e embora visse o humor da irmã menos arrebatadoramente irritadiço do que antes, não a via menos infeliz. Seu ânimo havia se estabilizado, mas havia se estabilizado em uma sombria melancolia. Ela sentiu mais profundamente a falta de caráter de Willoughby do que a perda de seu afeto. O fato de ter seduzido e abandonado a senhorita Williams, a infelicidade daquela pobre garota e a dúvida a respeito das intenções que ele *um dia* poderia ter tido com relação a ela atormentavam tanto seu coração que ela não conseguia dizer o que sentia nem mesmo a Elinor; então, meditando sobre suas aflições em silêncio, ela causou mais dor à irmã do que se tivesse confessado tudo abertamente, como era mais habitual entre elas.

Descrever os sentimentos ou o linguajar da senhora Dashwood ao receber e responder a carta de Elinor seria apenas repetir o que suas filhas já haviam sentido e dito: sua decepção dificilmente era menos dolorosa que a de Marianne, e sua indignação, ainda maior que a de Elinor. Longas cartas dela chegavam, uma atrás da outra, para contar tudo o que ela sofria e pensava, para expressar sua inquietante preocupação com Marianne e suplicar que suportasse com coragem tal infortúnio. Devia ser, de fato, terrível a natureza da aflição de Marianne, para que sua mãe precisasse falar em coragem! Devia ser mortificante e humilhante a origem daqueles lamentos, para que *ela* desejasse à filha que não cedesse!

Contra o interesse do próprio conforto, a senhora Dashwood determinou que seria melhor para Marianne estar em qualquer outro lugar, naquele momento, que não fosse Barton, onde tudo ao redor trazia o passado de volta da maneira mais intensa e mais torturante, colocando constantemente Willoughby diante dela, tal como sempre o vira lá. Por isso, ela recomendou às filhas que não diminuíssem a visita à senhora Jennings, cuja duração, embora nunca fosse exatamente fixa, todas esperavam que fosse de pelo menos cinco ou seis semanas. Lá, inevitavelmente, haveria uma variedade de ocupações, propósitos e companhias que não poderia ser encontrada em Barton, e, além disso, ela esperava que Marianne se distraísse, de vez em quando, com algo além de si mesma e até se divertisse um pouco, por mais que agora rejeitasse ambas as ideias.

Do perigo de tornar a ver Willoughby, sua mãe a considerava igualmente segura tanto em Londres como no interior, pois, agora, todos os que se diziam amigos dela haviam cortado relações com ele. O destino nunca faria com que cruzassem o caminho um do outro; nenhum descuido os deixaria expostos a uma surpresa; e o acaso teria menos a seu favor na multidão de Londres do que no isolamento em Barton, onde ele poderia vê-la quando fizesse uma visita a Allenham após seu casamento, um fato que a senhora Dashwood admitiu a princípio como provável de acontecer e passou a dar como certo.

Ela tinha mais uma razão para desejar que suas filhas permanecessem onde estavam: uma carta de seu enteado lhe informara que ele e a esposa estariam em Londres antes da segunda quinzena de fevereiro, e ela achava que, de vez em quando, elas deveriam ver o irmão.

Marianne prometeu que seria guiada pela opinião da mãe e, portanto, submeteu-se a ela sem se opor, embora aquilo fosse completamente diferente do que desejava e esperava, e considerasse sua avaliação totalmente equivocada e baseada em fundamentos duvidosos, pois, exigindo que estendesse sua estada em Londres, privara-a do único alívio possível de sua tristeza, a solidariedade da própria mãe, e a condenara a estar com determinadas companhias e a estar em determinados lugares que a impediam de ter um momento só de descanso.

Mas era um grande consolo para ela saber que o que lhe faria mal poderia fazer bem à sua irmã, e Elinor, por sua vez, deduzindo que não estaria em seu poder evitar Edward completamente, confortou-se pensando que, embora a estada mais prolongada delas atentasse contra a própria felicidade, seria melhor para Marianne do que um retorno imediato para Devonshire.

Seu cuidado em proteger a irmã de ouvir o nome de Willoughby não foi em vão. Marianne, embora sem sabê-lo, colheu todos os frutos disso, pois nem a senhora Jennings, nem Sir John, nem a senhora Palmer jamais falaram dele na presença dela. Elinor desejou que a mesma compreensão se estendesse também a ela, mas isso era impossível, e ela viu-se obrigada a ouvir dia após dia os discursos de indignação de todos eles.

Sir John não conseguia acreditar que aquilo fosse possível. Um homem do qual sempre tivera motivos para pensar bem! Um sujeito tão bem-humorado! Em sua opinião, não havia melhor cavaleiro que ele, e mais ousado, em toda a Inglaterra! Era algo incompreensível. Desejou, de todo o coração, mandá-lo aos diabos. Não dirigiria a palavra a ele, por nada no mundo, onde quer que o encontrasse! Não, nem se fosse no abrigo de caça de Barton e tivessem de fazer uma vigília de duas horas juntos! Que patife! Que cão mais infiel! Da última vez que se viram, ele lhe ofereceu um dos filhotes da Folly! Isso foi o fim!

A senhora Palmer, a seu modo, estava igualmente zangada. Estava decidida a cortar relações com ele imediatamente, e muito agradecida por nunca o ter conhecido de verdade. Desejou do fundo do coração que Combe Magna não ficasse tão perto de Cleveland, mas isso não tinha a menor importância, pois era um lugar longe demais para visitar. Ela o odiava tanto que resolveu que nunca mais mencionaria seu nome, e contaria para todo mundo que encontrasse que ele não valia nada.

O restante da solidariedade da senhora Palmer foi demonstrado com a obtenção de todos os detalhes que estavam a seu alcance sobre o casamento que se aproximava, e ela os comunicava diretamente a Elinor. Em pouco tempo, ela já sabia dizer qual era o fabricante da nova carruagem que tinha sido encomendada, quem era o pintor do retrato do senhor Willoughby que estava sendo feito e em que loja as roupas da senhorita Grey podiam ser vistas.

O sereno e cortês desinteresse de Lady Middleton na ocasião foi um feliz alívio para o espírito de Elinor, oprimido como costumava estar pela ruidosa bondade dos outros. Foi um grande conforto para ela ter certeza de não despertar o interesse de pelo menos *uma* pessoa de seu círculo de amigos; um grande conforto saber que havia *uma* pessoa que a encontraria sem sentir nenhuma curiosidade por detalhes ou qualquer preocupação com a saúde de sua irmã.

A depender das circunstâncias do momento, as virtudes ganham um valor maior do que o que realmente têm; e ela, às vezes, quando aborrecida demais com as inoportunas condolências, chegava a classificar a etiqueta como mais indispensável na hora de consolar alguém do que o bom caráter.

Lady Middleton demonstrava ter ciência do caso apenas uma vez por dia, ou duas, se o assunto surgisse com muita frequência, dizendo:

— Isso é de fato muito chocante!

E, por meio desse contínuo, embora brando, desabafo, conseguia não apenas olhar as senhoritas Dashwoods desde o início sem a menor emoção, mas também, logo em seguida, sem lembrar uma só palavra sobre o assunto; assim, mantendo a dignidade de seu próprio gênero e expressando sua clara censura ao que havia de errado no outro, ela se sentia livre para atender aos interesses de suas próprias recepções e, portanto, decidiu (embora contra a opinião de Sir John) que, como a senhora Willoughby seria uma mulher rica e elegante, deixaria seu cartão de visita com ela assim que se casasse.

As delicadas e discretas perguntas do coronel Brandon nunca foram um incômodo para a senhorita Dashwood. Ele havia conquistado com mérito o privilégio de discutir intimamente a desilusão de sua irmã, pelo zelo amigável com o qual se esforçava para amenizá-la, e eles sempre conversavam com franqueza. Sua principal recompensa pelo esforço doloroso de revelar as dores do passado e as atuais humilhações eram o olhar de pena com que Marianne às vezes o observava e a delicadeza de sua voz sempre que (embora isso não acontecesse com frequência) era obrigada ou se obrigava a falar com ele.

Essas coisas asseguravam-lhe que seu esforço havia provocado um aumento da boa vontade para com ele, e *essas coisas* deram a Elinor esperanças de que a boa vontade cresceria ainda mais dali em diante; mas a senhora Jennings, que desconhecia tudo isso, e que só sabia que o coronel continuava sério como sempre foi e que não podia convencê-lo a fazer o pedido, tampouco encarregar-se ela mesma de fazê-lo, começou, ao final de dois dias, a pensar que, em vez de se casarem no meio do verão, eles não se casariam até a Festa de São Miguel Arcanjo[1] e, ao fim de uma semana, já acreditava que não haveria casamento algum. O bom entendimento entre o coronel e a senhorita Dashwood parecia indicar que os privilégios da amoreira, do canal e do teixo seriam *dela*, e a senhora Jennings, por algum tempo, finalmente deixou de pensar na senhora Ferrars.

No início de fevereiro, quinze dias após o recebimento da carta de Willoughby, Elinor teve a dolorosa incumbência de informar à irmã que

---

1. Festa cristã que é comemorada em 29 de setembro e, no hemisfério norte, está associada ao início do outono. (N. E.)

ele havia se casado. Teve o cuidado de dar ela mesma a notícia assim que soube do término da cerimônia, pois não desejava que Marianne a recebesse por meio dos jornais, que a via examinar ansiosamente toda manhã.

Ela recebeu a notícia com absoluta frieza; não fez nenhuma observação e, a princípio, não derramou uma única lágrima; mas não demorou muito para que elas irrompessem e, pelo resto do dia, ela ficou em um estado tão ou mais lamentável do que quando soube que o casamento aconteceria.

Os Willoughbys deixaram a cidade assim que se casaram, e Elinor agora esperava, como não havia mais o risco de vê-los, convencer sua irmã, que não saía de casa desde que sofrera o primeiro golpe, a voltar aos poucos a sair, como havia feito antes.

Em meados dessa época, as duas senhoritas Steeles, recém-chegadas à casa de seu primo em Bartlett's Buildings, em Holborn, se apresentaram novamente diante de seus parentes mais importantes em Conduit Street e Berkeley Street e foram recebidas por todos com grande cordialidade.

Apenas Elinor lamentou vê-las. A presença delas sempre lhe causava dor, e ela mal sabia como retribuir com cortesia o prazer avassalador de Lucy por *ainda* encontrá-la em Londres.

— Eu teria ficado bastante decepcionada se *pelo menos* não a tivesse encontrado aqui — disse ela, repetidas vezes, dando muitíssima ênfase à palavra. — Mas sempre acreditei que a *encontraria*. Tinha quase certeza de que vocês permaneceriam em Londres por mais um tempo, embora você *tenha me dito*, você sabe, em Barton, que não deveriam ficar mais de um *mês*. Mas eu pensei, na época, que você provavelmente mudaria de ideia depois. Seria uma pena ter ido embora antes da chegada de seu irmão e de sua cunhada. E, agora, certamente você não terá pressa de ir. Estou muitíssimo feliz por você não ter cumprido *sua palavra*.

Elinor a entendeu perfeitamente e foi forçada a usar todo o seu autocontrole para fazer parecer que *não*.

— Bem, minha querida — disse a senhora Jennings —, e como fizeram a viagem?

— Não foi em uma diligência,[2] isso eu lhe garanto — respondeu a senhorita Steele, com uma onda de exultação. — Fizemos toda a viagem em uma carruagem, acompanhadas de um cavalheiro muito ele-

---

2. No original, "estage"; um tipo de carruagem fechada, de quatro rodas, puxada por quatro cavalos, utilizada na época para o transporte de passageiros e mercadorias. (N. E.)

gante. O doutor Davies estava vindo para Londres, então pensamos em nos juntar a ele em uma carruagem de aluguel, e ele foi extremamente gentil, e pagou dez ou doze xelins a mais do que nós.

— Oh, oh! — exclamou a senhora Jennings. — Muito bonito mesmo! E o doutor é um homem solteiro, eu lhe asseguro.

— Olhe isso... — disse a senhorita Steele, com um sorriso afetado. — Todo mundo está fazendo piadas comigo por causa do doutor, e eu não consigo entender por quê. Minhas primas dizem que têm certeza de que o conquistei; mas, de minha parte, afirmo que nunca penso nele. "Oh, Deus! Aí vem seu pretendente, Nancy",[3] minha prima disse outro dia quando o viu atravessando a rua de casa. "Meu pretendente?", perguntei. "Não faço ideia do que você está falando. O doutor não é meu pretendente." E ela continuou: "Ah, sim, isso tudo soa muito bonito, mas não me convence. Estou vendo que o doutor é o felizardo!"... "Não, não é!", respondi a minha prima, com grande sinceridade. "E imploro que você desminta se um dia ouvir alguém dizendo isso!".

A senhora Jennings deu-lhe imediatamente a gratificante garantia de que *não* o faria, e a senhorita Steele ficou imensamente feliz.

— Suponho que ficarão com seu irmão e sua cunhada, senhorita Dashwood, quando eles vierem para a cidade — disse Lucy, tornando a se pronunciar após cessarem as indiretas hostis.

— Não, acho que não.

— Ah, arrisco dizer que vão, sim.

Elinor não quis lhe dar o prazer de continuar discordando dela.

— É admirável o fato de a senhora Dashwood privar-se da companhia de vocês duas por tanto tempo!

— Tanto tempo nada! — interpôs a senhora Jennings. — Ora, a visita delas está apenas começando!

Lucy calou-se.

— Lamento não podermos ver sua irmã, senhorita Dashwood — disse a senhorita Steele (Marianne havia deixado a sala assim que elas chegaram). — Sinto muito por ela não estar bem.

— Bondade sua. Minha irmã também lamentará ter perdido o prazer de vê-la, mas ela tem sofrido com constantes dores de cabeça, o que a impossibilita de receber visitas ou mesmo de conversar.

---

3. Nancy é um apelido para Anne. (N. E.)

— Ah, querida, é uma grande pena! Mas velhas amigas como Lucy e eu! Acho que ela poderia *nos* ver, e prometo que não diremos uma palavra.

Elinor, com muita educação, recusou a proposta. A irmã talvez já estivesse na cama ou de camisola e, portanto, não estaria disposta a recebê-las.

— Ah, se for só esse o problema — exclamou a senhorita Steele —, podemos muito bem ir *vê-la*.

Elinor começou a achar que não suportaria tamanha impertinência, mas foi poupada do trabalho de detê-la pela brusca repreensão de Lucy, que naquele momento, como em muitas outras ocasiões, embora não conseguisse suavizar os próprios modos, tinha a vantagem de controlar os modos da irmã.

Capítulo XXXIII

Depois de alguma resistência, Marianne cedeu às súplicas da irmã e consentiu em sair com ela e a senhora Jennings, uma manhã, por meia hora. No entanto, ela só saiu sob a condição expressa de não fazer visitas, e não faria mais do que acompanhá-las à Gray's em Sackville Street, onde Elinor estava negociando a troca de algumas antiquadas joias de sua mãe.

Quando pararam na porta, a senhora Jennings se lembrou de que havia uma senhora do outro lado da rua a quem ela devia uma visita; e, como não tinha compromissos na joalheria, resolveu que, enquanto suas jovens amigas tratavam de negócios, ela faria a visita e se encontraria com elas depois.

Ao subirem as escadas, as senhoritas Dashwoods depararam com tantas pessoas no recinto que não havia alguém livre para atendê-las; então, foram obrigadas a esperar. Tudo o que podiam fazer era sentar-se na ponta do balcão, onde o atendimento prometia ser mais rápido; apenas um cavalheiro esperava sua vez, e Elinor provavelmente acreditava que ele pudesse lhes fazer a cortesia de acelerar seu pedido. Mas a meticulosidade do seu olhar e a fineza do seu gosto provaram estar além de sua cortesia. Ele estava encomendando, para si, um estojo para palitos de dente e, até que o tamanho, a forma e os ornamentos do produto fossem decididos — tudo isso, depois de ele examinar e discutir por quinze minutos cada modelo da loja, finalmente arranjado de acordo com sua engenhosa imaginação —, ele não teve tempo de prestar atenção nas duas damas, além dos três ou quatro olhares muito atrevidos que lhes dirigiu, o que serviu para deixar em Elinor a lembrança de uma pessoa e de um rosto de acentuada, natural e genuína insignificância, embora seu estilo obedecesse à última moda.

Marianne foi poupada dos perturbadores sentimentos de desprezo e ressentimento diante do exame impertinente dos atributos delas duas e da futilidade de seus modos ao analisar aquela série abominável de paliteiros apresentada a ele, que ficou alheio a todo o resto; pois ela era capaz de recolher-se em seus próprios pensamentos e ficar indiferente em relação ao que se passava a seu redor, tanto na loja do senhor Gray como em seu próprio quarto.

Por fim, o assunto foi resolvido. O marfim, o ouro e a madrepérola, todos foram eleitos, e o cavalheiro, tendo determinado o último dia em que sua existência poderia prosseguir sem a posse do estojo de palitos de dente, calçou as luvas com cuidado e lançou novamente um olhar às senhoritas Dashwoods, mas, desta vez, ele parecia mais exigir do que expressar admiração, e saiu com um ar feliz de sincera vaidade e forjada indiferença.

Elinor não perdeu tempo em apresentar sua proposta de negócio. Estava prestes a concluí-lo quando outro cavalheiro parou ao seu lado. Ela dirigiu o olhar para o rosto dele e com certa surpresa descobriu que era seu irmão.

O carinho e o prazer demonstrado no encontro foram suficientes para dar um aspecto louvável à loja do senhor Gray. John Dashwood estava realmente longe de lamentar ver suas irmãs novamente, o que lhes dava satisfação, e suas perguntas a respeito da mãe delas foram respeitosas e atenciosas.

Elinor descobriu que ele e Fanny estavam na cidade havia dois dias.

— Eu queria muito ter ido visitá-las ontem — disse ele —, mas foi impossível, pois tivemos de levar Harry para ver os animais selvagens em Exeter Exchange[1] e passamos o restante do dia com a senhora Ferrars. Harry estava muito contente. *Nesta* manhã, eu tinha a intenção de visitá-las, se tivesse conseguido meia hora livre, mas sempre há muito o que fazer ao chegar a esta cidade. Eu vim aqui para encomendar um sinete para Fanny. Mas amanhã acredito que certamente poderei comparecer a Berkeley Street e ser apresentado à sua amiga, senhora Jennings. Soube que é uma mulher de grande fortuna. E os Middletons também, você deve me apresentar a *eles*. Como são parentes da minha madrasta, ficarei feliz em lhes demonstrar todo o respeito. Eu soube que são excelentes vizinhos para vocês no interior.

— São de fato excelentes. Sua preocupação com nosso conforto e sua amabilidade em cada mínimo detalhe são maiores do que posso expressar.

— Estou extremamente feliz em ouvir isso, juro; realmente, muito feliz. Mas já era de esperar: são pessoas de grande fortuna, são seus parentes, e é natural que lhes ofereçam toda a cortesia e a comodidade que puderem para tornar mais agradável sua situação. Sei que vocês estão confortavelmente acomodadas em seu pequeno chalé e que nada lhes

---

[1]. Edifício londrino que, em seus andares superiores, alojava diversas espécies de animais, algumas delas exóticas, que pertenciam a circos itinerantes. Isso fazia do lugar uma atração turística. Foi demolido em 1829. (N. E.)

falta! Edward nos fez um relato encantador sobre o lugar: o mais completo do gênero, ele disse, que já existiu, e todas vocês parecem gostar mais dele do que de qualquer outra coisa. Foi uma grande satisfação para nós ouvir isso, eu lhe garanto.

Elinor sentiu um pouco de vergonha do irmão; e não se arrependeu de ter sido poupada da necessidade de responder a ele graças à chegada do criado da senhora Jennings, que veio lhes dizer que ela as esperava à porta.

O senhor Dashwood as acompanhou na descida das escadas, foi apresentado à senhora Jennings na porta da carruagem e, reiterando sua esperança de poder visitá-las no dia seguinte, se foi.

A visita foi de fato realizada. Ele chegou com um pretexto para explicar a ausência de sua esposa, "mas ela estava tão ocupada com a mãe que realmente não tinha tempo de ir a lugar nenhum". A senhora Jennings, no entanto, imediatamente lhe garantiu que ela não precisava de cerimônia alguma, pois todos eles eram primos, ou algo parecido, e certamente esperaria que a senhora John Dashwood viesse vê-la muito em breve e trouxesse consigo suas irmãs. Os modos dele para com *elas*, embora fossem reservados, eram extremamente gentis e, para com a senhora Jennings, mais meticulosamente corteses, e, quando o coronel Brandon chegou, logo depois dele, o senhor Dashwood o olhou com uma curiosidade que parecia querer dizer que procurava apenas saber se ele era rico para poder mostrar-se igualmente cortês com *ele*.

Depois de ficar meia hora com eles, pediu a Elinor que o acompanhasse até Conduit Street e o apresentasse a Sir John e Lady Middleton. O tempo estava extraordinariamente bom, e ela prontamente concordou. Assim que deixaram a casa, as perguntas dele começaram.

— Quem é o coronel Brandon? Ele é um homem de posses?

— Sim. Ele tem uma ótima propriedade em Dorsetshire.

— Folgo em saber. Ele parece ser muito cavalheiro, e acho que posso lhe dar os parabéns, Elinor, pela perspectiva de uma posição muito respeitável na vida.

— Eu, meu irmão? O que você quer dizer com isso?

— Ele gosta de você. Eu o observei atentamente, e estou convencido disso. De quanto é sua fortuna?

— Acredito que de cerca de duas mil libras por ano.

— Duas mil libras por ano!

Depois, fazendo um esforço para mostrar um entusiasmo generoso, acrescentou:

— Elinor, gostaria de todo o coração que esse valor fosse multiplicado por *dois*, para o seu próprio bem.

— De fato, acredito em você — respondeu Elinor —, mas tenho certeza de que o coronel Brandon não tem o menor desejo de se casar *comigo*.

— Você está enganada, Elinor, muito enganada. Com um pequeno esforço, poderá prendê-lo. Talvez, neste momento, ele esteja indeciso. A pequenez da sua fortuna pode estar fazendo com que ele recue, e os amigos dele podem tentar convencê-lo do contrário. Mas algumas daquelas pequenas atenções e encorajamentos que as mulheres tão facilmente podem dar o convencerão, apesar de tudo. E não pode haver razão para que você não tente conquistá-lo. Não se deve presumir que haja, de sua parte, qualquer sentimento por outra pessoa... Em suma, você sabe que um sentimento desse tipo está totalmente fora de questão, e as objeções são intransponíveis... Você é muito sensata para não enxergar tudo isso. O coronel Brandon deve ser o escolhido, e não faltarão gentilezas de minha parte para que ele se sinta satisfeito com você e sua família. É uma união que deve proporcionar satisfação a todos. Concluindo, é o tipo de coisa que — disse, baixando a voz para sussurrar algo importante — será extremamente bem-vinda para *todas as partes*.

Parecendo lembrar-se de algo, no entanto, ele acrescentou:

— Isto é, quero dizer... seus amigos estão realmente ansiosos para vê-la bem estabelecida; particularmente Fanny, pois lhe asseguro que ela tem muito interesse nos assuntos de seu coração. E também a mãe dela, a senhora Ferrars, uma mulher muito amável. Tenho certeza de que isso traria a ela um grande prazer, conforme ela mesma me disse outro dia.

Elinor não se dignou a dar nenhuma resposta.

— Seria algo extraordinário — ele continuou —, algo engraçado, se Fanny tivesse um irmão e eu uma irmã se estabelecendo ao mesmo tempo. E, no entanto, não é muito improvável que aconteça.

— O senhor Edward Ferrars — disse Elinor, resoluta — vai se casar?

— Na verdade, não está nada certo, mas existe algo sendo cogitado. Ele tem uma mãe excelente. A senhora Ferrars, com a maior generosidade, tomará a frente e concederá a ele mil libras por ano, caso ele se case. A jovem é a honorável senhorita Morton, filha única do falecido Lorde Morton, com renda de trinta mil libras. Uma aliança muito desejável de ambos os lados, e não tenho dúvidas de que isso aconteça logo. Mil libras anuais é uma quantia muito alta para uma mãe doar, transferir legalmente para sempre; mas a senhora Ferrars tem um espírito nobre. Para lhe dar outro exemplo de sua generosidade, outro dia, assim que chegamos à cidade, ciente de que não tínhamos muito dinheiro naquele momento, ela colocou notas nas mãos de Fanny no valor de duzentas libras. Foi extremamente oportuno, pois temos grandes despesas quando estamos aqui.

Ele fez uma pausa para que Elinor concordasse e se sensibilizasse, e ela se forçou a dizer:

— Suas despesas na cidade e no campo certamente devem ser consideráveis, mas sua renda é grande.

— Ouso dizer que não é tão grande, como muitas pessoas supõem. No entanto, não posso reclamar; é sem dúvida uma quantia confortável, e espero que com o tempo seja melhor. O cercamento das terras comuns de Norland,[2] agora em execução, está me levando muito dinheiro. E também fiz uma pequena compra neste semestre, a fazenda de East Kingham, você deve se lembrar do lugar onde morava o velho Gibson. Essas terras eram muito convenientes para mim em todos os aspectos, tão imediatamente contíguas à minha propriedade, que eu sentia que era meu dever comprá-las. Eu não teria me perdoado se as tivesse deixado ir parar em outras mãos. Um homem deve pagar por sua conveniência; e isso me custou uma grande quantidade de dinheiro.

— Mais do que você acha que vale realmente?

— Ora, espero que não. Eu poderia tê-la vendido de novo, no dia seguinte, por mais do que paguei, mas, no que diz respeito ao dinheiro da compra, eu poderia ter sido realmente muito infeliz, pois as ações estavam tão baixas naquele momento que, se por acaso eu nao tivesse a quantia necessária nas mãos de meu banqueiro, teria de vendê-las e sofreria uma perda muito grande.

Elinor só conseguiu sorrir.

— Tivemos outras despesas grandes e inevitáveis quando chegamos a Norland. Nosso respeitado pai, como você sabe, legou todos os bens de Stanhill que permaneceram em Norland (e que eram muito

---

2. A política dos cercamentos de terras ganhou força na Inglaterra do século XVIII e constituiu-se na privatização de terras comunais, utilizadas por camponeses para sua subsistência. Poderosos senhores locais cercavam essas terras de uso comum com a finalidade de nelas criar ovelhas para a produção de lã ou cultivar produtos agrícolas. Os camponeses, então, foram obrigados a migrar do campo para as cidades em busca de emprego nas indústrias. Essa política contribuiu para a constituição da burguesia e do proletariado e para a expansão do capitalismo. (N. E.)

valiosos) à sua mãe. Longe de mim criticá-lo por fazer isso; ele tinha o direito indiscutível de dispor de sua propriedade como quisesse, mas, em consequência disso, fomos obrigados a fazer grandes compras de roupas de cama e mesa, porcelana, etc., para suprir o que foi levado. Depois de todas essas despesas, você deve imaginar que estamos longe de ficarmos ricos e quão bem-vinda é a bondade da senhora Ferrars.

— Certamente — disse Elinor —, e, com o auxílio de sua generosidade, espero que possam viver em uma melhor situação econômica.

— Em mais um ano ou dois, as coisas estarão melhores — ele respondeu com seriedade —; no entanto, ainda há muito a ser feito. Ainda nem começamos a construir a estufa de Fanny, e não existe nada além do projeto do jardim de flores.

— Onde ficará a estufa?

— Sobre a colina, atrás da casa. Vamos derrubar todas as nogueiras antigas para dar espaço a ela. Será uma bela construção, que poderá ser vista de muitos pontos do parque, e o jardim de flores se inclinará bem em frente a ela, e ficará extremamente bonito. Nós limpamos todos os velhos espinheiros que cresciam lá no alto.

Elinor manteve sua preocupação e sua censura para si mesma, e ficou muito agradecida por Marianne não estar presente para compartilhar a irritação.

Tendo dito o suficiente para tornar clara sua pobreza e acabar com a necessidade de comprar um par de brincos para cada uma de suas irmãs, em sua próxima visita à joalheria Gray, seus pensamentos tomaram um caminho mais feliz, e ele começou a parabenizar Elinor por ter uma amiga como a senhora Jennings.

— Ela parece ser uma mulher de grande valor... sua casa, seu estilo de vida, tudo evidencia uma renda muito boa; e é uma relação que não só lhe foi de grande utilidade até agora, mas no final pode ser materialmente vantajosa. Convidá-las para vir até Londres certamente é algo a seu favor, e, de fato, demonstra grande consideração por vocês; há uma enorme probabilidade de, quando ela morrer, vocês não serem esquecidas. Ela deve ter muito o que deixar.

— Absolutamente nada, eu diria, pois ela tem apenas o usufruto, que depois irá para suas filhas.

— Mas não é possível imaginar que ela gaste toda a sua renda. Poucas pessoas de prudência fazem *isso*; e tudo o que economizar ela poderá dispor.

— E você não acha mais provável que ela deixe isso para as filhas do que para nós?

— As filhas dela são extremamente bem casadas; portanto, não consigo perceber a necessidade de elas serem gratificadas ainda mais. Ao passo que, na minha opinião, pelo fato de ela lhes dar tanta atenção e tratá-las tão bem, ela está lhes demonstrando uma espécie de afirmação sobre suas considerações futuras, que uma mulher consciencosa não desconsideraria. Nada pode ser mais gentil que seu comportamento; e ela dificilmente está fazendo tudo isso sem ter consciência da expectativa que isso gera.

— Mas ela não gerou nenhuma expectativa em nenhum dos interessados. Realmente, meu irmão, sua preocupação com nosso bem-estar e nossa prosperidade está lhe fazendo ir longe demais.

— Porque, com certeza — disse ele, parecendo se lembrar de algo —, as pessoas têm pouco, muito pouco em seu poder. Mas, minha querida Elinor, qual é o problema com Marianne? Ela parece muito mal, perdeu a cor e está bastante magra. Ela está doente?

— Ela não está bem, ela tem se queixado dos nervos há várias semanas.

— Sinto muito por isso. Nesta época da vida dela, qualquer doença destrói a jovialidade para sempre! A dela durou muito pouco! Ela era uma garota tão bonita em setembro passado, como nunca vi igual; e provavelmente agradaria a qualquer homem. Seu tipo de beleza tinha algo especial que atraía a todos. Lembro-me de que Fanny costumava dizer que ela se casaria mais cedo e melhor do que você; não porque ela não goste muito de *você*, mas é o que ela costumava pensar. No entanto, creio que estava enganada. Duvido que Marianne *agora* possa se casar com um homem que valha mais de quinhentas ou seiscentas libras por ano, no máximo, e eu ficaria muito desapontado se *você* não conseguisse algo melhor. Dorsetshire! Conheço muito pouco de Dorsetshire, mas, minha querida Elinor, ficarei extremamente feliz em conhecê-la melhor, e acho que posso dizer que Fanny e eu estaremos entre os primeiros e mais satisfeitos de seus visitantes.

Elinor tentou com muito afinco convencê-lo de que não havia probabilidade de ela se casar com o coronel Brandon, mas essa era uma expectativa prazerosa demais para que ele a abandonasse, e ele estava realmente decidido a tentar obter mais intimidade com aquele cavalheiro e promover o casamento com toda a dedicação possível. Ele sentia bastante remorso por ainda não ter feito nada por suas irmãs, por isso estava extremamente ansioso para que alguém o fizesse, e uma proposta do coronel Brandon ou uma herança da senhora Jennings era o meio mais fácil de expiar sua própria negligência.

Eles tiveram a sorte de encontrar Lady Middleton em casa, e Sir John chegou antes de a visita terminar. Houve abundância de civilidades de todos os lados. Sir John estava sempre disposto a gostar de qualquer um, e, embora o senhor Dashwood não parecesse saber muito sobre cavalos, ele logo o julgou como um sujeito de boa índole, enquanto Lady Middleton viu nele elegância suficiente para pensar que valia a pena tê-lo em sua roda de conhecidos, e o senhor Dashwood foi embora encantado com os dois.

— Terei um relato encantador para levar a Fanny — disse ele enquanto caminhava de volta com a irmã. — Lady Middleton é realmente uma mulher muito elegante! Uma mulher que tenho certeza de que Fanny ficará feliz em conhecer. E a senhora Jennings também é uma mulher extremamente bem-comportada, embora não seja tão elegante quanto a filha. Sua cunhada não precisa ter qualquer escrúpulo em visitá-la, o que, para dizer a verdade, foi um pouco o caso, e com razão, pois sabíamos apenas que a senhora Jennings era a viúva de um homem que recebera todo o seu dinheiro de modos escusos, e Fanny e a senhora Ferrars estavam ambas firmemente convencidas de que nem ela nem as filhas dela eram os tipos de mulheres com os quais Fanny gostaria de se associar. Mas agora posso lhe dar um relato mais satisfatório sobre elas.

Capítulo XXXIV

A senhora John Dashwood tinha tanta confiança no julgamento do marido que no dia seguinte visitou tanto a senhora Jennings quanto sua filha, e sua confiança foi recompensada por descobrir que a primeira, a mulher que estava hospedando suas cunhadas, não era de maneira alguma indigna de sua atenção, e, quanto a Lady Middleton, ela a achou uma das mulheres mais encantadoras do mundo!

Lady Middleton estava igualmente satisfeita com a senhora John Dashwood. Havia uma espécie de egoísmo e frieza em ambas que as atraía mutuamente, e simpatizavam uma com a outra pela natureza insípida de seu comportamento e pela total falta de empatia.

As mesmas maneiras, no entanto, que recomendavam a senhora John Dashwood à boa opinião de Lady Middleton não se adequavam à simpatia da senhora Jennings, e para *esta* ela não pareceu nada mais do que uma mulherzinha orgulhosa, de trato nada cordial, que não sentia nenhum afeto pelas irmãs do marido e não tinha quase nada a dizer a elas. Durante o quarto de hora que passou em Berkeley Street, ela ficou sentada pelo menos sete minutos e meio em silêncio.

Elinor queria muito saber, apesar de não ter perguntado, se Edward estava na cidade, mas nada seria capaz de fazer Fanny voluntariamente mencionar o nome dele na presença dela até que pudesse lhe dizer que seu casamento com a senhorita Morton estava marcado ou até que as expectativas do marido em relação ao coronel Brandon fossem confirmadas, porque ela acreditava que Elinor e Edward ainda estavam muito afeiçoados um ao outro e que convinha mantê-los, por cautela, separados, evitando tanto palavras quanto ações em todas as ocasiões. No entanto, a informação que *ela* se negava a dar logo fluiu de outra fonte. Lucy logo veio reivindicar a compaixão de Elinor por não ter conseguido encontrar Edward, embora ele tivesse chegado à cidade com o senhor e a senhora Dashwood. Ele não se atreveu a ir a Bartlett's Buildings por medo de ser descoberto, e, como a ansiedade mútua de se encontrarem não podia ser revelada, eles não poderiam fazer nada no momento a não ser escrever um para o outro.

Não demorou muito para que o próprio Edward lhes desse a garantia de que estava na cidade, indo duas vezes a Berkeley Street. Por duas vezes seu cartão foi encontrado sobre a mesa quando elas voltavam dos compromissos da manhã. Elinor ficou satisfeita por ele as ter procurado, e ainda mais satisfeita por terem se desencontrado.

Os Dashwoods ficaram tão incrivelmente encantados com os Middletons que, embora não tivessem o hábito de dar nada a ninguém, decidiram oferecer-lhes um jantar; e, logo após o início da amizade, convidaram-nos para jantar em Harley Street, onde haviam morado em uma casa muito boa durante três meses. Suas irmãs e a senhora Jennings também foram convidadas, e John Dashwood teve o cuidado de garantir a presença do coronel Brandon, que, sempre feliz por estar onde estavam as senhoritas Dashwoods, recebeu sua ansiosa cortesia com alguma surpresa, mas com muito prazer. Eles deveriam conhecer a senhora Ferrars, mas Elinor não conseguiu saber se seus filhos também participariam da festa. A expectativa de *vê-la*, no entanto, foi suficiente para deixá-la interessada naquele encontro, pois, mesmo que agora ela pudesse conhecer a mãe de Edward sem a imensa ansiedade que outrora tal apresentação poderia lhe causar, e ainda que nesse momento pudesse vê-la com perfeita indiferença quanto à sua opinião sobre si, seu desejo de estar em companhia da senhora Ferrars e sua curiosidade de saber como ela era estavam mais vivos do que nunca.

O interesse com que esperava esse encontro aumentou pouco depois, mais por sua potência do que por seu efeito prazeroso, quando ela soube que as senhoritas Steeles também participariam dele.

A impressão que elas haviam deixado em Lady Middleton foi tão boa, e as atenções dadas a ela foram tão gentis, que, embora Lucy não fosse muito elegante nem sua irmã fosse muito agradável, ela estava tão pronta quanto Sir John para pedir que passassem uma semana ou duas em Conduit Street. Por acaso, acabou sendo particularmente conveniente para as senhoritas Steeles, assim que receberam o convite dos Dashwoods, que a visita começasse alguns dias antes da festa.

Suas tentativas de chamar a atenção da senhora John Dashwood, como sobrinhas do cavalheiro que por muitos anos foi tutor de seu irmão, podem não ter sido eficientes para que arranjassem bons assentos à mesa, mas, como convidadas de Lady Middleton, deviam ser bem-vindas. Lucy, que há muito desejava conhecer pessoalmente a família, para ter uma visão mais íntima do caráter de cada um e avaliar as dificuldades que enfrentaria, além de ter a oportunidade de tentar agradá-los, raramente havia sido mais feliz em sua vida do que ao receber o cartão da senhora John Dashwood.

Em Elinor, o efeito foi muito diferente. Ela começou imediatamente a conjecturar que Edward, que morava com a mãe, deveria ser convidado, como ela tinha sido, para um jantar dado por sua irmã. E vê-lo pela primeira vez, depois de tudo o que se passara, na companhia de Lucy... Ela não sabia como iria suportar aquilo!

Essas apreensões talvez não fossem inteiramente fundamentadas na razão, e certamente também não tinham base na verdade. Mas foram, no entanto, aliviadas não por suas próprias recordações, mas pela interferência de Lucy, que acreditava estar lhe causando uma enorme decepção quando disse que Edward certamente não estaria em Harley Street na terça-feira, e até esperava feri-la ainda mais ao convencê-la de que ele se manteria distante pelo extremo carinho que tinha por Lucy, o qual não conseguia esconder quando estavam juntos.

Chegou então o importante dia em que as duas jovens seriam apresentadas à famigerada sogra.

— Tenha piedade de mim, querida senhorita Dashwood! — disse Lucy a Elinor enquanto subiam as escadas juntas, pois os Middletons chegaram logo depois da senhora Jennings, e todos seguiram o criado ao mesmo tempo. — Não há ninguém aqui, exceto a senhorita, que possa sentir piedade de mim. Confesso que mal posso suportar. Meu bom Deus! Em um instante, verei a pessoa da qual toda a minha felicidade depende, minha futura sogra!

Elinor poderia ter lhe oferecido conforto imediato sugerindo a possibilidade de que era a sogra da senhorita Morton, e não a dela, que estavam prestes a ver, mas, em vez de fazê-lo, ela afirmou, e com grande sinceridade, que tinha pena dela — para absoluto espanto de Lucy, que, embora realmente se sentisse desconfortável naquele momento, esperava pelo menos ser, para Elinor, um objeto de inveja irrefreável.

A senhora Ferrars era uma mulher pequena e magra, altiva, formal até, em sua postura, e séria, meio rabugenta em seu aspecto. Sua pele era pálida, e seus traços, comuns, sem beleza, e naturalmente inexpressivos. No entanto, uma providencial contração na testa salvava seu semblante da desgraça da insipidez, dando-lhe uma forte marca de orgulho e de mau humor. Ela não era uma mulher de muitas palavras, pois, diferentemente das pessoas em geral, as pronunciava em quantidade proporcional à de suas opiniões, e, das poucas sílabas que lhe escapavam, nenhuma foi dirigida à senhorita Dashwood, a quem olhava com a firme determinação de não gostar dela de jeito algum.

Agora, Elinor não estava triste com esse comportamento. Alguns meses antes, isso a teria machucado muitíssimo, mas não estava mais sob o poder da senhora Ferrars perturbá-la por causa disso. A diferença de tratamento para com as senhoritas Steeles, algo que parecia ser feito propositalmente para humilhá-la ainda mais, somente a divertia. Ela não podia deixar de sorrir ao ver a gentileza que mãe e filha dirigiam à mesma pessoa — pois Lucy era particularmente agradada —, aquela que, entre todas, se elas soubessem tanto quanto ela sabia, ficariam mais ávidas por espezinhar, enquanto ela própria, que não tinha comparativamente nenhum poder para feri-las, era claramente desprezada por ambas. Contudo, embora risse dessa benevolência tão mal direcionada, não conseguia refletir sobre a estupidez mesquinha da qual ela se originava, nem observar as atenções calculadas com as quais as senhoritas Steeles buscavam sua continuidade, sem desprezar completamente as quatro por isso.

Lucy era toda exultação por ser tão distintamente agradada, e a senhorita Steele só esperava que fizessem piadas sobre o doutor Davies para ser perfeitamente feliz.

O jantar foi grandioso, com numerosos criados, e tudo indicava a inclinação da dona da casa pela ostentação e a capacidade do dono em apoiá-la. Apesar das melhorias e ampliações que estavam sendo feitas na propriedade de Norland, e apesar de seu dono ter estado a algumas centenas de libras de ser obrigado a vender suas ações com prejuízo, nada dava indícios da miséria que ele tentara sugerir: não se viu pobreza de qualquer espécie, exceto de assuntos — nisso, sim, a deficiência era considerável. John Dashwood não tinha muito a dizer de si mesmo que valesse a pena ouvir, e sua esposa, menos ainda. Mas não havia nenhuma desgraça especial nisso, pois era o que acontecia com a maioria de seus visitantes, que, para serem agradáveis, se esforçavam para se enquadrar em uma ou outra destas incapacidades: falta de sensatez, tanto natural quanto adquirida, ausência de elegância, falta de ânimo ou ausência de caráter.

Quando as damas se retiraram para a sala de estar após o jantar, essa pobreza de espírito ficou particularmente evidente, pois os cavalheiros *abasteceram* as conversas com certa variedade — política, cercamento de terras e adestramento de cavalos. Tais assuntos então acabaram, e um único assunto ocupou as mulheres até o café chegar: a comparação entre as alturas de Harry Dashwood e William, o segundo filho de Lady Middleton, que tinham quase a mesma idade.

Se as duas crianças estivessem lá, o caso poderia ter sido resolvido com muita facilidade, medindo-as imediatamente, mas, como apenas Harry estava presente, fizeram-se apenas conjecturas de ambos os lados; e cada pessoa tinha o mesmo direito de ser categórica em sua opinião e repeti-la quantas vezes quisesse.

As opiniões se dividiram...

Embora cada uma das duas mães estivesse realmente convencida de que o próprio filho era o mais alto, decidiram educadamente opinar em favor da outra.

As duas avós, com não menos parcialidade, mas com muita sinceridade, foram igualmente fervorosas em apoio ao seu próprio descendente.

Lucy, ansiosa para agradar do mesmo modo tanto uma família quanto a outra, disse que achava os meninos admiravelmente altos para a idade deles e não podia conceber que houvesse a menor diferença entre os dois, e a senhorita Steele, com uma habilidade ainda maior, se manifestava a favor ora de um, ora de outro, mudando o tempo todo de opinião.

Elinor, após expressar sua opinião em favor de William, desagradando à senhora Ferrars e, principalmente, a Fanny, não viu necessidade de reforçá-la com nenhum comentário adicional; e Marianne, quando solicitaram sua opinião, desagradou a todas, declarando que não tinha opinião a dar, pois nunca havia pensado a respeito.

Antes de se mudar de Norland, Elinor havia pintado para a cunhada um belo par de telas, que, agora emolduradas e trazidas para esta casa, ornamentavam sua atual sala de estar. Como essas telas chamaram a atenção de John Dashwood quando conduzia os outros cavalheiros para a sala, ele prontamente as entregou nas mãos do coronel Brandon para que este as admirasse.

— Foram feitas pela minha irmã mais velha — disse ele —, e o senhor, como um homem de bom gosto, creio que ficará satisfeito com elas. Não sei se o senhor já viu alguma de suas obras antes, mas, em geral, ela é considerada uma excelente desenhista.

O coronel, embora renunciasse a todas as pretensões de ser um *connoisseur*, admirava calorosamente as telas, como faria com qualquer coisa pintada pela senhorita Dashwood, e, como a curiosidade dos outros foi, é claro, despertada, elas foram passadas de mão em mão para inspeção geral. A senhora Ferrars, sem saber que eram obras de Elinor, pediu para olhá-las em detalhe, e, depois de elas terem recebido entusiasmada aprovação de Lady Middleton, Fanny as apresentou à mãe informando-a respeitosamente, ao mesmo tempo, que haviam sido feitas pela senhorita Dashwood.

— Hum... — disse a senhora Ferrars. — São muito bonitas. — E, sem nem sequer olhar para elas, as devolveu à filha.

Talvez Fanny tenha achado por um momento que sua mãe havia sido muito rude, pois, enrubescendo um pouco, ela imediatamente disse:

— Elas são muito bonitas, senhora, não são?

Mas, outra vez, provavelmente o pavor de ter sido cordial demais ou encorajadora demais a invadiu, pois ela em seguida acrescentou:

— A senhora não acha que elas têm algo do estilo de pintura da senhorita Morton? Ela, *sim*, pinta divinamente! Como ficou linda a sua última paisagem!

— Linda mesmo! Mas *ela* é ótima em tudo o que faz.

Marianne não suportava isso. Ela já estava muito descontente com a senhora Ferrars, e esse inoportuno elogio a outrem, em detrimento de Elinor, embora ela não tivesse nenhuma noção de sua principal intenção, provocou-a imediatamente a dizer com entusiasmo:

— Que forma peculiar de elogiar alguém! O que a senhorita Morton significa para nós? Quem a conhece ou se importa com ela? É sobre Elinor que *nós* estamos opinando e falando.

Ao dizer isso, ela tirou as telas das mãos da cunhada para admirá-las como deveriam ser admiradas.

A senhora Ferrars parecia extremamente zangada e, endireitando-se em uma postura mais altiva do que nunca, proferiu como réplica esta amarga diatribe:[1]

— A senhorita Morton é filha de Lorde Morton.

Fanny também parecia muito zangada, e o marido ficou assustado com a audácia da irmã. Elinor ficou muito mais afetada com o ímpeto de Marianne do que com aquilo que o provocou; mas os olhos do coronel Brandon, fixados em Marianne, deixavam claro que ele notava apenas o que era amável em sua atitude, em seu coração afetuoso que não suportava ver uma irmã sendo menosprezada.

Os ímpetos de Marianne não pararam por aí. A fria insolência do comportamento geral da senhora Ferrars com a irmã parecia, para ela, gerar as mesmas dificuldades e angústias para Elinor que seu próprio coração ferido lhe ensinara a temer; e, pouco depois, instigada por um forte impulso de afetuosidade, ela se dirigiu à poltrona onde a irmã estava sentada e, colocando um braço em volta de seu pescoço e sua bochecha próxima da dela, disse em voz baixa, mas agoniada:

— Querida, querida Elinor, não se importe com elas. Não permita que *a façam* infeliz.

---

1. Na Grécia antiga, diatribe era um tipo de dissertação crítica que os filósofos faziam acerca de alguma obra. (N. E.)

Ela não pôde dizer mais nada. Ela estava bastante abatida e, escondendo o rosto no ombro de Elinor, começou a chorar. Isso chamou a atenção dos presentes, e quase todos ficaram preocupados. O coronel Brandon levantou-se e foi até elas sem saber o que fazer. A senhora Jennings, com um "Ah, pobrezinha!" muito racional, imediatamente ofereceu a ela seus sais; e Sir John sentiu-se tão desesperadamente enraivecido contra a culpada daquele ataque de nervos que imediatamente mudou de lugar e foi se sentar perto de Lucy Steele, e transmitiu a ela, num sussurro, um breve relato daquele caso chocante.

Em alguns minutos, no entanto, Marianne estava recuperada o suficiente para pôr fim à agitação e sentar-se entre os demais, embora, durante toda a noite, seu espírito continuasse abalado pelo que se passara.

— Pobre Marianne! — disse seu irmão ao coronel Brandon, em voz baixa, assim que conseguiu despertar a atenção dele. — Ela não tem uma saúde tão boa quanto a da irmã; ela está muito nervosa; ela não tem a constituição de Elinor; deve-se admitir que é muito difícil para uma jovem que já *foi* muito bela sentir que está perdendo seus atrativos. Talvez o senhor não saiba disso, mas Marianne era extremamente bonita há alguns meses, tão bonita quanto Elinor. Agora, como pode ver, tudo se foi.

Capítulo XXXV

A curiosidade de Elinor, de ver a senhora Ferrars, estava satisfeita. Ela via nela tudo o que poderia tender a tornar indesejável uma conexão mais profunda entre as famílias. Já tinha visto o suficiente de seu orgulho, de sua maldade e de seu inabalável preconceito contra ela para compreender todas as dificuldades que teriam atrapalhado o relacionamento e retardado o noivado dela e de Edward se ele estivesse livre; e viu quase o bastante para estar agradecida por seu *próprio* bem, pelo fato de um obstáculo maior tê-la preservado de sofrer por conta de qualquer outro obstáculo criado pela senhora Ferrars, e por não precisar depender dos caprichos dela ou ter de se preocupar em lhe causar boa opinião. Por fim, se não se alegrava muito em virtude de Edward estar comprometido com Lucy, chegou à conclusão de que, caso Lucy fosse mais amável, *deveria* ter se alegrado com isso.

Ela se perguntava como Lucy poderia se sentir tão lisonjeada pela civilidade da senhora Ferrars, e como seu interesse e sua vaidade poderiam cegá-la tanto a ponto de fazê-la crer que a atenção que lhe era dada apenas por *não ser Elinor* fosse um elogio, ou lhe permitissem receber o incentivo de uma predileção que só lhe foi dada porque sua verdadeira situação era desconhecida. Ficou evidente que era mesmo esse o caso não apenas pelos olhares de Lucy naqueles momentos, mas também na manhã seguinte, desta vez mais abertamente, pois, a seu pedido, Lady Middleton a deixou em Berkeley Street com a expectativa de ficar a sós com Elinor, para dizer a ela como estava feliz.

Ela teve sorte, pois uma mensagem da senhora Palmer logo após sua chegada motivou a saída da senhora Jennings.

— Minha querida amiga — exclamou Lucy, assim que ficaram sozinhas —, venho falar a você sobre minha felicidade. Poderia haver algo tão lisonjeiro quanto a maneira como a senhora Ferrars me tratou ontem? Ela foi tão amável! Você sabe quanto eu temia a simples ideia de vê-la, mas, no exato momento em que fui apresentada a ela, seus modos foram tão afáveis que realmente pareciam demonstrar que ela havia gostado muito de mim. Você não achou? Você viu tudo... Você também ficou impressionada com isso?

— Ela certamente foi muito cortês com você.

— Cortês? Você não viu nada além de cortesia? Eu vi muito mais que isso. Quanta delicadeza houve da parte dela para comigo e mais ninguém. Sem orgulho, sem soberba; e a mesma coisa pode ser dita a respeito de sua cunhada: era toda doçura e amabilidade!

Elinor queria falar de outra coisa, mas Lucy ainda a forçava a admitir que ela tinha motivos para estar feliz, então Elinor sentiu-se obrigada a continuar.

— Sem dúvida, se elas soubessem do seu noivado — disse ela —, nada poderia ser mais lisonjeiro do que o tratamento que lhe dispensaram. Mas como não foi esse o caso...

— Eu imaginei que você diria isso — respondeu Lucy rapidamente —, mas não havia nenhuma razão no mundo para que a senhora Ferrars fingisse gostar de mim se não gostasse. O que importa é ela gostar de mim. Você não conseguirá tirar de mim a minha satisfação. Tenho certeza de que tudo terminará bem, e não haverá nenhuma daquelas dificuldades que eu imaginava. A senhora Ferrars é uma mulher fascinante, e sua cunhada também. São ambas mulheres encantadoras, de fato! Me admira o fato de você nunca ter dito como a senhora Dashwood é agradável!

Para isso, Elinor não tinha resposta a dar, e também não tentou.

— Você está doente, senhorita Dashwood? Parece abatida. Não diz nada. Com certeza, você não está bem.

— Nunca estive tão bem de saúde.

— Fico feliz com isso de todo o meu coração, mas realmente não é o que parece. Lamentaria que *você* estivesse doente. Você, que foi o maior conforto do mundo para mim! Só Deus sabe o que eu faria sem a sua amizade.

Elinor tentou dar uma resposta educada, embora duvidasse do próprio sucesso. Contudo, pareceu satisfazer Lucy, pois esta respondeu de imediato:

— Eu estou, de fato, perfeitamente convencida de sua consideração por mim e, depois do amor de Edward, esse é o maior conforto que tenho. Pobre Edward! Mas agora há uma coisa boa: poderemos nos encontrar, e com bastante frequência, pois, como Lady Middleton ficou encantada com a senhora Dashwood, arrisco dizer que viremos bastante a Harley Street, e Edward passa metade do tempo com sua irmã. Além disso, Lady Middleton e a senhora Ferrars vão visitar-se agora, e a senhora Ferrars e sua cunhada disseram, mais de uma vez, que sempre ficariam felizes em me ver. São mulheres muito fascinantes! Tenho certeza de que, se alguma vez você contar à sua cunhada o que penso dela, nunca correrá o risco de falar bem demais.

Elinor, no entanto, não a encorajaria a esperar que ela *contasse* isso à cunhada. Lucy, de todo modo, continuou:

— Tenho certeza de que teria percebido imediatamente se a senhora Ferrars não tivesse gostado de mim. Se ela tivesse me cumprimentado formalmente, por exemplo, sem dizer uma palavra, e depois tivesse me ignorado o tempo todo e se recusasse a me tratar com simpatia, você sabe o que eu quero dizer... Se eu tivesse sido tratada desse modo hostil, teria desistido de tudo por desespero. Não teria aguentado. Quando ela *realmente* não gosta de alguém, eu sei que costuma demonstrar de forma mais violenta.

Elinor foi impedida de responder a esse educado triunfo porque, quando a porta foi aberta, o criado anunciou o senhor Ferrars, e Edward entrou imediatamente.

Foi um momento muito embaraçoso; e o semblante de cada um demonstrava isso. Ficaram todos com expressões de perplexidade, e Edward parecia mais inclinado a sair da sala do que a permanecer ali. Tinha-se materializado, da forma mais desagradável, exatamente a circunstância que cada um deles estava ansioso para evitar. Não estavam apenas os três juntos, mas estavam juntos sem o atenuante de haver outra pessoa presente. As damas se recompuseram primeiro. Não cabia a Lucy tomar a iniciativa, e a aparência de segredo ainda devia ser mantida. Ela podia, portanto, apenas *expressar* sua ternura, e, depois de lhe fazer um leve cumprimento, não disse mais nada.

Entretanto, Elinor, que tinha mais a fazer e, de tão ansiosa que estava, por causa dele e dela própria, de fazê-lo bem, obrigou-se, após um momento de reflexão, a lhe dar as boas-vindas, com certo ar e modos que eram quase espontâneos, quase receptivos; a cada novo desconforto, mais ela se esforçava para parecer natural. Ela não permitiria que a presença de Lucy nem o sentimento de ter sido injustiçada a impedissem de dizer que estava feliz em vê-lo e que sentia muito por não estar em casa anteriormente, quando ele veio a Berkeley Street. Ela não teve medo de dar-lhe a atenção que, como amigo e quase parente, lhe era devida diante dos olhos vigilantes de Lucy, não obstante tenha logo percebido que eles a observavam fixamente.

Suas maneiras deram certa tranquilidade a Edward, e ele teve coragem suficiente para se sentar; no entanto, seu constrangimento ainda excedia o das damas em uma proporção que as circunstâncias tornavam razoável, embora não fosse comum ao seu gênero; pois seu coração não tinha a indiferença do de Lucy, nem sua consciência, a tranquilidade da de Elinor.

Lucy, com um ar recatado e aparentemente calmo, parecia determinada a não contribuir para o bem-estar alheio, pois não disse uma palavra; quase tudo o que foi dito veio de Elinor, que foi obrigada a oferecer todas as informações sobre a saúde de sua mãe, sua vinda à cidade, etc., o que Edward deveria ter perguntado, mas não o fez.

Os esforços dela não pararam por aí, pois, logo depois, sentiu-se tão heroicamente disposta que decidiu, sob o pretexto de ir buscar Marianne, deixar os dois sozinhos; e ela realmente fez *isso* da maneira mais elegante, pois demorou alguns minutos no patamar da escada, com a mais nobre força moral, antes de ir encontrar a irmã. Quando isso foi feito, no entanto, era hora de cessarem os arrebatamentos de Edward, pois a alegria de Marianne a levou para a sala imediatamente. O prazer dela em vê-lo era como todos os seus sentimentos, fortes por si sós e expressados com intensidade. Ela foi a seu encontro oferecendo-lhe a mão, e sua voz expressava o carinho de uma irmã.

— Querido Edward! — ela exclamou. — Este é um momento de grande felicidade! É quase uma compensação por todo o resto.

Edward tentou retribuir à altura a gentileza dela, mas, diante de tais testemunhas, não ousou dizer nem metade do que realmente sentia. Novamente, todos se sentaram e, por um momento, ficaram em silêncio, enquanto Marianne olhava com a mais notória ternura ora para Edward, ora para Elinor, lamentando apenas que o prazer de estarem um com o outro fosse tolhido pela presença indesejada de Lucy.

Edward foi o primeiro a falar, e falou apenas para comentar o vaivém dos olhares de Marianne e manifestar seu receio de que Londres tivesse feito mal a ela.

— Ah, não se preocupe comigo! — ela respondeu com sinceridade, embora seus olhos estivessem cheios de lágrimas enquanto falava. — Não se preocupe com *minha* saúde. Elinor está bem, como você pode ver. Isso deve ser suficiente para nós dois.

Essa observação não foi calculada para deixar Edward ou Elinor mais à vontade, nem para conquistar a compaixão de Lucy, que olhou para Marianne com uma expressão não muito afetuosa.

— Você gosta de Londres? — Edward perguntou, disposto a dizer qualquer coisa que pudesse introduzir outro assunto.

— Nem um pouco. Eu esperava me divertir muito mais neste lugar, mas não encontrei nenhuma diversão. Vê-lo, Edward, é o único conforto que a cidade me proporcionou e, graças a Deus, você continua sendo o que sempre foi!

Ela fez uma pausa; ninguém falou nada.

— Eu acho, Elinor — ela acrescentou, em seguida —, que devemos pedir a Edward que cuide de nós em nosso retorno a Barton. Creio que em uma ou duas semanas partiremos, e acredito que Edward não estará muito disposto a recusar este pedido.

O pobre Edward murmurou alguma coisa, mas ninguém soube o que era, nem ele mesmo. Porém Marianne, que percebeu sua agitação, e poderia facilmente atribuí-la ao motivo que melhor lhe agradasse, ficou perfeitamente satisfeita e logo falou de outra coisa.

— Edward, que dia tivemos ontem em Harley Street! Tão tedioso, tão terrivelmente tedioso! Tenho muitas coisas para lhe contar, mas não posso fazê-lo agora.

E, com essa admirável discrição, ela adiou para quando pudessem ter mais privacidade a revelação de ter achado seus parentes em comum mais desagradáveis do que nunca e de ter ficado particularmente indignada com a mãe dele.

— Mas por que você não estava lá, Edward? Por que não foi?

— Eu tive um compromisso em outro lugar.

— Um compromisso? Mas o que é um compromisso quando se tem grandes amigos esperando?

— Talvez, senhorita Marianne — exclamou Lucy, ansiosa para se vingar dela —, você imagine que os rapazes nunca honrem seus compromissos, sejam eles grandes ou pequenos, quando não há interesse em cumpri-los.

Elinor ficou com muita raiva, mas Marianne parecia totalmente insensível à ferroada, pois respondeu calmamente:

— Na verdade, não, pois, falando sério, tenho certeza de que foi apenas o escrúpulo que afastou Edward de Harley Street. E realmente acredito que ele *é* o mais cuidadoso do mundo com seus atos, o mais escrupuloso em manter todos os compromissos, por mais insignificantes, por mais que contrariem seus interesses ou sua vontade. Ele teme muito causar dor, ferir as expectativas alheias, e, das pessoas que conheço, é quem considero mais incapaz de ser egoísta. Edward é assim, é assim que eu o vejo... O que foi? Você nunca ouviu alguém elogiá-lo? Então, você não pode ser meu amigo, pois aqueles que aceitarem meu amor e minha estima devem se submeter aos meus escancarados elogios.

A natureza de seus elogios, no presente caso, no entanto, era particularmente inadequada para os sentimentos de dois terços dos ouvintes, e era tão pouco animadora para Edward que ele logo se levantou para ir embora.

— Já vai assim tão cedo? — disse Marianne. — Meu querido Edward, não faça isso... — E, puxando-o um pouco de lado, ela sussurrou afirmando sua certeza de que Lucy não poderia ficar muito mais tempo ali. Contudo, mesmo esse encorajamento falhou, pois ele quis ir embora, e Lucy, que teria permanecido mais caso a visita dele durasse duas horas, foi embora logo em seguida.

— O que pode trazê-la aqui com tanta frequência? — perguntou Marianne quando ela se foi. — Ela não percebeu que queríamos que partisse? Foi tão maçante para Edward!

— Por que diz isso? Somos todas amigas dele, e Lucy é, de todas, a que o conhece há mais tempo. Não é mais do que natural que ele queira vê-la tanto quanto a nós.

Marianne olhou para ela com firmeza e disse:

— Você sabe, Elinor, que esse é um tipo de conversa que eu não consigo suportar. Se espera apenas ser contrariada, como devo supor que seja o caso, você deve se lembrar de que sou a última pessoa no mundo a fazê-lo. Não me deixo enganar por afirmações que não são realmente sinceras.

Ela então saiu da sala, e Elinor não se atreveu a segui-la para dizer mais nada, pois, como estava comprometida com sua promessa de segredo feita a Lucy, não podia dar nenhuma informação que convencesse Marianne; e, por mais dolorosas que fossem as consequências de ela persistir em um erro, Elinor foi obrigada a se submeter a isso. Tudo o que ela esperava era que Edward não a expusesse, nem expusesse a si mesmo, com frequência, à angústia de se sujeitar ao ardor equivocado de Marianne, nem à repetição de qualquer outra parte do castigo que havia sido aquele recente encontro — e isso ela tinha todos os motivos para esperar.

Capítulo XXXVI

Alguns dias depois desse encontro, os jornais anunciaram ao mundo que a esposa de Thomas Palmer, advogado, dera à luz um filho e herdeiro. Um artigo muito interessante e satisfatório, pelo menos para todas as pessoas mais íntimas que já sabiam disso anteriormente.

Esse evento, altamente importante para a felicidade da senhora Jennings, produziu uma alteração temporária na disposição de seu tempo e influenciou, de maneira semelhante, os compromissos de suas jovens amigas; pois, como desejava estar o máximo possível com Charlotte, ia para lá todas as manhãs assim que se vestia e não voltava até tarde da noite; e as senhoritas Dashwoods, a pedido particular dos Middletons, passavam o dia todo em Conduit Street. Para o próprio conforto, elas prefeririam ficar, pelo menos o período das manhãs, na casa da senhora Jennings; mas isso não era algo para se impor contra os desejos de todos. Suas horas, portanto, eram passadas ao lado de Lady Middleton e das duas senhoritas Steeles, para as quais a companhia delas era, na verdade, tão pouco valorizada quanto pretensamente procurada.

Elas tinham demasiada sensatez para serem companhias desejáveis para Lady Middleton; e pelas senhoritas Steeles, eram vistas com olhos ciumentos, pelo fato de se intrometerem em *seu* território e compartilharem da generosidade que queriam monopolizar. Embora nada pudesse ser mais educado do que o comportamento de Lady Middleton com Elinor e Marianne, ela realmente não gostava delas. Como elas não bajulavam nem a si nem aos seus filhos, ela não conseguia acreditar na boa índole delas; e, porque gostavam de ler, ela as imaginava satíricas — talvez sem saber exatamente *o que* era ser satírico, mas isso não importava. Era uma censura de uso comum e produzida às cegas.

A presença das duas era uma limitação tanto para ela quanto para Lucy. Ameaçava a ociosidade de uma e os negócios da outra. Lady Middleton tinha vergonha de não fazer nada diante delas, e a adulação da qual Lucy se sentia orgulhosa de supor e administrar em outros momentos era agora temida por ela, com receio de que as outras a desprezassem por isso. A senhorita Steele era a menos desconcertada pela presença das Dashwoods, e só faltava ser inteiramente aceita por elas. Se alguma delas tivesse lhe dado um relato completo e minucioso de todo o caso entre Marianne e o senhor Willoughby, ela se consideraria amplamente recompensada pelo sacrifício do melhor lugar ao lado da lareira após o jantar, que a chegada de ambas lhe custou. Mas essa oferta não lhe foi concedida, pois, embora muitas vezes expressasse a Elinor compaixão por sua irmã, e mais de uma vez fizesse uma reflexão sobre a inconstância dos pretendentes perante Marianne, nenhum efeito foi produzido além do olhar de indiferença da primeira e da repulsa da segunda. Um esforço ainda menos rigoroso poderia ter conquistado sua amizade. Se ao menos tivessem rido dela por conta do doutor! Mas estava tão pouco inclinada a isso, tal como as outras, que, se Sir John jantasse fora, ela passaria o dia inteiro sem ouvir nenhum outro gracejo sobre o assunto além daqueles que ela mesma teve a gentileza de fazer.

Todos esses ciúmes e descontentamentos, no entanto, eram totalmente despercebidos pela senhora Jennings, que achava que era agradável para as meninas estarem juntas, e geralmente parabenizava suas jovens amigas, todas as noites, por terem escapado da companhia de uma velha tola por tão longo tempo. Às vezes, juntava-se a elas na casa de Sir John, outras vezes, em sua própria casa; onde quer que fosse, ela sempre chegava com excelente humor, cheia de alegria e pompa, atribuindo o bem-estar de Charlotte aos seus próprios cuidados e pronta para dar detalhes tão exatos e minuciosos de sua situação que apenas a senhorita Steele tinha curiosidade suficiente para desejar saber. Uma única coisa a perturbava *realmente*, e disso ela fazia sua reclamação diária. O senhor Palmer mantinha a opinião comum entre homens, ainda que inadequada, de que todos os bebês são parecidos; e, embora ela pudesse perceber claramente, em momentos diferentes, a semelhança impressionante entre o bebê e cada um de seus parentes de ambos os lados, não havia como convencer o pai disso; nem persuadi-lo a acreditar que um bebê não era exatamente como todos os outros da mesma idade; nem sequer levá-lo a admitir a simples afirmação de que o filho era a criança mais bonita do mundo.

Chego agora ao relato de um infortúnio que ocorreu à senhora John Dashwood. Na época em que suas duas cunhadas e a senhora Jennings lhe fizeram a primeira visita em Harley Street, uma outra conhecida dela apareceu, uma circunstância que em si mesma aparentemente não era suscetível de lhe causar mal. Mas, enquanto a imaginação dos outros os leva a formar julgamentos errados a respeito de nossa conduta, baseados em meras aparências, a felicidade de uma pessoa há de, em certa medida, estar sempre à mercê do acaso. No presente acontecimento, a dama que chegara por último permitiu que sua imaginação ultrapassasse a verdade e a probabilidade, e, apenas por ouvir o nome das senhoritas Dashwoods e entender que eram as irmãs do senhor Dashwood, imediatamente concluiu que elas estavam hospedadas em Harley Street; e essa má interpretação produziu, em um ou dois dias, o envio de convites para elas, além do irmão e da cunhada, para um pequeno sarau musical em sua casa. A consequência disso foi que a senhora John Dashwood foi obrigada a submeter-se não apenas ao imenso inconveniente de enviar sua carruagem para buscar as senhoritas Dashwoods, como, o que era ainda pior, estar sujeita a todo o desagrado de ter de fingir tratá-las com atenção. E quem poderia dizer que elas não esperariam sair com ela uma segunda vez? O poder de decepcioná-las, era verdade, seria sempre dela. Mas não foi o bastante, pois, quando as pessoas estão determinadas a ter uma conduta que sabem estar errada, sentem-se feridas pela expectativa de algo melhor da parte delas.

Marianne era trazida gradualmente ao hábito de sair de novo todos os dias, algo que se tornou indiferente para ela; preparava-se silenciosamente e de modo automático para o compromisso das noites sem esperar o menor divertimento e muitas vezes sem saber, até o último momento, para onde iria.

Ela ficou tão completamente indiferente em relação às suas vestimentas e à sua aparência a ponto de não dar a elas nem metade da consideração, durante toda a sua toalete, que a senhorita Steele lhe daria nos primeiros cinco minutos em que estavam juntas, depois que Marianne ficou pronta. Nada escapou à observação minuciosa e à curiosidade da senhorita Steele. Ela observava tudo e perguntava tudo. Não descansou até saber o preço de cada peça do vestuário de Marianne. Poderia adivinhar o número total de vestidos de Marianne com melhor juízo do que a própria, e ainda tinha esperanças de descobrir, antes de se despedirem, quanto custava a lavagem de sua roupa por semana e quanto ela possuía por ano para gastar consigo mesma. A impertinência desse tipo de escrutínio, ademais, foi concluída com um elogio que, embora tivesse sido dito com a intenção de agradar, foi considerado por Marianne como a maior de todas as impertinências; pois, após examinar o valor e o feitio de seu vestido, a cor de seus sapatos e a disposição de seus cabelos, ela teve quase certeza de que poderia proferir algo como "parece muito elegante e, ouso dizer, fará muitas conquistas".

Com tal encorajamento, ela foi dispensada para a carruagem de seu irmão, na qual entraram cinco minutos depois de sua chegada, uma pontualidade não muito agradável para a cunhada, que chegara antes à casa de sua conhecida e já esperava por algum atraso da parte delas que pudesse incomodar a si ou a seu cocheiro.

Os eventos dessa noite não foram muito notáveis. No sarau, como em qualquer outra reunião desse tipo, havia muitas pessoas que tinham um verdadeiro bom gosto para a música e muitas que não tinham gosto algum; e os próprios artistas eram, como de costume, em sua opinião e na de seus amigos mais íntimos, os melhores concertistas particulares da Inglaterra.

Como Elinor não tinha nem pretendia ter talentos musicais, sem escrúpulos ela desviava os olhos do grande piano sempre que lhe convinha e, não intimidada nem pela presença de uma harpa nem de um violoncelo, contemplava, a seu bel-prazer, os outros objetos da sala. Em um desses olhares errantes, ela percebeu, entre um grupo de jovens, o homem que lhe dera uma palestra sobre o estojo de palitos de dente na joalheria Gray. Ela notou, logo depois, que ele olhava para ela enquanto conversava de modo familiar com seu irmão. Mal acabara de se decidir a descobrir o nome dele quando ambos vieram em sua direção, e o senhor Dashwood o apresentou como o senhor Robert Ferrars.

Ele se dirigiu a ela com despachada cortesia e inclinou a cabeça em uma reverência que lhe assegurava tão claramente quanto as palavras poderiam fazer que ele era exatamente o janota que ela ouvira ser descrito por Lucy. Ela teria tido sorte caso seu afeto por Edward dependesse menos do mérito dele do que do mérito de seus parentes mais próximos! Pois aquela reverência feita por seu irmão teria sido o golpe final ao que o mau humor da mãe e da irmã havia começado. No entanto, enquanto divagava em torno da diferença entre os dois rapazes, não achou que a vaidade e a presunção de um deles ofuscassem sua simpatia pela modéstia e pelo valor do outro. O próprio Robert deixou claro a razão de eles *serem* diferentes ao longo de uma conversa de quinze minutos; pois, falando do irmão, e lamentando a extrema *gaucherie*[1] que em sua opinião o impedia de se relacionar adequadamente com a sociedade, ele atribuía isso, com franqueza e generosidade, muito menos a alguma deficiência de caráter do que ao infortúnio de uma educação privada; enquanto ele próprio, ainda que sem nenhuma particularidade

---

1. Do francês, embaraço, acanhamento. (N. E.)

ou qualquer superioridade inata, meramente graças à vantagem de ter frequentado uma escola pública, estava perfeitamente preparado para se misturar com a sociedade como qualquer outro homem.

— Juro pela minha alma — acrescentou —, acredito que não é nada além disso. Por isso, muitas vezes, digo à minha mãe, quando ela está se lamentando por isso: "Minha querida senhora", eu sempre digo a ela, "a senhora deve aceitar. O mal agora é irremediável, e foi inteiramente graças à senhora. Por que se deixou persuadir por meu tio, Sir Robert, contra seu próprio julgamento, a colocar Edward sob os cuidados de um tutor particular no momento mais crítico de sua vida? Caso apenas o tivesse mandado para Westminster, assim como fez comigo, em vez de enviá-lo ao senhor Pratt, tudo isso teria sido evitado!". É assim que considero o assunto, e minha mãe está perfeitamente convencida de seu erro.

Elinor não se opôs à opinião dele porque, qualquer que fosse sua avaliação geral sobre as vantagens de uma escola pública, ela não conseguia pensar em Edward morando com a família do senhor Pratt sem alguma insatisfação.

— Creio que você mora em Devonshire — foi sua próxima observação —, em um chalé perto de Dawlish.

Elinor o corrigiu quanto à localização; e lhe pareceu bastante surpreendente que alguém pudesse viver em Devonshire sem viver perto de Dawlish. No entanto, ele expressou sua aprovação calorosa àquela espécie de moradia.

— Da minha parte — disse ele —, gosto demasiado de um chalé; sempre há tanto conforto, tanta elegância neles... E garanto que, se eu tivesse algum dinheiro de sobra, compraria um pedaço de terra e construiria um eu mesmo, a uma curta distância de Londres, para onde eu poderia me dirigir a qualquer momento, reunir alguns amigos à minha volta e ser feliz. Eu aconselho todo mundo que vai construir a edificar um chalé. O amigo Lorde Courtland veio me procurar outro dia a propósito de pedir meu conselho e me apresentou três projetos diferentes de Bonomi.[2] Eu deveria decidir qual era o melhor deles. "Meu querido Courtland", eu disse, jogando imediatamente todos eles para dentro da lareira, "não escolha nenhum deles, e construa um chalé". E acredito que, assim, tenha dito tudo.

---

2. Refere-se a Joseph Bonomi (1796-1878), famoso arquiteto, escultor e curador de museus. (N. E.)

— Algumas pessoas imaginam que não pode haver comodidade nem espaço em um chalé, mas isso é um erro — ele continuou. — Estive no mês passado na casa de meu amigo Elliott, perto de Dartford. Lady Elliott queria dar um baile. "Mas como posso fazer isso?", ela perguntou. "Meu caro Ferrars, diga-me como isso pode ser feito. Não há um cômodo neste chalé que abrigue dez casais e onde eu possa servir a ceia!" Percebi imediatamente que não havia dificuldade, então disse: "Minha querida Lady Elliott, não fique preocupada. A sala de jantar acomodará dezoito casais com facilidade; mesas de jogos podem ser colocadas na sala de visitas; a biblioteca pode ficar aberta para o chá e outras bebidas, e a ceia pode ser servida no salão.". Lady Elliott ficou encantada com a ideia: medimos a sala de jantar e descobrimos que nela cabiam exatamente dezoito pares, e o baile foi organizado precisamente após o meu plano. Assim, na verdade, pode-se ver que, se as pessoas souberem como organizar, o conforto pode ser tão apreciado em um chalé quanto em uma morada mais espaçosa.

Elinor concordou com tudo, pois ela achava que ele não merecia a honra de uma oposição racional.

Como John Dashwood não tinha mais prazer em música do que sua irmã mais velha, sua mente estava igualmente livre para se fixar em qualquer outra coisa; e foi então que um pensamento lhe ocorreu durante a noite, que ele comunicou à esposa, para sua aprovação, quando chegaram em casa. O engano da senhora Dennison, ao supor que suas irmãs eram suas hóspedes, sugerira-lhe a obrigação de realmente convidá-las a sê-lo, enquanto os compromissos da senhora Jennings a mantinham longe de casa. As despesas não seriam nada, os inconvenientes seriam menores ainda; e seria, como um todo, uma atenção que a delicadeza de sua consciência apontava como necessária para seu completo cumprimento da promessa feita ao pai. Fanny ficou espantada com a proposta.

— Não vejo como isso poderia acontecer — disse ela — sem afrontar Lady Middleton, pois elas passam todos os dias com ela. Caso contrário, eu ficaria extremamente feliz em fazê-lo. Você sabe que estou sempre pronta a dar-lhes toda a atenção que esteja ao meu alcance, como demonstrei esta noite, ao sair com elas. Mas elas são convidadas de Lady Middleton. Como posso pedir para se afastarem dela?

O marido, com grande humildade, não viu força em sua objeção.

— Elas já passaram uma semana em Conduit Street, e Lady Middleton não poderia ficar descontente por permitir que passem o mesmo número de dias na casa de parentes tão próximos como nós somos.

Fanny fez uma pausa e depois, com novo vigor, disse:

— Meu amor, eu as convidaria com todo o meu coração, se isso estivesse ao meu alcance. Mas eu já havia me decidido a pedir às senhoritas Steeles que passassem alguns dias conosco. Elas são muito bem comportadas, boas moças; e acho que lhes devemos atenção, como o tio delas fez muito bem com Edward. Podemos convidar suas irmãs no próximo ano, você sabe; mas as senhoritas Steeles podem não estar mais na cidade. Tenho certeza de que você vai gostar delas; de fato, você já gosta *muito* delas, e minha mãe também; e elas são as favoritas de Harry!

O senhor Dashwood ficou convencido. Ele viu a necessidade de convidar as senhoritas Steeles imediatamente, e sua consciência foi pacificada pela resolução de convidar as irmãs em um outro ano; ao mesmo tempo, porém, suspeitava furtivamente que no outro ano esse convite se tornaria desnecessário, pois Elinor iria para Londres como esposa do coronel Brandon, e Marianne, como *sua* hóspede.

Fanny, regozijando-se por ter conseguido se esquivar do convite, e orgulhosa da inteligência que lhe possibilitara fazer aquilo, escreveu na manhã seguinte a Lucy, solicitando a companhia dela e da irmã, por alguns dias, em Harley Street, assim que Lady Middleton pudesse dispensá-las. Isso foi o suficiente para deixar Lucy verdadeira e propositadamente feliz. A senhora Dashwood parecia realmente trabalhar em seu favor, acalentando todas as suas esperanças e incentivando todos os seus pontos de vista! Essa oportunidade de estar com Edward e sua família era, acima de tudo, muito importante para os seus interesses, e aquele convite era mais do que gratificante para os sentimentos dela! Era uma vantagem que não poderia ser reconhecida com demasiada gratidão nem usada com demasiada rapidez; e a visita a Lady Middleton, que antes não tinha um limite preciso, logo se descobriu que sempre estivera destinada a terminar dentro de dois dias.

Quando o bilhete foi apresentado a Elinor, dez minutos após sua chegada, trouxe-lhe, pela primeira vez, credibilidade às expectativas de Lucy; pois tal mostra de generosidade incomum, concedida a uma amizade tão recente, parecia ser devido a algo mais do que a mera maldade para com Elinor. E poderia trazer, com intimidade e tempo, tudo o que Lucy desejava. Sua bajulação já havia subjugado o orgulho de Lady Middleton e entrado intimamente no coração da senhora John Dashwood; e esses efeitos abriram a probabilidade de outros ainda maiores.

As senhoritas Steeles se mudaram para Harley Street, e tudo o que chegava até Elinor a respeito da influência delas na casa fortalecia sua expectativa do evento. Sir John, que as visitara mais de uma vez, trouxe relatos do favoritismo do qual gozavam, visto por todos como impressionante. A senhora John Dashwood nunca ficara tão satisfeita com nenhuma jovem em sua vida como estava com elas. Dera a cada uma um porta-agulhas feito por alguma emigrante, chamava Lucy pelo primeiro nome e não sabia se seria capaz de se separar delas algum dia.

Capítulo XXXVII

A senhora Palmer estava tão bem ao fim de duas semanas que sua mãe sentiu que não era mais necessário dedicar todo o tempo a ela; e, contentando-se em visitá-la uma ou duas vezes por dia, retornou, após aquele período, para a própria casa e os próprios hábitos, e encontrou as senhoritas Dashwoods muito dispostas a retomar o papel que desempenhavam.

Na terceira ou quarta manhã depois de ter sido reinstalada em Berkeley Street, ao voltar de sua visita habitual à senhora Palmer, a senhora Jennings entrou na sala de estar, onde Elinor estava sentada sozinha, com um ar de solenidade tão urgente como se preparasse a moça para ouvir algo maravilhoso e, dando-lhe tempo apenas para formar essa ideia, começou diretamente a justificá-la, dizendo:

— Meu Deus, querida senhorita Dashwood! Você ouviu as notícias?

— Não, senhora. O que aconteceu?

— Algo muito estranho! Mas você deve ouvir tudo. Quando cheguei à casa do senhor Palmer, encontrei Charlotte bastante agitada com o bebê. Ela tinha certeza de que ele estava muito doente, pois chorava muito, estava bastante inquieto e cheio de brotoejas. Então, olhei diretamente para ele e "pelo amor de Deus, minha querida!", eu disse, "isso não é nada mais que uma erupção cutânea", e a babá disse a mesma coisa. Mas Charlotte não ficou satisfeita com essas palavras e então o senhor Donavan foi chamado. E, felizmente, ele tinha acabado de vir de Harley Street, então foi diretamente ver a criança e, assim como nós, falou que não era nada além de uma erupção cutânea, e assim Charlotte se acalmou. Quando o médico estava indo embora, veio à minha mente, tenho a certeza de que não sei como foi que pensei nisso, mas realmente isso veio à minha mente, e perguntei-lhe se ele tinha alguma novidade para contar. Então ele sorriu, meio sem jeito, fez um ar grave e, parecendo saber de algo, finalmente disse em um sussurro: "Receio que algum relato desagradável alcance os ouvidos das moças que estão sob seus cuidados em relação à indisposição da cunhada delas; acho aconselhável dizer-lhes que acredito que não há grandes motivos para alarme; espero que a senhora John Dashwood se restabeleça muito bem!".

— O quê! Fanny está doente?

— Foi exatamente o que eu perguntei, minha querida: "Meu Deus, a senhora Dashwood está doente?". Então, ele relatou tudo; e, para resumir o assunto, pelo que pude entender, parece ser o seguinte: o senhor Edward Ferrars, justo o jovem rapaz sobre o qual eu costumava fazer brincadeiras com você (mas, pelo que aconteceu, estou infinitamente contente por nada ter existido entre vocês), o senhor Edward Ferrars, ao que parece, está comprometido há mais de um ano com minha prima Lucy! É isso mesmo, minha querida! E ninguém sequer sabia uma sílaba sobre esse assunto, exceto Nancy! Você poderia acreditar que isso fosse possível? Não me admira que gostem um do outro; mas que as coisas tenham avançado tanto entre eles, sem ninguém suspeitar de nada! *Isso* é estranho! Nunca os vi juntos, ou tenho certeza de que teria descoberto tudo. Bem, e isso foi mantido em grande segredo, por medo da senhora Ferrars, e nem ela, nem seu irmão, nem sua cunhada suspeitavam de nada, até esta manhã, quando a pobre Nancy, que, você sabe, é uma criatura bem-intencionada, mas pouco reservada, revelou tudo. "Meu Deus!", Nancy deve ter pensado consigo mesma, "Todos gostam muito de Lucy, tenho certeza de que não colocarão nenhum empecilho a respeito!"; e, assim, ela foi até sua cunhada, que estava sentada sozinha bordando um carpete, pouco suspeitando do que estava por vir, pois ela havia acabado de dizer a seu irmão, apenas cinco minutos antes, que cogitava em arranjar um casamento entre Edward e a filha de um ou outro lorde, esqueci-me qual. Então você pode imaginar que golpe isso foi para toda a vaidade e o orgulho dela. Ela imediatamente entrou numa histeria violenta, dando gritos que chegaram aos ouvidos do irmão, que estava sentado em seu quarto de vestir, no andar debaixo, pensando em escrever uma carta para o administrador de sua propriedade no interior. Então, ele correu imediatamente, e uma cena terrível aconteceu, pois Lucy também foi até eles, nem sonhando com o que estava acontecendo. Pobre alma! Tenho pena *dela*. Devo dizer que ela foi tratada com severidade, pois sua cunhada a repreendeu com tamanha fúria que logo a levou a um desmaio. Nancy caiu de joelhos chorando amargamente; e seu irmão andava pela sala dizendo que não sabia o que fazer. A senhora John Dashwood declarou que as duas não deveriam ficar nem mais um minuto naquela casa, e seu irmão também foi forçado a ajoelhar-se para convencê-la a deixá-las ficar até que arrumassem as malas. *Então* ela voltou a ficar histérica, e ele ficou tão assustado que mandou chamar o senhor Donavan, e o senhor Donavan encontrou a casa em meio a todo esse alvoroço. A carruagem estava na porta, pronta para levar minhas pobres primas embora, e elas já estavam entrando nela quando ele chegou. A pobre Lucy estava em tal condição, ele disse, que mal podia andar, e Nancy estava quase tão mal quanto a irmã. Eu declaro que não tenho paciência com sua cunhada, e espero, de todo o meu coração, que ambos se casem, apesar dela. Meu Deus! Que triste ficará o senhor Edward quando souber disso! Ter sua amada tratada com tanto desprezo! Pois dizem que ele gosta muitíssimo dela, e deve gostar mesmo. Não me admiraria se ele estivesse muito apaixonado! E o senhor Donavan pensa da mesma forma. Ele e eu conversamos bastante sobre isso; e o melhor de tudo é que ele voltou para Harley Street, para ficar de prontidão para quando a senhora Ferrars fosse informada, pois ela foi chamada assim que minhas primas deixaram a casa, e sua cunhada tinha certeza de que *ela* também ficaria histérica, e ficaria mesmo, penso eu. Não tenho pena de nenhuma delas. Não tenho a menor ideia da razão de as pessoas fazerem tanto espalhafato por dinheiro e grandeza. Não há nenhuma razão no mundo pela qual o senhor Edward e Lucy não devam se casar, pois tenho certeza de que a senhora Ferrars pode muito bem prover o filho e, embora Lucy não tenha quase nada, ela sabe melhor do que qualquer outra pessoa como aproveitar ao máximo cada coisa. Ouso dizer que, se a senhora Ferrars lhe concedesse quinhentas libras por ano, ela teria uma aparência tão boa quanto qualquer outra pessoa com oitocentas libras. Meu Deus! Quão confortavelmente eles poderiam viver em um chalé como o de vocês, ou um pouco maior, com duas criadas e dois criados. E acredito que eu poderia ajudá-los a encontrar uma criada, pois minha Betty tem uma irmã desempregada que se encaixaria perfeitamente.

Nesse instante a senhora Jennings parou e, como Elinor teve tempo suficiente para reunir seus pensamentos, ela foi capaz de dar uma resposta e fazer observações, como o assunto naturalmente exigia. Ficou feliz por descobrir que não causava nenhuma suspeita de um interesse extraordinário na questão e que a senhora Jennings (como ela costumava esperar que viesse a acontecer) deixara de imaginá-la ligada a Edward; e mais feliz, acima de tudo, pela ausência de Marianne, sentindo-se, assim, bem capacitada a falar do caso sem constrangimento e a tecer um julgamento imparcial, acreditava ela, sobre a conduta de todos os envolvidos.

Ela mal conseguia definir qual era realmente sua própria expectativa sobre o fato, embora tentasse sinceramente afastar a ideia de que era possível que aquilo terminasse de outra maneira que não fosse o casamento de Edward e Lucy. Estava ansiosa por saber o que a senhora Ferrars diria e faria, mesmo que não houvesse dúvida quanto à sua natureza; e mais ansiosa por descobrir como Edward se comportaria. Sentia muita compaixão por ele; por Lucy, muito pouca, e ainda assim custou-lhe sentir esse pouco. Pelo restante daquelas pessoas, não sentia absolutamente nada.

Como a senhora Jennings não conseguia falar de nenhum outro assunto, Elinor logo sentiu necessidade de preparar Marianne para tal discussão. Não havia tempo a perder, era necessário esclarecê-la, familiarizá-la com a verdadeira realidade e esforçar-se para fazê-la ouvir o que os outros falavam sem revelar nenhum constrangimento pela irmã ou ressentimento com relação a Edward.

A tarefa de Elinor era dolorosa. Ela acabaria com o que realmente acreditava ser o principal consolo da irmã apresentando-lhe detalhes sobre Edward que ela temia que o arruinassem para sempre no conceito dela, e faria com que Marianne, em virtude de uma semelhança entre as situações de ambas, o que na imaginação *dela* pareceria enorme, sentisse novamente toda a sua própria desilusão. Contudo, apesar de ingrata, era uma missão necessária, e Elinor apressou-se em executá-la.

Ela estava bem longe de querer ressaltar os próprios sentimentos ou de mostrar que estava sofrendo muito, a não ser que o seu autocontrole, praticado desde o momento em que soube do noivado de Edward, sugerisse uma pista para Marianne do que era possível fazer. Sua narração foi clara e simples; e, embora não pudesse ser apresentada sem emoção, não era acompanhada de uma agitação muito forte, nem de uma tristeza arrebatadora. *Isso* ficou por conta da ouvinte, pois Marianne escutou tudo horrorizada e chorou excessivamente. Elinor deveria ser a consoladora dos outros mesmo em seus momentos de angústia; e todo o alento que pudesse ser dado por garantia de sua própria tranquilidade de espírito e da reivindicação muito sincera de isentar Edward de qualquer acusação, exceto de imprudência, foi prontamente oferecido à irmã.

Entretanto, Marianne, por algum tempo, não deu crédito a nada disso. Edward lhe pareceu um segundo Willoughby; e, reconhecendo, como fez Elinor, que ela o *tinha* amado sinceramente, como poderia sentir menos que ela mesma? Quanto a Lucy Steele, ela a considerava totalmente insossa, tão absolutamente incapaz de atrair um homem sensível, que a princípio não pôde ser convencida a acreditar, nem mais tarde a perdoar, em qualquer afeto anterior de Edward por ela. Marianne sequer admitia que fosse algo natural; e Elinor parou de tentar convencê-la, pois apenas um profundo conhecimento da humanidade poderia fazê-lo.

Sua primeira comunicação não foi além de mencionar o compromisso e há quanto tempo ele existia. Os sentimentos de Marianne então irromperam e acabaram com toda a regularidade dos detalhes; e, por algum tempo, tudo o que Elinor pôde fazer foi acalmar sua angústia, diminuir seus temores e combater seu ressentimento. A primeira de suas perguntas, que levou a mais pormenores, foi:

— Há quanto tempo você sabe disso, Elinor? Ele escreveu para você?

— Eu sei disso há quatro meses. Quando Lucy veio a Barton Park pela primeira vez, em novembro passado, ela me contou em segredo sobre seu compromisso.

Com essas palavras, os olhos de Marianne expressaram o espanto que seus lábios não conseguiram pronunciar. Depois do assombro, ela exclamou:

— Quatro meses! Você sabe disso há quatro meses?

Elinor confirmou.

— O quê? Enquanto você me consolava de toda a minha tristeza, isso estava em seu coração? E eu a censurei por estar feliz!

— Não era adequado que você soubesse o quanto eu sentia o contrário!

— Quatro meses! — exclamou Marianne. — Tão calma! Tão alegre! Como pôde suportar?

— Eu senti que estava cumprindo meu dever... Minha promessa a Lucy me obrigou a manter isso em segredo. Devia isso a ela; portanto, evitei dar qualquer indício da verdade. Além disso, não quis preocupar a nossa família e nossos amigos com algo que não estava ao meu alcance mudar.

Marianne parecia muito impressionada.

— Muitas vezes, desejei deixar de enganar você e a mamãe — acrescentou Elinor —, e uma ou duas vezes eu tentei, mas não poderia ter convencido vocês sem trair a confiança em mim depositada por Lucy.

— Quatro meses! E você o amava!

— Sim. Mas eu não o amava apenas. E, enquanto o bem-estar dos outros me fosse caro, fiquei contente por poupá-los de saber o quanto eu sentia. Agora, posso pensar e falar sobre isso com pouca emoção. Não quero que você sofra por minha causa, pois garanto que já não sofro substancialmente. Tenho muitas coisas em que me apoiar. Tenho consciência de não ter provocado desapontamento por nenhuma imprudência minha; até onde foi possível, não contei nada a ninguém. Eu absolvo Edward de qualquer má conduta. Eu desejo que ele seja muito feliz; e tenho tanta certeza de que ele sempre cumpre seu dever que, embora agora ele possa sentir algum arrependimento, no final ele será feliz. A Lucy não falta sensatez, e esse é o fundamento sobre o qual tudo de bom pode ser construído. E, no fim das contas, Marianne, tudo o que fascina na ideia de um afeto único e constante, e tudo o que se pode dizer sobre a felicidade de alguém depender inteiramente de uma única pessoa em especial, não deve, não é adequado, não é possível que assim seja. Edward se casará com Lucy; ele se casará com uma mulher intelectual e fisicamente superior à média das mulheres; e o tempo e o hábito vão ensiná-lo a esquecer que ele já pensou em outra superior a *ela*.

— Se esse é o seu modo de pensar — disse Marianne —, se a perda do que lhe era mais valioso é tão facilmente compensada por outra coisa, sua determinação e seu autocontrole talvez sejam um pouco menos admiráveis. Eles se tornam mais próximos da minha compreensão.

— Eu a entendo. Você não imagina que eu seja capaz de sentir muito. Durante quatro meses, Marianne, tudo isso esteve em minha mente sem que eu tivesse liberdade para falar sobre o assunto com uma única criatura sequer; sabendo que isso deixaria você e a mamãe muito infelizes assim que descobrissem, mas sem capacidade alguma de prepará-las para isso, ao menos. Foi-me dito, de certa maneira me foi imposto sabê-lo, pela própria pessoa cujo compromisso arruinou todas as minhas perspectivas; e ela me disse, como eu percebi, com certo triunfo. Portanto, tive de me opor às suspeitas dessa pessoa procurando parecer indiferente quando eu estava mais do que profundamente interessada; e não foi apenas uma vez; eu tive de ouvir sobre suas esperanças e sua ansiedade repetidas vezes. Eu me sentia separada de Edward para sempre sem encontrar uma circunstância sequer que pudesse me fazer desejar menos aquela relação. Nada o provou indigno; nada o declarou indiferente quanto a mim. Tive de lutar contra a indelicadeza de sua irmã e a insolência de sua mãe; e sofri o castigo por um compromisso sem usufruir de suas vantagens. E tudo isso aconteceu em um momento em que, como você sabe muito bem, não era minha única infelicidade. Se você puder acreditar que alguma vez fui capaz de sentir tudo isso, certamente poderá supor o que tenho sofrido até *agora*. A tranquilidade com a qual consigo lidar com o assunto no presente, a resignação que ando disposta a aceitar, tudo isso tem sido o efeito de um esforço constante e doloroso. Não surgiram do nada; não ocorreram para aliviar meu espírito no início. Não, Marianne. *Então*, se eu não tivesse sido obrigada a me recolher ao silêncio, talvez nada pudesse ter me impedido de fato, nem mesmo o apreço aos meus queridos amigos, de mostrar claramente que eu estava *muito* infeliz.

Marianne ficou bastante comovida.

— Ah, Elinor! — ela exclamou. — Você faz com que eu odeie a mim mesma para sempre. Como tenho sido insensível com você! Logo você, que é meu único conforto, que carregou comigo toda a minha tristeza, que parecia estar sofrendo apenas por mim! Essa é a minha gratidão? Esse é o único retorno que consegui lhe dar? Seu mérito parecia uma reprimenda feita a mim, e por isso eu tentava rechaçá-lo.

Os afetos mais ternos seguiram essa confissão. Em tal estado de espírito, Elinor não teve dificuldade em obter da irmã qualquer promessa que lhe solicitasse; e, a seu pedido, Marianne comprometeu-se a nunca falar do caso a ninguém com a menor aparência de amargura; a encontrar-se com Lucy sem transparecer aversão a ela; e, até mesmo, encontrar o próprio Edward, se o acaso os reunisse, sem qualquer diminuição da sua habitual cordialidade para com ele. Essas eram grandes concessões, mas, para Marianne, quando sentia que havia magoado alguém, nenhuma reparação era grande demais.

Ela cumpriu admiravelmente sua promessa de ser discreta. Prestou atenção em tudo o que a senhora Jennings tinha a dizer sobre o assunto com uma expressão neutra, não discordou de nada e ainda disse, umas três vezes: "Sim, senhora!". Ouviu elogios a Lucy passando apenas de uma cadeira para outra e, quando a senhora Jennings falou sobre o carinho de Edward, isso lhe custou apenas um aperto na garganta. Tais avanços rumo ao heroísmo de sua irmã fizeram Elinor sentir-se tão forte quanto ela.

A manhã seguinte trouxe uma provação ainda maior, com a visita do irmão, que chegou com um semblante muito sério para conversar sobre o terrível caso e trazer-lhes notícias de sua esposa.

— Vocês já ouviram, suponho — disse ele, com grande solenidade, assim que se sentou —, sobre a revelação chocante que ocorreu ontem sob o nosso teto.

Todas assentiram sem nada dizer; o momento pareceu terrível demais para que pudessem falar alguma coisa.

— Sua cunhada — continuou ele — sofreu terrivelmente. A senhora Ferrars também. Em suma, foi uma cena de sofrimento tão complicada... Mas espero que a tempestade passe sem que fiquemos abalados.

Pobre Fanny! Ontem ela passou o dia todo histérica. No entanto eu não quero que vocês fiquem muito alarmadas. Donavan disse que não havia nada a temer, pois ela tem boa constituição física e é capaz de enfrentar qualquer coisa. Já suportou tudo com a fortaleza de um anjo! Ela disse que nunca mais confiará em ninguém; e não é de admirar, depois de ter sido tão enganada! Lidar com essa ingratidão, após demonstrar tanta bondade, tanta confiança... Foi um excesso de benevolência de seu coração ter convidado essas jovens para nossa casa; apenas porque pensava que elas mereciam essa atenção, que eram meninas inofensivas e bem-comportadas, e que seriam companhias agradáveis. Caso contrário, nós dois desejávamos muito ter convidado você e Marianne para estar conosco, enquanto sua amável amiga assistia a filha. E, no fim, somos recompensados dessa maneira! "Preferia, com todo o meu coração", disse a pobre Fanny, de forma afetuosa, "que tivéssemos convidado suas irmãs em vez delas...".

E então ele fez uma pausa para receber os agradecimentos. E logo continuou:

— Não é possível descrever o que a pobre senhora Ferrars sofreu quando Fanny contou-lhe tudo. Enquanto ela, com o mais verdadeiro afeto, estava planejando um casamento mais apropriado para ele, como poderia supor que ele estivesse o tempo todo secretamente comprometido com outra pessoa? Essa suspeita nunca poderia ter passado por sua cabeça! Se ela desconfiasse de *qualquer* ligação dele com outra pessoa, não seria com *esta*. "Em relação a *esta*, com certeza", disse ela, "eu achava que estava segura". Ela ficou muito agoniada. No entanto, pensamos juntos o que deveria ser feito e, finalmente, ela decidiu mandar chamar Edward. Ele veio. Mas lamento contar o que se seguiu. Tudo o que a senhora Ferrars pôde dizer para fazê-lo colocar um fim nesse compromisso, acompanhado também, como vocês podem supor, pelos meus argumentos e pelas súplicas de Fanny, de nada adiantou. Dever, afeto, tudo foi desconsiderado. Eu nunca pensei que Edward fosse tão teimoso, tão insensível... A sua mãe explicou-lhe seus desígnios generosos, no caso de ele se casar com a senhorita Morton; disse que lhe daria a propriedade de Norfolk, que, descontados os impostos sobre a terra, geraria umas boas mil libras ao ano; desesperada, chegou até a oferecer mil e duzentas libras; e, isto posto, se ele ainda persistisse nessa união desvantajosa, relatou a penúria que tal casamento lhe causaria. Suas duas mil libras, ela protestou, seria tudo o que ele teria; ela nunca mais iria vê-lo novamente; não ofereceria a ele a menor assistência e, se ele desse início a qualquer profissão com vistas a sustentar-se, ela faria todo o possível para impedi-lo de ter sucesso nessa empreitada.

Nesse momento, Marianne, num êxtase de indignação, bateu palmas e gritou:

— Santo Deus! Como isso pode ser possível?

— É mesmo de estranhar, Marianne — respondeu o irmão —, uma obstinação que resiste a argumentos como esses. Seu espanto é bem natural.

Marianne ia responder, mas lembrou-se de suas promessas e reprimiu a si mesma.

— Tudo isso, no entanto — continuou ele —, foi em vão. Edward disse muito pouco; e, quando o fez, foi de maneira muito determinada. Nada o faria desistir de seu compromisso. Ele se manteria fiel a ele, custasse o que fosse.

— Então — exclamou a senhora Jennings com sinceridade, não mais conseguindo se calar —, ele agiu como um homem honesto! Peço desculpas, senhor Dashwood, mas, se ele tivesse feito o contrário, eu o acharia um canalha. Tenho um pouco de interesse nesse assunto, assim como você, pois Lucy Steele é minha prima, e acredito que não há um tipo melhor de moça no mundo, nem uma mais merecedora de um bom marido.

John Dashwood ficou abismado; mas sua natureza era tranquila, não passível de provocações, e ele nunca ofenderia ninguém, especialmente alguém de considerável fortuna. Portanto, ele respondeu, sem ressentimento:

— De forma alguma eu falaria de maneira desrespeitosa sobre qualquer parente seu, madame. A senhorita Lucy Steele é, ouso dizer, uma moça muito merecedora, mas, no caso atual, a senhora sabe, essa união é impossível. E ter firmado um compromisso secreto com um jovem sob a tutela de seu tio, filho de uma mulher com uma fortuna tão grande quanto a da senhora Ferrars, talvez, seja um pouco incomum. Em suma, não pretendo refletir sobre o comportamento de qualquer pessoa de sua estima, senhora Jennings. Todos nós desejamos que ela seja extremamente feliz, e a conduta da senhora Ferrars foi a que qualquer mãe conscienciosa e bondosa, em circunstâncias semelhantes, adotaria. Foi uma atitude digna e generosa. Edward escolheu seu próprio destino, e temo que tenha feito uma escolha ruim.

Marianne suspirou por sentir uma apreensão semelhante, e o coração de Elinor ficou oprimido em virtude dos sentimentos de Edward, que enfrentou as ameaças da mãe pelo amor de uma mulher que não podia recompensá-lo.

— Bem, senhor — disse a senhora Jennings —, e como tudo isso terminou?

— Lamento dizer, senhora, mas terminou com uma ruptura muito infeliz. Edward foi afastado para sempre dos cuidados de sua mãe. Ele saiu da casa dela ontem, mas, para onde ele foi, ou se ele ainda está na cidade, não sabemos; pois *nós*, é claro, não podemos fazer perguntas.

— Pobre rapaz! E o que será dele?

— De fato, senhora, é uma consideração melancólica. Nascido na perspectiva de tanta riqueza! Não posso conceber uma situação mais deplorável. Com os juros de duas mil libras... Como é que um homem pode viver com isso? E quando a isso se acrescenta a lembrança de que, se não fosse por sua própria tolice, dentro de três meses, receberia duas mil e quinhentas libras por ano (porque a senhorita Morton tem trinta mil libras), não consigo imaginar uma condição mais miserável. Todos devemos lamentar por ele, e ainda mais porque está totalmente fora do nosso alcance ajudá-lo.

— Pobre jovem! — exclamou a senhora Jennings. — Certamente ele será muito bem-vindo para se hospedar e se alimentar em minha casa. É o que eu lhe diria se pudesse vê-lo. Não é adequado deixá-lo viver por sua própria conta agora, em hospedarias e tabernas.

O coração de Elinor agradeceu por tanta gentileza em relação a Edward, embora ela não pudesse deixar de sorrir pela forma como isso foi dito.

— Se ele tivesse apenas feito por si mesmo — disse John Dashwood — o que todos os seus amigos estavam dispostos a fazer por ele, poderia estar agora desfrutando de uma situação apropriada, e não lhe faltaria nada. Mas, como escolheu trilhar outro caminho, ninguém poderá ajudá-lo. E há outra coisa que está sendo preparada contra ele, que deve ser pior do que tudo: sua mãe determinou, o que é compreensível devido a seu estado de espírito, passar para Robert imediatamente a propriedade que poderia ter sido de Edward em circunstâncias normais. Deixei-a esta manhã com seu advogado, conversando sobre o assunto.

— Bem — disse a senhora Jennings —, essa é a vingança *dela*. Todo mundo tem seu jeito próprio. Mas não acho que o meu método seria emancipar um filho só porque o outro me atormenta.

Marianne levantou-se e caminhou pela sala.

— Alguma coisa pode flagelar mais o espírito de um homem — continuou John — do que ver seu irmão mais novo na posse de uma propriedade que poderia ter sido sua? Pobre Edward! Sinto muito por ele, sinceramente.

Depois de mais alguns minutos gastos no mesmo tipo de efusão, concluiu-se sua visita; e, com repetidas garantias a suas irmãs de que ele realmente acreditava que não havia perigo algum na indisposição de Fanny, e que elas não precisavam, portanto, ficar muito preocupadas com isso, ele foi embora; deixou as três damas unânimes em seus sentimentos na presente ocasião, pelo menos no que dizia respeito à conduta da senhora Ferrars, dos Dashwoods e de Edward.

A indignação de Marianne explodiu assim que ele saiu da sala; e, como a veemência dela tornava a reserva impossível para Elinor e desnecessária para a senhora Jennings, elas se juntaram em uma vigorosa crítica a todos.

Capítulo XXXVIII

A senhora Jennings foi muito cordial em seus elogios à conduta de Edward, mas apenas Elinor e Marianne entendiam o seu verdadeiro mérito. Somente *elas* sabiam como foram poucas as razões que o levaram a ser desobediente e quão pequeno era o consolo, além da consciência de fazer o correto, que lhe restaria após perder amigos e fortuna. Elinor tinha orgulho de sua integridade, e Marianne perdoou todas as suas ofensas em compaixão pelo seu castigo. Contudo, apesar de a confiança entre elas ter sido restaurada ao seu estado adequado por essa descoberta pública, este era um assunto sobre o qual nenhuma delas gostava de falar quando estavam a sós. Elinor o evitava por princípio, tendendo a se concentrar ainda mais em seus pensamentos em virtude das garantias muito calorosas e positivas de Marianne e da crença persistente na afeição de Edward por ela, da qual Elinor queria se ver livre; e a coragem de Marianne logo falhou ao tentar conversar sobre um assunto que a deixava cada vez mais insatisfeita, em consequência da comparação que necessariamente se produzia entre a conduta de Elinor e a sua.

Ela sentiu toda a carga daquela comparação; mas não como sua irmã esperava, para incitá-la a se esforçar agora; ela sentiu toda a dor da contínua autocensura, lamentando com mais amargura nunca ter se esforçado antes; porém isso trouxe apenas a tortura da penitência sem a esperança da reparação. Sua mente estava tão confusa que ela ainda achava que reagir seria impossível e, portanto, isso a desanimava mais.

Não ouviram nenhuma nova notícia, por um ou dois dias, acerca dos acontecimentos de Harley Street ou Bartlett's Buildings. No entanto, embora já soubesse bastante sobre o assunto, e teria muito trabalho para espalhar a notícia, sem precisar averiguar mais, a senhora Jennings resolveu, desde o início, fazer uma visita para confortar e questionar suas primas o mais rápido que pôde; e nada além do entrave de receber mais visitas do que o habitual a impedira de ir até elas logo.

O terceiro dia após terem conhecimento dos detalhes do assunto, um domingo muito bonito, com um clima muito agradável, atraiu diversas pessoas a Kensington Gardens, apesar de ainda ser apenas a segunda semana de março. A senhora Jennings e Elinor também foram para lá, mas Marianne, que sabia que os Willoughbys estavam novamente na cidade e tinha um medo constante de encontrá-los, preferiu ficar em casa a se aventurar em um lugar público.

Uma conhecida íntima da senhora Jennings juntou-se a elas logo depois que chegaram aos jardins do parque, e Elinor não se chateou pelo fato de ela as acompanhar, envolvendo-se em todas as conversas da senhora Jennings, pois, desse modo, foi deixada em silêncio para refletir sobre outros temas. Não viu os Willoughbys, muito menos Edward, e por algum tempo também não viu ninguém que pudesse, por sua tristeza ou alegria, ser interessante para ela. Todavia, por fim, ela se surpreendeu ao ser abordada pela senhorita Steele, que, embora parecesse tímida, manifestou grande satisfação em vê-las e, ao sentir-se encorajada pelo incentivo da bondade peculiar da senhora Jennings, separou-se, por um momento, do grupo com o qual estava para se juntar a elas. A senhora Jennings imediatamente sussurrou para Elinor:

— Tire tudo dela, minha querida. Ela lhe dirá qualquer coisa se você perguntar. Como pode perceber, não posso abandonar a senhora Clarke.

Contudo, por sorte, tanto para a curiosidade da senhora Jennings quanto para a de Elinor, ela contaria qualquer coisa sem ser perguntada por ninguém, pois, se não fosse assim, não saberiam de nada.

— Estou tão feliz em encontrá-las — disse a senhorita Steele, segurando Elinor familiarmente pelo braço. — Porque essa era uma das coisas que eu mais queria no mundo!

E então, baixando a voz, disse:

— Suponho que a senhora Jennings tenha ouvido tudo a respeito. Ela está zangada?

— Creio que não esteja aborrecida com você.

— Isso é uma coisa boa. E Lady Middleton, ela está com raiva?

— Não creio que seja possível.

— Estou imensamente contente com isso. Meu bom Deus! Já estou passando por tanta coisa! Nunca vi Lucy com tamanha fúria em minha vida. Ela prometeu, a princípio, que nunca mais me enfeitaria um chapéu de novo nem faria nenhuma outra coisa em meu favor enquanto continuasse viva; mas agora ela se acalmou e voltamos a ser boas amigas, como sempre. Veja, ela fez esse laço no meu chapéu e colocou nele uma pena na noite passada. Agora, acho que *você* também vai rir de mim. Mas por que não devo usar fitas cor-de-rosa? Eu não me importo se é a cor favorita do doutor. Tenho certeza de que, de minha parte, jamais saberia que ele gostava *mais* de uma ou outra cor, caso ele não tivesse dito isso. Minhas primas têm me atormentado tanto! Confesso que, às vezes, não sei como aparecer diante delas.

Ela se desviou para um assunto sobre o qual Elinor não tinha nada a dizer e logo julgou conveniente encontrar um caminho que a levasse de volta ao primeiro assunto.

— Bem, senhorita Dashwood — disse triunfante —, as pessoas podem dizer o que quiserem sobre a declaração do senhor Ferrars de não querer ficar com Lucy, mas garanto que esta não é a verdade. É uma vergonha as pessoas espalharem essas notícias mal-intencionadas por aí. Seja o que for que Lucy possa pensar a respeito disso, você sabe, não é da conta de ninguém defini-lo como certo.

— Nunca ouvi nada do tipo antes, eu lhe garanto — disse Elinor.

— Ah, não ouviu? Mas *foi* dito, eu sei, eu sei muito bem, e por mais de uma pessoa. Porque a senhorita Godby disse à senhorita Sparks que ninguém em seu perfeito juízo poderia esperar que o senhor Ferrars desistisse de uma mulher como a senhorita Morton, com uma fortuna de trinta mil libras, para se casar com Lucy Steele, que não tem nada; e eu mesma ouvi a senhorita Sparks dizer tal coisa. E, além disso, meu próprio primo Richard disse que, quando chegasse a hora, ele temia que o senhor Ferrars desistisse de tudo. E, como Edward não se aproximou de nós por três dias, eu não sabia mais o que pensar. Acredito em meu coração que Lucy deu tudo por perdido, pois saímos da casa de seu irmão na quarta-feira e não mais o vimos nem na quinta-feira, nem na sexta-feira e nem no sábado, e não sabíamos o que havia acontecido com Edward. Lucy chegou a pensou em escrever para ele, mas seu ânimo a fez desistir disso. No entanto, esta manhã, ele chegou exatamente quando voltávamos da igreja, e então tudo foi esclarecido; ele relatou que fora a Harley Street na quarta-feira e havia conversado com sua mãe e os demais, e que havia declarado diante de todos que não amava ninguém além de Lucy, e ninguém além de Lucy o teria. E que ele ficou tão preocupado com o que se passou que, assim que saiu da casa da mãe, montou em seu cavalo, bateu em retirada em direção ao interior e se hospedou em um albergue durante toda a quinta e a sexta-feira, com o objetivo de pensar melhor sobre o assunto. E, depois de refletir muito, ele concluiu que agora, que não tem mais fortuna nem nada, seria bastante cruel mantê-la neste compromisso, pois ele não tem o que oferecer além de duas mil libras e nenhuma esperança de algo mais; e, se ele fosse ordenado, como já havia pensado, não poderia obter nada além de um benefício; e como eles viveriam com isso? Ele não suporta a ideia de não poder fazer nada melhor por ela, então implorou, se ela tivesse a menor consideração, que colocasse um fim imediatamente neste assunto e que o deixasse por si mesmo. Eu o ouvi dizer tudo isso o mais claramente possível. E foi inteiramente por causa *dela*, e pensando *nela*, que ele disse essas palavras sobre romperem, e não por vontade própria. Juro que ele nunca disse uma sílaba sobre estar cansado dela, ou sobre querer casar com a senhorita Morton ou algo assim. Mas, com certeza, Lucy não daria ouvidos a esse tipo de conversa; então ela lhe disse no mesmo instante (com muita doçura e amor, você sabe, tudo isso... Ah! Não se pode mais repetir esse tipo de coisa, você sabe...), ela disse com muita clareza que não tem a menor intenção de se afastar dele, pois poderia viver ao lado dele com muito pouco, e mesmo o quão pouco fosse, ela ficaria muito contente porque teria tudo, ou algo do tipo, você sabe... Então, ele ficou imensamente feliz e conversaram por certo tempo sobre o que eles deveriam fazer, e ambos concordaram que ele deveria ser ordenado primeiro, e esperariam para se casar quando ele finalmente recebesse o benefício. E, depois desse momento, não consegui ouvir mais nada, pois minha prima me chamou do andar de baixo para me dizer que a senhora Richardson havia chegado em sua carruagem e nos traria a Kensington Gardens. Fui, então, forçada a entrar na sala e interrompê-los para perguntar a Lucy se ela gostaria de vir, mas ela não quis deixar Edward; portanto, apenas subi as escadas, coloquei uma meia de seda e saí com os Richardsons.

— Eu não entendi o que você quis dizer com interrompê-los — disse Elinor. — Vocês três estavam na mesma sala juntos, não estavam?

— Não, de fato, não estávamos. Ah, senhorita Dashwood... acha que as pessoas falam de amor quando há alguém por perto? Ah, que vergonha! Tenho certeza de que deve saber muito bem dessas coisas — disse, rindo afetadamente. — Não, não... Eles estavam trancados na sala de estar, e ouvi tudo por trás da porta.

— Como? — Elinor gritou. — Você repetiu para mim o que ficou sabendo apenas porque ouviu atrás da porta? Lamento não ter sabido disso antes, pois certamente não teria permitido que você me desse detalhes de uma conversa da qual não deveria ter tomado conhecimento. Como você pode se comportar tão injustamente com sua irmã?

— Ah, mas *isso* não tem nada de mais. Eu só fiquei atrás da porta e ouvi o que pude. E tenho certeza de que Lucy teria feito o mesmo comigo, pois há um ou dois anos, quando Martha Sharpe e eu trocávamos tantos segredos, ela se escondia em um armário ou atrás de um biombo de chaminé, de propósito, para ouvir o que dizíamos.

Elinor tentou falar de outra coisa, mas a senhorita Steele não conseguiu se afastar nem por alguns minutos do assunto que estava em sua mente.

— Edward fala em ir para Oxford em breve — disse ela. — Mas agora ele está hospedado nesse número da Pall Mall. Que mulher desnaturada a mãe dele, não? E tanto seu irmão quanto sua cunhada não foram muito gentis! Porém, não direi nada contra eles para a *senhorita*; e posso garantir que nos mandaram para casa em sua própria carruagem, o que era mais do que eu esperava. De minha parte, eu estava com medo de que sua cunhada nos pedisse os estojos de agulha que ela nos deu um dia ou dois antes; no entanto, nada foi dito sobre eles, e eu tomei o cuidado de manter o meu longe do alcance das vistas dela. Edward diz que tem alguns negócios em Oxford, então, ele deve ficar lá por um tempo. Depois *disso*, assim que ele encontrar um bispo, será ordenado. Eu me pergunto que paróquia ele receberá! Meu bom Deus... — rindo enquanto ela falava. — Eu daria minha vida para descobrir o que minhas primas diriam se soubessem disso. Acho que elas diriam que eu deveria escrever para o doutor, para que ele desse a Edward uma paróquia nas terras dele. Eu sei que diriam isso; mas tenho certeza de que jamais faria algo assim, por nada no mundo. Eu responderia de maneira muito direta: "Ora, me pergunto como vocês podem pensar em uma coisa dessas. *Eu*, escrever para o doutor? Francamente!".

— Bem — disse Elinor —, é sempre bom estar preparado para o pior. Você já tem sua resposta pronta.

A senhorita Steele iria continuar dentro do mesmo assunto, mas a aproximação do grupo com o qual estava tornou necessário encerrar a conversa.

— Ah, aí vêm os Richardsons! Eu tinha muito mais a lhe dizer, mas não posso ficar muito longe deles. Garanto-lhe que são pessoas muito gentis. Eles ganham uma quantia monstruosa de dinheiro, e mantêm sua própria carruagem. Não terei tempo para falar com a senhora Jennings sobre isso, mas, por favor, diga-lhe que estou muito feliz em saber que ela não está com raiva de nós, assim como Lady Middleton; e, se algo acontecer, e você e sua irmã precisarem ir embora, e se a senhora Jennings desejar companhia, tenho certeza de que ficaremos muito felizes em lhe acompanhar o tempo que ela quiser. Suponho que Lady Middleton não vá nos convidar mais. Adeus! É uma pena que a senhorita Marianne não esteja aqui. Dê lembranças minhas gentilmente a ela. Ora! Mas você não vestiu seu vestido de musselina com bolinhas! Imagino que tenha medo de que rasgue.

Essa era sua preocupação na despedida; depois disso, só teve tempo de dizer adeus à senhora Jennings, antes que sua companhia viesse a ser reivindicada pela senhora Richardson; e Elinor apossou-se de informações que poderiam lhe dar o que pensar por algum tempo, embora não tivesse apreendido muito mais do que aquilo que já havia previsto e antecipado em sua mente. O casamento de Edward e Lucy estava firmemente determinado, e a data permanecia tão absolutamente incerta como ela concluiu que seria. Tudo dependia, exatamente como nas expectativas dela, de ele conseguir sua nomeação, da qual, no momento, não parecia ter a menor chance.

Assim que voltaram à carruagem, a senhora Jennings estava ansiosa por informações; mas, como Elinor desejava espalhar o mínimo possível aquelas informações que em princípio foram tão injustamente obtidas, ela se limitou à breve repetição de meros detalhes que Lucy, por seus próprios interesses, teria escolhido divulgar. A continuidade do compromisso e os meios adotados para levá-lo adiante foram tudo sobre o que ela contou, e isso fez com que a senhora Jennings proferisse a seguinte observação natural:

— Esperar até que ele consiga se sustentar! Sim, todos nós sabemos como *isso* terminará. Vão esperar doze meses e, não obtendo nada de bom, vão acabar se estabelecendo em uma paróquia com o benefício de cinquenta libras por ano, com os juros das duas mil libras dele e o pouco que o senhor Steele e o senhor Pratt poderão dar a ela. Então eles terão um filho por ano! E Deus os ajude! Quão pobres eles serão! Preciso verificar o que posso oferecer para mobiliar a casa deles. Duas criadas e dois criados, de fato! Como falei naquele dia... Não, não, eles devem precisar de uma moça robusta que faça todo tipo de trabalho. A irmã de Betty não lhes serviria *por ora*.

Na manhã do dia seguinte, Elinor recebeu uma carta pelo correio de dois centavos, da própria Lucy, que dizia:

Bartlett's Building, março

Espero que minha querida senhorita Dashwood me desculpe pela liberdade que tomo ao lhe escrever; mas sei que sua amizade por mim fará com que aprecie ouvir um relato tão bom a meu respeito e a respeito de meu querido Edward, depois de todos os problemas pelos quais passamos nos últimos tempos. Portanto, não pedirei mais desculpas, mas prossigo dizendo que, graças a Deus, embora tenhamos sofrido terrivelmente, estamos ambos muito bem agora e tão felizes quanto sempre estaremos; amando um ao outro. Passamos por grandes provações e inúmeras perseguições; no entanto, ao mesmo tempo, devemos agradecer a muitos amigos, entre os quais você é muito importante e de cuja bondade sempre lembrarei com gratidão, assim como Edward, a quem já contei tudo. Tenho certeza de que ficará contente em ouvir, da mesma maneira que a querida senhora Jennings, que passei duas horas felizes com ele ontem à tarde. Ele não queria nem ouvir falar da nossa separação, embora eu, sinceramente, tenha considerado um dever necessário e tenha insistido por prudência, e teria partido para sempre, se ele consentisse, mas ele disse que isso nunca aconteceria, pois ele não se importaria com o ódio de sua mãe caso pudesse ter meu afeto. Nossas perspectivas não são muito brilhantes, com certeza, mas devemos esperar sempre o melhor. Ele será ordenado em breve e, se porventura estiver ao seu alcance recomendá-lo a qualquer pessoa que tenha um benefício a ser concedido, tenho certeza de que você não vai se esquecer de nós. Assim como nossa querida senhora Jennings, que confio que também falará bem de nós para Sir John, ou para o senhor Palmer, ou para qualquer amigo que possa nos ajudar. Pobre Anne... sentiu-se culpada pelo que fez, mas ela fez o melhor que pôde, então, não digo nada. Espero que a senhora Jennings não ache um grande problema vir nos visitar, caso ela venha para esses lados em alguma manhã; seria uma grande bondade fazê-lo, e meus primos ficariam orgulhosos em conhecê-la. O pouco espaço que resta nesta folha de papel lembra-me de que preciso concluir esta carta, então, peço-lhe que dê minhas gratas e respeitosas lembranças a ela, ao senhor John, a Lady Middleton e a suas queridas crianças, quando tiver a oportunidade de encontrá-los, e meu afeto pela senhorita Marianne,

Eu sou, etc.

Assim que Elinor terminou de ler a carta, executou o que concluiu ser o real objetivo da autora da missiva, colocando-a nas mãos da senhora Jennings, que a leu em voz alta, fazendo muitos comentários de satisfação e elogios.

— Muito bem! Como ela escreve de um modo tão bonito! Sim, foi bastante apropriado liberá-lo do compromisso se assim ele o quis. Esta é a Lucy. Pobre alma! Eu *gostaria* de poder lhe dar um benefício eclesiástico, de todo o meu coração. Ela me chama de querida senhora Jennings, vejam só. Ela sempre foi uma moça de bom coração. Muito bom, mesmo. Essa carta está muito bem escrita. Sim, sim, eu irei vê-la, com certeza. Como ela é atenciosa, pensando em todos! Obrigada, minha querida, por me mostrar isso. É a carta mais bonita que já vi na vida, e dá um enorme crédito ao coração e à mente de Lucy.

Capítulo XXXIX

Já havia mais de dois meses que as senhoritas Dashwoods estavam na cidade, e a impaciência de Marianne por ir embora aumentava a cada dia. Ela ansiava pelo ar, pela liberdade, pela quietude do campo, e imaginava que, se algum lugar pudesse lhe dar tranquilidade, esse lugar seria Barton. Elinor não estava menos ansiosa do que ela para partir, porém sentia-se menos inclinada a fazê-lo imediatamente, pois estava consciente das dificuldades de tão longa jornada, as quais Marianne não conseguia reconhecer. Começou, no entanto, a pensar seriamente sobre o assunto, voltando seus pensamentos para sua realização, e já havia mencionado seus desejos para sua amável anfitriã, que resistiu a eles com toda a eloquência de sua boa vontade, quando foi sugerido um plano que, embora as mantivesse longe de casa por mais algumas semanas, parecia a Elinor muito mais aceitável do que qualquer outro. Os Palmers deveriam voltar para Cleveland no final de março, para passar o feriado da Páscoa, e a senhora Jennings, junto às duas amigas, recebeu um convite muito caloroso de Charlotte para acompanhá-los. Isso, por si só, não seria suficiente para a boa educação da senhorita Dashwood, mas foi reforçado com tanta polidez pelo próprio senhor Palmer, cujas maneiras em relação a elas mudaram radicalmente desde que ele soubera que a irmã dela andava muito infeliz, que ela acabou sendo induzida a aceitar o convite com prazer.

Quando ela contou a Marianne o que havia feito, a primeira resposta da irmã não foi muito auspiciosa:

— Cleveland! — ela exclamou, muito agitada. — Não, eu não posso ir para Cleveland.

— Você se esquece — disse Elinor com delicadeza — de que o lugar não é... que não está nos arredores de...

— Mas fica em Somersetshire. Não posso ir a Somersetshire. Lá, onde eu esperava ir... Não, Elinor, você não pode esperar que eu vá para lá.

Elinor não argumentou sobre a conveniência de superar tais sentimentos. Ela apenas se esforçou para neutralizá-los apelando para outros. Apresentou-lhe a viagem, portanto, como uma forma de fixar a data de seu retorno aos braços de sua querida mãe, a quem tanto desejava ver, de uma maneira mais conveniente e mais confortável do que qualquer outro plano poderia oferecer, e talvez sem grandes demoras. De Cleveland, que ficava a poucos quilômetros de Bristol, a distância até Barton não passava de um dia, apesar de ser um longo dia de viagem, e o criado de sua mãe poderia facilmente ir até lá para acompanhá-las. E, como não haveria motivo para que ficassem mais de uma semana em Cleveland, poderiam estar em casa em pouco mais de três semanas. Como o amor de Marianne por sua mãe era sincero, este venceu com pouca dificuldade os males imaginários em que ela havia pensado inicialmente.

A senhora Jennings estava tão longe de se cansar de suas convidadas que as pressionou com veemência a voltar com ela de Cleveland. Elinor ficou agradecida pela atenção, mas nada a faria alterar seus planos. Assim, com o consentimento de sua mãe sendo prontamente obtido, tudo o que se relacionava com seu retorno foi providenciado na medida do possível, e Marianne sentiu algum alívio ao calcular as horas que ainda a separariam de Barton.

— Ah! Coronel, não sei o que você e eu faremos sem as senhoritas Dashwoods — foi o que a senhora Jennings disse ao coronel quando ele a visitou pela primeira vez depois que a partida delas foi decidida. — Pois elas estão bastante resolvidas a voltar de lá dos Palmers direto para casa... E como estaremos desamparados quando eu voltar! Meu Deus! Ficaremos sentados olhando um para o outro, tão entediados quanto dois gatos.

Talvez a senhora Jennings estivesse esperando, com esse esboço vigoroso de seu futuro tédio, provocar o coronel a fazer o pedido de casamento, o que permitiria a ela escapar de seu destino. Nesse caso, ela logo teve boas razões para pensar ter alcançado seu objetivo, pois, quando Elinor se moveu em direção à janela para obter com mais precisão as medidas de uma gravura que ela iria copiar para a amiga, ele a seguiu com um olhar particularmente significativo e conversou com ela por alguns minutos. O efeito de seu discurso sobre a dama também não escapou de sua observação, pois, embora a senhora Jennings fosse muito honrada para ficar escutando, e até mesmo tivesse mudado de assento, com o propósito de *não* ouvir, sentando-se próximo ao piano que Marianne tocava, ela não deixou de perceber que Elinor havia mudado de cor, o escutava com agitação e estava muito concentrada no que ele dizia para continuar tirando as medidas da gravura. Para lhe dar ainda mais esperanças, no intervalo em que Marianne trocava as partituras, algumas palavras do coronel chegaram inevitavelmente ao ouvido dela, e, ao que parecia, ele estava se desculpando pelo mau estado de sua casa. Isso pôs um ponto-final no assunto. Ela se perguntava se, de fato, ele achava necessário dizer aquilo, mas supôs que fosse alguma regra de etiqueta. Ela não conseguiu entender o que Elinor disse em resposta, mas julgou, pelo movimento de seus lábios, que ela não via *naquilo* uma substancial objeção. E a senhora Jennings intimamente a elogiou por ser tão honesta. Eles, então, conversaram por mais alguns minutos sem que ela entendesse uma única sílaba, quando outra oportuna parada na apresentação de Marianne lhe trouxe estas palavras na voz serena do coronel:

— Receio que não possa acontecer tão cedo.

Surpresa e espantada com um discurso tão pouco apaixonado, ela estava quase a ponto de exclamar:

— Meu Deus! O que impediria isso de acontecer?

Mas conteve-se e confinou-se a esta silenciosa exclamação:

— Isso é muito estranho! Com certeza, ele não precisa esperar para ficar mais velho.

Esse adiamento por parte do coronel, no entanto, não pareceu em nada ofender nem mortificar sua bela companheira, pois, logo depois, ao terminarem a conversa, e se afastarem, a senhora Jennings ouviu claramente Elinor dizer, com uma voz de pura sinceridade:

— Sempre serei grata ao senhor.

A senhora Jennings ficou encantada com sua gratidão e apenas se perguntou por que, depois de ter ouvido aquilo, o coronel despediu-se imediatamente delas, com o maior sangue-frio, e foi embora sem dar a ela nenhuma resposta. Ela não achava que seu velho amigo pudesse ser um pretendente tão insensível.

O que realmente se passou entre eles foi o seguinte:

— Eu soube — disse ele, com grande compaixão — que seu amigo, o senhor Ferrars, foi injustiçado pela própria família; se entendi direito, ele foi totalmente desprezado por insistir em manter seu compromisso com uma moça muito digna. Fui corretamente informado? É isso mesmo?

Elinor disse que sim.

— A crueldade, a imprudente crueldade — respondeu ele, com grande emoção — de separar, ou tentar separar, dois jovens há muito tempo ligados um ao outro é terrível. A senhora Ferrars não sabe o que pode estar fazendo, nem o que pode levar o filho a fazer. Eu já vi o senhor Ferrars duas ou três vezes em Harley Street e gostei muito dele. Ele não é um jovem com quem se possa criar intimidade em pouco tempo, mas já o vi o suficiente para desejar-lhe bem por suas próprias virtudes, e, como ele é seu amigo, desejo-lhe ainda mais sorte. Soube que ele pretende ser ordenado. Tenha a bondade de lhe dizer que o benefício de Delaford, que acaba de ficar disponível, como fui informado pelo correio de hoje, é dele, se ele achar que vale a pena aceitá-lo, mas *disso*, pelas infelizes circunstâncias em que ele se encontra, talvez seja insensato duvidar. Eu só gostaria que o valor do benefício fosse maior. É uma casa paroquial, mas é pequena; creio que o titular anterior não ganhava mais de duzentas libras por ano, e receio que, embora certamente seja possível aumentar o valor do benefício, o montante não lhe permita ter muito conforto. Apesar disso, contudo, terei muito prazer em oferecê-lo a ele. Por favor, comunique isso a ele.

O espanto de Elinor com essa incumbência dificilmente poderia ter sido maior caso o coronel estivesse realmente lhe fazendo uma proposta de casamento. A nomeação de Edward, que apenas dois dias antes ela tinha considerado fora de cogitação, estava agora garantida para permitir que ele se casasse — e, de todas as pessoas no mundo, fora *ela* a escolhida para lhe dar a notícia! Sua emoção foi tão grande que a senhora Jennings a atribuíra a uma causa muito diferente. No entanto, mesmo que sentimentos menos nobres, menos puros, menos agradáveis fizessem parte dessa emoção, sua consideração pela costumeira generosidade e sua gratidão pela amizade, em particular, que, juntas, levaram o coronel Brandon a tomar essa atitude foram imensas, e elas as expressaram calorosamente. Elinor lhe agradeceu de todo o coração, falou dos princípios e do caráter de Edward, enaltecendo-os com elogios que ela sabia serem merecidos, e prometeu realizar a missão com prazer se realmente fosse seu desejo confiar uma tarefa tão agradável a outra pessoa. Mas, ao mesmo tempo, ela não pôde deixar de pensar que ninguém poderia executá-la tão bem quanto ele. Era uma tarefa, em suma, da qual gostaria de ser poupada, não querendo causar a Edward o constrangimento de receber um favor *dela*, mas o coronel Brandon, por motivos de igual delicadeza, recusando-a da mesma forma, parecia tão desejoso de ser ela a mensageira da notícia que ela não se esquivaria mais de fazê-lo. Ela acreditava que Edward ainda estava na cidade, e felizmente ouvira a senhorita Steele dizer o endereço em que ele se encontrava. Poderia, portanto, se comprometer a informá-lo disso no decorrer do dia. Depois que tudo ficou acertado, o coronel Brandon começou a falar de sua própria vantagem em garantir um vizinho tão respeitável e agradável, e *então* mencionou com pesar que a casa era pequena e modesta, um problema ao qual Elinor, como a senhora Jennings tinha suposto, não deu muita importância, pelo menos no que dizia respeito a seu tamanho.

— Quanto ao tamanho da casa — disse ela —, não consigo imaginar nenhum inconveniente para os dois, pois será proporcional à família e à renda deles.

O coronel ficou surpreso ao descobrir que *ela* estava considerando o casamento do senhor Ferrars como a consequência natural da nomeação, pois não acreditava ser possível que o benefício de Delaford pudesse garantir uma renda tal que alguém com o estilo de vida dele se aventurasse a se estabelecer, e ele disse isso.

— Essa pequena casa paroquial não *pode* fazer mais do que acomodar o senhor Ferrars, mas como um homem solteiro; não permite que ele se case. Lamento dizer que minha oferta termina aqui. Gostaria de poder oferecer mais. Se, no entanto, houver alguma chance de ajudá-lo que esteja ao meu alcance, eu só não o farei se minha opinião a respeito dele mudar completamente; caso contrário, farei o possível para lhe ser útil, como sinceramente gostaria de lhe ser neste momento. Para dizer a verdade, o que estou fazendo agora é muito pouco, uma vez que lhe permite avançar minimamente em direção ao que deve ser sua meta, seu único objetivo de felicidade. Seu casamento ainda deve ser um sonho distante. Pelo menos, receio que não possa acontecer tão cedo.

Essa foi a frase que, sendo mal interpretada, ofendeu tanto os delicados sentimentos da senhora Jennings, mas, depois desse relato do que realmente aconteceu entre o coronel Brandon e Elinor enquanto estavam diante da janela, a gratidão demonstrada por ela ao se despedirem talvez pudesse parecer, afinal, não menos razoavelmente eufórica nem menos apropriadamente expressa do que se tivesse surgido de uma proposta de casamento.

Capítulo XL

— Bem, senhorita Dashwood — disse a senhora Jennings, sorrindo de modo sagaz, assim que o cavalheiro se retirou. — Não vou perguntar o que o coronel lhe disse porque, palavra de honra, *tentei* não ouvir nada. Mas não pude deixar de escutar o suficiente para compreender o que ele queria. Garanto-lhe que nunca fiquei tão contente em minha vida, e desejo-lhe felicidade de todo o meu coração.

— Obrigada, senhora — disse Elinor. — Esse é um motivo de grande alegria para mim; e vejo com muita clareza a bondade do coronel Brandon. Não há muitos homens que agiriam como ele. Poucas pessoas têm um coração tão pleno de compaixão! Nunca fiquei tão surpresa em toda a minha vida.

— Meu Deus! Minha querida, você é muito modesta. Não estou nem um pouco surpresa, pois tenho pensado muito nisso nos últimos tempos, e não havia nada mais provável de acontecer.

— A senhora supôs isso por saber da costumeira benevolência do coronel, mas não poderia prever que a oportunidade ocorreria tão cedo.

— Oportunidade? — repetiu a senhora Jennings. — Ah! Quando um homem toma uma decisão como essa, de uma maneira ou de outra, logo encontra uma oportunidade. Bem, minha querida, desejo-lhe felicidade sempre e sempre. E, se existir um casal feliz no mundo, imagino que em breve vou saber onde procurá-lo.

— Suponho que pretende ir a Delaford atrás dele — disse Elinor, com um leve sorriso.

— Sim, minha querida, é claro que sim. E, quanto à casa ser ruim, não sei a que se referia o coronel, pois é uma das melhores que já vi na vida.

— Ele falou que precisa de reparos.

— Bem, e de quem é a culpa? Por que ele não faz os reparos? Quem deveria fazer isso além dele mesmo?

Eles foram interrompidos pela chegada do criado, que viera anunciar a carruagem na porta, e a senhora Jennings, que já estava se preparando imediatamente para sair, disse:

— Bem, minha querida, precisarei partir antes de dizer metade do que gostaria de lhe dizer. No entanto, podemos terminar essa conversa à noite, pois estaremos completamente sozinhas. Só não lhe peço que venha comigo porque presumo que sua mente esteja confusa demais para dar atenção a qualquer companhia. Além disso, você deve estar ansiosa para contar tudo à sua irmã.

Marianne havia saído da sala antes do início da conversa.

— Certamente, senhora, vou contar a Marianne, mas não vou falar sobre isso, no momento, com mais ninguém.

— Ah, tudo bem — disse a senhora Jennings, bastante desapontada. — Então, você não deseja que eu conte nada a Lucy, já que penso em ir até Holborn hoje.

— Não, senhora, nem mesmo a Lucy, por favor. Um dia a mais não fará muita diferença; e, até que eu tenha escrito ao senhor Ferrars, acho que isso não deve ser comentado com mais ninguém. Farei *isso* imediatamente. Não posso perder tempo em lhe dizer, pois é claro que ele terá muito o que fazer em relação à sua ordenação.

Esse discurso, a princípio, intrigou muitíssimo a senhora Jennings. Ela não conseguiu compreender de imediato por que Elinor deveria escrever para o senhor Ferrars com tanta pressa. Alguns momentos de reflexão, no entanto, resultaram em uma ideia muito feliz, e ela exclamou:

— Ah! Entendi! O senhor Ferrars é quem celebrará. Bem, tanto melhor para ele. Sim, claro, ele deve apressar-se para ser ordenado. E estou muito feliz em descobrir que as coisas estão tão avançadas entre vocês. Mas, minha querida, isso não está um pouco fora de propósito? Não seria o próprio coronel quem deveria escrever? Com certeza, ele é a pessoa certa para tanto.

Elinor não entendeu direito o início do discurso da senhora Jennings, e não achou que valeria a pena questioná-la; portanto, apenas respondeu à sua parte final.

— O coronel Brandon é um homem tão delicado que, em vez de ele mesmo anunciar suas intenções ao senhor Ferrars, prefere que outra pessoa o faça.

— E então *você* foi forçada a fazê-lo. Bem, para mim esse é um tipo muito estranho de delicadeza! No entanto, não vou incomodá-la — disse ao perceber que ela se preparava para escrever. — Você conhece melhor seus próprios assuntos. Então, adeus, minha querida. Essa foi a melhor notícia que ouvi desde que Charlotte deu à luz.

E então ela foi embora, mas voltou logo depois:

— Acabei de pensar na irmã de Betty, minha querida. Eu ficaria muito feliz em lhe conseguir uma boa patroa. Mas não sei dizer, de fato, se ela seria uma boa dama de companhia. Ela é uma excelente criada e trabalha muito bem com a agulha. No entanto, você poderá pensar nisso tudo quando tiver tempo.

— Certamente, senhora — respondeu Elinor, sem ouvir muito o que ela dissera e mais ansiosa para ficar sozinha do que para ser dona do assunto.

Como ela deveria começar, como ela deveria se expressar em seu bilhete para Edward... Agora, essa era toda a sua preocupação. As circunstâncias particulares entre eles dificultavam o que para qualquer outra pessoa seria a coisa mais fácil do mundo; mas ela tanto temia dizer muito como pouco, e ficou deliberando sobre o papel, com a caneta na mão, até que foi interrompida pela entrada do próprio Edward. Ele encontrara a senhora Jennings na porta, a caminho da carruagem, ao chegar para entregar seu cartão de despedida; e ela, depois de se desculpar por não poder voltar, obrigou-o a entrar, dizendo que a senhorita Dashwood estava no andar de cima e queria falar com ele sobre assuntos muito particulares.

Elinor acabara de ponderar, no meio de sua perplexidade, que, por mais difícil que fosse se expressar adequadamente por carta, ela preferia isso a dar as informações pessoalmente; e, quando o visitante entrou, ela foi obrigada a fazer esse enorme esforço. Seu espanto e sua confusão foram muito grandes com a aparição tão repentina dele. Ela não o tinha visto desde antes que o noivado se tornara público e, portanto, não mais haviam conversado desde que ele soubera que Elinor estava ciente de tudo; o que, com a consciência do que estava pensando e do que tinha a lhe dizer, fez com que Elinor se sentisse particularmente desconfortável por alguns minutos. Ele também estava muito angustiado; e os dois se sentaram lado a lado, em um estado de grande embaraço. Ele não se lembrava se havia se desculpado por sua intrusão ao entrar na sala, e, por garantia, pediu desculpas assim que conseguiu se sentar.

— A senhora Jennings comentou — disse ele — que você queria falar comigo, ou pelo menos eu entendi assim. Caso contrário, certamente não teria me intrometido dessa maneira. Embora, ao mesmo tempo, lamentasse profundamente deixar Londres sem ver a senhorita e sua irmã, em especial porque é possível que eu fique fora por algum tempo, e provavelmente não terei o prazer de vê-las novamente tão cedo. Vou para Oxford amanhã.

— Você não deveria partir, contudo — disse Elinor, recuperando-se, determinada a enfrentar o que tanto temia o mais rápido possível —, sem receber nossos votos de felicidade, mesmo que não pudéssemos oferecê-los pessoalmente. A senhora Jennings tinha razão no que disse. Tenho algo importante a lhe informar, e estava prestes a fazê-lo por carta. Fui encarregada de uma tarefa muito agradável — disse, respirando mais rápido do que o habitual enquanto falava. — O coronel Brandon, que esteve aqui há apenas dez minutos, pediu que eu lhe dissesse que, sabendo que você deseja ser ordenado, ele tem um grande prazer em lhe oferecer o benefício de Delaford, agora disponível, e apenas desejava que o valor fosse maior. Permita-me parabenizá-lo por ter um amigo tão respeitável e correto e endossar o desejo dele de que o valor do benefício, cerca de duzentas libras por ano, fosse muito mais significativo e lhe permitisse... Que pudesse ser mais do que uma acomodação temporária para você... Em resumo, que pudesse satisfazer a todos os seus projetos de felicidade.

O que Edward sentiu, nem ele mesmo sabia dizer, e não se podia esperar que ninguém mais dissesse por ele. *Aparentou* todo o espanto que tais informações tão inesperadas e inimagináveis não poderiam deixar de causar, mas disse apenas estas duas palavras:

— Coronel Brandon?

— Sim — continuou Elinor, mais resoluta, já que a pior parte havia passado —, o coronel Brandon quer, com isso, dar uma prova de sua preocupação com o que aconteceu recentemente... Pela terrível situação na qual a inadmissível atitude da sua família o colocou... preocupação que, tenho certeza, Marianne, eu e todos os seus amigos também temos; e também como uma prova de sua alta estima pelo seu caráter, de modo geral, e da aprovação particular de seu comportamento no presente caso.

— O coronel Brandon *me* concedeu um benefício! Isso é mesmo possível?

— A crueldade de seus próprios parentes deixou-o surpreso ao encontrar amizade em outro lugar?

— Não — respondeu ele, com súbita lucidez —, não por encontrá-la na *senhorita*, pois não posso ignorar que é a você, à sua bondade, que devo tudo isso. O que eu sinto... eu expressaria se pudesse... Mas, como você bem sabe, não sou um bom orador.

— Você está muito enganado. Garanto-lhe que deve isso inteiramente, ou pelo menos quase inteiramente, aos seus próprios méritos, e também ao discernimento do coronel Brandon em reconhecê-los. Eu não tive nenhuma participação nisso. Eu nem mesmo desconfiava, até saber dos planos dele, que o benefício estava disponível. Nunca me ocorreu que ele tivesse um benefício para oferecer. Como meu amigo e amigo da minha família, ele talvez possa... sei que ele certamente *tem* prazer ainda maior em concedê-lo ao senhor; mas, dou-lhe minha palavra, você não me deve nada.

A verdade a obrigou a reconhecer ter tido uma pequena participação naquele caso, mas, ao mesmo tempo, ela estava tão pouco disposta a aparecer como a benfeitora de Edward que o fez com hesitação, o que provavelmente contribuiu para aumentar tal suspeita na mente dele. Ele ficou pensativo por algum tempo, depois que Elinor parou de falar, e, finalmente, como se fizesse um esforço, disse:

— O coronel Brandon parece um homem de grande valor e respeitabilidade. Eu sempre ouvi as pessoas falarem isso dele, e sei que seu irmão tem grande estima por ele. Ele é, sem dúvida, um homem sensato e, em sua conduta, um perfeito cavalheiro.

— De fato — respondeu Elinor —, acredito que o senhor descobrirá, ao conhecê-lo melhor, que tudo o que ouviu sobre ele é verdade, e, como serão vizinhos muito próximos, pois creio que a casa paroquial fica muito perto da mansão, é particularmente importante que ele *seja* realmente tudo isso.

Edward não respondeu, mas, quando ela virou a cabeça, lançou-lhe um olhar tão sério, tão grave, tão desanimador que parecia dizer que ele preferia que a distância entre a casa paroquial e a mansão fosse bem maior.

— Acho que o coronel Brandon mora em St. James Street — disse ele, logo depois se levantando da cadeira.

Elinor disse a ele o número da casa.

— Devo me apressar, então, para dar a ele os agradecimentos que a senhorita não permite que eu *lhe* dê, e para assegurá-lo de que me fez um homem muito... extremamente feliz.

Elinor não o deteve, e eles se despediram com uma confirmação, muito sincera da parte *dela*, de seus incessantes votos de felicidade em cada nova situação na vida dele. E, da parte *dele*, mais com uma tentativa de retribuir os mesmos votos do que com o poder de expressá-los.

— Quando eu o vir novamente — disse Elinor para si mesma, quando a porta se fechou —, ele será o marido de Lucy.

E, com essa agradável previsão, ela se sentou para reconsiderar o passado, relembrar as palavras e se esforçar para compreender todos os sentimentos de Edward, além de, é claro, refletir por conta própria sobre o seu descontentamento.

Quando a senhora Jennings chegou em casa, embora tivesse visitado pessoas que nunca visitara antes e das quais, portanto, ela deveria ter muito a dizer, sua mente estava muito mais ocupada com o importante segredo que guardava do que com qualquer outra coisa, o que a fez voltar ao tema assim que Elinor apareceu.

— Bem, minha querida — exclamou ela —, enviei-lhe o rapaz. Não fiz certo? E suponho que você não tenha tido grande dificuldade. Ele não relutou em aceitar sua proposta?

— Não, senhora; *isso* não era muito provável.

— Bem, e em quanto tempo ele estará pronto? Pois tudo depende disso.

— Na verdade — disse Elinor —, conheço tão pouco esse tipo de formalidade que mal posso presumir o tempo ou a preparação necessária, mas suponho que em dois ou três meses ele já estará ordenado.

— Dois ou três meses! — gritou a senhora Jennings. — Santo Deus! Minha querida, como você consegue falar disso com tanta calma? E o coronel pode esperar dois ou três meses? Deus me perdoe! Tenho certeza de que *eu* não teria paciência! E, embora todos ficassem muito felizes em fazer uma gentileza ao pobre senhor Ferrars, não acho que vale a pena esperar dois ou três meses por ele. Com certeza se pode encontrar alguém que faria o mesmo, alguém que já esteja ordenado.

— Minha querida senhora — disse Elinor —, no que está pensando? Ora, o único objetivo do coronel Brandon é ser útil ao senhor Ferrars.

— Deus a abençoe, minha querida! A senhorita certamente não pretende me convencer de que o coronel só se casará com você para dar dez guinéus ao senhor Ferrars!

O engano não poderia continuar depois disso, e imediatamente foi feito um esclarecimento, que garantiu a elas um momento de grande diversão, sem que houvesse perda significativa de felicidade para nenhuma delas, pois a senhora Jennings apenas trocou uma forma de satisfação por outra e, ainda assim, sem perder a expectativa em relação à primeira.

— Sim, sim, a casa paroquial é mesmo muito pequena — disse ela, depois que a primeira onda de surpresa e satisfação havia passado. — E muito provavelmente *vai* precisar de reformas, mas ouvir um homem se desculpando, como imaginei que estivesse fazendo, por uma casa que, até onde sei, tem cinco salas de estar no térreo, e, segundo me lembro de ter me dito a governanta, pode comportar quinze camas no piso superior! E dizer isso a você, que se habituou a morar no chalé de Barton! Parece bastante ridículo. No entanto, minha querida, precisamos incentivar o coronel a fazer alguma coisa na casa paroquial e torná-la confortável para eles, antes que Lucy chegue.

— Mas o coronel Brandon parece não achar que o benefício seja suficiente para permitir que se casem.

— O coronel é um tolo, minha querida; porque ganha duas mil libras por ano, ele acha que ninguém poderia se casar com menos. Anote o que lhe digo: se eu estiver viva até lá, farei uma visita à casa paroquial de Delaford antes da Festa de São Miguel Arcanjo, e lhe asseguro que só irei se Lucy estiver lá.

Elinor era da mesma opinião quanto à probabilidade de que eles não esperariam muito tempo mais.

Capítulo XLI

Depois de agradecer ao coronel Brandon, Edward se encaminhou com toda a felicidade para a casa de Lucy; e tais eram seus excessos quando chegou a Bartlett's Buildings que ela pôde assegurar à senhora Jennings, que a visitaria novamente no dia seguinte para lhe parabenizar, que nunca o havia visto tão animado em toda a sua vida.

A felicidade de Lucy e seu próprio ânimo eram, pelo menos, muito evidentes; e ela juntou-se à senhora Jennings com grande entusiasmo na expectativa de todos estarem confortavelmente reunidos na casa paroquial de Delaford antes da Festa de São Miguel Arcanjo. Ao mesmo tempo, estava tão predisposta a dar a Elinor o mesmo crédito que Edward lhe *teria* concedido, que falou da amizade dela por ambos com os mais calorosos agradecimentos; estava pronta para admitir o quanto deviam a ela, e declarou abertamente que nenhum esforço da parte da senhorita Dashwood pelo bem do casal, no presente ou no futuro, jamais a surpreenderia, pois acreditava que ela era capaz de fazer qualquer coisa no mundo por aqueles a quem realmente valorizava. Quanto ao coronel Brandon, ela não só estava pronta para adorá-lo como um santo, mas também sentia-se realmente ansiosa para que ele fosse tratado como tal em todas as situações mundanas, ansiosa para que os dízimos pagos a ele fossem aumentados ao máximo; e secretamente decidida a se aproveitar, em Delaford, tanto quanto lhe fosse possível, dos seus criados, da carruagem, das vacas e galinhas.

Fazia mais de uma semana que John Dashwood estivera em Berkeley Street e, desde então, não tiveram mais nenhuma notícia da indisposição de sua esposa, além daquele comunicado feito por ele, e Elinor começou a achar necessário visitá-la. Essa era uma obrigação, no entanto, que não apenas se opunha às suas próprias inclinações, mas que não tinha nenhum incentivo de suas companheiras. Marianne, não contente de apenas se recusar a ir, tentou com muita insistência impedir que a irmã fosse; e a senhora Jennings, embora sua carruagem estivesse sempre a serviço de Elinor, detestava tanto a senhora John Dashwood que nem mesmo sua curiosidade de ver como ela estava após sua recente descoberta nem seu forte desejo de defrontá-la, tomando partido de Edward, podiam superar a falta de vontade de estar em sua companhia novamente. Consequentemente, Elinor partiu sozinha para fazer a tal visita, à qual ninguém poderia realmente ter menos inclinação do que ela, para correr o risco de um *tête-à-tête*[1] com uma mulher a quem nenhuma das outras tinha tantos motivos para desgostar quanto ela.

Disseram que a senhora Dashwood não estava; mas, antes que a carruagem pudesse partir, seu marido acidentalmente surgiu. Ele expressou grande prazer em encontrar Elinor, disse a ela que estava indo visitá-las em Berkeley Street e, assegurando-lhe que Fanny ficaria muito feliz em vê-la, a convidou para entrar.

Eles subiram as escadas para a sala de estar. Não havia ninguém lá.

— Suponho que Fanny esteja em seu quarto — disse ele. — Irei até lá neste exato momento, pois tenho certeza de que ela não fará a menor objeção do mundo a vê-la. Muito longe disso, aliás. Ainda mais *agora*, não... Mas, de qualquer forma, você e Marianne sempre foram suas favoritas. Por que Marianne não veio?

Elinor se desculpou como pôde pela ausência da irmã.

— Não lamento vê-la sozinha — ele continuou —, pois tenho muito a lhe dizer. Esse benefício do coronel Brandon, como pode ser verdade? Ele realmente o concedeu a Edward? Ouvi dizer ontem, por acaso, e estava indo fazer-lhe uma visita propositalmente para saber mais sobre o assunto.

— É a mais pura verdade. O coronel Brandon concedeu o benefício de Delaford a Edward.

— Sério? Bem, isso é muito surpreendente! Sem ter nenhum parentesco! Sem haver nenhum vínculo entre eles! E justo agora que os benefícios valem tanto! Qual foi o valor?

— Cerca de duzentas libras por ano.

— Muito bom. E, para haver um benefício com esse valor, suponho que o último titular estivesse velho e doente, e provavelmente desocuparia o posto em breve. Tenho certeza de que ele poderia conseguir cerca de mil e quatrocentas libras. E como ele não resolveu o assunto antes da morte dessa pessoa? *Agora*, na verdade, seria tarde demais para vender a nomeação, mas um homem com o bom senso do coronel Brandon! É surpreendente que ele tenha sido imprudente a este ponto com uma questão comum e tão natural! Bem, estou convencido de que existe muita incoerência em quase todo ser humano, mas suponho, no entanto, analisando melhor, que o caso provavelmente

---

1. Do francês: conversa privada entre duas pessoas. (N. E.)

seja *este*: Edward ficará no cargo até que a pessoa a quem o coronel realmente vendeu o benefício tenha idade suficiente para assumi-lo. Sim, sim, esse é o fato, acredite.

Porém, Elinor o contradisse com bastante determinação; e, ao relatar que ela mesma estava incumbida de transmitir a oferta do coronel Brandon a Edward, e, portanto, entendia os termos em que a oferta fora apresentada, obrigou o irmão a se submeter à sua autoridade no assunto.

— É realmente surpreendente! — ele exclamou, depois de ouvir o que ela dissera. — Quais poderiam ser os motivos do coronel?

— Um motivo muito simples: ser útil ao senhor Ferrars.

— Bem, bem... Sejam quais forem os motivos do coronel Brandon, Edward é um homem de muita sorte. Não fale sobre este assunto com Fanny, pois, embora eu tenha falado sobre isso com ela, e ela o tenha suportado muito bem, não vai gostar de ouvir falar do caso novamente.

Elinor teve alguma dificuldade para se abster de comentar que Fanny poderia suportar com grande compostura essa aquisição de riqueza pelo seu irmão, já que nem ela nem seu filho poderiam ser possivelmente empobrecidos por conta disso.

— A senhora Ferrars — acrescentou ele, abaixando o tom de voz como se para informar que o assunto era muito importante — não sabe nada sobre isso até o momento, e acredito que será melhor mantê-lo totalmente em segredo pelo maior tempo possível. Quando o casamento acontecer, temo que ela acabará descobrindo tudo.

— Mas por que devemos ter essa precaução? Embora seja improvável que a senhora Ferrars tenha a mínima satisfação em saber que seu filho tem dinheiro suficiente para viver, pois *isso* está completamente fora de questão, então, por que, depois de tudo o que fez, ela haveria de se importar? Ela rompeu com o filho, rejeitou-o para sempre, e fez com que todos aqueles sobre quem ela exerce alguma influência fizessem o mesmo. Certamente, depois de agir dessa forma, não se pode imaginar que ela esteja sujeita a qualquer sentimento de tristeza ou alegria por causa dele. Não deve estar interessada em nada que lhe diga respeito. Não seria tão incoerente a ponto de jogar fora o bem-estar de um filho e ainda assim conservar a ansiedade de uma mãe!

— Ah, Elinor! — disse John. — Seu raciocínio é muito bom, mas se baseia na ignorância da natureza humana. Quando o infeliz casamento de Edward ocorrer, pode ter certeza de que a mãe dele sentirá tanto como se nunca o tivesse rejeitado. Portanto, todas as circunstâncias que possam acelerar esse terrível evento devem ser escondidas dela o máximo possível. A senhora Ferrars nunca se esquecerá de que Edward é seu filho.

— Você me surpreende, pois penso que ela já quase não deva ter memória dele a uma hora dessas.

— Você está muito enganada. A senhora Ferrars é uma das mães mais afetuosas do mundo.

Elinor ficou calada.

— *Agora* estamos pensando — disse o senhor Dashwood, após uma breve pausa — em casar *Robert* com a senhorita Morton.

Elinor, rindo do tom grave e categórico do irmão, respondeu calmamente:

— A moça, suponho, não tem direito de escolha no caso.

— Escolha! Como assim?

— Só quero dizer que, pelo seu modo de falar, deve pensar que tanto faz, para a senhorita Morton, casar-se com Edward ou Robert.

— Certamente, não pode haver diferença, pois Robert será agora, para todos os efeitos, considerado o filho mais velho. E, além disso, ambos são rapazes muito agradáveis; não me parece que um seja superior ao outro.

Elinor não disse mais nada, e John também ficou em silêncio, mas por pouco tempo. Suas reflexões terminaram assim.

— *Uma* coisa, minha querida irmã — disse gentilmente, segurando a mão dela e falando em um espantoso sussurro —, posso lhe garantir, e farei isso porque sei que deve agradá-la. Tenho um bom motivo para pensar... Na verdade, ouvi de uma fonte confiável, ou nem estaria repetindo, pois, caso contrário, seria muito errado dizer algo sobre isso. Não que eu tenha ouvido diretamente da própria senhora Ferrars, mas a filha dela *disse*... E foi por ela que eu soube que... Em suma, quaisquer que sejam as objeções contra uma certa... uma certa parenta... Acho que você me entende... O casamento com essa outra teria sido muito preferível, e não teria trazido metade da irritação que esta *causou*. Fiquei extremamente satisfeito ao saber que a senhora Ferrars considerava a questão sob esse prisma. Uma circunstância muito gratificante para todos nós, você sabe. "Não haveria comparação", disse ela, "dos dois males, o menor, e ficaria feliz *agora* em aceitar o menos ruim." No entanto, tudo isso está fora de cogitação. Não devemos pensar ou mencionar nada sobre isso, qualquer tipo de união, você sabe... Nunca poderia acontecer, tudo já passou. Mas pensei em lhe contar porque sabia quanto isso deveria agradá-la. Não que você tenha algum motivo para se arrepender, minha querida Elinor. Não há dúvida de que você está se saindo muito bem. Muito bem, ou melhor, talvez, levando-se em conta todas as coisas consideradas. O coronel Brandon tem estado com você ultimamente?

Elinor já ouvira o suficiente, senão para satisfazer a sua vaidade e aumentar sua autoestima, ao menos para agitar seus nervos e ocupar a mente. E, portanto, ficou feliz por ser poupada da necessidade de dizer muito em resposta àquilo, e do perigo de ouvir mais alguma coisa do irmão, graças à chegada do senhor Robert Ferrars. Depois de alguns momentos de conversa, John Dashwood, lembrando que Fanny ainda não havia sido informada da presença de sua irmã, saiu da sala em busca da esposa. Elinor foi deixada ali para aprimorar sua familiaridade com Robert, que, pela alegre despreocupação e pela feliz autocomplacência de modos, ao desfrutar de uma divisão injusta do amor e da generosidade de sua mãe, em detrimento do irmão banido, conquistada graças a um curso de vida dissoluto e à custa da integridade desse mesmo irmão, confirmou a opinião desfavorável que ela tinha a respeito do caráter e do coração dele.

Eles mal haviam passado dois minutos sozinhos antes que ele começasse a falar de Edward; pois também ouvira falar do benefício e estava muito curioso pelo assunto. Elinor repetiu os detalhes, do mesmo modo como contara a John, e seus efeitos sobre Robert, embora tenham sido muito diferentes, não foram menos impressionantes do que haviam sido no *outro*. Ele riu de modo profuso. A ideia de Edward se tornar clérigo e morar em uma pequena casa paroquial divertiu-o muitíssimo, e, quando a isso foi acrescentada a imagem de Edward lendo orações com uma sobrepeliz[2] branca e fazendo as proclamas[3] de casamento entre um John Smith e uma Mary Brown quaisquer, ele não conseguiu imaginar nada mais ridículo.

Enquanto esperava em silêncio e com uma seriedade imutável a conclusão de tal zombaria, Elinor não conseguiu impedir que seus olhos se fixassem nele com todo o desprezo que a situação provocava. Era um olhar, no entanto, muito bem direcionado, pois aliviou seus sentimentos sem que ele pudesse perceber algo. Ele recuperou a sensatez

---

2. Espécie de manto branco, com ou sem mangas, que os clérigos usam sobre a batina. (N. E.)
3. Proclama era um anúncio de casamento que estivesse próximo a se realizar, geralmente lido na igreja. (N. E.)

e voltou à sobriedade não por sentir que ela o reprovasse, mas por seu próprio bom senso.

— Podemos tratá-lo como uma piada — disse ele, finalmente, recuperando-se do riso afetado que prolongara consideravelmente a genuína alegria do momento —, mas, juro por minha alma, este é um assunto muito sério. Pobre Edward! Está arruinado para sempre. Sinto muito por isso, pois sei que ele é uma criatura de bom coração. Um companheiro muito bem-intencionado, talvez como poucos no mundo. Não deve julgá-lo, senhorita Dashwood, por *seu* tênue conhecimento. Pobre Edward! Suas maneiras certamente não são as mais felizes na natureza. Mas nem todos nascemos, você sabe, com os mesmos dons, as mesmas capacidades... Pobre coitado! Vê-lo em um círculo de estranhos! Isso já é certamente lamentável o suficiente! Contudo, por minha alma, acredito que ele tem um coração tão bom quanto qualquer outro neste reino, e eu afirmo e reafirmo que nunca fiquei tão chocado na minha vida como fiquei quando tudo aconteceu. Não pude acreditar. Minha mãe foi a primeira pessoa que me contou, e eu, sentindo-me na necessidade de agir com resolução, imediatamente disse a ela: "Minha querida senhora, não sei o que pretende fazer diante dessa situação, mas, quanto a mim, devo dizer que, se Edward se casar com essa jovem, nunca mais tornarei a vê-lo!". Foi o que eu disse de imediato. Fiquei muito chocado, de fato! Pobre Edward! Ele se perdeu completamente. Isolou-se para sempre de toda a sociedade decente! Mas, como eu disse claramente para minha mãe, não estou nem um pouco surpreso com isso; com a educação que ele teve, isso era de esperar. Minha pobre mãe ficou um tanto enlouquecida.

— Você já viu a dama alguma vez?

— Sim; uma vez, enquanto ela estava hospedada nesta casa, aconteceu de eu entrar por dez minutos, e vi o suficiente. É uma moça simples e desajeitada do interior, sem estilo, sem elegância e quase desprovida de beleza. Lembro-me com perfeição dela, é exatamente o tipo de garota que com certeza cativaria o pobre Edward. Eu me ofereci de pronto, assim que minha mãe me contou o caso, para conversar com ele pessoalmente e dissuadi-lo. *Então*, descobri que era tarde demais para fazer qualquer coisa, pois, infelizmente, eu não estava presente no início, e só fiquei sabendo do assunto depois que a ruptura ocorreu, quando, como você sabe, eu já não podia mais interferir. Se eu tivesse sido informado algumas horas antes, provavelmente poderia ter feito algo. Com certeza, faria Edward pensar em tudo isso sob um novo prisma. Eu diria: "Meu querido irmão, considere bem o que está fazendo. Você está criando um vínculo lamentável com uma pessoa que toda a sua família desaprova com unanimidade.". Não posso deixar de pensar, em suma, que poderíamos ter feito alguma coisa. Mas agora é tarde demais. Ele deve estar passando por necessidades, você sabe. Com certeza. Deve estar absolutamente necessitado.

Ele havia acabado de fazer seu *discurso* com exagerada compostura quando a entrada da senhora John Dashwood no recinto pôs fim à conversa. Todavia, embora *ela* nunca tenha falado sobre isso fora do círculo da própria família, Elinor podia sentir a influência de tal assunto sobre sua mente pela expressão confusa com a qual ela estava quando entrou e pela tentativa de cordialidade em seu comportamento. Ela chegou a demonstrar essa preocupação ao saber que Elinor e sua irmã iriam sair logo da cidade, pois ainda esperava encontrá-las mais vezes. Um esforço no qual o marido, que a levara até a sala e acompanhara apaixonado cada inflexão de sua voz, parecia distinguir tudo o que há de mais afetuoso e gracioso.

Capítulo XLII

Uma outra visita curta a Harley Street, na qual Elinor recebeu felicitações de seu irmão por fazerem uma viagem tão longa até Barton sem nenhuma despesa, e pelo fato de o coronel Brandon ir procurá-las em Cleveland dentro de um ou dois dias, encerrou o contato entre irmão e irmãs na cidade. E um ligeiro convite de Fanny para irem a Norland sempre que passassem por lá, o que de todas as coisas era a mais improvável de acontecer, e uma promessa mais calorosa, embora menos pública, de John para Elinor, de que em breve iria vê-la em Delaford, foi tudo o que sinalizou um futuro encontro no interior.

Divertia-a observar que todos os seus amigos pareciam determinados a mandá-la para Delaford, um lugar que agora, entre todos os outros, era o que ela menos tinha vontade de visitar ou onde menos desejava morar, pois não só fora considerado seu futuro lar por seu irmão e pela senhora Jennings, mas até Lucy, quando se despediu dela, fez-lhe um insistente convite para que fosse visitá-la.

Bem no início de abril, e razoavelmente cedo, os dois grupos, o de Hanover Square e o de Berkeley Street, partiram de suas respectivas casas para se encontrar, conforme combinado, na estrada. Para a própria comodidade, Charlotte e seu bebê sairiam dois dias antes, e o senhor Palmer, viajando mais rapidamente com o coronel Brandon, deveria se juntar a eles em Cleveland logo após sua chegada.

Marianne, que passara poucas horas divertidas em Londres e havia muito tempo estava ansiosa para partir, não conseguiu, quando chegado o momento, dizer adeus à casa onde pela última vez desfrutara de suas esperanças e da confiança em Willoughby, que agora estavam extintas para sempre, sem sentir uma enorme dor. Tampouco podia deixar a cidade em que Willoughby ainda permaneceria, ocupado com novos compromissos e novos planos, nos quais *ela* não estava incluída, sem derramar muitas lágrimas.

O estado de espírito de Elinor, no momento da partida, era mais positivo. Ela não tinha nenhum alvo em que seus pensamentos pudessem persistir e se fixar nem estava deixando para trás ninguém que pudesse lhe causar tristeza pelo fato de estar separada para sempre. Estava satisfeita por se libertar da perseguição da amizade de Lucy, grata por conseguir fazer com que sua irmã não visse Willoughby depois do casamento dele, e esperava ansiosamente que alguns meses de tranquilidade em Barton pudessem restaurar a paz de espírito de Marianne e revigorar a sua.

A viagem delas foi realizada com segurança. O segundo dia as levou ao querido, ou proibido, condado de Somerset, pois era de tal maneira que ele permanecia, alternadamente, na imaginação de Marianne; e na manhã do terceiro dia chegaram a Cleveland.

Em Cleveland, a casa era espaçosa e moderna, situada em uma verde encosta. Não havia um parque, mas as áreas verdes eram razoavelmente amplas e, como todos os outros lugares com o mesmo grau de importância, tinha suas próprias aleias e uma trilha estreita de madeira, além de uma estrada de pequenos seixos que serpenteava em torno de uma plantação que levava à entrada da casa. No gramado espalhavam-se árvores, e a própria casa estava sob a escolta de um abeto, de uma sorveira e de uma acácia, e a espessa tela formada por todo esse conjunto, intercalado por altos álamos, encobria o local onde ficavam as áreas de serviço.

Marianne entrou na casa com o coração cheio de emoção por saber que estava a apenas cento e trinta quilômetros de Barton, e a nem cinquenta de Combe Magna; e, antes mesmo de ficar cinco minutos entre suas paredes, enquanto os outros estavam ocupados ajudando Charlotte a mostrar seu filho para a governanta, ela tornou a sair, passando furtivamente pelas aleias sinuosas, agora apenas começando a florescer, para chegar a uma afastada colina, onde, de um templo em estilo grego, seus olhos, vagando por uma vasta área rural a sudeste, podiam descansar ternamente na cordilheira mais distante do horizonte e imaginar que, de seus cumes, Combe Magna poderia ser vista.

Em tais momentos de precioso e inestimável sofrimento, ela se regozijava com lágrimas de agonia por estar em Cleveland, e, ao voltar à casa por uma rota diferente, sentindo todo o feliz privilégio da liberdade do campo, de vagar de um lugar para outro em uma livre e luxuosa solidão, resolveu passar quase todas as horas de todos os dias, enquanto permanecesse com os Palmers, na indulgência de tais caminhadas solitárias.

Ela voltou bem a tempo de se juntar aos outros quando eles deixaram a casa em uma excursão por suas instalações mais próximas. O restante da manhã transcorreu rapidamente enquanto zanzavam pela horta examinando os brotos nos muros e ouvindo as lamentações do jardineiro sobre as pragas; passeando pela estufa, onde a perda de suas plantas favoritas, expostas imprudentemente e queimadas pela geada persistente, provocou risos de Charlotte; e visitando o galinheiro, onde, nas expectativas frustradas de uma criada, por causa das galinhas que abandonavam seus ninhos ou eram roubadas por uma raposa, ou pela rápida diminuição de uma nova e promissora ninhada, ela encontrou novas fontes de diversão.

A manhã estava agradável e não havia previsão de chuva, e Marianne, em seu plano de passear ao ar livre, não calculara nenhuma mudança de clima durante a estada em Cleveland. Com grande surpresa, portanto, ela se viu impedida de sair novamente depois do jantar por uma chuva forte. Ela gostaria de fazer uma caminhada durante o crepúsculo até o templo grego, e talvez por todo o terreno, e um fim de tarde apenas frio ou úmido não a teria impedido de fazê-lo; mas, com uma chuva intensa e permanente, nem mesmo *ela* podia fantasiar que o clima se tornasse seco ou agradável para caminhar.

O grupo deles era pequeno, e as horas passaram silenciosamente. A senhora Palmer cuidava do filho, e a senhora Jennings bordava um tapete; eles conversavam sobre os amigos que haviam deixado para trás, discutiam os compromissos de Lady Middleton e conjecturavam se o senhor Palmer e o coronel Brandon iriam além de Reading naquela noite. Elinor, por menos que se preocupasse, juntou-se à conversa, e Marianne, que tinha o dom de encontrar o caminho da biblioteca em qualquer casa, por mais que a família em geral evitasse tal cômodo, logo achou um livro para si mesma.

A senhora Palmer não permitia que lhes faltasse nada e, com seu constante e amigável bom humor, fazia de tudo para que se sentissem bem-vindos. Sua franqueza e cordialidade mais do que compensavam a falta de memória e de elegância que a tornava carente em boas maneiras com frequência. Sua bondade, realçada por um rosto tão bonito, era envolvente; sua insensatez, embora evidente, não era desagradável, porque não era pretensiosa; e Elinor poderia ter perdoado tudo, menos a risada dela.

Os dois cavalheiros chegaram no dia seguinte para o jantar, já muito tarde, proporcionando uma agradável ampliação do grupo e uma variedade muito bem-vinda à sua conversa, que uma longa manhã de chuva, aquela mesma do dia anterior, reduzira a baixos níveis.

Elinor tinha visto o senhor Palmer muito pouco, e nesse pouco viu tanta variedade na forma como a tratava e na forma como tratava sua irmã que não sabia o que esperar ao encontrá-lo junto da própria família. Ela descobriu, no entanto, que ele tinha o comportamento de um perfeito cavalheiro com todos os visitantes, e era apenas ocasionalmente rude com sua esposa e a sogra; descobriu que ele podia ser uma companhia muito agradável, e somente o que o impedia de ser sempre assim era sua grande predisposição a se imaginar muito superior às pessoas em geral, como se sentia em relação à senhora Jennings e a Charlotte. De resto, seu caráter e seus hábitos eram marcados, até onde Elinor podia perceber, por características nada incomuns a homens de seu gênero e de sua idade. Era educado ao comer, mas nem um pouco pontual; gostava do filho, apesar de fingir desdenhá-lo; e passava as manhãs nas mesas de bilhar enquanto deveria estar se dedicando aos negócios. Ela gostava dele, no entanto, de modo geral, muito mais do que esperava, e em seu coração não lamentava por não poder gostar mais; não se lamentava por ser levada, pela observação de seu epicurismo, de seu egoísmo e de sua presunção, a se lembrar com complacência do temperamento generoso de Edward, de seu gosto simples e de seus inseguros sentimentos.

A respeito de Edward, ou pelo menos de assuntos que se referiam a ele, ela recebeu informações do coronel Brandon, que estivera em Dorsetshire recentemente e que, tratando-a, ao mesmo tempo, como uma amiga desinteressada do senhor Ferrars e como uma espécie de confidente sua, conversou bastante com ela sobre a casa paroquial de Delaford, enumerando as deficiências dela e lhe contando o que pretendia fazer para solucioná-las. A conduta dele em relação a Elinor nessa ocasião, assim como nas demais, o prazer evidente em vê-la após uma ausência de apenas dez dias, a disposição para conversar com ela e o respeito por sua opinião poderiam muito bem justificar a convicção da senhora Jennings de que ele nutria sentimentos por ela, e teria sido suficiente para que Elinor também suspeitasse, se ela não acreditasse, desde o início, que Marianne era sua verdadeira favorita. Mas, da maneira como as coisas iam, tal ideia dificilmente teria passado pela sua cabeça se não fosse pela insinuação da senhora Jennings, e ela não pôde deixar de presumir que, das duas, era a melhor observadora; ela observava os olhos dele, enquanto a senhora Jennings estava atenta apenas ao seu comportamento; e, ao passo que os olhares dele de ansiosa preocupação notaram que Marianne começava a experimentar, com dores na cabeça e na garganta, o início de um forte resfriado, que, por não ser expresso por palavras, escapava inteiramente à observação da senhora Jennings, *ela* podia descobrir neles a apreensão e o alarme desnecessário de um homem apaixonado.

Duas deliciosas caminhadas durante o crepúsculo na terceira e na quarta noite de sua estada lá, não apenas pelo caminho de seixos secos entre os arbustos, mas por todo o terreno, e especialmente nas partes mais distantes, onde havia algo mais selvagem do que no restante, onde as árvores eram mais antigas e a grama, mais alta e úmida, tinham — juntamente com a imprudência ainda maior de ter suas meias e seus sapatos molhados — causado em Marianne um resfriado tão violento que, embora ela o negasse e fizesse pouco caso disso por um dia ou dois, acabaria se impondo pelo agravamento dos sintomas, o que preocupou a todos e a fez ter de reconhecer seu estado. Receitas vieram de todos os lados e, como de costume, foram todas recusadas. Embora cansada e febril, com dores nos membros, tosse e dor de garganta, uma boa noite de sono poderia curá-la completamente, e foi com dificuldade que Elinor a convenceu, quando já estava prestes a dormir, a experimentar um ou dois dos remédios mais simples.

Capítulo XLIII

Marianne acordou na manhã seguinte no horário habitual. A todas as perguntas, respondia que se sentia melhor, e tentava prová-lo a si mesma fazendo suas atividades regulares. Contudo, o fato de ter passado o dia sentada e trêmula mesmo perto do fogo com um livro na mão, que ela não conseguia ler, ou deitada, exausta e lânguida, em um sofá, não contribuiu muito para acreditarem nela; e quando, por fim, foi deitar-se cedo, cada vez mais indisposta, o coronel Brandon ficou bastante surpreso com a calma de sua irmã, que, apesar de assisti-la e acompanhá-la o dia inteiro, contra a vontade de Marianne, e forçá-la a tomar os remédios adequados à noite, confiava, assim como Marianne, na eficácia do sono e não sentia a real necessidade de se preocupar.

Uma noite muito inquieta e febril, no entanto, decepcionou a expectativa de ambas, e quando Marianne, depois de insistir em se levantar, confessou-se incapaz de manter-se em pé e voltou voluntariamente para a cama, Elinor mostrou-se propensa a adotar o conselho da senhora Jennings, de chamar o boticário dos Palmers.

Ele veio, examinou a paciente e, embora encorajasse a senhorita Dashwood a esperar que alguns dias trouxessem o restabelecimento da saúde da irmã, afirmando que sua enfermidade apresentava uma tendência infecciosa, quando deixou escapar pelos lábios a palavra "infecção", alardeou instantaneamente a senhora Palmer, por causa do bebê. A senhora Jennings, que desde o início estava inclinada a considerar as queixas de Marianne mais graves do que Elinor supunha, agora parecia muito preocupada ao ouvir o diagnóstico do senhor Harris, e, acentuando os medos e a cautela de Charlotte, insistia na necessidade de seu isolamento imediato, junto do bebê. O senhor Palmer, embora tratasse suas apreensões como vãs, considerou a ansiedade e a insistência da esposa muito importantes para opor-se a elas. Sua partida, portanto, foi decretada, e uma hora depois da chegada do senhor Harris, ela zarpou, com o filho pequeno e a babá, para a casa de um parente próximo do senhor Palmer, que morava a alguns quilômetros dali, do outro lado de Bath, onde seu marido prometeu, ante suas sinceras súplicas, juntar-se a ela em um ou dois dias, e para onde ela rogava, quase com a mesma insistência, que sua mãe a acompanhasse. A senhora Jennings, no entanto, com uma bondade de coração que fez Elinor realmente admirá-la, declarou sua resolução de não sair de Cleveland enquanto Marianne permanecesse doente e de se esforçar para, com seus atenciosos cuidados, suprir-lhe o lugar da mãe, de quem ela a havia afastado. Elinor encontrou nela, em todas as ocasiões, uma ajudante muito disposta e vigorosa, desejosa de colaborar em todas as tarefas mais cansativas, sendo com frequência, por causa de sua maior experiência em cuidar dos enfermos, de grande valia.

A pobre Marianne, lânguida e abatida pela natureza de sua enfermidade, e sentindo-se muito doente, não tinha mais esperanças de que no dia seguinte estaria melhor, e a ideia do que o dia seguinte lhe traria se não fosse aquela infeliz doença tornava cada mal-estar ainda mais intenso, pois naquele dia elas deveriam iniciar sua viagem de volta para casa e, auxiliadas em todo o caminho por um criado da senhora Jennings, pegariam a mãe de surpresa na manhã seguinte. O pouco que disse foi para lamentar esse atraso inevitável, e Elinor tentava elevar seu ânimo e fazê-la acreditar, como ela mesma realmente acreditava *a essa altura*, que seria apenas um pequeno atraso.

No dia seguinte, houve pouca ou nenhuma alteração no estado da paciente; ela de fato não estava melhor, mas, apesar de não haver nenhuma mudança, não parecia pior. O grupo agora estava bastante reduzido, pois o senhor Palmer, não obstante estivesse muito relutante em ir embora, tanto por genuína humanidade e bom coração quanto para não parecer ter medo da esposa, foi finalmente convencido pelo coronel Brandon a cumprir sua promessa de segui-la e, enquanto se preparava para partir, o próprio coronel Brandon, fazendo um esforço muito maior, começou a falar em fazer o mesmo. Nesse caso, porém, a gentileza da senhora Jennings interveio de maneira mais razoável, pois mandar o coronel para longe, enquanto sua amada estivesse tão sobressaltada por conta da irmã, seria privar os dois, pensou ela, de todo consolo; portanto, sem tardar, disse-lhe que necessitava de sua presença em Cleveland, que precisava dele para jogar piquê[1] à noite, enquanto a senhorita Dashwood estivesse com a irmã no piso superior, etc. Ela insistiu para que ele permanecesse com tanta veemência que ele, que estava atendendo apenas a uma vontade do próprio coração, não podia sequer demorar em fingir objeção; sobretudo porque o pedido da senhora Jennings foi calorosamente endossado pelo senhor Palmer, que pareceu sentir um alívio por lá deixar uma pessoa

---

1. Jogo de baralho para dois jogadores. (N. E.)

tão bem preparada para auxiliar ou aconselhar a senhorita Dashwood em qualquer emergência.

Marianne, é claro, foi mantida em completa ignorância a respeito de todos esses arranjos. Ela não sabia que, por sua causa, os proprietários de Cleveland tiveram de sair de casa apenas sete dias depois de chegar. Não lhe surpreendeu que nunca visse a senhora Palmer; e, como isso também não a deixou preocupada, não perguntou por ela.

Dois dias haviam se passado desde a partida do senhor Palmer, e a situação dela continuou a mesma, com poucas variações. O senhor Harris, que a assistia todos os dias, ainda estava confiante em uma rápida recuperação, e a senhorita Dashwood estava igualmente otimista; todavia, a expectativa das outras pessoas não era de modo algum tão elevada. A senhora Jennings estava convencida, desde o início da enfermidade, de que Marianne nunca iria se recuperar, e o coronel Brandon, que estava sempre a postos para ouvir os pressentimentos da senhora Jennings, não se encontrava em um estado de ânimo favorável para resistir à influência deles. Ele tentou usar a razão para combater os temores que, segundo a avaliação do boticário, pareciam absurdos, mas as muitas horas de cada dia em que ele era deixado completamente sozinho contribuíam para que aceitasse toda ideia melancólica, e ele não conseguia expulsar de sua mente a convicção de que nunca mais veria Marianne.

Na manhã do terceiro dia, no entanto, as sombrias previsões de ambos foram quase aniquiladas, pois, quando o senhor Harris chegou, ele declarou sua paciente consideravelmente melhor. Sua pulsação estava muito mais forte, e todos os sintomas eram bem mais moderados do que na visita anterior. Elinor, ao ter confirmadas suas esperanças, era toda alegria, regozijando-se com o fato de que, nas suas cartas à mãe, seguira o próprio julgamento, e não o de seus amigos, ao dar pouca ênfase à indisposição que as detivera em Cleveland, e quase se atrevendo a marcar a data em que Marianne estaria apta a viajar.

No entanto o dia não terminou tão auspiciosamente como começara. À noite, Marianne adoeceu novamente, tornando-se mais abatida, inquieta e indisposta do que antes. Sua irmã, porém, ainda otimista, estava inclinada a atribuir a mudança a nada mais do que o cansaço de ter se levantado para que pudessem arrumar sua cama e, administrando cuidadosamente os tônicos prescritos, viu-a, com satisfação, cair finalmente no sono, do qual esperava os efeitos mais benéficos. O sono dela, embora não tão tranquilo quanto Elinor desejava, durou um tempo considerável; ansiosa para testemunhar o resultado disso, ela resolveu sentar-se à cabeceira da cama enquanto a irmã dormia. A senhora Jennings, sem saber nada sobre a mudança no estado de saúde da paciente, foi dormir extraordinariamente cedo; a criada dela, que era uma das principais cuidadoras, estava descansando no quarto da governanta; e Elinor ficou sozinha com Marianne.

O sono de Marianne tornou-se cada vez mais agitado, e a irmã, que observava, com atenção constante, sua contínua mudança de posição, e ouvia os sucessivos mas indistintos murmúrios que saíam de seus lábios, estava quase desejando despertá-la daquele torpor tão doloroso quando Marianne, de repente, acordou com algum barulho acidental dentro da casa, ergueu-se intempestivamente e, com selvageria febril, gritou:

— Mamãe está vindo?

— Ainda não — exclamou a outra, ocultando seu terror e ajudando Marianne a se deitar novamente —, mas logo estará aqui, espero. É um longo caminho, você sabe, de Barton até aqui.

— Mas ela não deve vir por Londres — exclamou Marianne, da mesma maneira aflita. — Eu nunca mais a verei se ela vier por Londres.

Elinor percebeu, alarmada, que ela delirava e, ao tentar acalmá-la, tomou-lhe ansiosamente o pulso. Estava mais fraco, porém mais acelerado do que nunca! E, como Marianne continuava falando desenfreadamente da mãe, seu temor foi tamanho que fez com que Elinor decidisse mandar chamar imediatamente o senhor Harris e enviar um mensageiro para Barton a fim de buscar a mãe. Consultar o coronel Brandon a respeito dos melhores meios de executar essas tarefas foi o pensamento que lhe veio logo após a decisão de sua execução, e, assim que tocou a sineta para que a criada viesse ocupar seu lugar junto da irmã, apressou-se a descer até a sala de estar, onde sabia que normalmente ele ficava até bem tarde da noite.

Não era hora de hesitar. Ela lhe falou sobre seus medos e dificuldades. Os medos, ele não tinha coragem nem convicção para tentar remover, e os ouviu em silencioso desânimo; mas as dificuldades foram num instante contornadas, pois, com uma prontidão que parecia mostrar que a ocasião e a tarefa já estavam previstas em sua mente, ele se ofereceu para ser o mensageiro que deveria buscar a senhora Dashwood. Elinor não fez objeções que não fossem facilmente contornadas. Ela agradeceu-lhe com palavras breves, mas fervorosas, e, enquanto ele apressava seu criado para levar uma mensagem para o senhor Harris e uma ordem para que preparassem os cavalos imediatamente, ela escreveu algumas linhas para a mãe.

Quanta gratidão Elinor sentiu pelo conforto de ter o coronel Brandon como amigo naquele momento, ou como uma ótima companhia para sua mãe! Uma companhia cujo bom senso a guiaria, cuja presença a aliviaria e cuja amizade poderia confortá-la! Na medida do possível, sua presença, seus modos e sua assistência *poderiam* ajudar a diminuir o choque de tal chamado.

Enquanto isso, *ele*, quaisquer que fossem seus sentimentos, agiu com toda a firmeza de uma mente equilibrada, fez todos os arranjos necessários com o máximo de rapidez e calculou com precisão em quanto tempo estaria de volta. Nem um segundo foi perdido com atrasos de qualquer tipo. Os cavalos chegaram antes do esperado, e o coronel Brandon, apenas apertando a mão dela com um olhar sério, e dizendo-lhe algumas palavras muito baixo para que ela pudesse ouvi-las, entrou depressa na carruagem. Era por volta da meia-noite; e ela voltou aos aposentos da irmã para esperar a chegada do boticário e vigiá-la pelo resto da madrugada. Foi uma noite de sofrimento para ambas, quase na mesma medida. Hora após hora, elas passaram sem dormir. Marianne, com dores e delírios, e Elinor, na mais cruel ansiedade, à espera do senhor Harris. À medida que as apreensões de Elinor cresciam, ela pagava pelo excesso de confiança que tivera no início; e a criada que lhes fazia companhia, pois ela não permitira que a senhora Jennings fosse chamada, a torturava ainda mais, fazendo referência ao que a patroa dizia desde o início.

Os pensamentos de Marianne continuavam, de tempos em tempos, incoerentemente fixos em sua mãe, e, sempre que ela mencionava o nome dela, a pobre Elinor sentia uma pontada no coração, e, repreendendo-se por não ter levado a sério tantos dias de doença, e sentindo-se impotente por não poder lhe proporcionar nenhum alívio imediato, considerou que todo alívio em breve seria inútil, que tudo havia sido adiado por muito tempo, e imaginou o sofrimento da mãe por chegar tarde demais para ver a querida filha ou encontrá-la ainda lúcida.

Ela já estava a ponto de mandar chamar novamente o senhor Harris ou, se *ele* não pudesse vir, algum outro especialista quando o boticário chegou, mas só depois das cinco da manhã. Seu parecer, no entanto, compensou em alguma medida o atraso, pois, embora reconhecesse uma mudança muito inesperada e indesejável na paciente, não julgava que fosse nada grave, e falou do alívio que um novo tratamento poderia lhe dar, com uma confiança que, em menor grau, foi transferida a Elinor. Ele prometeu voltar dentro de três ou quatro horas e deixou a paciente e sua ansiosa assistente mais tranquilas do que as havia encontrado.

Com grande preocupação e fazendo muitas críticas por não ter sido chamada para auxiliá-las, a senhora Jennings soube pela manhã o que havia se passado. Suas antigas apreensões, agora, com ainda mais razão, ampliadas, não lhe deixaram nenhuma dúvida acerca do ocorrido, e, embora tentasse confortar Elinor, sua convicção do perigo que a irmã dela corria não lhe permitiria oferecer o conforto da esperança. Seu coração estava realmente triste. O rápido declínio, a morte precoce de uma garota tão jovem, tão adorável quanto Marianne, afetaria qualquer pessoa que nem ao menos a conhecesse. A compaixão da senhora Jennings tinha também outros motivos. Marianne lhe havia feito companhia por três meses, ainda estava sob seus cuidados, e sabia-se que tinha sofrido muito e estava bastante infeliz. A angústia da irmã, que era particularmente sua favorita, também a preocupava, assim como o sofrimento da mãe, pela qual teve sincera compaixão ao considerar que Marianne provavelmente devia ser para *ela* o que Charlotte era para si.

O senhor Harris foi pontual em sua segunda visita, mas as esperanças que sua visita anterior produzira foram frustradas. Seus remédios haviam falhado, a febre não cedia, e Marianne, embora estivesse mais calma, não estava mais lúcida, e permaneceu em um profundo torpor. Elinor, percebendo todos os temores do boticário naquele momento, propôs que mandassem chamar outros especialistas. No entanto, ele julgou desnecessário: ainda tinha algo a tentar, alguma loção mais recente, em cujo sucesso confiava tanto quanto confiara no tratamento anterior, e sua visita chegou ao fim com animadoras garantias que penetraram nos ouvidos da senhorita Dashwood, mas não conseguiram adentrar seu coração. Ela estava serena, exceto quando pensava na mãe, mas quase sem esperanças, e nesse estado continuou até o meio-dia, mal se afastando da cama da irmã, com seus pensamentos vagando de uma imagem de pesar para outra, de um amigo aflito para outro, e seu espírito oprimido ao máximo pelas palavras da senhora Jennings, que não hesitou em atribuir a gravidade e o perigo dessa enfermidade às muitas semanas de indisposição que se seguiram à decepção de Marianne. Elinor percebeu toda a razoabilidade da ideia, e isso trouxe ainda mais sofrimento às suas reflexões.

Por volta do meio-dia, no entanto, ela começou — mas com cautela, com um medo de se desapontar que por algum tempo a manteve calada, evitando falar até mesmo com sua amiga — a confiar, a perceber uma ligeira melhora no pulso da irmã; ela aguardou, observou e examinou-a muitas e muitas vezes; por fim, com uma agitação mais difícil de ocultar sob uma aparente calma do que toda a sua angústia anterior, aventurou--se a comunicar suas esperanças. A senhora Jennings, embora forçada, ao examiná-la, a reconhecer uma recuperação temporária, tentou evitar que sua jovem amiga se iludisse com sua continuidade. Elinor, acatando todos os argumentos de desconfiança, disse a si mesma que não deveria ter mais esperanças. Entretanto, era tarde demais. A esperança já havia se instalado. Sentindo toda a ansiosa vibração dessa esperança, Elinor inclinou-se sobre a irmã para observar... ela mal sabia o quê. Meia hora se passou, e o sinal de melhora ainda a abençoava, e outros vieram para confirmá-la. Sua respiração, a pele, os lábios, tudo indicava a Elinor sinais de melhora, e Marianne fixou os olhos nela, finalmente lúcida, embora lânguida. A ansiedade e a esperança agora a oprimiam em níveis semelhantes e não lhe permitiam ter nenhum momento de tranquilidade até a chegada do senhor Harris, às quatro horas, quando as confirmações dele e suas felicitações pela recuperação de sua irmã, que superava até mesmo suas expectativas, trouxeram-lhe confiança, conforto e lágrimas de alegria.

Marianne estava em todos os aspectos muito melhor, e ele a declarou totalmente fora de perigo. A senhora Jennings, talvez satisfeita com a confirmação parcial de seus pressentimentos, ocorrida no alarme recente que tiveram, permitiu-se confiar na opinião do boticário e admitiu, com alegria sincera e inequívoca, a probabilidade de uma recuperação completa.

Elinor não conseguia ficar feliz. Sua felicidade manifestava-se de um modo diferente, que era longe de ser festivo. Pensar em Marianne de volta à vida, à saúde, aos amigos e até à mãe amorosa encheu seu coração com uma sensação de intenso alívio, que se ampliava em fervorosa gratidão, mas não a levou a demonstrações de alegria, nem a palavras, nem aos sorrisos. Tudo o que havia dentro do peito de Elinor era uma silenciosa e imensa satisfação.

Ela continuou ao lado da irmã, fazendo pequenos intervalos, durante a tarde inteira, aquietando todos os seus medos, respondendo a todas as perguntas de seus ânimos fragilizados, fornecendo todo socorro e atenta a quase todos os olhares e à respiração. É claro que às vezes pensava na possibilidade de uma recaída, para lembrar-se do que era ansiedade, mas, quando constatou, em seus exames frequentes e minuciosos, que todos os sinais de recuperação se mantinham, e viu Marianne às seis horas da tarde afundar em um sono tranquilo, profundo e aparentemente reconfortante, calaram-se todas as suas dúvidas.

Aproximava-se, a essa altura, a hora em que o coronel Brandon deveria voltar. Ela esperava que às dez horas da noite, ou pelo menos não muito depois disso, sua mãe já tivesse se livrado da terrível apreensão que, naquele momento, deveria estar sentindo pelo caminho. O coronel também! Este, talvez um pouco menos merecedor de piedade. Ah, como passavam devagar as horas que ainda os mantinham na ignorância!

Às sete horas, deixando Marianne ainda adormecida, ela se juntou à senhora Jennings na sala para tomar um chá. Fora impedida de comer muito no desjejum por seus temores, e no jantar, pela repentina reviravolta no estado de saúde da irmã; aquela refeição, portanto, pelo grande prazer que lhe trouxe, lhe foi particularmente bem-vinda. A senhora Jennings tentou convencê-la a descansar um pouco antes da chegada de sua mãe e sugeriu que *ela* tomasse seu lugar à cama de Marianne, mas Elinor não sentia cansaço, não tinha capacidade de dormir naquele momento e não gostaria de ser mantida longe da irmã por um instante sequer. A senhora Jennings, então, acompanhou-a até o andar de cima, até o quarto da enferma, para se certificar de que tudo continuava bem, e lá a deixou, novamente entregue às próprias responsabilidades e aos próprios pensamentos, retirando-se para seu quarto a fim de escrever cartas e dormir.

A noite estava fria e tempestuosa. O vento rugia em volta da casa e a chuva batia contra as janelas, mas Elinor, plena de felicidade, nem se deu conta do que se passava. Marianne dormia apesar das rajadas de vento, e os viajantes, estes teriam uma rica recompensa por todos os inconvenientes que enfrentavam.

O relógio bateu oito horas. Se fosse dez, Elinor teria se convencido de que naquele momento tinha ouvido uma carruagem se aproximando da casa. E foi tão forte a certeza de *ter* escutado, apesar da *quase* impossibilidade de eles já estarem chegando, que ela foi para o quarto de vestir adjacente e abriu a veneziana da janela, para convencer-se da verdade. Ela viu, então, que seus ouvidos não a haviam enganado. As lâmpadas acesas de uma carruagem estavam logo à vista. À luz oscilante, ela julgou distinguir que era puxada por quatro cavalos, e isso, embora demonstrasse o excesso de cuidados de sua pobre mãe, explicava a rapidez inesperada.

Nunca em sua vida Elinor achou tão difícil manter a calma como naquele momento. A consciência do que sua mãe devia estar sentindo quando a carruagem parou na porta... Dúvida, pavor, talvez desespero! E o que mais *ela* tinha para contar! Sabendo disso, era impossível ficar calma. Tudo o que lhe restava fazer era apressar-se; e, portanto, esperou apenas até poder deixar a irmã sob os cuidados da criada da senhora Jennings e desceu rapidamente as escadas.

A agitação no vestíbulo, enquanto ela atravessava um corredor interno, garantiu-lhe que eles já estavam em casa. Ela correu para a sala de estar e, ao entrar, viu apenas Willoughby.

Capítulo XLIV

Elinor, saltando para trás com o olhar horrorizado ao vê-lo, obedeceu ao primeiro impulso de seu coração e virou-se de imediato para sair da sala, e sua mão já estava na maçaneta quando ela foi alcançada pelo avanço de Willoughby, que disse, com uma voz mais de ordem do que de súplica:

— Senhorita Dashwood, imploro que fique por meia hora... Ou por dez minutos. Imploro que fique.

— Não, senhor — respondeu ela com firmeza. — Não ficarei. O senhor *não* tem nada a tratar *comigo*. Suponho que os criados se esqueceram de lhe dizer que o senhor Palmer não está em casa.

— Se eles me dissessem — ele exclamou com veemência — que o senhor Palmer e todos os seus parentes foram para o diabo, isso não teria me tirado da porta. O que tenho a tratar é com você, e somente com você.

— Comigo? — disse com grande surpresa. — Bem, senhor, seja rápido e, se possível, menos agressivo.

— Sente-se, e eu serei as duas coisas.

Ela hesitou, pois não sabia o que fazer. Pensou na possibilidade de o coronel Brandon chegar e encontrá-la ali. Mas ela prometera ouvi-lo, e sua curiosidade estava tão envolvida quanto sua honra. Depois de um momento de reflexão, no entanto, concluindo que a prudência exigia presteza e que sua aquiescência seria a melhor maneira de obtê-la, ela caminhou silenciosamente em direção à mesa e sentou-se. Ele ocupou a cadeira oposta e, por meio minuto, nenhuma palavra foi dita.

— Por favor, seja rápido, senhor — disse Elinor, impaciente. — Não tenho tempo sobrando.

— Sua irmã — disse ele, bruscamente, um momento depois — está fora de perigo. Ouvi isso do criado. Deus seja louvado! Mas é verdade? É realmente verdade?

Elinor não disse nada. Ele repetiu a pergunta com ainda mais ansiedade.

— Pelo amor de Deus, diga-me. Ela está fora de perigo ou não?

— Nós esperamos que sim.

Ele se levantou e caminhou pela sala.

— Se eu soubesse meia hora atrás... Mas já que *estou* aqui — falou com uma vivacidade forçada quando voltou ao seu lugar —, o que isso significa? Diga de uma vez, senhorita Dashwood, talvez seja a última vez que estaremos alegres juntos. Estou com boa disposição à alegria.

Diga-me, honestamente — um brilho mais profundo se espalhou por suas bochechas —, você me acha um canalha ou um tolo?

Elinor olhou para ele com mais espanto do que nunca. Ela começou a pensar que ele devia estar embriagado; a estranheza de tal visita e de tais maneiras não parecia compreensível de outro modo. E, com essa impressão, ela imediatamente se levantou, dizendo:

— Senhor Willoughby, aconselho que volte para Combe. Não tenho mais tempo para ficar com o senhor. Seja o que for que tenha a tratar comigo, será melhor se lembrar e explicar amanhã.

— Eu a entendo — respondeu ele, com um sorriso expressivo e uma voz perfeitamente calma. — Sim, estou muito alcoolizado. Meio litro de porter[1] e umas fatias de rosbife em Marlborough foram suficientes para me derrubar.

— Em Marlborough! — exclamou Elinor, cada vez compreendendo menos o que ele queria.

— Sim, eu deixei Londres esta manhã às oito horas, e os únicos dez minutos que passei fora do meu cabriolé desde então foram para fazer essa breve refeição em Marlborough.

A firmeza de seus modos e a lucidez em seu olhar enquanto falava convenceram Elinor de que, qualquer que fosse a tolice imperdoável que o tivesse levado a Cleveland, não era a embriaguez. Depois de um momento de reflexão, ela disse:

— Senhor Willoughby, o senhor *deve* sentir, e eu certamente *sinto*, que, depois de tudo o que se passou, vir aqui desta maneira e forçar-me a ouvi-lo requer uma motivação muito peculiar. O que é isso? O que o senhor quer com isso?

— Quero — afirmou ele, seriamente —, se possível, fazer com que me odeie um pouco menos do que me odeia *agora*. Quero oferecer algum tipo de explicação, algum tipo de desculpa pelo que houve no passado. Abrir o meu coração para você e convencê-la de que, embora eu sempre tenha sido um estúpido, nem sempre fui um canalha, para obter algo como o perdão de Mari... de sua irmã.

— Essa é a verdadeira razão de sua vinda?

— Juro pela minha alma que sim — esta foi a resposta dele, com um fervor que trouxe todo o antigo Willoughby à sua lembrança e, a despeito de tudo, a fez acreditar que ele estava sendo sincero.

---

1. Cerveja escura com leve sabor amargo tradicional no Reino Unido. (N. E.)

— Se isso é tudo, o senhor já deve estar satisfeito, pois Marianne *realmente* há *muito* tempo o perdoou.

— Ela já me perdoou? — ele exclamou, no mesmo tom ansioso.

— Então ela me perdoou antes de dever fazê-lo. Mas ela deve me perdoar novamente, e por motivos mais razoáveis. *Agora* a senhorita vai me escutar?

Elinor assentiu com um gesto de cabeça.

— Eu não sei — disse ele, após uma pausa de expectativa da parte dela e de reflexão dele — como a *senhorita* pode ter considerado meu comportamento em relação a sua irmã, ou qual motivo diabólico pode ter me atribuído. Talvez dificilmente possa pensar melhor de mim, mas vale a pena a tentativa, e ouvirá tudo o que tenho a dizer: quando me tornei íntimo de sua família, não tinha outra intenção nem outro interesse além de passar meu tempo de modo agradável com vocês enquanto eu fosse obrigado a permanecer em Devonshire, do modo mais agradável possível. A pessoa adorável que é sua irmã e seus gestos atraentes não podiam deixar de me cativar, e seu comportamento comigo quase desde o início foi do tipo... É espantoso, quando reflito sobre o que era tudo aquilo, sobre o que *ela* era, como meu coração pode ter sido tão insensível! Mas, a princípio, devo confessar que apenas minha vaidade foi enlevada. Não me importei com a felicidade dela; pensava apenas em minha própria diversão, permitindo a demonstração de sentimentos que eu sempre tive o hábito de cultivar; tratei de, com tudo o que estava ao meu alcance, fazer-me agradável a ela sem nenhuma intenção de retribuir sua afeição.

A senhorita Dashwood, neste momento, voltando os olhos para ele com o mais colérico desprezo, o deteve dizendo:

— Não vale a pena, senhor Willoughby, que diga algo mais ou que eu ouça algo mais. Um começo como esse não pode ser seguido por nada de bom. Não me magoe fazendo-me ouvir mais alguma coisa sobre este assunto.

— Insisto que ouça tudo — respondeu ele. — Minha fortuna nunca foi grande, e eu sempre fui um esbanjador, habituado a me associar a pessoas com renda maior que a minha. Todos os anos, desde a minha maioridade, ou mesmo antes, creio, minhas dívidas vêm aumentando. Eu nutria a esperança de que a morte de minha prima idosa, a senhora Smith, pudesse me libertar delas. Ainda assim, esse evento era incerto, e possivelmente remoto, por isso, há algum tempo, minha intenção era restabelecer minha situação financeira casando-me com uma mulher rica. Portanto, unir-me a sua irmã era algo impensável; e com mesquinhez, egoísmo, crueldade, que olhar algum de indignação, e até mesmo de desprezo, inclusive o seu, senhorita Dashwood, poderia reprovar o bastante, eu agi dessa maneira, tentando atrair o interesse dela sem pensar em retribuí-lo. Mas uma coisa pode ser dita em meu favor: mesmo naquele estado horrível de vaidade egoísta em que eu me encontrava, eu não sabia a extensão da mágoa que causaria, porque eu *não* sabia o que era amar. Mas alguma vez eu soube? Bem, pode-se duvidar; pois, se eu realmente amei, poderia ter sacrificado meus sentimentos à vaidade, à avareza? Ou, o que é pior ainda, poderia ter sacrificado os sentimentos dela? No entanto, já o fiz. Para evitar uma relativa pobreza, da qual a afeição e a companhia dela teriam me privado de todos os seus horrores, eu, elevando-me à riqueza, perdi todas as coisas que poderiam tornar isso uma bênção.

— Então, o senhor — disse Elinor, um pouco comovida — acredita que sentiu algo por ela em algum momento?

— Ter resistido a esses atrativos, ter resistido a tanta ternura! Existe algum homem na Terra que faria isso? Sim, eu me vi, pouco a pouco, sinceramente apaixonado por ela; e as horas mais felizes da minha vida foram as que passei com ela, quando sentia que minhas intenções eram estritamente honrosas e meus sentimentos, irrepreensíveis. *Então*, porém, quando estava totalmente determinado a declarar meu amor por ela, permiti-me adiar de maneira inadequada, dia após dia, o momento de fazê-lo, pois tinha uma relutância em entrar em um compromisso enquanto minha situação financeira fosse tão embaraçosa. Não vou me justificar, nem pedir à *senhorita* que não divague sobre o assunto, e pior do que o absurdo, sobre minha falta de escrúpulos em empenhar minha palavra quando minha honra já estava comprometida. O acontecimento provou que eu era um tolo astuto, trabalhando duro para me tornar desprezível e miserável para sempre. Por fim, contudo, minha resolução foi tomada e eu estava determinado, quando estivesse sozinho com ela, a justificar as atenções que eu sempre lhe dedicara e a garantir abertamente a ela a afeição que eu já havia me esforçado para demonstrar. Todavia, nesse ínterim, no intervalo de poucas horas, antes que eu pudesse ter a oportunidade de falar com ela em particular, ocorreu uma circunstância, uma infeliz circunstância, que viria a arruinar toda a minha decisão e com ela todo o meu conforto. Ocorreu uma descoberta — neste ponto, ele hesitou e olhou para baixo. — De alguma forma, a senhora Smith havia sido informada, imagino que por algum parente distante, cujo interesse era me privar de sua herança, a respeito de um caso, de uma relação... Mas não preciso me explicar mais — acrescentou, olhando-a com o rosto ruborizado e um olhar inquiridor —, pois já deve saber de tudo por conta de sua amizade íntima. Provavelmente já ouviu essa história toda há muito tempo.

— Sim — retrucou Elinor, enrubescendo da mesma forma e endurecendo seu coração novamente contra qualquer compaixão que pudesse ter por ele. — Ouvi tudo. E confesso que está além da minha compreensão entender como o senhor fará para explicar qualquer parte de sua culpa nesse evento lamentável.

— Lembre-se — exclamou Willoughby — de quem você recebeu o relato. Poderia ser imparcial? Reconheço que a posição dela e seu caráter deveriam ter sido respeitados por mim. Não pretendo me justificar, mas, ao mesmo tempo, não posso deixá-la supor que eu não tenho nada a alegar; que, por ela ter sido ferida, ela fosse irrepreensível; e que, por eu ter sido um libertino, *ela* devia ser uma santa. Se a violência de suas paixões, a fraqueza de sua compreensão... Não pretendo, no entanto, me defender. O carinho dela por mim merecia um tratamento melhor e, muitas vezes, com uma grande autocensura, lembro-me da ternura que, por um período muito curto, teve o poder de gerar em mim retribuição. Eu gostaria... gostaria sinceramente que tudo isso nunca tivesse acontecido. Porém não a machuquei apenas; machuquei alguém cujo carinho por mim, se assim posso dizer, dificilmente era menor do que o que eu sentia por ela; e cuja inteligência... Ah, quão infinitamente superior!

— Sua indiferença, no entanto, em relação a essa desafortunada moça... Devo dizer, por mais desagradável para mim que seja a discussão de um assunto desse tipo... Sua indiferença não é desculpa para sua cruel negligência para com ela. Não pense que está desculpado por uma fraqueza qualquer, por uma falta de compreensão da parte dela, de sua arbitrária crueldade tão evidente. Você deve saber que, enquanto se divertia em Devonshire, atrás de novos estratagemas, sempre alegre, sempre feliz, ela foi reduzida à mais extrema indigência.

— Mas, dou-lhe minha palavra, eu *não* sabia de nada — ele respondeu calorosamente. — Não me lembro de ter omitido meu endereço para ela; e o bom senso poderia ter lhe sussurrado como descobri-lo.

— Bem, senhor, e o que disse a senhora Smith?

— Ela imediatamente me condenou pela ofensa por mim cometida, e pode-se imaginar como fiquei confuso. Sua pureza, a formalidade de suas noções, sua alienação do mundo... Tudo estava contra mim. Não podia negar a questão em si, e todos os esforços para amenizar a situação foram em vão. Ela estava predisposta, creio, a duvidar da moralidade de minha conduta em geral e, além disso, descontente com a pouca atenção, a pequena parte do meu tempo que lhe havia concedido durante minha visita. Em resumo, terminou em uma ruptura total. Em certa medida, uma coisa poderia ter me salvado. Do alto de sua moralidade, que boa mulher! Ela se ofereceu para perdoar o passado se eu me casasse com Eliza. Isso não seria possível... e fui formalmente expulso de sua casa e privado de seus favores. Eu teria de ir embora na manhã seguinte, então passei a noite toda deliberando sobre qual deveria ser minha conduta futura. O esforço foi muito grande, mas logo acabou. Minha afeição por Marianne, minha profunda convicção de que ela gostava de mim, tudo era insuficiente para superar o medo da pobreza, ou para deixar de lado aquelas ideias falsas da necessidade de riquezas, que eu estava naturalmente inclinado a sentir, e que o convívio com uma sociedade abastada só fazia aumentar. Eu tinha motivos para acreditar que estaria seguro se aceitasse me casar com a minha atual esposa, se por ela optasse, e me convenci de que nada mais me restava fazer. Uma situação difícil, no entanto, me aguardava, antes que eu pudesse deixar Devonshire; tinha o compromisso de jantar com vocês naquele mesmo dia; portanto, alguma desculpa era necessária para que eu rompesse esse compromisso. Se eu deveria escrever esse pedido de desculpas ou entregá-lo pessoalmente foi alvo de um intenso conflito interno. Ver Marianne, eu senti, seria terrível demais, e eu até duvidava que pudesse vê-la novamente e manter minha resolução. Nesse ponto, porém, subestimei minha própria magnanimidade, como o evento declarou, pois eu a vi, e a vi infeliz, e a deixei infeliz, e a deixei com a esperança de nunca mais voltar a vê-la.

— Por que foi até lá, senhor Willoughby? — perguntou Elinor, em tom de reprovação. — Um bilhete teria respondido a todos os propósitos. Por que precisou visitá-la?

— Era necessário para meu próprio orgulho. Eu não suportaria partir de uma maneira que pudesse levar vocês ou o restante da vizinhança a suspeitar do que realmente havia se passado entre mim e a senhora Smith. Então, resolvi ir até o chalé, a caminho de Honiton. Ver sua querida irmã, no entanto, foi realmente terrível, e, para piorar, a encontrei sozinha. Vocês todas haviam saído, não sei para onde. Na noite anterior, eu a deixara tão completamente, tão firmemente decidido comigo mesmo de que estava fazendo o certo! Em algumas horas ela estaria comprometida comigo para sempre, e eu me lembro de quão feliz, quão alegre estava meu espírito enquanto eu andava do chalé até Allenham, satisfeito comigo mesmo, encantado com o mundo! Porém, nesse encontro, nossa última conversa como amigos, aproximei-me dela com um sentimento de culpa que quase tirou de mim o poder de disfarçar. Sua tristeza, sua decepção, seu profundo lamento, quando lhe disse que era obrigado a deixar Devonshire imediatamente... Nunca me esquecerei de nada... Aliados a tanta segurança, a tanta confiança em mim! Ah, meu Deus! Que patife sem coração eu fui!

Os dois ficaram em silêncio por alguns instantes. Elinor falou primeiro:

— Você disse a ela que voltaria em breve?

— Não me lembro o que eu disse — respondeu ele, impaciente. — Menos do que era devido, considerando-se o que havia se passado entre nós, sem dúvida, e, com toda a probabilidade, muito mais do que o futuro justificaria. Não consigo pensar nisso. Não vai adiantar. Então, veio sua querida mãe para me torturar mais ainda, com toda a sua bondade e confiança. Meu Deus! Aquilo *realmente* acabou comigo. Eu estava infeliz. Senhorita Dashwood, não pode ter ideia do conforto que me dá olhar para trás e enxergar minha própria infelicidade. Tenho tanto ressentimento em relação a mim mesmo pela estúpida e ridícula tolice do meu coração, que todos os meus sofrimentos passados são apenas triunfo e exultação para mim agora. Bem, eu deixei tudo o que amava e parti para junto daqueles por quem, na melhor das hipóteses, apenas sentia indiferença. Minha viagem para a cidade, me deslocando com meus próprios cavalos, de maneira tediosa, sem nenhuma criatura com quem conversar, somente minhas próprias reflexões tão alegres, quando eu olhava para a frente, tudo me parecia tão convidativo... Quando olhava para trás, para Barton, a imagem era tão reconfortante... Ah, bendita viagem!

Ele parou.

— Bem, senhor — disse Elinor, que, apesar de sentir pena dele nesse momento, estava impaciente por sua partida. — Isso é tudo?

— Ah, não! Você esqueceu do que aconteceu em Londres? Aquela carta infame. Ela mostrou para você?

— Sim, eu vi todas as cartas trocadas.

— Quando a primeira carta dela chegou até mim, como imediatamente ocorreu, porque eu estava na cidade o tempo todo... Não consigo expressar o que senti em palavras... De uma maneira muito simples, talvez simples até demais para despertar qualquer emoção...

Meus sentimentos foram muito, muito dolorosos... Cada linha, cada palavra eram como uma adaga no meu coração, fazendo uma metáfora banal de um autor caro a vocês que, se ela estivesse aqui, proibiria... Saber que Marianne estava em Londres foi, para utilizar a mesma linguagem, como ser atingido por um raio... Raios e adagas! Como ela teria me repreendido! Seu gosto, suas opiniões... Acredito que os conheço melhor do que os meus próprios, e tenho certeza de que me são mais queridos.

O coração de Elinor, que havia sofrido muitas mudanças no curso dessa conversa surpreendente, agora estava mais brando. Ainda assim, ela sentia que era seu dever repreender ideias de Willoughby como essa última.

— Isso não é correto, senhor Willoughby. Lembre-se de que é casado. Relate apenas o que, em sua consciência, acha necessário que eu deva ouvir.

— A carta de Marianne, assegurando-me de que eu ainda era tão querido por ela como nos dias anteriores, que, apesar das muitas e muitas semanas nas quais estivemos separados, ela era constante em seus próprios sentimentos e tão cheia de fé na constância dos meus, como sempre, despertou todo o meu remorso. Eu digo "despertou" porque o tempo em Londres, os negócios e a devassidão, em certa medida, o acalmaram, e eu estava virando um canalha endurecido, imaginando-me indiferente a ela e insistindo em fantasiar que ela também deveria ter se tornado indiferente a mim. Fiquei dizendo a mim mesmo que nosso afeto passado era algo inútil e insignificante, dando de ombros para provar que isso era verdade, silenciando todas as reprovações, passando por cima de todos os escrúpulos, dizendo-me secretamente vez por outra "ficarei profundamente feliz em saber que ela está bem casada". No entanto essa carta fez com que eu pudesse me conhecer melhor. Senti que ela era infinitamente mais querida por mim do que qualquer outra mulher no mundo, e que eu a estava tratando de maneira infame. Mas tudo já estava resolvido entre mim e a senhorita Grey. Recuar era impossível. Tudo o que eu tinha de fazer era evitar as duas. Não enviei nenhuma resposta a Marianne, com a intenção de que ela não tivesse mais notícias minhas; e, por algum tempo, estive determinado a não visitar Berkeley Street. Contudo, por fim, julgando mais sensato simular um ar de frieza, de um conhecido qualquer, esperei todas vocês saírem de casa certa manhã e, em segurança, deixei meu cartão.

— Você nos viu saindo de casa!

— Isso mesmo. Ficaria surpresa ao saber quantas vezes eu as observei, quantas vezes eu estive a ponto de encontrá-las. Entrei em muitas lojas para evitar ser visto enquanto a carruagem passava. Quando fiquei hospedado em Bond Street, dificilmente houve um dia em que não vi uma ou outra de vocês; e nada além da mais constante vigilância de minha parte e um desejo invariavelmente predominante de ficar fora do alcance de sua vista poderia ter nos separado por tanto tempo. Evitei os Middletons o máximo possível, assim como todos aqueles que provavelmente poderiam ter conhecidos em comum. Não sabendo que estariam em Londres, no entanto, encontrei Sir John, creio, no dia de sua chegada, o que se deu no dia seguinte de minha visita à casa da senhora Jennings. Ele me convidou para uma festa, um baile em sua casa naquela noite. Se ele *não* tivesse me dito, como um incentivo, que você e sua irmã estariam lá, com certeza, eu daria isso por certo, e não teria ousado ir. A manhã seguinte trouxe outra breve carta de Marianne, ainda carinhosa, aberta, sincera e confiante, tudo o que poderia tornar *minha* conduta ainda mais odiosa. Eu não pude responder. Eu tentei, mas não consegui engendrar uma frase. Mas pensei nela, acredito, em todos os momentos do dia. Se você *conseguir* sentir pena de mim, senhorita Dashwood, tenha piedade da situação em que eu estava *então*. Com a cabeça e o coração repletos de sentimentos em relação à sua irmã, fui forçado a bancar o amante feliz de outra mulher! Aquelas três ou quatro semanas foram as piores de todas. Bem, finalmente, como não preciso lhe dizer, nos encontramos. E que doce figura encontrei! Que noite de martírio! De um lado, Marianne, linda como um anjo, me chamando de Willoughby em um tom tão, ah, meu Deus! Estendendo a mão para mim, pedindo uma explicação, com aqueles olhos fascinantes fixados em meu rosto, numa grande solicitude! E Sophia de outro, com ciúmes do diabo, parecendo tudo o que... Bem, isso não importa agora. Já acabou. Que noite! Fugi de todos o mais rápido que pude, mas não antes de ver o doce rosto de Marianne tão pálido quanto a morte. *Aquela* foi a última visão que tive dela, a última imagem que tive. Foi uma visão horrível! Ainda assim, quando eu pensei, hoje, que ela estivesse realmente morrendo, senti um tipo de conforto imaginando que sabia exatamente como ela pareceria para aqueles que a vissem pela última vez neste mundo. Ela estava diante de mim, constantemente diante de mim, durante toda a viagem, com a mesma aparência e a mesma palidez.

Houve uma breve pausa de reflexão mútua. Willoughby, começando a falar primeiro, disse:

— Bem, preciso me apressar e partir. Sua irmã está melhor de fato, certamente fora de perigo?

— Temos certeza disso.

— Sua pobre mãe! Doida por Marianne.

— Mas a carta, senhor Willoughby, sua própria carta... Tem algo a dizer sobre isso?

— Sim, sim, *aquela* carta em particular... Sua irmã me escreveu novamente, você sabe, na manhã seguinte. Você viu o que ela disse. Eu estava tomando café da manhã nos Ellisons, e a carta dela, acompanhada de algumas outras, foi-me enviada de onde estava hospedado. Aconteceu de a carta chamar atenção de Sophia antes de chegar a mim; e seu tamanho, a elegância do papel, a escrita à mão imediatamente a deixaram desconfiada. Algum vago comentário, que havia chegado até ela, sobre meu envolvimento com uma jovem em Devonshire somado ao que ela mesma observara na noite anterior evidenciou quem era a jovem em questão, e ela ficou mais enciumada do que nunca. Portanto, fingindo aquele ar de brincadeira, que é delicioso em uma mulher que se ama, ela abriu a carta e leu todo o seu conteúdo. Ela foi bem recompensada por sua insolência. Leu algo que a deixou muito infeliz. Eu poderia ter suportado sua tristeza, mas sua paixão... sua malícia... Em todo caso, precisavam ser aplacadas. E, resumindo, o que você achou do estilo de carta de minha esposa? Delicado... Terno... Verdadeiramente feminino, não era?

— Sua esposa! A carta estava escrita com sua própria caligrafia.

— Sim, mas eu tinha apenas o crédito de copiar servilmente as frases às quais me envergonhava de ter meu nome associado. O original era todo dela. Seus próprios pensamentos felizes e sua dicção gentil. Entretanto, o que eu poderia fazer? Éramos noivos, tudo já estava encaminhado, o dia do casamento quase marcado... Ah, estou falando como um tolo. Preparativos! Data! Honestamente, o dinheiro dela era necessário para mim e, em uma situação como a minha, qualquer coisa deveria ser feita para evitar uma ruptura. E, afinal, o que isso significaria para o meu caráter na opinião de Marianne e de seus amigos, a linguagem em que minha resposta fora apresentada? Serviria apenas para um fim. Minha tarefa era declarar-me um canalha, e pouco importava se eu fizesse isso com educação ou com grosseria. "Estou arruinado para sempre na opinião delas", disse para mim mesmo. "Serei banido para sempre de seu convívio, elas já me acham um sujeito sem princípios, esta carta só fará com que elas me considerem um crápula."

Tal era meu raciocínio, enquanto, numa espécie de descaso desesperado, copiava as palavras de minha esposa e renunciava às últimas relíquias de Marianne. As três cartas enviadas por ela, infelizmente, estavam todas no meu bolso; caso contrário, eu teria negado a existência delas e as guardado para sempre. Fui forçado a devolvê-las e não pude sequer beijá-las. E a mecha de cabelo, que eu também sempre carregava comigo no mesmo bolso, que agora era vasculhado por minha esposa com grande virulência... Minha querida mecha... Tudo, todas as lembranças foram arrancadas de mim.

— O senhor está muito equivocado, Senhor Willoughby, sua atitude é muito censurável — disse Elinor, enquanto sua voz, contra sua própria vontade, traía sua emoção compassiva. — Não deve falar assim nem da senhora Willoughby nem da minha irmã. Você fez sua escolha. Não foi forçado a nada. Sua esposa reivindica sua polidez, seu respeito, pelo menos. Ela deve gostar do senhor, ou ela não teria se casado. Tratá-la com indelicadeza, falar dela sem respeito, não repara o que fez com Marianne. Nem posso supor que seja um alívio para sua própria consciência.

— Não me fale da minha esposa — disse ele dando um suspiro pesado. — Ela não merece sua compaixão. Ela sabia que eu não a amava quando nos casamos. Bem, nos casamos, fomos a Combe Magna para sermos felizes e depois voltamos a Londres para nos divertirmos. E agora você tem pena de mim, senhorita Dashwood? Ou disse tudo isso sem nenhum propósito? Em sua opinião, sou menos culpado do que era antes? Minhas intenções nem sempre estavam equivocadas. Justifiquei alguma parte da minha culpa?

— Sim, certamente, removeu um pouco de sua culpa. Provou que, em geral, é menos imperfeito do que eu pensava. Você provou que seu coração é menos perverso, muito menos perverso. Mas dificilmente toda a dor que o senhor infligiu poderia ter sido pior.

— Você vai repetir tudo isso para sua irmã quando ela se recuperar, o que eu lhe contei? Permita-me ficar um pouco melhor na opinião dela, assim como na sua. Você disse que ela já me perdoou. Permita-me ser capaz de imaginar que um melhor conhecimento do meu coração, e dos meus sentimentos no presente, possa lhe proporcionar um perdão mais natural, mais gentil, mais nobre. Fale com ela sobre minha miséria e minha penitência. Diga-lhe que meu coração nunca foi inconstante para ela e, se possível, que neste momento ela é mais querida para mim do que nunca.

— Vou dizer a ela tudo o que for necessário para, ao menos em parte, justificá-lo. Mas você ainda não me explicou o motivo específico de sua vinda até aqui, nem como ouviu falar da doença dela.

— Ontem à noite, no saguão de Drury Lane,[2] passei por Sir John Middleton e, quando ele me reconheceu — pela primeira vez nesses dois meses —, falou comigo. Que ele tivesse cortado relações comigo desde o meu casamento, não me causou surpresa ou ressentimento. Agora, aquela alma bondosa, honesta e tola, cheia de indignação contra mim e preocupação com sua irmã, não resistiu à tentação de me dizer o que sabia... Embora provavelmente ele não achasse que aquilo *fosse* me afetar terrivelmente. Tão bruscamente quanto pôde, ele me disse que Marianne Dashwood estava morrendo de febre infecciosa em Cleveland. Uma carta recebida pela senhora Jennings naquela manhã dizia que o perigo era iminente, os Palmers estavam apavorados, etc. Fiquei chocado demais para fingir ser insensível mesmo para o pouco perspicaz Sir John. O coração dele se abrandou ao me ver sofrendo; e sua má vontade em relação a mim foi eliminada, tanto que, quando nos separamos, ele quase apertou minha mão enquanto me lembrava de uma antiga promessa sobre um filhote de *pointer*. O que senti ao saber que sua irmã estava morrendo... E morrendo acreditando ser eu o maior vilão do mundo, desprezando-me, odiando-me em seus últimos momentos. Como saber que planos horríveis não poderiam me ter sido imputados? *Uma* pessoa, eu tinha certeza, que me via capaz de fazer qualquer coisa. O que eu senti foi horrível! Tomei minha resolução rapidamente e, às oito horas da manhã, eu já estava em minha carruagem. Agora, a senhorita já sabe de tudo.

Elinor não respondeu. Seus pensamentos estavam silenciosamente fixos no dano irreparável que uma independência muito precoce e seus consequentes hábitos de ociosidade, dissipação e luxúria haviam causado na mente, no caráter e na felicidade de um homem que possuía todas as vantagens pessoais e talentos, unidos a uma disposição naturalmente aberta e honesta, e a um temperamento afetuoso e sensível. O mundo o tornara extravagante e vaidoso; a extravagância e a vaidade tornaram-no uma pessoa de coração frio e egoísta. A vaidade, que o levara a buscar o próprio triunfo cheio de culpa à custa de outra pessoa, acabara o envolvendo em uma afeição real, cuja extravagância, ou

---

2. Famoso teatro inglês. (N. E.)

pelo menos sua filha, a necessidade, tinha de ser sacrificada. Cada propensão defeituosa que o levara ao mal também causara sua punição. O afeto, que, contra toda honra, contra todo sentimento, contra todos os melhores interesses, ele havia arrancado de si mesmo, agora, quando não lhe era mais permitido, governava todos os seus pensamentos. E o relacionamento pelo qual ele, sem o menor escrúpulo, provocara o desgosto de sua irmã, provavelmente agora seria uma fonte de infelicidade para si mesmo, de natureza muito mais incurável. Ela foi despertada dessa espécie de devaneio por Willoughby, que, libertando-se de um devaneio ao menos igualmente doloroso, começou a se preparar para ir embora dizendo:

— Não vale a pena ficar aqui. Devo partir.

— Vai voltar para Londres?

— Não, para Combe Magna. Tenho negócios lá. Em um ou dois dias, irei para Londres. Adeus.

Ele estendeu a mão. Ela não podia recusar-lhe a sua; e ele a apertou com carinho.

— E agora *realmente* pensa um pouco melhor a meu respeito? — disse ele, soltando a mão dela e encostando-se na lareira, como se esquecesse de que já estava indo embora.

Elinor assegurou-lhe que sim, que o havia perdoado, que sentia pena dele e desejou-lhe tudo de bom. Estava até mesmo interessada em sua felicidade, e acrescentou alguns conselhos gentis a respeito do comportamento mais provável de propiciá-la. A resposta dele não foi muito animadora.

— Quanto a isso — disse ele —, devo passar pelo mundo da melhor maneira que eu puder. A felicidade doméstica está fora de cogitação. Se, no entanto, eu puder pensar que a senhorita e sua família se interessam pelo meu destino e por minhas ações, isso pode ser o meio... Pode colocar-me em guarda ou, pelo menos, será algo pelo qual valha viver. Com certeza, perdi Marianne para sempre. No entanto, se algum dia, por alguma chance abençoada, eu estiver em liberdade novamente...

Elinor o deteve com uma reprovação.

— Bem — respondeu ele. — Mais uma vez, adeus. Agora, vou embora e viverei com o temor de um único evento.

— O que quer dizer com isso?

— O casamento de sua irmã.

— Você está muito enganado. Ela não poderia estar mais perdida pelo senhor do que agora.

— Mas ela será conquistada por outro. E se esse alguém for o mesmo a quem, entre todos os outros, eu menos suporto... Bem, não vou permanecer me privando de toda a sua boa vontade, mostrando que onde mais machuquei é onde menos posso perdoar. Adeus. Deus a abençoe!

E, ao proferir essas últimas palavras, ele saiu quase correndo da sala.

Capítulo XLV

Por um bom tempo após ele tê-la deixado, mesmo depois que o som de sua carruagem já havia desaparecido, Elinor permaneceu muito oprimida por uma vastidão de ideias, amplamente diferentes em si, mas cujo resultado geral era a tristeza, não conseguindo sequer pensar na irmã.

Willoughby, que, apenas meia hora atrás, era detestado por ela como o mais desprezível dos homens, Willoughby, que, apesar de todas as suas falhas, provocou nela um certo grau de compaixão em virtude dos sofrimentos produzidos por ele próprio, que a fez pensar nele, agora separado para sempre de sua família, com uma ternura, um arrependimento, como ela logo reconheceu dentro de si mesma, mais proporcionais aos desejos dele do que aos seus méritos. Ela sentiu que a influência dele sobre seus pensamentos era acentuada por circunstâncias que não deveriam, racionalmente, ter peso algum; por aquela pessoa de atrativos incomuns, aquela maneira aberta, afetuosa e animada que não era mérito nenhum possuir; e ainda por sentir aquele amor ardente por Marianne, a que nem sequer era inocente se entregar. No entanto ela percebeu que ainda estava muito longe de sentir menos a influência dele.

Quando finalmente retornou para junto da inconsciente Marianne, ela a encontrou despertando, recuperada por um sono tão longo e doce assim como esperava. O coração de Elinor estava carregado. O passado, o presente, o futuro, a visita de Willoughby, a segurança de Marianne e a chegada de sua mãe a lançaram completamente em uma agitação de ânimos que afastava qualquer indicação de fadiga e a fazia temer trair-se diante da irmã. Curto, porém, foi o tempo em que esse temor poderia afetá-la, pois, meia hora depois de Willoughby sair da casa, ela novamente foi chamada para o andar de baixo pelo som de outra carruagem. Ansiosa para poupar a mãe de todos os terríveis suspenses desnecessários, ela correu imediatamente para o vestíbulo e alcançou a porta bem a tempo de recebê-la e ajudá-la a entrar.

A senhora Dashwood, cujo terror ao se aproximar da casa havia produzido quase a convicção de que Marianne não estava mais viva, não tinha voz para perguntar por ela, nem voz para falar com Elinor; mas *esta*, que não esperava saudações nem indagações, instantaneamente lhe concedeu um alegre conforto; e a mãe, recebendo a notícia com todo o calor habitual, no momento seguinte estava transbordando de felicidade, assim como antes estivera transbordando de aflições com seus medos. Ela foi amparada até a sala de estar pela filha e por seu amigo; e lá, derramando lágrimas de felicidade, embora ainda incapaz de falar, abraçou Elinor calorosamente, virando-se a intervalos para apertar a mão do coronel Brandon com um olhar que transmitia ao mesmo tempo sua gratidão e sua convicção de que ele compartilhava consigo a felicidade daquele momento. Ele a compartilhava, no entanto, num silêncio ainda maior que o dela.

Assim que a senhora Dashwood se recuperou, ver Marianne foi seu primeiro desejo, e, em dois minutos, ela estava com a filha amada, que se tornara mais querida do que nunca em razão de sua ausência, de sua infelicidade e do perigo que correra. O deleite de Elinor, ao ver os sentimentos que cada uma expressava nesse encontro, foi contido apenas pela apreensão de roubar mais algum tempo de sono de Marianne; mas a senhora Dashwood podia ficar tranquila, podia até ser prudente, quando a vida de uma filha estava em jogo, e Marianne, satisfeita por saber que sua mãe estava perto dela, e consciente de estar demasiado fraca para conversar, submeteu-se prontamente ao silêncio e à quietude prescritos por todas as enfermeiras ao seu redor. A senhora Dashwood *velaria* seu sono todas as noites, e Elinor, de acordo com os pedidos da mãe, foi descansar. Mas o descanso, que uma noite completamente insone e muitas horas de ansiedade desgastante pareciam requerer, foi impedido pela interferência de seus ânimos. Willoughby, "pobre Willoughby", como ela agora se permitia chamá-lo, estava constantemente em seus pensamentos. Ela preferia não ter ouvido suas justificativas, pois ora se sentia culpada, ora se absolvia por tê-lo julgado tão severamente antes. No entanto sua promessa de relatar tudo à irmã era invariavelmente dolorosa. Ela temia fazê-lo, não sabia qual poderia ser o efeito disso em Marianne. Duvidava que, após tal explicação, ela pudesse ser feliz com outro e, por um momento, desejou que Willoughby ficasse viúvo. Então, lembrando-se do coronel Brandon, reprovou a si mesma, sentindo que ao sofrimento e à constância *dele*, muito maiores do que os de seu rival, a recompensa de sua irmã era devida, e desejou qualquer coisa, menos a morte da senhora Willoughby.

O choque causado pela mensagem que o coronel Brandon levara a Barton havia sido muito suavizado para a senhora Dashwood por seu próprio desassossego anterior; pois sua inquietação por causa de Marianne era tão grande que ela já havia decidido partir para Cleveland naquele mesmo dia, sem esperar obter mais informações; e já se preparava para a jornada antes da chegada dele, a ponto de os Careys serem esperados a qualquer momento para buscar Margaret, pois sua mãe não estava disposta a levá-la para onde houvesse algum tipo de infecção.

Marianne continuava se recuperando todos os dias, e a radiante alegria no olhar e no espírito da senhora Dashwood provava que ela era, como ela mesma repetia várias vezes, uma das mulheres mais felizes do mundo. Elinor não podia ouvir essa declaração, nem testemunhar suas provas, sem às vezes se perguntar se a mãe alguma vez teria se lembrado de Edward. Contudo, a senhora Dashwood, confiando no relato moderado sobre a decepção que Elinor lhe enviara, foi levada pela exuberância de sua própria alegria ao pensar apenas no que a aumentaria. Marianne foi-lhe restituída de um perigo no qual, como ela agora começara a sentir, com seu próprio julgamento equivocado, ela mesma havia colocado a filha ao encorajar a infeliz ligação com Willoughby. E, com a sua recuperação, ela ainda tinha outra fonte de alegria, impensada por Elinor. E isso lhe foi comunicado assim que houve a oportunidade de uma conversa privada entre elas.

— Finalmente estamos sozinhas. Minha Elinor, você ainda não tem noção de toda a minha felicidade. O coronel Brandon ama Marianne. Ele mesmo me disse isso.

A filha, sentindo-se feliz e ao mesmo tempo magoada, surpresa e não surpresa, prestava atenção em silêncio.

— Você não se parece mesmo comigo, querida Elinor, ou eu estranharia sua compostura agora. Se eu tivesse parado para pensar em algo possivelmente bom à minha família, eu deveria ter concluído que o coronel Brandon se casando com uma de vocês seria o mais desejável. E acredito que Marianne ficará mais feliz com ele do que você.

Elinor estava um pouco inclinada a perguntar por que ela pensava assim, pois estava convencida de que não se podia dar nenhuma consideração fundamentada sobre a idade, o caráter ou o sentimento deles; mas sua mãe sempre se deixava levar pela imaginação em todos os assuntos de seu interesse, e, portanto, em vez de fazer uma pergunta, ela apenas sorriu.

— Ele abriu o coração para mim ontem, enquanto viajávamos. Foi tudo de surpresa, sem premeditação. Como você pode imaginar, eu só conseguia falar de minha filha. Ele não conseguia esconder sua angústia; vi que ela se igualava à minha, e ele, talvez pensando que uma mera amizade, tal como são as coisas hoje, não justificasse uma simpatia tão calorosa, ou mesmo não pensando em nada, deu vazão a sentimentos incontroláveis e confessou-me seu afeto sincero, terno e perene por Marianne. Ele a ama, minha Elinor, desde o primeiro momento em que a viu.

Neste momento, no entanto, Elinor percebeu que aquelas palavras não eram nem a linguagem nem as confissões do coronel Brandon, mas os floreios naturais da ativa fantasia de sua mãe, que moldava como queria tudo o que lhe agradasse.

— O afeto dele por ela, que supera infinitamente tudo o que Willoughby já sentiu ou fingiu sentir, por mais caloroso, mais sincero ou mais constante, como quer que o chamemos, resistiu até ao conhecimento da infeliz predileção de nossa querida Marianne por aquele jovem sem valor! E sem nenhum egoísmo, sem encorajar sequer uma esperança! Como pôde vê-la feliz com outra pessoa? Que caráter tão nobre! Que franqueza, que sinceridade! Ninguém pode se enganar a respeito *dele*.

— O caráter do coronel Brandon, um homem excelente — disse Elinor —, já está bem estabelecido.

— Eu sei que sim — respondeu a mãe com seriedade —, ou, após esse aviso, eu seria a última pessoa a encorajar tal afeto, ou até mesmo a ficar satisfeita com isso. Mas a atitude dele de ir me buscar, como ele fez, com uma amizade tão diligente e solícita, foi suficiente para provar que ele é um dos homens mais dignos.

— Seu caráter, no entanto — respondeu Elinor —, não repousa em apenas *um* ato de bondade, ao qual sua afeição por Marianne, se a humanidade estivesse fora do caso, o teria motivado. A senhora Jennings e os Middletons o conhecem intimamente e de longa data. Eles igualmente o amam e o respeitam; e até onde vai meu próprio conhecimento sobre ele, embora adquirido recentemente, é bastante considerável. Eu o valorizo e o aprecio muito e, se Marianne puder ser feliz com ele, estarei tão pronta quanto a senhora para considerar essa união a maior bênção do mundo para nós. Que resposta a senhora deu a ele? Permitiu-lhe ter esperanças?

— Ah, meu amor, eu não podia falar de esperança para ele ou para mim mesma. Marianne poderia estar morrendo naquele momento. Mas ele não pediu esperanças ou encorajamento. Foi uma confiança involuntária, uma efusão irreprimível feita para uma amiga que poderia reconfortá-lo, e não um pedido para uma mãe. A princípio, eu fiquei bastante impressionada; no entanto, depois de um tempo, eu *disse* que, se ela vivesse, como eu acreditava que aconteceria, minha maior felicidade seria promover esse casamento. E, desde nossa chegada, desde que tivemos essa deliciosa certeza, eu tornei a repetir com mais ênfase, dando-lhe todo o incentivo ao meu alcance. Tempo, só um pouco mais de tempo, eu disse a ele, e tudo vai se resolver. O coração de Marianne não deve ser desperdiçado para sempre com um homem como Willoughby. Os próprios méritos do coronel devem garantir isso em breve.

— A julgar pelo espírito do coronel, no entanto, a senhora ainda não conseguiu torná-lo igualmente otimista.

— Não. Ele acha que a afeição de Marianne está profundamente enraizada e que deve levar muito tempo até que algo nela possa mudar, e mesmo supondo que seu coração esteja livre novamente, ele é muito inseguro para acreditar que, com tanta diferença de idade e disposição, poderia conquistá-la. No entanto, ele está completamente enganado. A idade dele está muito além da dela apenas no sentido de constituir uma vantagem, uma vez que reforça seu caráter e seus princípios; e, quanto à sua disposição, estou convencida de que é exatamente a única capaz de fazer sua irmã feliz. E ele próprio, seus modos também estão a seu favor. Minha parcialidade não me cega; ele certamente não é tão bonito quanto Willoughby, mas, ao mesmo tempo, há algo muito mais agradável em seu semblante. Sempre havia uma coisa, se você lembrar, nos olhos de Willoughby que, às vezes, eu não gostava.

Elinor *não* conseguia se lembrar, mas sua mãe, sem esperar pelo seu consentimento, continuou:

— E os modos dele, os modos do coronel, não são apenas mais agradáveis para mim do que os de Willoughby jamais foram, mas são do tipo que eu acredito ser mais solidamente atrativos a Marianne. Sua gentileza, sua atenção genuína com outras pessoas e sua simplicidade masculina e espontânea são muito mais condizentes com sua disposição real do que a vivacidade muitas vezes artificial e muitas vezes inadequada do outro. Tenho certeza de que, se Willoughby tivesse se mostrado realmente amável, como provou ser o contrário, Marianne nunca teria sido tão feliz com *ele* como será com o coronel Brandon.

Ela fez uma pausa. A filha não pôde concordar com ela, mas sua dissidência não foi ouvida e, portanto, não a ofendeu.

— Em Delaford, ela estará a uma curta distância de mim — acrescentou a senhora Dashwood —, mesmo que eu permaneça em Barton; e, com toda a probabilidade, pois ouvi dizer que é uma vila muito grande, certamente *deve* haver uma pequena casa ou chalé por perto que nos sirva tão bem quanto a nossa morada atual.

Pobre Elinor! Ali estava um novo plano para levá-la a Delaford! Mas seu espírito era teimoso.

— Sem falar na fortuna do coronel! Pois, nesse momento da vida, você sabe, todo mundo se importa com *isso* e, embora eu não saiba nem deseje saber o quanto realmente seja, tenho certeza de que deve ser uma boa quantia.

Foram então interrompidas pela entrada de uma terceira pessoa, e Elinor retirou-se para pensar em tudo aquilo em particular, para desejar sucesso ao seu amigo e, no entanto, ao desejá-lo, sentia um aperto no coração por Willoughby.

Capítulo XLVI

A enfermidade de Marianne, apesar de enfraquecê-la, não durou o suficiente a ponto de fazer com que sua recuperação fosse lenta, e, com o adendo da juventude, do vigor natural e da presença da mãe, tudo seguiu sem percalços, e ela pôde, quatro dias após a chegada da mãe, ser instalada no quarto de vestir da senhora Palmer. Enquanto esteve lá, em virtude de um pedido especial seu, pois estava impaciente em agradecer-lhe por ter buscado sua mãe, o coronel Brandon foi convidado a visitá-la.

A emoção dele ao entrar na sala, ao reparar como mudara a aparência dela e segurar a mão pálida que ela imediatamente lhe estendeu foi tamanha que, na opinião de Elinor, deveria originar-se de algo mais do que o sentimento dele por Marianne ou a consciência de que os outros estavam cientes do que sentia, e ela logo descobriu em seu olhar melancólico e na mudança em seu semblante ao olhar para Marianne o provável retorno à sua mente de muitas cenas de angústia do passado, trazidas de volta por aquela semelhança entre Marianne e Eliza, que já existia, mas agora era fortalecida pelos olhos fundos, pela palidez, pela postura curvada em razão da fraqueza e pelo reconhecimento efetivo de um favor peculiar.

A senhora Dashwood, não menos atenta ao que se passava do que a filha, mas com uma consciência muito diferente e, portanto, observando também efeitos muito distintos, não viu nada no comportamento do coronel senão o que era derivado das sensações mais comuns e evidentes, ao mesmo tempo que, pelas ações e palavras de Marianne, ela se convenceu a pensar que algo mais do que gratidão já havia despontado.

Depois de mais um ou dois dias, com Marianne visivelmente mais forte a cada doze horas, a senhora Dashwood, instada igualmente pelos seus desejos e pelos desejos da filha, começou a falar em voltar para Barton. *Sua* decisão dependia das atitudes de seus dois amigos: a senhora Jennings não queria sair de Cleveland durante a estada das Dashwoods, e o coronel Brandon logo foi levado, pelo pedido unânime de todas elas, a considerar sua própria estada lá como igualmente certa e indispensável. A pedido dele e da senhora Jennings, em troca, a senhora Dashwood foi obrigada a aceitar o uso da carruagem na viagem de volta, para que sua filha doente ficasse mais bem acomodada, e o coronel, a convite conjunto da senhora Dashwood e da senhora Jennings, cuja enorme bondade a tornava amigável e hospitaleira na casa de outras pessoas tanto quanto na sua, comprometeu-se com prazer em buscar de volta a carruagem dentro de algumas semanas em uma visita ao chalé.

O dia da separação e da partida chegou, e Marianne, depois de uma despedida especial e prolongada da senhora Jennings, plena de gratidão, respeito e votos de felicidade vindos do fundo do seu coração em virtude de uma discreta admissão de sua falta de atenção no passado, despediu-se também do coronel Brandon com a afetuosidade de uma amiga e foi cuidadosamente auxiliada a subir na carruagem por ele, que parecia ansioso para que ela ocupasse pelo menos a metade do espaço disponível. A senhora Dashwood e Elinor entraram atrás dela, deixando os outros sozinhos para que pudessem conversar sobre as viajantes e sentir o próprio desalento, até que a senhora Jennings foi intimada a comparecer à sua espreguiçadeira a fim de se consolar pela perda de suas duas jovens amigas com as fofocas de sua criada, e o coronel Brandon logo em seguida tomou seu solitário caminho para Delaford.

Já havia dois dias que as Dashwoods estavam na estrada, e Marianne fez sua jornada sem se cansar muito. Tudo o que o afeto mais zeloso e o cuidado mais solícito podiam fazer para deixá-la mais confortável era realizado por suas atentas acompanhantes, e as duas viram-se recompensadas por seu bem-estar físico e por sua tranquilidade de espírito; observá-la, para Elinor, era particularmente gratificante.

Ela, que testemunhara o constante sofrimento da irmã, semana após semana, oprimida por uma angústia no coração que não tinha coragem de mencionar nem força para esconder, agora presenciava, com uma alegria que ninguém mais poderia compartilhar com a mesma intensidade, uma aparente paz de espírito que, por ser o resultado de uma séria reflexão, poderia certamente levá-la à satisfação e à alegria com o tempo.

Quando se aproximaram de Barton, no entanto, e entraram em um cenário no qual todo o campo e todas as árvores traziam alguma lembrança peculiar ou dolorosa, ela se pôs pensativa e silenciosa, e, desviando o rosto da vista das demais, ficou olhando séria e fixamente pela janela. Elinor não podia se admirar nem culpá-la por causa disso; quando percebeu, enquanto ajudava Marianne a descer da carruagem, que ela estivera chorando, considerou tal emoção bastante natural para suscitar algo menos terno do que compaixão, e, por sua discrição, julgou-a louvável. Em todo o seu comportamento subsequente, ela percebeu os traços de uma mente disposta a fazer um bom esforço, pois, assim que entraram na familiar sala de estar, Marianne olhou ao redor com firmeza, como se estivesse imediatamente decidindo se acostumar a ver todos os objetos que lhe faziam lembrar de Willoughby. Ela falou pouco, mas cada frase aspirava à alegria e, embora um suspiro por vezes lhe escapasse, ele era logo compensado por um sorriso. Depois do jantar, tentou tocar o piano. Foi até ele, mas a partitura em que seus olhos pousaram pela primeira vez era de uma ópera adquirida por Willoughby para ela, que continha alguns de seus duetos favoritos, e trazia na primeira página seu próprio nome escrito com a letra dele. Aquela música não serviria. Ela balançou a cabeça, deixou a partitura de lado e, depois de percorrer as teclas por um minuto, queixou-se de fraqueza nos dedos e fechou o instrumento novamente, declarando, porém, de um modo decidido ao fazê-lo, que ainda praticaria muito no futuro.

Na manhã seguinte, não houve nenhuma diminuição desses sinais felizes. Pelo contrário, com a mente e o corpo fortalecidos pelo descanso, ela olhava e falava de um jeito mais espontâneo, ansiando pelo prazer do retorno de Margaret e falando da querida família que estava prestes a se reunir, de seus interesses afins e do alegre convívio que tinham como a única felicidade que valia a pena ser desejada.

— Quando o tempo estiver bom e eu recuperar minhas forças — disse ela —, faremos longas caminhadas juntas todos os dias. Caminharemos até a fazenda, na beira do penhasco, e veremos como as crianças estão. Caminharemos até as novas plantações de Sir John em Barton Cross e Abbeyland e também percorreremos as antigas ruínas do convento e tentaremos rastrear suas fundações até onde nos dizem que uma vez elas chegaram. Eu sei que seremos felizes. Sei que o verão passará alegremente. Quero dizer, acordarei sempre antes das seis, e, a partir desse momento, até o jantar, dividirei minhas horas entre a música e a leitura. Tenho meus planos, e estou determinada a levar a sério os estudos. Conheço bem nossa biblioteca, a ponto de saber que nela não há nada que não seja para mero entretenimento, mas há muitas obras que valem a pena ser lidas em Barton Park, e outras publicações mais recentes que sei que posso tomar emprestadas do coronel Brandon. Lendo apenas seis horas por dia, ganharei no decorrer de um ano uma boa quantidade de instrução, que agora me faz falta.

Elinor a elogiou por ter elaborado um plano tão nobre, embora sorrisse ao ver a mesma ávida imaginação, que a levara ao extremo da apática inércia e do repúdio egoísta, trabalhar agora para levar a termo um esquema de ocupação racional e um virtuoso autocontrole. O sorriso, no entanto, transformou-se em um suspiro quando ela lembrou que a promessa que fizera a Willoughby ainda não havia sido cumprida, e ela temeu que o que teria de comunicar a Marianne pudesse perturbar de novo sua mente e arruinasse, pelo menos por um determinado tempo, a sua perspectiva justa de uma ocupação tranquila. Disposta, portanto, a adiar aquele mau momento, resolveu esperar até que a saúde da irmã estivesse consolidada. No entanto tal decisão foi tomada apenas para ser desobedecida.

Marianne passou dois ou três dias em casa antes que o tempo estivesse bom o suficiente para que uma convalescente como ela pudesse se aventurar. Mas, finalmente, houve uma manhã suave e esplêndida, capaz de tentar os desejos da filha e a confiança da mãe, e Marianne, apoiada no braço de Elinor, foi autorizada a andar o máximo que conseguisse sem se cansar na parte da frente da casa.

As irmãs partiram num ritmo lento, por conta da fraqueza de Marianne, em um exercício até então não experimentado desde sua enfermidade. Haviam ido além da casa apenas o suficiente para ter uma visão completa da colina, a enorme colina que se iniciava na parte de trás do chalé, quando, com os olhos voltados para o vale, Marianne disse calmamente:

— Ali, exatamente ali — disse, apontando com a mão —, naquela saliência no morro, foi ali que caí e vi Willoughby pela primeira vez.

Sua voz baixou quando ela pronunciou o nome dele, mas, imediatamente se recompondo, ela acrescentou:

— Sou grata por descobrir que consigo olhar com tão pouca dor este lugar! Algum dia, falaremos sobre esse assunto, Elinor? — ela disse, com hesitação. — Ou será que não devemos? Espero poder falar sobre isso agora, como sempre esperei.

Elinor a convidou com ternura a se abrir com ela.

— Quanto ao ressentimento — disse Marianne —, já se foi, no que diz respeito a *ele*. Não quero lhe falar quais foram meus sentimentos por ele, mas quero falar sobre o que sinto *agora*. No presente, ficaria satisfeita se eu pudesse pensar que ele não estava *sempre* atuando, ou *sempre* tentando me enganar. Mas, acima de tudo, se eu pudesse ter certeza de que ele nunca foi *tão* perverso quanto meus medos me fizeram imaginá-lo muitas vezes, desde que ouvi a história daquela pobre moça...

Ela parou de falar. Elinor apreciou alegremente suas palavras e respondeu:

— Se você pudesse ter certeza disso, acha que teria algum tipo de conforto?

— Sim. Minha paz de espírito está totalmente envolvida nisso, pois não é apenas horrível suspeitar que uma pessoa como *ele*, que significou tanto para *mim*, tenha sido capaz de tais propósitos. Mas o que devo pensar sobre mim mesma? Em uma situação como a minha, nada mais que um sentimento vergonhosamente vulnerável poderia me expor a...

— Como, então — perguntou a irmã —, você explicaria o comportamento dele?

— Eu suponho que... Ah, como eu ficaria feliz se pudesse considerá-lo apenas inconstante, muito, muito inconstante.

Elinor não disse mais nada. Ela estava debatendo consigo mesma a possibilidade de começar sua história imediatamente ou adiá-la até que Marianne estivesse com mais saúde. E seguiram caminhando por alguns minutos em silêncio.

— Não estou desejando a ele um grande bem — disse Marianne, finalmente, suspirando — ao ansiar que suas secretas reflexões não lhe sejam mais desagradáveis que as minhas. Ele sofrerá o suficiente com elas.

— Você compara seu comportamento com o dele?

— Não. Eu o comparo com o que deveria ter sido, com o seu.

— Nossas situações têm pouca semelhança.

— As diferenças, elas estão no nosso comportamento. Minha querida Elinor, não permita que sua bondade defenda o que eu sei que sua razão deve censurar. Minha enfermidade me fez pensar, me proporcionou tempo livre e sossego para fazer reflexões mais sérias. Muito antes de me recuperar o suficiente para poder falar, fui capaz de refletir perfeitamente. Examinei o passado, observei no meu próprio comportamento, desde o início de nossas relações com ele no outono passado, nada além de uma série de imprudências em relação a mim mesma e uma falta de gentileza com os outros. Percebi que meus próprios sentimentos haviam preparado meus sofrimentos e que minha falta de coragem para encará-los quase me levou à sepultura. Minha doença, eu sabia, tinha sido inteiramente provocada por mim mesma, por negligenciar tanto minha saúde, o que na época eu já achava errado. Se eu tivesse morrido, seria um caso de autodestruição. Eu não sabia o risco que corria até o risco ser afastado, mas, com os sentimentos que essas reflexões me trouxeram, admirei-me de minha própria recuperação, admirei-me de que o próprio ímpeto do meu desejo de viver, para ter tempo de arrepender-me diante de Deus e de todas vocês, não tenha me matado de uma vez. Se eu tivesse morrido, em que extremo sofrimento eu a teria deixado, minha enfermeira, minha amiga, minha irmã! Você, que viu todo o insolente egoísmo dos meus últimos dias; que conhecia todos os murmúrios do meu coração! Como eu viveria em *sua* lembrança? E na de minha mãe? Como você haveria de consolá-la? Não consigo sequer expressar minha aversão a mim mesma. Sempre que olhava para o passado, via algum dever negligenciado ou alguma falha que deixei passar. Acabei ferindo a todos. A bondade, a incessante bondade da senhora Jennings, eu a retribuí com um desprezo ingrato. Com os Middletons, os Palmers, as Steeles, com todos os nossos conhecidos, eu fui insolente e injusta, sempre com um coração insensível aos seus méritos, e um temperamento irritadiço com suas excessivas atenções. Com John, com Fanny... Sim, mesmo a eles, por pouco que merecessem, eu dera menos do que lhes era devido. No entanto, você, você acima de tudo, acima até mesmo de nossa mãe, foi injustiçada por mim. Eu, e somente eu, conhecia seu coração e suas tristezas; e mesmo assim isso me influenciou? Não a ter qualquer compaixão que pudesse beneficiá-la ou a mim mesma. Seu exemplo estava bem diante de mim, mas que proveito tirei dele? Eu tive mais consideração por você e por seu bem-estar? Eu segui o exemplo da sua tolerância ou aliviei seu fardo, assumindo as obrigações de complacência geral ou as de gratidão particular que recaíram apenas sobre você? Não... nem quando eu sabia que você estava infeliz, ou quando eu achava que você estava bem, fiz algum ato de dever ou amizade, pois não admitia que outra tristeza existisse além da minha, martirizando-me apenas por *aquele* coração que havia me abandonado e enganado, e deixando que você, por quem eu declarava ter um infinito sentimento, fosse infeliz por minha causa.

 Cessou, então, o rápido fluxo de seu espírito de reprovação, e Elinor, ansiosa para tranquilizar a irmã, embora honesta demais para ser lisonjeadora, fez-lhe imediatamente o elogio e deu-lhe o apoio que sua franqueza e seu remorso mereciam. Marianne apertou a mão dela e respondeu:

 — Você é tão boa... O futuro vai me pôr à prova. Defini os meus planos e, se eu for capaz de segui-los... controlarei meus sentimentos e melhorarei meu modo de ser. Eles não vão mais preocupar os outros, nem me torturar. Agora vou viver apenas para nossa família. Você, mamãe e Margaret são, a partir de agora, o mundo todo para mim, e compartilharei meus sentimentos inteiramente com vocês. Nunca mais terei o menor desejo de me afastar de casa e de vocês e, se eu me juntar a outras companhias, será apenas para mostrar que tenho o espírito humilde, que meu coração está recuperado e que posso praticar a cortesia, as menores obrigações da vida, com gentileza e tolerância. Quanto a Willoughby... seria inútil dizer que em breve ou que um dia o esquecerei. As lembranças que tenho dele não podem ser apagadas por nenhuma mudança nas circunstâncias ou em minhas opiniões, mas serão controladas, suavizadas pela meditação, pela razão, pela ocupação constante.

Ela fez uma pausa e acrescentou em voz baixa:

— Se eu pudesse saber o que se passa no coração *dele*, tudo se tornaria mais fácil.

Elinor, que já refletia havia algum tempo sobre se seria adequado ou não arriscar-se a fazer rapidamente seu relato, sem se sentir mais decidida do que no início, ouviu tais palavras; percebeu que, como a reflexão não produzira resultado, a decisão podia produzi-lo, e logo se viu levada a expor os fatos.

Ela conduziu a narrativa, como esperava, com habilidade. Preparou a ansiosa ouvinte com cautela, relatou de maneira simples e honesta os principais pontos nos quais Willoughby fundamentou suas desculpas, fez justiça ao seu arrependimento e suavizou apenas suas declarações de amor. Marianne não disse uma palavra. Ela tremia, seus olhos estavam fixos no chão e seus lábios ficaram mais brancos do que quando esteve enferma. Milhares de perguntas brotaram em seu coração, mas ela não ousou fazer nenhuma. Ela escutou cada sílaba com uma ânsia ofegante; sua mão, sem que percebesse, apertava com força a da irmã, e lágrimas cobriam suas bochechas.

Elinor, temendo que a irmã estivesse cansada, conduziu-a para casa, e, até chegarem à porta do chalé, adivinhando quanto ela deveria estar curiosa, embora não fizesse perguntas, falou apenas de Willoughby e da conversa que tiveram, e foi minuciosamente cuidadosa em lhe contar cada detalhe do discurso e das expressões dele que julgava que pudesse ser revelado sem que lhe fosse prejudicial. Assim que elas entraram em casa, Marianne, dando-lhe um beijo de gratidão, disse, entre lágrimas: "Conte à mamãe!". Depois, afastou-se da irmã e subiu lentamente as escadas. Elinor não tentaria perturbar uma solidão tão plausível quanto a que ela agora buscava; e, ansiosamente premeditando o resultado daquilo e decidida a retomar o assunto, caso Marianne não o fizesse, dirigiu-se à sala para cumprir a ordem que ela lhe dera antes de se retirar.

Capítulo XLVII

A senhora Dashwood não ouviu com indiferença a justificativa de seu antigo favorito. Alegrou-se por ele se libertar de parte da culpa que lhe foi imputada. Sentia muito por ele; queria vê-lo feliz. Porém os sentimentos do passado não puderam ser reiterados. Nada poderia restaurá-los com uma fé inquebrantável, um caráter sem mácula para Marianne. Nada poderia amenizar o que ela sofrera por causa dele, nem haveria como remover a culpa de sua conduta em relação a Eliza. Nada poderia devolver-lhe, portanto, a antiga estima dela, nem interferir nos interesses do coronel Brandon.

Se a senhora Dashwood, como a filha, tivesse ouvido a história de Willoughby contada por ele próprio, se ela tivesse testemunhado a angústia dele e sofrido a influência de sua expressão e dos seus modos, é provável que sua compaixão tivesse sido maior. Mas não estava em poder de Elinor, nem em seu desejo, despertar tais sentimentos em outra pessoa com tal explicação detalhada, como a princípio fora incitada por si mesma a fazer. A reflexão havia trazido calma ao seu julgamento e sobriedade à sua opinião a respeito dos méritos de Willoughby; ela desejava, portanto, declarar apenas a verdade e esclarecer os fatos que realmente se deviam ao seu caráter, sem nenhuma incrementação de ternura que levasse à fantasia.

À noite, quando as três estavam juntas, Marianne começou, voluntariamente, a falar sobre ele de novo, mas não o fez sem esforço; demonstrou nitidamente a inquietação na qual estava mergulhada já havia algum tempo; sua face ruborizava enquanto falava; e sua voz estava claramente instável.

— Quero garantir às duas — disse ela — que vejo tudo como desejam que eu enxergue.

A senhora Dashwood a teria interrompido instantaneamente com reconfortante ternura se Elinor, que realmente queria ouvir a opinião da irmã, não tivesse feito um gesto ansioso para que a mãe ficasse em silêncio. Marianne continuou lentamente:

— É um grande alívio para mim o que Elinor me contou esta manhã. Agora sei exatamente o que eu queria saber.

Por alguns momentos, sua voz se perdeu; mas, recuperando-se, acrescentou, e com mais calma que antes:

— Agora estou perfeitamente satisfeita, não desejo mudanças. Nunca poderia ter sido feliz com ele depois de saber, mais cedo ou mais tarde, de tudo isso. Eu não poderia manter minha confiança nem minha estima por ele. Nada poderia afastar isso dos meus sentimentos.

— Eu sei, eu sei — exclamou a mãe. — Ser feliz com um homem de práticas libertinas! Com alguém que feriu tanto a paz de nosso amigo mais querido e um dos melhores homens que conhecemos! Não... O coração de minha Marianne não poderia ser feliz com esse homem! Sua consciência, sua consciência sensível, teria sentido tudo o que a consciência de seu marido deveria ter sentido.

Marianne suspirou e repetiu:

— Não desejo mudanças.

— Você considera o assunto — disse Elinor — exatamente como uma mente sã e compreensiva o faria; e ouso dizer que encontra, assim como eu, não apenas em relação a isso, como em muitas outras circunstâncias, razão suficiente para estar convencida de que esse casamento a teria envolvido em muitos problemas e decepções, nos quais você seria mal apoiada por uma afeição da parte dele muito incerta. Se tivessem se casado, teriam sido para sempre pobres. O somatório de suas dívidas é reconhecido por todos, e toda a sua conduta declara que abnegação é uma palavra que ele desconhece. Suas demandas e sua inexperiência juntas, somadas a uma renda muito, muito pequena, teriam causado angústias que não seriam *menos* dolorosas para você pelo fato de serem totalmente desconhecidas e impensadas até então. *Seu* senso de honra e honestidade a levaria, eu sei, ao perceber-se ciente de sua situação, a tentar todas as economias que lhe parecessem possíveis; e, talvez, desde que a frugalidade afetasse apenas seu próprio conforto, você poderia ser capaz de praticá-la; no entanto, o que você poderia fazer sozinha para impedir a ruína que já teria começado antes de seu casamento? Além *disso*, caso tentasse, por mais razoável que fosse, reduzir os prazeres *dele*, não seria de temer que, em vez de conseguir vencer os sentimentos tão egoístas que consentiram com a situação, você diminuiria sua própria influência sobre o coração dele e o faria se arrepender da união que o envolveu em tais dificuldades?

Os lábios de Marianne tremeram, e ela repetiu a palavra "egoísta" querendo dizer "você realmente o acha egoísta?".

— Todo o seu comportamento — respondeu Elinor —, do começo ao fim do caso, foi fundamentado no egoísmo. Foi o egoísmo que primeiro o fez brincar com seus afetos e que, depois, quando ele mesmo se sentiu envolvido, fez com que ele adiasse a confissão desse sentimento, e que finalmente o levou a sair de Barton. Seu próprio bem-estar, ou sua própria comodidade, era, em todos os aspectos, seu princípio dominante.

— É verdade. *Minha* felicidade nunca foi o objetivo dele.

— Nesse momento — continuou Elinor — ele lamenta o que fez. E por que ele se arrepende? Porque ele descobriu que aquilo não foi bom para si. Não o fez feliz. Já não há mais problemas econômicos, ele não sofre mais com esse mal; apenas pensa que se casou com uma mulher de temperamento menos amável do que o seu. Mas ele estaria feliz se tivesse se casado com você? Os inconvenientes teriam sido diferentes. Ele teria sofrido com as angústias pecuniárias que, por terem sido removidas, agora não o atormentam mais. Ele teria uma esposa de cujo temperamento ele não poderia reclamar, mas sempre estaria necessitado... Sempre pobre; e provavelmente logo aprenderia a valorizar as inúmeras comodidades de uma propriedade e de uma boa renda como fatores muito mais importantes, até mesmo para a felicidade doméstica, do que o mero temperamento de uma esposa.

— Não tenho dúvidas a respeito disso — disse Marianne —, e não tenho nada do que me lamentar, nada além da minha própria loucura.

— Melhor dizendo, da imprudência de sua mãe, minha filha — falou a senhora Dashwood. — *Eu*, sim, sou responsável por isso.

Marianne não a deixou prosseguir, e Elinor, satisfeita por ver que cada uma delas assumia o próprio erro, preferiu evitar qualquer questionamento em relação ao passado que pudesse enfraquecer o espírito da irmã; portanto, ela continuou com o assunto anterior, dizendo imediatamente:

— Acho que *uma* observação pode ser feita no que se refere a toda essa história... que todas as dificuldades de Willoughby surgiram de sua primeira ofensa contra a virtude, por seu comportamento com Eliza Williams. Esse crime foi a origem de todos os menores e de sua insatisfação atual.

Marianne consentiu com o comentário, emocionada; e sua mãe foi conduzida por ele a uma enumeração dos sofrimentos e dos méritos do coronel Brandon com um ardor que apenas a amizade e um objetivo, unidos, poderiam fazê-lo. A filha não parecia, no entanto, ter prestado muita atenção nela.

Elinor, de acordo com sua expectativa, percebeu nos dois ou três dias seguintes que Marianne não continuava recuperando suas forças como antes; mas, enquanto sua resolução não esmorecesse, e ela ainda tentasse parecer alegre e calma, a irmã poderia confiar com segurança no efeito do tempo sobre sua saúde.

Margaret voltou, e a família estava reunida de novo, acomodada tranquilamente no chalé; e, se não prosseguiam seus estudos habituais com tanto vigor como quando chegaram pela primeira vez a Barton, ao menos, planejavam retomá-los de maneira vigorosa no futuro.

Elinor ficou ansiosa por receber notícias de Edward. Ela não ouvira mais nada sobre ele desde que deixara Londres, nada sobre os planos dele e nem mesmo sobre seu endereço atual. Ela trocou algumas cartas com o irmão, em consequência da doença de Marianne, e na primeira carta de John havia a seguinte frase: "Não sabemos nada a respeito de nosso infeliz Edward, e não podemos fazer perguntas sobre esse assunto tão proibido, mas concluímos que ele ainda esteja em Oxford...". Isso foi tudo o que soube de Edward pela correspondência, pois seu nome sequer foi mencionado em alguma das cartas seguintes. Ela não estava condenada, no entanto, a viver muito tempo sem saber do destino dele.

O criado fora enviado a trabalho, certa manhã, para Exeter; quando voltou, enquanto servia à mesa, foi respondendo às perguntas da patroa sobre o cumprimento de sua missão, e então disse, voluntariamente:

— Suponho que já saiba, senhora, que o senhor Ferrars se casou.

Marianne teve um sobressalto violento, fixou os olhos em Elinor, viu-a empalidecer e recostou-se na cadeira histérica. A senhora Dashwood, cujos olhos, ao responder à pergunta do criado, intuitivamente tomaram a mesma direção, ficou chocada ao perceber, pelo semblante de Elinor, o quanto ela realmente estava sofrendo e, um momento depois, aflita pela situação de Marianne, não sabia qual das filhas acudir primeiro.

O criado, que observou apenas que a senhorita Marianne estava passando mal, teve bom senso suficiente para chamar uma das criadas, que, com a ajuda da senhora Dashwood, conduziu-a até a outra sala. A essa altura, Marianne estava bem melhor, e a mãe, deixando-a aos cuidados de Margaret e da criada, voltou-se para Elinor, que, embora ainda estivesse muito perturbada, já havia recuperado o uso da razão e da voz o suficiente para começar a fazer uma investigação junto a Thomas, perguntando qual era a fonte de tais notícias. A senhora Dashwood imediatamente se encarregou disso, e Elinor teve o benefício da informação sem o esforço de solicitá-la.

— Quem lhe disse que o senhor Ferrars havia se casado, Thomas?

— Eu vi o senhor Ferrars com meus próprios olhos hoje de manhã em Exeter, senhora, e também a esposa dele, a senhorita Steele, como a chamavam. Estavam parando a carruagem na porta do New London Inn quando fui levar um recado de Sally, de Barton Park, para o irmão dela, que é um dos mensageiros de lá. Por acaso, ergui os olhos enquanto passava pela carruagem e vi que nela estava a mais jovem senhorita Steele; então, tirei o chapéu, ela me reconheceu, me chamou e perguntou da senhora e das senhoritas, especialmente da senhorita Marianne, e solicitou-me que eu transmitisse os cumprimentos dela e do senhor Ferrars, os seus melhores votos, e que eu dissesse como eles se lamentavam por não terem vindo visitá-las, mas eles estavam com muita pressa para seguir em frente, pois ainda lhes faltava muito tempo de viagem. No entanto, quando voltassem, certamente viriam ver a senhora.

— Mas ela lhe disse que estava casada, Thomas?

— Sim, senhora. Ela sorriu, e disse que havia mudado de sobrenome desde a última vez em que esteve por aqui. Ela sempre foi uma moça muito afável e falante, e muito educada. Então, tomei a liberdade de desejar felicidades a ela.

— O senhor Ferrars estava na carruagem com ela?

— Sim, senhora, eu o vi recostado lá dentro, mas ele nem mesmo olhou para mim. Nunca foi um cavalheiro de conversar muito.

O coração de Elinor poderia facilmente explicar por que ele não se mostrou; e a senhora Dashwood provavelmente imaginou a mesma explicação.

— Não havia mais ninguém na carruagem?

— Não, senhora, só eles dois.

— Você sabe de onde eles vinham?

— Eles estavam vindo direto da cidade, segundo a senhorita Lucy... a senhora Ferrars me contou.

— E eles estavam indo para o oeste?

— Sim, senhora, mas não vão ficar muito tempo por lá. Eles voltarão em breve e depois certamente virão visitá-la.

A senhora Dashwood olhou para a filha nesse momento, mas Elinor sabia que não deveria esperar por eles. Ela reconheceu o intuito de Lucy com aquela mensagem e estava muito confiante de que Edward nunca mais chegaria perto delas. Ela fez uma observação em voz baixa, para sua mãe, dizendo que eles provavelmente estavam indo até a casa do senhor Pratt, próxima a Plymouth.

Thomas demonstrava não saber de mais nada. Elinor queria saber mais.

— Você os viu antes de ir embora?

— Não, senhora. Os cavalos estavam de saída, mas eu não podia me demorar, pois estava com medo de me atrasar.

— A senhora Ferrars parecia bem?

— Sim, senhora, ela disse que estava muito bem e, em minha opinião, ela sempre foi uma jovem muito bonita. E parecia muito contente.

A senhora Dashwood não conseguiu pensar em outra pergunta, e então Thomas e a toalha de mesa, agora igualmente desnecessários, foram logo dispensados. Marianne já havia avisado que não iria comer mais nada. A senhora Dashwood e Elinor igualmente perderam o apetite, e Margaret poderia dar-se por satisfeita, pois, apesar de toda a inquietação que as suas irmãs vinham experimentando ultimamente, com tantas razões pelas quais muitas vezes não se preocupavam com as refeições, até então, ela nunca fora obrigada a ficar sem o jantar.

Quando a sobremesa e o vinho foram servidos, e a senhora Dashwood e Elinor foram deixadas sozinhas, elas permaneceram muito tempo refletindo em silêncio. A senhora Dashwood temia arriscar qualquer observação, e não se aventurou a oferecer consolo. Ela então descobriu que havia errado ao confiar na representação que Elinor fazia de si mesma e concluiu justamente que tudo fora expressamente suavizado na época para poupá-la de uma infelicidade maior, considerando como ela sofria por Marianne. Ela descobriu que havia sido induzida ao engano, pela discrição cuidadosa e atenciosa de sua filha, de pensar que aquele afeto, que uma vez ela havia compreendido tão bem, na realidade era muito menor do que ela acreditara ou do que agora ficara provado ser. Ela temia que, sob tal convicção, tivesse sido injusta, desatenta, quase cruel com sua Elinor; que a aflição de Marianne, por ser mais perceptível, por estar mais evidente, havia absorvido demais sua ternura e a levou a esquecer que em Elinor havia uma filha sofrendo quase tanto quanto Marianne, certamente com menos demonstrações de dor e com maior firmeza.

Capítulo XLVIII

Elinor descobrira então a diferença entre a expectativa de um evento desagradável, por mais certo que ele pudesse ser considerado, e a própria certeza do fato em si. Descobrira agora que, mesmo contra sua vontade, sempre mantivera a esperança, enquanto Edward permanecia solteiro, de que algo ocorreria para impedir que ele se casasse com Lucy; que alguma resolução dele, alguma intervenção de amigos ou alguma oportunidade mais interessante de casamento para Lucy surgiriam, para a felicidade de todos. No entanto, ele agora estava casado, e ela condenou seu coração pela ilusão oculta que aumentava ainda mais a dor da notícia.

No início, ela ficou um pouco surpresa com o fato de ele ter se casado tão rápido, antes (como ela imaginava) de ser ordenado e, consequentemente, antes de gozar de seu benefício. Porém ela logo percebeu como era provável que Lucy, tão precavida quando o assunto se referia a seus próprios interesses, na pressa de prendê-lo, tivesse ignorado tudo, menos o risco de um adiamento. Eles estavam casados, casaram-se em Londres e agora se apressavam em ir até a casa do tio dela. O que Edward teria sentido ao estar a seis quilômetros de Barton, ao ver o criado de sua mãe, ao ouvir a mensagem de Lucy?

Em breve, ela supôs que se estabeleceriam em Delaford — Delaford, aquele lugar pelo qual tanto conspiravam para que despertasse seu interesse, que ela desejava conhecer e também desejava evitar. Ela os imaginou por um momento em sua casa paroquial; imaginou Lucy como uma administradora vigorosa e criativa, unindo ao mesmo tempo o desejo de dar ao lar um ar moderno com a máxima simplicidade e envergonhada de que suspeitassem de metade de suas práticas econômicas, perseguindo em cada pensamento os próprios interesses, cortejando os favores do coronel Brandon, da senhora Jennings e de todos os amigos abastados. Edward... ela não sabia como imaginá-lo, nem o que desejava imaginar... Feliz ou infeliz, nada lhe agradava, e ela sacudia a cabeça cada vez que pensava nele.

Elinor tinha a esperança de que algum de seus contatos em Londres lhes escrevesse para lhes comunicar o evento e dar mais detalhes... porém os dias se passavam e não traziam cartas nem notícias. Embora não estivesse certa de que alguém fosse o culpado, ela encontrou falhas em todos os amigos relapsos. Todos eram negligentes ou indolentes.

— Quando vai escrever para o coronel Brandon, mamãe? — foi a pergunta que surgiu da impaciência de sua mente para saber se algo estava acontecendo.

— Escrevi para ele, meu amor, na semana passada, e espero vê-lo antes de receber notícias dele outra vez. Insisti muito para que ele viesse até nós, e não me surpreenderia vê-lo entrar por aquela porta hoje, amanhã ou qualquer dia desses.

Aquilo já era alguma coisa, algo pelo que pudesse ansiar. O coronel Brandon devia ter algumas informações a dar.

Havia acabado de pensar nisso quando a figura de um homem a cavalo atraiu sua atenção para a janela. Ele parou no portão. Era um cavalheiro, o próprio coronel Brandon. Agora ela poderia saber de tudo, e começou a tremer diante dessa expectativa. Mas... *não* era o coronel Brandon. Não tinha nem sua aparência nem sua altura. Se isso fosse possível, ela afirmaria ser Edward. Olhou mais uma vez. Ele havia acabado de desmontar; ela não podia estar enganada, *era* Edward. Ela afastou-se e sentou-se. "Ele veio da casa do senhor Pratt com o propósito de nos ver. *Ficarei* calma; *vou* me controlar."

Em um instante ela percebeu que as outras estavam igualmente cientes do equívoco. Viu sua mãe e Marianne enrubescerem; viu que se entreolhavam e sussurravam algumas frases uma para a outra. Ela daria qualquer coisa no mundo para ter a capacidade de falar e fazê-las entender que não esperava que demonstrassem a ele nenhuma frieza nem desprezo, mas não encontrava palavras, e foi obrigada a deixar tudo a critério delas.

Nenhuma sílaba foi dita. Todas esperaram em silêncio que o visitante aparecesse. Seus passos foram ouvidos ao longo do caminho de cascalho; em um instante ele estava na passagem e no outro estava diante delas.

Seu semblante, quando ele entrou na sala, não era muito feliz, mesmo ao voltar-se para Elinor. De tanta agitação, estava pálido, e parecia temer o modo como seria recebido e consciente de que não merecia que fossem gentis com ele. A senhora Dashwood, no entanto, em conformidade com o que acreditava ser o desejo da filha, por quem queria, com todo o coração, ser guiada em tudo, cumprimentou-o com um olhar de fingida complacência, deu-lhe a mão e o felicitou.

Ele ruborizou e sussurrou uma resposta ininteligível. Os lábios de Elinor se moveram com os da mãe e, quando o momento de o cumprimentar já havia passado, ela desejou ter apertado a mão dele também.

Mas já era tarde demais e, com um ar que pretendia aparentá-la receptiva, ela se sentou novamente e falou sobre o tempo.

Marianne se retirara o mais rápido possível da vista dos demais, para esconder sua angústia; e Margaret, compreendendo em parte o ocorrido, mas não tudo, achou que tinha a obrigação de demonstrar orgulho e, portanto, sentou-se o mais longe dele possível, mantendo um silêncio estrito.

Quando Elinor terminou de expressar sua alegria com a temporada de seca, houve uma pausa terrível. Esta foi encerrada pela senhora Dashwood, que se sentiu obrigada a desejar que a senhora Ferrars estivesse muito bem de saúde. De maneira apressada, ele respondeu afirmativamente.

Outra pausa.

Elinor, resolvendo se esforçar, embora temesse ouvir o som da própria voz, disse:

— A senhora Ferrars está em Longstaple?

— Em Longstaple? — ele respondeu, com ar de surpresa. — Não, minha mãe está em Londres.

— Eu me referia — falou Elinor, pegando um bordado que estava sobre a mesa — à senhora *Edward* Ferrars.

Ela não ousou erguer os olhos, mas sua mãe e Marianne olharam para ele. Ele parecia envergonhado, parecia perplexo, olhou para elas com incredulidade e, depois de alguma hesitação, disse:

— Talvez a senhorita queira se referir a... meu irmão... Se referir à senhora... à senhora *Robert* Ferrars.

— Senhora Robert Ferrars? — repetiram Marianne e a mãe, espantadas; e, embora Elinor não conseguisse falar, os olhos *dela* também estavam fixos nele com um assombro de ansiedade. Ele se levantou e foi até a janela, aparentemente por não saber o que fazer; pegou uma tesoura que estava lá e, enquanto estragava a tesoura e seu estojo, cortando-o em pedaços, disse de maneira apressada:

— Talvez a senhorita não saiba, talvez não tenha ouvido falar que meu irmão recentemente se casou com... com a mais nova... a senhorita Lucy Steele.

Suas palavras foram recebidas com indescritível espanto por todas, menos por Elinor, que permanecia sentada com a cabeça inclinada sobre o bordado numa tamanha agitação que mal saberia dizer onde estava.

— Sim — disse ele —, eles se casaram na semana passada, e agora estão em Dawlish.

Elinor não aguentou continuar sentada. Quase saiu correndo da sala e, assim que fechou a porta, explodiu em lágrimas de alegria que, a princípio, ela pensou que nunca cessariam. Edward, que até então tinha olhado para todas as direções, exceto para ela, viu-a sair apressada e talvez tenha notado, ou até mesmo ouvido, sua emoção, pois imediatamente depois ele caiu em um devaneio que nenhum comentário, nenhuma pergunta ou palavra afetuosa da senhora Dashwood pôde interromper, e, por fim, sem dizer palavra alguma, ele saiu da sala e seguiu em direção à vila... deixando as outras no maior estado de espanto e perplexidade diante de uma mudança tão esplêndida e tão inesperada nas circunstâncias; uma perplexidade que elas não tinham meios de atenuar além das próprias conjecturas.

Capítulo XLIX

Por mais inexplicáveis que fossem as circunstâncias de sua liberdade para toda a família, era certo que Edward estava livre, e o objetivo para o qual essa liberdade seria empregada era bastante previsível para todas elas, uma vez que, depois de experimentar as *bênçãos* de um noivado imprudente, contraído sem o consentimento da mãe, como ele havia feito cerca de quatro anos antes, nada mais poderia ser esperado dele, diante do fracasso *dessa empreitada*, do que a contração imediata de outro.

De fato, sua missão em Barton era simples. Era apenas pedir a Elinor que se casasse com ele; e, considerando que ele não era totalmente inexperiente em fazer esse tipo de pergunta, foi estranho que se sentisse tão desconfortável nessa ocasião, como realmente se sentiu, com tanta necessidade de reflexão e ar fresco.

Quanto tempo demorou para que Edward se decidisse a tomar a decisão correta, no entanto, e para que surgisse a oportunidade de colocá-la em prática, bem como a maneira como ele o fez e como foi recebido, nada disso precisa ser contado em detalhes. Basta dizer que, quando todos se sentaram à mesa às quatro horas, cerca de três horas após a chegada dele, ele havia conseguido a mão de sua dama e o consentimento da mãe dela, e não apenas professava o discurso extasiado de alguém enamorado, mas também, à luz da razão e da verdade, se considerava o mais feliz dos homens. Sua situação, realmente, era mais feliz do que o normal. Ele tinha mais do que o natural triunfo do amor correspondido para fazer transbordar seu coração e elevar seu espírito. Estava livre de seu compromisso, sem nenhuma acusação contra ele; livre de um imbróglio que havia muito tempo o fazia infeliz, de uma mulher que ele deixara de amar havia muito tempo; e encontrou imediatamente essa segurança com outra, na qual ele ficava pensando quase com desespero desde o momento em que soube que a desejava. Ele fora alçado não da dúvida ou da incerteza, mas da infelicidade para a felicidade; e essa transformação era muito evidente em sua alegria genuína, abundante e plena de gratidão, como seus amigos nunca haviam testemunhado nele antes.

Seu coração estava agora aberto a Elinor, e todas as suas fraquezas, todos os seus erros tinham sido confessados, e seu primeiro amor juvenil por Lucy foi tratado com toda a dignidade filosófica de seus vinte e quatro anos.

— Foi uma inclinação tola e inútil de minha parte — disse ele —, uma consequência do desconhecimento que eu tinha do mundo...

e da minha falta de ocupação. Se minha mãe me tivesse dado uma profissão ativa quando fui afastado dos cuidados do senhor Pratt, aos dezoito anos, eu acho... não, tenho certeza de que isso nunca teria acontecido, pois, embora eu tenha deixado Longstaple com o que eu pensava, na época, ser uma insuperável predileção por sua sobrinha, ainda assim, se eu tivesse alguma atividade, algum objetivo que pudesse ocupar meu tempo e me manter afastado dela por alguns meses, eu logo teria superado esse amor fantasioso, principalmente se tivesse convivido com mais pessoas, como, nesse caso, eu deveria ter feito. Mas, em vez de ter alguma coisa para fazer, em vez de ter qualquer profissão escolhida para mim ou mesmo ter permissão para escolher uma, voltei para casa a fim de ficar completamente ocioso e, durante os doze meses seguintes, sequer tive a ocupação simbólica que pertencer a uma universidade me daria, já que entrei em Oxford somente aos dezenove anos. Eu não tinha nada no mundo para fazer, portanto, a não ser fantasiar que estava apaixonado, e, como minha mãe não tornava a nossa casa de forma alguma acolhedora, como eu não tinha nenhum amigo, não encontrava um companheiro em meu irmão e não gostava de conhecer novas pessoas, era natural para mim estar frequentemente em Longstaple, onde sempre me senti em casa e sempre tive a certeza de ser bem-vindo. E, consequentemente, passei ali a maior parte do meu tempo, entre dezoito e dezenove anos de idade. Lucy parecia tudo o que havia de mais amigável e prestativo. Ela é bonita também — pelo menos eu pensava assim *na época*; e eu tinha visto tão pouco de outras mulheres que não pude fazer comparações nem ver defeitos. Levando tudo em consideração, portanto, espero, por mais tolo que tenha sido o nosso noivado, por mais tolo que isso desde então tenha se provado ser em todos os aspectos, na época, não foi uma loucura tão absurda ou imperdoável.

    A mudança que algumas horas haviam causado no espírito e na felicidade das Dashwoods foi tão, mas tão grande, que prometia a todas a satisfação de uma noite em claro. A senhora Dashwood, feliz demais para se sentir tranquila, não sabia como demonstrar seu amor por Edward ou elogiar Elinor o suficiente, não sabia como agradecer o suficiente por sua libertação sem magoá-lo, nem como conseguir lhes dar tempo livre para que conversassem a sós e, ao mesmo tempo, apreciar, como desejava, a presença e a companhia de ambos.

    Marianne só conseguia demonstrar *sua* felicidade com lágrimas. Comparações ocorreriam, arrependimentos surgiriam, e sua alegria, embora sincera como seu amor pela irmã, era de um tipo que não se manifestava por meio de euforia nem de palavras.

Mas e quanto a Elinor? Como descrever os *seus* sentimentos? Desde o momento em que soube que Lucy estava casada com outro, que Edward estava livre, até o momento em que ele justificou as esperanças que ela imediatamente passara a cultivar, alternaram-se nela vários sentimentos, menos tranquilidade. Contudo, passado esse segundo momento, quando pôde afastar todas as dúvidas e todas as preocupações, ela comparou sua situação com o que havia sofrido nos últimos tempos e viu-o honrosamente liberto de seu antigo compromisso, viu-o na mesma hora beneficiar-se de sua libertação ao dirigir-se a ela e declarar um sentimento tão terno e tão constante quanto ela sempre imaginara — ela sentia-se arrebatada, vencida pela própria felicidade; e, apesar da propensão da mente humana a se familiarizar facilmente com qualquer mudança para melhor, foram necessárias várias horas para que ela acalmasse os ânimos ou para que seu coração tivesse um pouco de tranquilidade.

Edward passou ao menos uma semana com elas no chalé, pois, quaisquer que fossem suas outras obrigações, era impossível para ele não desfrutar da companhia de Elinor por pelo menos uma semana, período suficiente apenas para dizer metade do que deveria ser dito sobre o passado, o presente e o futuro; pois, embora poucas horas gastas no trabalho árduo de conversas incessantes sejam suficientes para esgotar mais assuntos do que os que de fato podem haver em comum entre duas criaturas racionais, quando se trata de apaixonados tudo é diferente. Entre *eles*, nenhum assunto se esgota, nenhuma mensagem é dada até que tenha sido repetida pelo menos vinte vezes.

O casamento de Lucy, a incessante e justificável maravilha de todos, foi, é claro, o assunto de uma das primeiras conversas entre os namorados; e o conhecimento particular que Elinor tinha de cada uma das partes fez com que o caso lhe parecesse, em todos os aspectos, uma das mais extraordinárias e inconcebíveis circunstâncias que ela já ouvira. Como eles puderam se unir e o que pôde ter atraído Robert a ponto de se casar com uma garota de cuja beleza ela mesma o ouvira falar sem nenhuma admiração — uma garota já comprometida com o irmão dele, e que era o motivo de o irmão ter sido expulso da família — estavam além da compreensão dela. Para seu coração, era algo maravilhoso, para sua imaginação, era quase ridículo, mas, para sua razão, para seu juízo, era um completo quebra-cabeça.

Edward só poderia tentar justificar aquilo com a suposição de que, talvez, em um primeiro encontro acidental, a vaidade de um tivesse sido tão insuflada pela bajulação do outro que levasse gradualmente a todo o resto. Elinor lembrou-se do que Robert lhe dissera em Harley Street, de sua opinião sobre as consequências de sua própria intervenção nos assuntos do irmão, se ela tivesse ocorrido a tempo. Ela repetiu para Edward o que ele dissera.

— *Isso* é típico de Robert — foi sua observação imediata. — E *isso* — acrescentou ele, logo depois — talvez estivesse na cabeça *dele* assim que a conheceu. E Lucy, a princípio, talvez pensasse apenas em obter o apoio dele a meu favor. Outras intenções podem ter surgido depois.

Por quanto tempo aquilo tinha durado entre eles, no entanto, ele, assim como Elinor, não fazia ideia, pois em Oxford, onde continuou por escolha própria desde que deixara Londres, ele não tinha meios de saber dela a não ser por ela mesma, e as cartas dela nunca se tornaram menos frequentes nem menos afetuosas do que o habitual. Portanto, não havia a menor suspeita que pudesse prepará-lo para o que se seguiu, e, quando finalmente tudo veio à tona, em uma carta da própria Lucy, ele confessou que ficou por algum tempo meio atônito entre a surpresa, o espanto e a alegria de tal libertação. Ele colocou essa carta nas mãos de Elinor.

Prezado senhor,

Tendo absoluta certeza de que há muito tempo perdi seu afeto, senti-me livre para conceder o meu a outra pessoa, e não tenho dúvida de que serei tao feliz com ele quanto costumava pensar que poderia um dia ser com você; porém me recuso a aceitar a mão de alguém cujo coração é de outra pessoa. Desejo sinceramente que você seja feliz em sua escolha, e não será minha culpa se não formos bons amigos, como seria agora mais apropriado em razão de nosso parentesco. Posso dizer com segurança que não guardo nenhum rancor, e tenho certeza de que você será generoso demais para nos desejar mal. Seu irmão conquistou todo o meu afeto e, como não podíamos viver um sem o outro, acabamos de sair do altar e agora estamos a caminho de Dawlish, onde passaremos algumas semanas, pois é um lugar que seu querido irmão tem muita curiosidade por conhecer, mas pensei que antes eu precisaria incomodá-lo com essas poucas linhas. Sempre permanecerei

sua sincera admiradora, amiga e cunhada,
Lucy Ferrars

P.S.: Queimei todas as suas cartas e devolverei seu retrato na primeira oportunidade. Por favor, destrua meus rabiscos, mas fique à vontade para guardar para si o anel com minha mecha de cabelo.

Elinor leu a carta e a devolveu sem fazer nenhum comentário.

— Eu não pedirei sua opinião sobre esta carta — disse Edward. — Por nada no mundo eu gostaria que *você* lesse uma carta dela de outros tempos. Se vinda de uma cunhada é ruim o suficiente, imagine de uma esposa! Como me envergonhei das páginas que ela escrevia! E acredito que posso dizer que desde os primeiros seis meses do nosso tolo... negócio... essa é a única carta que recebi dela cujo conteúdo me fez, de certo modo, relevar os defeitos de estilo.

— Seja o que for que tiver acontecido — disse Elinor, depois de uma pausa —, eles agora estão casados. E sua mãe recebeu uma punição mais do que merecida. A independência financeira que ela deu a Robert, por estar ressentida com você, deu a ele o poder de fazer sua própria escolha; e ela estava simplesmente subornando um filho com mil libras por ano para que ele fizesse o mesmo que a levara a deserdar o outro. Duvido que ela tenha ficado menos magoada pelo fato de Robert ter se casado com Lucy do que ficaria se fosse você quem tivesse se casado com ela.

— Ela ficará mais magoada ainda, pois Robert sempre foi o seu favorito. Ela ficará mais magoada, e, pelo mesmo motivo, o perdoará muito mais rápido.

Edward não sabia em que estado as relações entre eles estavam atualmente, pois ainda não tentara se comunicar com ninguém da sua família. Ele havia deixado Oxford vinte e quatro horas depois da chegada da carta de Lucy, e com apenas um objetivo em sua mente: pegar o caminho mais curto até Barton; não havia tido tempo de formular nenhum plano que não tivesse estreita relação com aquele caminho. Ele não conseguiu fazer nada até ter certeza de seu destino com a senhorita Dashwood, e é de se supor, por sua rapidez em buscar *esse* destino, que, apesar do ciúme que outrora sentira do coronel Brandon, apesar da modéstia com que classificava seus próprios méritos e da delicadeza com que falava sobre suas dúvidas, ele não esperava, levando tudo em consideração, uma recepção muito cruel. Porém era sua obrigação, no entanto, afirmar que *esperava isso*, e ele de fato, acertadamente, o fez. O que ele poderia dizer a respeito desse assunto, doze meses depois, deve ser deixado para a imaginação de maridos e esposas.

Estava perfeitamente claro para Elinor que Lucy com certeza pretendera enganá-la com um toque de maldade contra ela na mensagem trazida por Thomas; e o próprio Edward, agora completamente esclarecido a respeito do caráter dela, não hesitava em acreditar que ela, com sua natureza deliberadamente maliciosa, era capaz dessa máxima maldade. Embora os olhos dele estivessem abertos havia muito tempo, mesmo antes de conhecer Elinor, para a ignorância e a falta de generosidade em algumas das opiniões dela... estas tinham sido igualmente atribuídas, por ele, à falta de educação dela; e até a última carta dela chegar às suas mãos, ele sempre acreditou que ela fosse uma moça benevolente, de bom coração e completamente apaixonada por ele. Nada além de tal convicção o teria impedido de pôr um fim a um noivado que, muito antes de ter enfurecido sua mãe, vinha sendo uma fonte contínua de inquietação e arrependimento para ele.

— Eu pensei que era meu dever — disse ele —, independentemente de quais fossem os meus sentimentos, dar a ela a opção de continuar ou não com o noivado quando fui deserdado por minha mãe e fiquei aparentemente sem um amigo no mundo para me ajudar. Em uma situação como aquela, em que parecia não haver nada para servir de tentação à avareza ou à vaidade de qualquer criatura no mundo, como eu poderia supor, quando ela insistiu, com tanta intensidade e fervor, em compartilhar comigo meu destino, fosse ele qual fosse, que o que a motivava era qualquer coisa além de um sentimento desinteressado? E, mesmo agora, não consigo compreender por que motivo ela agiu assim ou que vantagem imaginava que teria para prender-se a um homem pelo qual não tinha a menor consideração e que tinha apenas duas mil libras, e nada mais. Ela não podia prever que o coronel Brandon me daria um benefício.

— Não; mas poderia supor que algo ocorreria em seu favor, que sua própria família pudesse ceder com o tempo. E, de qualquer forma, ela não perdeu nada ao manter o noivado, pois provou que isso não restringia nem suas vontades nem suas ações. A união era certamente respeitável e provavelmente a fazia ganhar consideração entre os amigos. E, se nada mais vantajoso aparecesse, seria melhor para ela se casar com você do que ficar solteira.

Edward, é claro, convenceu-se imediatamente de que nada poderia ter sido mais natural que a conduta de Lucy nem mais óbvio do que o que a motivou.

Elinor o repreendeu severamente, pois as damas sempre repreendem a imprudência que as lisonjeia, por ter passado tanto tempo com elas em Norland, depois de perceber sua própria inconstância.

— Seu comportamento, sem dúvida, foi muito errado — disse ela — porque... para não falar de minhas próprias convicções, todos os nossos conhecidos foram levados a imaginar e a esperar *o que*, devido à sua situação *naquela época*, nunca poderia acontecer.

Ele só podia alegar a ignorância do próprio coração e uma confiança equivocada na força de seu noivado.

— Eu era ingênuo o suficiente para pensar que, se empenhei minha *palavra* a outra pessoa, não haveria perigo em estar com você, e que a consciência do meu compromisso mantinha meu coração tão seguro e sagrado quanto minha honra. Percebi que eu a admirava, mas disse a mim mesmo que era apenas amizade e, até começar a fazer comparações entre você e Lucy, não sabia até que ponto poderia ir. Depois disso, suponho, errei ao permanecer tanto tempo em Sussex, e os argumentos que usei para justificar minha permanência lá não eram melhores do que estes: o risco é só meu; não estou ferindo ninguém, a não ser eu mesmo.

Elinor sorriu e balançou a cabeça.

Edward ouviu com prazer que o coronel Brandon era esperado no chalé, pois ele realmente queria não apenas conhecê-lo melhor, mas também ter a oportunidade de convencê-lo de que não se ressentia mais por ter recebido dele o benefício em Delaford.

— Pois hoje — disse ele —, depois de ser tão rude ao agradecer-lhe, como fui na ocasião, ele deve pensar que eu nunca o perdoei por tê-lo me oferecido.

Agora, sentia-se surpreso por nunca ter estado no local. Mas se interessara tão pouco pelo assunto que tudo o que sabia da casa, do jardim e da gleba, da extensão da paróquia, da condição da terra e do valor do dízimo devia à própria Elinor, que ouvira tantas vezes o coronel Brandon falar sobre isso, e ouvira com tanta atenção que dominava completamente o assunto.

Depois disso, havia apenas uma questão em aberto entre eles, apenas uma dificuldade a ser superada. Eles haviam se unido por um sentimento recíproco, com a mais calorosa aprovação de seus verdadeiros amigos; conhecerem-se intimamente um ao outro parecia assegurar sua felicidade... e só lhes faltavam os meios para viver. Edward tinha duas mil libras e Elinor, mil, as quais, somadas ao benefício de Delaford, eram tudo o que podiam chamar de seu, pois era impossível que a senhora Dashwood pudesse lhes ajudar com alguma quantia, e eles não estavam tão apaixonados a ponto de pensar que trezentas e cinquenta libras por ano lhes proporcionariam uma vida confortável.

Edward não tinha perdido inteiramente as esperanças de que houvesse alguma mudança favorável em sua mãe no que dizia respeito a ele, e confiava *nisso* para obter o restante de sua renda. Elinor, entretanto, não tinha essa mesma confiança, pois, como Edward ainda estaria impossibilitado de se casar com a senhorita Morton e, nas palavras elogiosas da senhora Ferrars, a escolha de Edward por Elinor seria apenas um mal menor do que a escolha por Lucy Steele, ela temia que a ofensa de Robert não servisse para outro propósito que não fosse enriquecer Fanny.

Cerca de quatro dias após a chegada de Edward, o coronel Brandon apareceu, para tornar completa a satisfação da senhora Dashwood e dar-lhe a honra de ter, pela primeira vez desde que havia ido morar em Barton, mais visitas do que sua casa poderia comportar. A Edward foi concedido o privilégio de ter sido o primeiro a chegar, portanto, o coronel Brandon caminhava todas as noites para seus antigos aposentos em Barton Park, de onde ele geralmente voltava de manhã, cedo o suficiente para interromper o primeiro *tête-à-tête* dos namorados antes do café da manhã.

Após passar três semanas em Delaford, onde, pelo menos durante a noite, ele tinha pouco o que fazer além de calcular a desproporção entre trinta e seis e dezessete anos, chegou a Barton com tal estado de ânimo que, para alegrar-se, precisava presenciar toda a melhora no aspecto de Marianne, toda a gentileza das boas-vindas dela e todo o incentivo das palavras da mãe. Na companhia desses amigos, no entanto, e sob tanta bajulação, ele reavivou-se. Nenhum boato sobre o casamento de Lucy chegara até ele; não sabia nada do que havia se passado, e as primeiras horas de sua visita foram consequentemente gastas em ouvir o que acontecera e em se surpreender. Tudo lhe foi explicado pela senhora Dashwood, e ele encontrou novas razões para se alegrar com o que havia feito pelo senhor Ferrars, pois, afinal, isso favoreceu os interesses de Elinor.

Seria desnecessário dizer que os cavalheiros avançaram na boa opinião um do outro à medida que se conheceram melhor, pois não poderia ser de outro modo. A semelhança entre seus bons princípios e seu bom senso, entre seu caráter e sua maneira de pensar, provavelmente teria sido suficiente para torná-los amigos sem que fosse necessária nenhuma outra razão, mas o fato de estarem apaixonados por duas irmãs, e duas irmãs que amavam uma a outra, tornou inevitável e imediato esse respeito mútuo, que, caso contrário, precisaria ter esperado o efeito do tempo e do julgamento.

As cartas vindas de Londres, que alguns dias antes teriam feito todos os nervos do corpo de Elinor vibrarem de excitação, agora eram lidas com menos emoção que alegria. A senhora Jennings escreveu para contar aquela fantástica história, para desabafar sua sincera indignação com a moça que rompera o compromisso e derramar sua compaixão sobre o pobre senhor Edward, que, ela tinha certeza, estava completamente apaixonado por aquela promíscua imprestável e, segundo relatos, agora se encontrava em Oxford com o coração partido.

— Eu acho — continuou Elinor, lendo a carta — que nunca ninguém agiu tão maliciosamente, pois, apenas dois dias antes, Lucy me fez uma visita e passou comigo algumas horas. Ninguém poderia suspeitar de nada, nem mesmo Nancy, que, pobrezinha, veio me procurar chorando no dia seguinte, com muito medo da senhora Ferrars, e sem saber como chegar a Plymouth; pois parece que Lucy tomou emprestado todo o dinheiro dela antes de sair para se casar, imaginamos que com o propósito de se exibir, e a pobre Nancy não tinha nem sete xelins no bolso, então fiquei muito feliz em dar-lhe cinco guinéus para que pudesse chegar a Exeter, onde ela pretende ficar três ou quatro semanas com a senhora Burgess, na esperança de, como eu disse a ela, voltar a se encontrar com o doutor. E devo dizer que o pior de tudo foi a má vontade de Lucy de não a ter levado junto com eles na carruagem. Pobre senhor Edward! Não consigo tirá-lo da minha cabeça, mas vocês devem convidá-lo para ir a Barton, e a senhorita Marianne deve tentar consolá-lo.

As preocupações do senhor Dashwood eram mais solenes. A senhora Ferrars era a mais infeliz das mulheres... A pobre Fanny estava extremamente abalada emocionalmente... E sentia-se grato e via com admiração o fato de elas terem sobrevivido àquele baque. A insolência de Robert era imperdoável, mas a de Lucy era infinitamente pior. O nome de nenhum deles foi novamente mencionado à senhora Ferrars; e, mesmo que, a partir de então, ela pudesse ser induzida a perdoar o filho, sua esposa nunca seria reconhecida como nora, nem teria permissão de se apresentar na presença dela. O sigilo com o qual tudo havia sido realizado entre eles foi sensatamente considerado um grande agravante do crime, porque, se tivesse havido alguma suspeita, teriam sido tomadas medidas apropriadas para impedir o casamento. E John pediu a Elinor que também lamentasse, como ele, que o casamento de Lucy e Edward não tivesse sido realizado, o que acabara fazendo com que a moça causasse ainda mais infortúnios à família. Elinor continuou a ler a carta dele:

— A senhora Ferrars nunca mais mencionou o nome de Edward, o que não nos surpreende; mas, para nosso grande espanto, ele não nos escreveu sequer uma linha até agora sobre o ocorrido. Talvez, no entanto, esteja em silêncio por medo de aborrecê-la, portanto, darei a ele uma sugestão, por meio de um pequeno bilhete que enviarei para Oxford, dizendo que sua irmã e eu pensamos que uma carta de justa submissão, talvez endereçada a Fanny, e mostrada por ela à mãe, não seja levada a mal, pois todos conhecemos a ternura do coração da senhora Ferrars e sabemos que ela não deseja nada além de voltar a ter boas relações com seus filhos.

Esse parágrafo foi de alguma importância para as perspectivas e as ações de Edward. Fez com que ele decidisse tentar uma reconciliação, embora não exatamente da maneira apontada pelo cunhado e pela irmã.

— Uma carta de justa submissão! — repetiu ele. — Eles querem que eu implore o perdão de minha mãe pela ingratidão de Robert para com *ela* e pela maneira como ele ofendeu a *minha* honra? Não posso me submeter. Não me tornei nem humilde nem arrependido pelo que se passou. Tornei-me muito feliz; mas isso não interessaria a eles. Não conheço nenhuma submissão que *seja* justa para mim.

— Você certamente pode pedir perdão — disse Elinor — porque você a afrontou, e acho que *agora* pode se aventurar a admitir algum arrependimento por ter firmado o noivado que provocou a ira de sua mãe.

Ele concordou que poderia fazê-lo.

— E, quando ela o tiver perdoado, talvez um pouco de humildade possa ser conveniente ao assumir um segundo noivado, quase tão imprudente aos olhos *dela* quanto o primeiro.

Ele não tinha nada a que se opor, mas ainda resistia à ideia de uma carta de justa submissão e, portanto, para tornar as coisas mais fáceis para ele, visto que declarara uma disposição muito maior de fazer concessões verbais do que por escrito, ficou resolvido que, em vez de escrever para Fanny, ele deveria ir a Londres e lhe solicitar pessoalmente que intercedesse em seu favor.

— E, se eles *realmente* se interessarem — disse Marianne, com sua nova personalidade, mais cândida — em promover uma reconciliação, pensarei que nem mesmo John e Fanny são inteiramente desprovidos de mérito.

Depois de uma visita de apenas três ou quatro dias da parte do coronel Brandon, os dois cavalheiros deixaram Barton juntos. Dirigiram-se imediatamente para Delaford, para que Edward pudesse conhecer pessoalmente seu futuro lar e ajudar seu benfeitor e amigo a decidir quais melhorias seriam necessárias. Depois de passar algumas noites lá, ele seguiria viagem para Londres.

Capítulo L

Após a apropriada resistência por parte da senhora Ferrars, tão violenta e firme a ponto de preservá-la daquela postura a qual ela sempre pareceu temerosa, a postura de ser amável demais, Edward foi admitido em sua presença e declarado seu filho novamente.

Nos últimos tempos, sua família oscilara excessivamente. Por muitos anos de sua vida ela tivera dois filhos; mas o crime e a exclusão de Edward, algumas semanas antes, roubaram-lhe um deles; a exclusão semelhante de Robert a deixara por duas semanas sem nenhum filho; e agora, pela ressurreição de Edward, ela voltou a ter um novamente.

Apesar de ter sido autorizado a visitá-la de novo, porém, ele sentiu que a continuidade de sua existência não estaria assegurada até que ele revelasse seu atual noivado; pois ele temia que, quando essa circunstância viesse à tona, uma mudança repentina em sua constituição pudesse levá-lo outra vez, tão rapidamente quanto antes, a ser desprezado. Com apreensiva cautela, portanto, tudo foi revelado, e ele foi ouvido com uma calma inesperada. A senhora Ferrars, a princípio, esforçou-se razoavelmente para dissuadi-lo de se casar com a senhorita Dashwood, utilizando todos os argumentos em seu poder. Disse a ele que encontraria uma mulher de maior patente e maior fortuna casando-se com a senhorita Morton; e reforçou a afirmação observando que esta era filha de um nobre que possuía uma renda de trinta mil libras, enquanto a senhorita Dashwood era apenas a filha de um simples cavalheiro com não mais que *três* mil libras. No entanto, quando percebeu que, embora admitisse perfeitamente a verdade de sua argumentação, ele não estava de maneira alguma inclinado a ser guiado por ela, julgou mais sensato, pela experiência anterior, submeter-se; portanto, depois de um atraso desagradável que ela devia à sua própria dignidade, e que serviu para evitar qualquer suspeita de boa vontade de sua parte, ela emitiu seu decreto de consentimento ao casamento de Edward e Elinor.

O que ela se comprometeria a fazer para aumentar a renda dele seria o próximo ponto a ser considerado; e então parecia claro que, embora Edward agora fosse seu único filho, ele não era mais o primogênito. Enquanto Robert fora inevitavelmente dotado de mil libras por ano, não foi feita a menor objeção contra o fato de que Edward se ordenaria com o valor de duzentas e cinquenta libras, no máximo; nem mesmo algo foi prometido para o presente ou para o futuro além das dez mil libras que haviam sido dadas por Fanny.

Contudo, aquilo era tanto quanto desejado, e mais até do que o esperado por Edward e Elinor, e a própria senhora Ferrars, com suas desculpas esfarrapadas, parecia a única pessoa surpresa por ela não oferecer mais do que isso.

Com uma renda suficiente para que suas necessidades fossem garantidas, eles não tinham o que esperar depois que Edward tomasse posse do benefício a não ser a casa, na qual o coronel Brandon, com um ansioso desejo de acomodar Elinor, estava fazendo melhorias consideráveis; e, depois de esperar algum tempo a sua conclusão, depois de experimentar, como de costume, mil decepções e atrasos por conta da morosidade dos operários, Elinor, por hábito, rompeu com sua resolução categórica de não se casar até que tudo estivesse pronto, e a cerimônia aconteceu na igreja de Barton no início do outono.

O primeiro mês após o casamento foi passado na mansão do amigo, o coronel Brandon, de onde eles poderiam supervisionar o progresso da reforma da casa e orientar tudo como quisessem. Poderiam escolher os papéis de parede, projetar aleias, criar um caminho sinuoso até a casa... As profecias da senhora Jennings, embora fossem bastante confusas, em grande parte se cumpriram; pois ela pôde visitar Edward e a esposa em sua casa paroquial antes da Festa de São Miguel Arcanjo, e encontrou em Elinor e seu marido, como ela realmente acreditava, um dos casais mais felizes do mundo. De fato, eles não tinham mais nada a desejar a não ser o casamento do coronel Brandon e Marianne, e pastos melhores para as suas vacas.

Assim que se instalaram, eles foram visitados por quase todos os parentes e amigos. A senhora Ferrars passou a inspecionar a felicidade que ela quase tinha vergonha de ter autorizado, e até os Dashwoods custearam uma viagem a partir de Sussex para fazer-lhes as honras.

— Não direi que estou decepcionado, minha querida irmã — afirmou John enquanto caminhavam juntos uma manhã diante dos portões da residência de Delaford. — *Isso* seria um exagero, pois certamente você foi uma das moças mais afortunadas do mundo, essa é a verdade. Mas, confesso, seria um grande prazer chamar o coronel Brandon de cunhado. Esta propriedade, este lugar, esta casa, tudo está tão respeitável e em excelentes condições! E estes bosques! Não vi tais madeiras em nenhum lugar de Dorsetshire como as que vejo aqui em Delaford! E embora, talvez, Marianne não seja exatamente o tipo de pessoa que o atraia, mesmo assim, acho que seria aconselhável que a convidassem com mais frequência para ficar aqui com vocês, pois, como o coronel Brandon parece passar bastante tempo em casa, ninguém sabe o que pode acontecer... Sabe, quando as pessoas ficam muito tempo juntas e veem pouco outras pessoas... Além disso, sempre estará ao seu alcance colocá-la em vantagem, e assim por diante... Em resumo, você pode muito bem dar-lhe essa oportunidade... Você me compreende.

Contudo, embora a senhora Ferrars *tenha* ido visitá-los e sempre os tratasse com um fingido afeto, eles nunca receberam o insulto de seu favoritismo e de sua preferência. *Estes* eram dados à estupidez de Robert e à astúcia de sua esposa, e foram conquistados muitos meses antes. A sagacidade egoísta de Lucy, que inicialmente atraíra Robert para uma enrascada, agora era o principal instrumento de libertação dele, pois sua respeitosa humildade, a atenção assídua e suas lisonjas intermináveis, tão logo houve a menor abertura para o exercício delas, reconciliaram a senhora Ferrars com a escolha de seu filho mais novo e restabeleceram-no completamente em sua benevolência.

Todo o comportamento de Lucy no caso e a prosperidade que o coroou podem, portanto, ser apresentados como um exemplo dos mais encorajadores de que uma atenção sincera e ininterrupta aos próprios interesses, por mais que seu progresso possa aparentemente estar obstruído, pode garantir todas as vantagens da fortuna sem nenhum outro sacrifício que não seja o do tempo e da consciência. Quando Robert a procurou pela primeira vez, e lhe fez uma visita particular em Bartlett's Buildings, foi apenas com a visão imputada a ele por seu irmão. Ele apenas pretendia convencê-la a desistir do noivado, e, como não havia nada a superar a não ser o afeto de ambos, ele naturalmente esperava que uma ou duas conversas resolvessem o problema. Nesse ponto, no entanto, e apenas nisso, ele errou. Embora Lucy logo lhe desse esperanças de que a eloquência dele a convenceria em *tempo*, sempre era preciso uma outra visita, uma outra conversa, para de fato alcançar esse convencimento. Algumas dúvidas sempre permaneciam em sua mente quando se despediam, e só podiam ser sanadas com mais meia hora de conversa com ele. Sua companhia foi assegurada por esse meio, e o restante seguiu seu curso. Em vez de falarem sobre Edward, gradualmente passaram a falar apenas de Robert, um assunto sobre o qual ele sempre tinha mais a dizer do que a respeito de qualquer outro, e pelo qual ela logo demonstrou um interesse igual ao dele. Resumindo, tornou-se rapidamente evidente para ambos que ele havia suplantado inteiramente seu irmão. Ele estava orgulhoso de sua conquista, orgulhoso de enganar Edward e muito orgulhoso de se casar por conta própria sem o consentimento da mãe. O que se seguiu imediatamente, já é sabido. Passaram alguns meses em grande felicidade em Dawlish, pois ela tinha muitos parentes e velhos conhecidos para hospedá-los, e ele desenhou várias plantas de chalés magníficas. Dali, retornando a Londres, obtiveram o perdão da senhora Ferrars, pelo simples expediente de pedi-lo, o qual, por insistência de Lucy, foi aceito. O perdão, a princípio, como era razoável que fosse, de fato, beneficiava apenas Robert; e Lucy, que não devia à mãe dele nenhuma obrigação e, portanto, não poderia ter transgredido nenhuma, ainda permaneceu mais algumas semanas sem o perdão dela. Porém a perseverança da humildade de conduta e das mensagens de autocondenação pela ofensa de Robert, cheias de gratidão pela maneira pouco gentil com que era tratada, proporcionou-lhe com o tempo o reconhecimento arrogante de sua existência, que ela superou com sua graciosidade, e, logo depois, com rapidez, levou-a ao mais alto estado de afeto e influência. Lucy tornou-se tão necessária para a senhora Ferrars como Robert ou Fanny e, embora Edward nunca fosse cordialmente perdoado por ter pretendido se casar com ela algum dia, e Elinor, apesar de superior a ela em fortuna e berço, fosse mencionada como uma intrusa, *ela* era, em tudo, considerada, e sempre reconhecida abertamente como a nora favorita. Eles se estabeleceram em Londres, receberam uma assistência muito generosa da senhora Ferrars, relacionando-se nos melhores termos imagináveis com os Dashwoods; e, deixando de lado os ciúmes e a má vontade que persistiam continuamente entre Fanny e Lucy, dos quais seus maridos naturalmente participavam, bem como os frequentes desentendimentos entre Robert e Lucy, nada poderia superar a harmonia em que todos viviam.

 O que Edward havia feito para perder seus direitos como filho mais velho poderia ter intrigado muitas pessoas; e o que Robert fizera para ter sucesso talvez as tivesse chocado ainda mais. Foi um rearranjo, no entanto, justificado em seus efeitos, se não em sua causa; pois nada no estilo de vida ou na fala de Robert evocava suspeitas de que ele se arrependesse da extensão de sua renda ou por ter deixado muito pouco a seu irmão ou por ter recebido em demasia. E se Edward pudesse ser julgado pelo pronto desempenho de seus deveres em todos os aspectos, pelo apego crescente à esposa e ao lar, e pela alegria constante de seu ânimo, não se podia supor que estava menos satisfeito com a sua sorte, nem menos desejoso de fazer quaisquer modificações em seu destino.

O casamento de Elinor a separou da família o mínimo possível, sem tornar totalmente inútil o chalé de Barton, uma vez que sua mãe e as irmãs passavam mais da metade do tempo com ela. A senhora Dashwood estava agindo tanto por prazer como por interesse em sua frequência de visitas a Delaford; pois seu desejo de reunir Marianne e o coronel Brandon dificilmente era menos intenso, embora fosse bem mais verdadeiro, do que o que John havia expressado. Este era agora seu objetivo mais almejado. Por mais preciosa que fosse a companhia de sua filha, ela não desejava nada mais do que renunciar a esse constante deleite em favor de seu valioso amigo; e ver Marianne se instalar na mansão era igualmente o desejo de Edward e Elinor. Cada um deles percebia o sofrimento do coronel Brandon, e suas próprias obrigações, e por consenso geral, Marianne deveria ser a recompensa final daquilo tudo.

Diante de tal conspiração contra ela, de um conhecimento tão íntimo da bondade do coronel e da convicção de seu grande afeto por ela, finalmente, embora já tivesse sido notado havia muito tempo por todos, irrompeu um sentimento em Marianne. O que mais ela poderia fazer?

Marianne Dashwood nasceu para um destino extraordinário. Nasceu para descobrir a falsidade de suas próprias opiniões e para contrariar, por sua própria conduta, suas máximas favoritas. Ela nasceu para superar um afeto formado aos dezessete anos, e, sem nenhum sentimento superior a uma forte estima e uma vívida amizade, voluntariamente para dar a sua mão a outro! E *esse* outro, um homem que havia sofrido não menos do que ela também por conta de uma afeição anterior, e a quem, dois anos antes, ela havia considerado velho demais para se casar, e que ainda por cima buscava proteger a própria saúde com um colete de flanela!

Mas foi assim. Em vez de sacrificar-se por uma paixão irresistível, como outrora ela se lisonjeava com a expectativa; em vez de ficar para sempre com a mãe e encontrar seus únicos prazeres na reclusão e nos estudos, como mais tarde, em julgamento mais calmo e sóbrio, decidira fazer; ela se viu, aos dezenove anos, submetendo-se a novos afetos, assumindo novos deveres, morando em um novo lar, como esposa, dona de casa e benfeitora de um povoado.

O coronel Brandon estava agora tão feliz, como todos os que mais o amavam acreditavam que ele merecia estar. Em Marianne, ele encontrou consolo para todas as aflições passadas. Seu afeto e sua companhia lhe devolveram o entusiasmo de seu espírito e a alegria de sua alma. E que Marianne encontrasse sua própria felicidade ao construir a felicidade dele foi igualmente a certeza e o desejo de cada amigo. Marianne nunca poderia amar pela metade, e todo o seu coração tornou-se, com o tempo, tão dedicado ao marido como fora uma vez a Willoughby.

Willoughby não podia ouvir falar do casamento dela sem sentir uma pontada no coração, e à sua punição foi somado o perdão voluntário da senhora Smith, que, ao declarar seu casamento com uma mulher de caráter como fonte de sua clemência, deu a ele motivos para acreditar que, se ele tivesse se comportado honrosamente em relação a Marianne, poderia ao mesmo tempo ter sido feliz e rico. Não se deve duvidar da sinceridade de seu arrependimento por sua má conduta, que lhe trouxe o próprio castigo, nem que ele tenha pensado no coronel Brandon com inveja e em Marianne com pesar durante muito tempo. No entanto, ele não ficou para sempre inconsolável, nem fugiu da sociedade, nem contraiu uma melancolia habitual, nem morreu de coração partido, nada disso aconteceu. Ele viveu com intensidade e se divertiu muito. Sua esposa nem sempre estava de mau humor, nem sua casa era sempre desconfortável, e, com sua criação de cavalos e cães, e em todo tipo de esporte, ele encontrou um grau considerável de felicidade doméstica.

Por Marianne, no entanto, apesar de sua indelicadeza de sobreviver à perda dela, ele sempre mantinha aquela consideração resoluta que o fazia se interessar por tudo o que dissesse respeito a ela, e fez dela seu padrão secreto de perfeição feminina. E, no futuro, ele olharia com desdém muitas beldades ao compará-las com a beleza da senhora Brandon.

A senhora Dashwood foi prudente o bastante para permanecer no chalé sem nem pensar em uma mudança para Delaford; e, felizmente, para Sir John e para a senhora Jennings, quando Marianne foi tirada deles, Margaret havia atingido uma idade extremamente adequada para os bailes e pouco adequada para supostamente ter um namorado.

Entre Barton e Delaford, haveria aquela constante comunicação que um forte afeto familiar naturalmente ditaria. E, entre os méritos e a felicidade de Elinor e de Marianne, não era menos considerável o fato de que, embora fossem irmãs e morassem muito perto uma da outra, elas viviam sem discordar entre si, e sem produzir desentendimento entre os maridos.

Sobre a autora

Jane Austen teve seis romances publicados entre 1811 e 1818. Com essa curta mas relevante produção, marcou seu nome na história da literatura. Sua obra se centralizou no cotidiano da aristocracia rural inglesa da virada do século XVIII para o século XIX.

Nascida em Steventon, em 1775, era a sétima filha do reverendo anglicano George Austen, membro da nobreza agrária local. Por meio de cartas trocadas entre Jane e sua irmã Cassandra, sabe-se que a família era formada por ávidos leitores e que seu pai tinha uma vasta biblioteca.

Talvez estimulada por esse ambiente, ela produziu os seus primeiros textos para o divertimento familiar ainda na adolescência. Aos 22 anos, em 1797, tentou publicar seu primeiro romance: seu pai ofereceu os originais de *Orgulho e preconceito* a um editor local, que recusou a obra.

Foi somente em 1803 que Austen conseguiu vender sua primeira obra: *A abadia de Northanger*. Este livro, entretanto, seria publicado apenas em 1818, postumamente, junto com *Persuasão*, quando a autora já gozava de um bom prestígio entre os críticos. Sua estreia aconteceria em 1811, com *Razão e sensibilidade*, publicado em anonimato. Logo suas obras caíram no gosto popular, e ela chegou a escrever o romance *Emma* em homenagem ao príncipe regente.

Em 1815, no auge de seu sucesso, ela começou a sentir-se mal e, dois anos depois, mudou-se para Winchester, para receber tratamento. Hoje, especula-se que a autora sofria da doença de Addison (decorrente de uma produção insuficiente de hormônios esteroides), que acabou causando a sua morte naquele mesmo ano. Ainda que o casamento tenha sido um tema central de suas obras, Austen morreu em 1817, aos 41 anos, sem nunca ter se casado. Suas últimas palavras foram: "Não quero nada mais que a morte".

Este livro foi impresso pela Gráfica Santa Marta
em fonte Arno Pro sobre papel Pólen Bold 70 g/m²
para a Via Leitura no inverno de 2020.